KB077038

격을 잃은 마검에는

검붉은 검기가,

로드나이트의 검에는

검푸른 검기가 나타났다.

✒️달필공자 　🖌️Sila

목차

제7장 무법자들의 세상

길잡이는 사라졌지만, 빛의 입자는 여전히 남아 주변을 맴돌았다. 인호는 멍하니 하늘을 올려다보았다.

-신비한 여인이군. 만난 지 반각도 안 된 것 같은데, 이리 깊은 여운을 남기다니-

'동감이다.'

-너한테 준 것도 많았고-

'은혜를 입었지.'

길잡이의 조언으로 투왕지체라는 거대한 힘을 얻었고, 또한 그녀 스킬을 얻었다. 고유 능력의 레벨도 올라갔고.

이 은혜는 반드시 갚으리라.

-일단 그녀가 준 기예부터 확인해라-

'말 안 해도 볼 거다.'

무명이 보채자 인호는 곧장 정안을 살폈다.

〈정안(正眼)〉

1.**종류**: 액티브 스킬

2.**등급**: 고유(Unique)

3.**설명**: 시야가 깊어져 사물의 본질을 볼 수 있게 된다. 이 때문에 사물을 올바르게 볼 수 있으며 이를 바탕으로 많은 정보를 수집 및 정리할 수 있게 된다.

'……그녀가 가진 능력의 기원인 거 같은데.'

-확실히 그럴 가능성이 높군-

짧게 대답한 무명은 눈을 감았다. 뭔가를 골똘히 생각하던 그는 다시 눈을 뜨고는 인호를 바라보았다. 그런 모습은 처음이었기 때문에 인호도 상대의 말에 귀를 기울였다.

-김인호, 하나 당부할 게 있다-

'당부?'

-당분간 저 능력은 사용하지 마라. 상단전이 막힌 상태에서 사용하면 부작용이 생길 수 있다-

'상단전? 그게 뭔데?'

-네 머리, 정확히는 뇌. 상단전을 개발하게 되면 여러 가지 특별한 능력을 얻을 수 있게 되고-

무명의 설명을 들으니 초능력이랑 비슷했다. 뇌를 개발하는데 쓸 수 있는 능력이란 점에서 비슷했고.

'손을 안 대고 물건을 들어 올리거나, 천 리를 볼 수 있는 눈 같은 걸 말하는 건가?'

-무공은 모르면서 그런 건 잘 아는군. 네 말이 옳다. 그러니 절

대 정안을 사용하지 마라. 무턱대고 썼다가는 네 머리가 터질지도 모른다-

'명심하지.'

인호는 순순히 대답했다. 호기심을 느끼지 않는다면 거짓말일 것이다. 허나 목숨을 가지고 굳이 위험한 도박을 하고 싶지는 않았다.

-이해해줘서 고맙다. 그럼 네 고유 능력을 확인해봐라. 사실 나로서는 그게 제일 궁금하군-

'마찬가지다.'

대답한 인호는 자신의 고유 능력을 확인했다.

【고유 권능-뽑기(Lv.2)】
1.영웅 뽑기
지구와 연이 있는 영웅들을 소환할 수 있습니다. 소환 시간은 마력의 양에 의해 결정되며 한 번 소환할 시, 이후 12시간 동안 영웅을 뽑을 수 없습니다.

'잘 됐군. 하루에 두 번은 뽑을 수 있게 됐으니.'
-하루에 한 번은 부족한 감이 없잖아 있지-

연속해서 뽑을 수 없다는 건 아쉬웠지만 우선은 이에 만족하기로 했다. 아직 확인해야 할 것도 있었으니까.

④영웅 승급
플레이어 포인트를 소모하여 도감에 저장된 영웅의 등급을 높일 수 있습니다. 단, 소모되는 포인트는 영웅에 따라 다르게 책정

됩니다.

본래 아무것도 없었던 곳에 네 번째 칸이 추가되었다. 거기에는 새로운 능력이 적혀 있었고.

'기억을 잃은 고려 무사를 승급시킨다.'

－어, 어이! 그렇게 빨리할 필요는⋯⋯－

당황하는 무명. 허나 아무런 일도 일어나지 않았다.

대신,

플레이어 포인트가 부족합니다.
기억을 잃은 고려 무사를 승급하려면 플레이어 포인트 50이
필요합니다.

Close	View

라는 메시지가 떠올랐다.

현재 플레이어 포인트는 36. 좀 더 모을 필요가 있었다.

－이 빌어먹을 놈! 아직 마음의 준비를 마치지 않았는데 무슨 짓이냐!－

'이걸 해야 네가 기억을 되찾을 수 있는 거 아니었나? 도와주려하는데 왜 그러지?'

－생각해줘서 고맙긴 한데 다음부터는 내 의사를 묻고 진행해라! 알겠나!－

귀찮지만 어쩌겠는가. 상대가 바라니 그걸 따르는 수밖에.

그렇게 두 사람 사이의 대화가 어느 정도 마무리될 때,

"왜 이리 말이 없어?"

현주가 장난스럽게 웃으며 다가왔다.

"울고 싶으면 울어도 되는데? 안아줄까?"

"헛소리하지 말고."

인호는 그녀를 밀어냈다.

아쉬움을 느끼지 않았다면 거짓말이겠지만, 그렇다고 해서 슬프다는 건 아니었다. 오늘의 이별이 영원한 헤어짐을 의미하는 건 아니니까. 언젠가 그녀를 다시 만날 날이 오리라.

"둘 다 보상은 받았지?"

"네. 고유(Unique) 등급의 방어구 맞죠? 안 그래도 좋은 방어구가 필요했는데 정말 다행이네요."

"그러니까. 나라고 해서 계속 막아줄 수 있는 것도 아니고."

수아의 말에 현주가 동의했다. 흙돌이가 만든 대지의 방벽은 굉장히 튼튼했지만 발동하는 데 속도가 걸렸다. 길잡이가 사라진 이상, 항상 타이밍을 맞춰 방벽을 세우는 건 불가능했다.

그러나 단 한 사람, 무명만큼은 마음에 들지 않는다는 표정을 짓고 있었다.

-다른 것도 아니고 방어구라니, 흐음-

'뭐가 문제라도 있나?'

의아함을 드러내는 인호. 그의 시선이 무명을 향했다. 고유 등급의 방어구라면 앞으로 요긴하게 써먹을 수 있을 텐데 뭐가 문제란 말인가? 이어지는 무명의 말은 인호를 황당하게 만들기에 부족함이 없었다.

-방어구라니, 그런 거에 의지하면 빈틈을 보이게 된다! 더욱 검술에 정진하여 공방일체를 완성해라! 그게 올바른 길이다!-

이건 무슨 참신한 헛소리란 말인가? 오른쪽 관자놀이가 당기는 느낌이 들었지만 인호는 애써 침착하게 대답했다.

'그럼 이번에 다른 길을 걸어보지.'

–진정한 무인은 도구가 아니라 무(武)에 의존하는 법!–

'네 입으로 말하지 않았던가? 나는 아직 멀었다고. 그러니 좋은 게 있으면 써먹어야지.'

무명의 말은 분명히 옳았다.

다만 저 말은 경지에 다다른 무인에게만 통용될 뿐, 인호의 상황과는 어울리지 않았다. 보험으로서의 의미로도 방어구는 꼭 필요했고.

–으으. 입만 살아서는–

부들부들 떠는 무명. 그러나 본인이 했던 말로 반박을 당했는데 무슨 더할 말이 있겠는가.

'다행히 하나밖에 없군.'

보상 목록의 아이템은 하나뿐이었다. 고민할 필요가 없다는 점이 마음에 들었다.

〈검은 질풍〉

1.종류: 마법 의복

2.등급: 고유(Unique)

3.내장 스킬: 보호막

4.구성 성분: 진은 5%, 천잠사 30%, 흑표의 털65%

5.설명: 어떤 세계의 의복 장인이 심혈을 기울여 만든 코트. 피격될 시, 자동으로 보호막을 펼쳐 착용한 사람을 보호한다. 그 방어력은 자주포를 정면으로 맞아도 버틸 정도. 단, 공격을 방어할 때마다 많은 마력이 소모된다.

'좋군.'

흐뭇하게 웃는 인호.

마력을 많이 소모해야 한다는 단점은 일행에게 무의미했다. 자신은 영웅화를 통해 많은 마력을 보유하고 있고, 현주는 정령과의 교류를 통해 꾸준히 마력의 양을 증가시켰다. 수아는 아예 길잡이가 공인한 '마력의 축복을 받은 사람'이고.

"저는 코트가 나왔는데 언니하고 오빠는 어때요?"

"검은 질풍 맞아?"

"언니도 그게 나온 건가요? 신기하네요. 이제까지 똑같은 보상이 나온 적은 없었는데……. 오빠는 어때요?"

"나도 똑같아."

수아의 말마따나 이제까지 인호 일행이 받은 보상은 각자 달랐다. 보상 목록부터 아예 다른 게 뜬다고 할까?

'우연인가? 아니면 무슨 의미가 있는 건가?'

지금으로서는 알 수 없기에 인호는 일단 의문을 가슴 속에 묻었다. 그리고 보상을 수령하기 위해 목록을 향해 손을 뻗었다.

[플레이어 김인호가 '검은 질풍'을 선택했습니다. '검은 질풍'이 귀속됩니다.]

우웅.

공간이 일그러지더니 검은색 코트가 나타났다. 인호는 원래 입던 코트를 벗어 던지고 검은 질풍으로 갈아입었다. 그러자 기다렸다는 듯이 그의 체형에 맞게 사이즈가 바뀌었다.

"와! 이거 정말 편해요."

"모양도 조금씩 다르고. 입은 사람의 취향을 반영하는 건가?"

현주가 말한 것처럼 같은 코트였지만 옷깃, 소매, 문양 등 세부적인 부분에서 차이가 있었다. 그렇다 해도 기본적으로 멋진 디자인의 옷은 분명했다. 중요한 건 디자인이 아니었지만.

인호는 검은 질풍을 살폈다.

몸에 대략 10㎝ 정도 간격을 두고 보호막이 형성된 상태였다. 그의 마력을 흡수해서 그런지 보호막은 검붉은 색을 띠고 있었다.

'나만 그런 건가?'

인호는 수아와 현주를 살폈다. 수아는 푸른색 보호막을, 현주는 녹색 보호막을 형성한 상태였다. 이를 볼 때, 마력의 성질에 따라 보호막의 색깔이 정해지는 것이 분명했다.

"다들 확인했으면 이제 출발할게."

"목적지가 있나요?"

"우리 집. 일단 쉬면서 앞으로 뭘 해야 할지 결정하자."

해야 할 일이 많았다. 다만 그에 앞서 푹 쉬고 싶었다. 수아와 현주도 같은 생각이었는지 고개를 끄덕였다.

"던전을 공략하자."

저녁 식사를 마치고 모인 수아와 현주를 보며 인호가 말했다. 갑작스러웠지만 두 사람은 전혀 당황하지 않았다. 인호라면 그렇게 나올 것이라 이미 예상하고 있었다는 듯이.

"그래야죠. 이대로 계속 몬스터한테 시달릴 수는 없잖아요?"

"적어도 집 앞에서 트롤을 만나는 경우는 피하고 싶어."

한숨을 내쉬는 현주. 인호와 수아는 쓴웃음을 지었다. 간신히 집에 돌아왔는데 어처구니없게도 집 앞에 마운틴 트롤이 떡하니 자리를 잡고 있던 게 아닌가. 어쩔 수 없이 세 사람은 다시 싸워야 했다.

결과적으로 승리했고 현주는 마운틴 트롤의 정수를 흡수해 강해졌다. 다만 이 싸움으로 이제 집이 안전하지 않다는 걸 뼈저리게 느꼈다.

"그런데 이 주변에 안전지대가 될 만한 던전이 있을까요?"

던전이 될 수 있는 장소는 총 네 종류가 있지만, 그중 안전지대가 될 수 있는 장소는 오직 세 종류뿐이었다. 온갖 유물이 모인 박물관, 많은 사람이 알고 있는 랜드마크, 마지막으로 건물을 기반으로 한 문화재였다. 번외로 지하철역이 있지만, 그곳은 안전지대가될 수 없기에 신경 쓸 필요가 없었다.

"하나 있어."

"있지."

동시에 대답하는 현주와 인호. 두 사람은 서로를 보며 씩 웃었다.

"어딘데요?"

"낙성대야."

수아의 의문에 답해주는 인호.

1972년 5월 25일, 서울특별시 유형문화재 제4호로 지정된 낙성대는 던전이 될 수 있는 자격을 갖추고 있었다.

"우리 집에서 가깝기도 하니 낙성대가 최고지."

일행이 머물고 있는 현주의 집에서 낙성대까지의 거리는 2km 조금 더 됐다. 인호 일행이 걷는 속도면 10분 안에 도착할 수 있을 정도로 가까웠다.

"그런데 인호야. 만약 다른 사람이 던전을 차지했으면 어쩔 거야?"

현주의 질문을 들은 수아의 안색이 어두워졌다.

"……비협조적으로 나오는 사람들이 있겠죠?"

"아예 우리를 죽이려 할지도 모르지."

수아가 묻자 진지하게 대답한 인호. 수아가 몸을 떨었지만, 그는 자신의 의견을 철회할 생각이 없었다.

착한 사람만 강력한 힘을 얻는다는 법은 없었다. 아니, 착한 사람도 힘에 따라서 바뀔 수 있었다. 힘이란 그런 거였으니까.

"솔직하게 말할게. 이런 상황에서 다른 사람을 함부로 믿기는 어려워. 언제 뒤통수를 칠지 모르잖아?"

"차라리 몬스터가 낫지. 놈들은 완벽한 적이니. 후우. 확실히 수도방위사령부가 무너진 건 아쉽네."

"수방사가 있어서 이 근방 치안이 유지됐으니까."

허나 수도방위사령부는 이제 사라졌다. 경찰 역시 무너진 이상, 이 주변은 아수라장이 되리라. 아니, 이미 되었을지도 모른다.

"……그럼 오빠는 어떻게 하실 거예요? 우리보다 먼저 던전을 차지한 사람을 상대로요."

"딱히 다른 사람들의 던전을 뺏을 생각은 없어. 무의미한 피를 보고 싶지는 않거든."

인호가 대답하자 현주가 곧바로 의문을 제기했다.

"만약 그 사람들이 우리를 공격하면 어떡할래?"

"피를 보겠지."

담담히 대답하는 인호. 그의 몸을 중심으로 얼음장 같은 살기가 피어올랐다.

가급적 살인은 피하고 싶다는 게 인호의 심정이었다. 허나 일행을 상대로 적의를 보이는 자들까지 용서할 마음은 없었다. 그런 이들에게 선의를 보이면 오히려 현주나 수아가 다칠 것이 분명했다.

-올바른 마음가짐이다-

'그런가?'

-투쟁의 시대는 모든 생물에게 투쟁을 강요한다. 즉, 괴수만 적이 아니라는 거지-

'알고 있다. 내 주변에 보이는 모든 게 적이 될 수 있겠지.'

뼛속 깊이 명심하고 있었다.

그 대화를 끝으로 일행은 잠자리에 들었다. 자기에는 약간 이른 시간이었지만 피로가 극에 달해 다들 눕자마자 잠들었다.

그리고 다음 날.

-메인 퀘스트가 생성됐습니다-

투쟁의 시대가 본격적으로 시작됐음을 알리는 메시지가 나타났다.

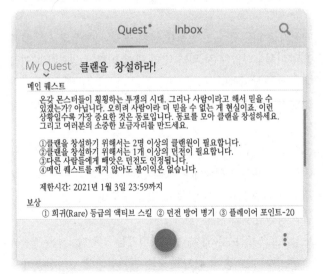

"빌어먹을."

메시지를 본 순간, 인호는 욕설을 내뱉었다.

이미 인간과 싸우기를 각오했다. 그러나 이렇게 대놓고 판이 만들어지면 이야기가 달라진다. 이제는 몬스터뿐만 아니라 인간마저 경계해야 했다. 타인의 생명을 빼앗고 소유물을 강탈하는 것을 허용하는 시스템 때문에.

-더더욱 각오를 다져야겠군. 앞으로 펼쳐질 지옥에서 살아남으려면-

"그래야지."

인호는 직감했다. 진정한 투쟁의 시대는 이제부터 시작이라는 것을.

메시지를 읽던 인호는 실소를 금치 못했다. 투쟁의 시대에 접어들면서 어처구니없는 걸 워낙 많이 봐서 면역이 생겼다고 여겼다. 허나 그건 오산이었다.

"퀘스트를 하지 않아도 불이익이 없다니, 이제는 거짓말까지 하는 건가?"

-그렇지. 각성자들은 보상을 얻지 못하는 시점에서 도태되니까-

단언컨대 투쟁의 시대에서 가장 중요한 건 보상이다. 보상을 통해 각종 아이템과 스킬을 얻을 수 있는 구조니까.

당장 자신만 해도 어떤가?

보상으로 뇌영보를 익혔고 투왕지체를 얻었다. 검은 질풍이라는 좋은 방어구도 손에 넣었고. 건곤천뢰검이나 수라신공이야 무명 덕에 얻을 수 있었지만, 보상이 중요한 건 명백했다.

그래서 퀘스트를 깨야 했다. 특히 메인 퀘스트라면 더더욱. 서브 퀘스트는 언제 나올지 모른다는 단점이 있었기에 여기에 의지하는 건 불가능했다.

-보상도 문제지만 방어 병기라는 것도 마음에 걸리는군-

"그렇지. 남의 던전을 노리던 놈들의 뒤통수를 때린 셈이니까. 어지간한 생존자들은 던전을 차지하려고 들겠지."

살아남은 모든 사람에게 던전이 필요했다.

여러 가지 제약이 있지만 몬스터들에게 시달리지 않아도 되는 유일한 장소이지 않은가. 그런 곳에서 소중한 사람들과 함께할 수 있다? 이만하면 각박한 현실을 잠시 피할 수 있는 낙원이라 불러도 이상하지 않으리라.

그것만으로 던전을 차지할 이유가 충분한데 이제는 아예 메인 퀘스트로 이를 부추겼다. 치열한 경쟁이 일어날 것이 불 보듯 뻔했다.

그런데 그때,

"김인호! 얼른 일어나! 잘 시간 없어!"

현주의 목소리가 방에 울려 퍼졌다.

타이밍이 워낙 적절해 인호는 자기도 모르게 웃었다. 방문 밖에서 다른 사람의 인기척이 느껴졌다. 수아 또한 일어난 게 분명했다.

-넌 정말 인복은 타고났군. 상황 판단이 빠른 사람을 만나는 게 얼마나 어려운 일인지 아나?-

"물론 알고 있지."

그래서 다행이었다.

현주 누나와 수아라는 동료를 만나서.

그러나 지금은 두 사람과의 인연을 기뻐할 때가 아니었다. 던전을 차지하기 위해 움직여야 할 시간이었다.

펄럭.

검은 질풍을 두른 인호는 방을 나섰다. 거실에는 이미 준비를 마친 수아와 현주가 서 있었다.

원래라면 바로 출발해야 했지만,

흠칫!

인호는 그렇게 할 수 없었다.

대신 그는 멍한 얼굴로 수아와 현주를 응시했다. 두 사람의 몸에서 흘러나오는 기세가 강해진 듯 했다. 어젯밤까지만 해도 이렇지는 않았던터라 충격이 더 컸다.

"눈치는 진짜 빠르다니까? 바로 알아차리네."

"좋아해야죠. 어제 보상이 의미가 있었다는 거니까요."

"보상?"

그 말을 들으니 문득 떠오르는 게 있었다. 두 사람 역시 튜토리얼을 깬 만큼, 보상을 받았으리라. 대체 어떤 보상이기에 저리도 강해졌는지는 알 수 없지만.

"이거 봐봐."

-히잉!-

현주가 오른손을 앞으로 내밀자 녹색 빛이 일더니 여자아이를 작게 축소한 것 같은 정령이 나타났다. 흙돌이와 다른 기운이었지만 맑고 깨끗하다는 점에서 같았기에 모를 수가 없었다.

"바람의 정령, 실프라고 해. 이름은 재롱이고."

"너무 대충 짓는 거 아니야? 애완동물 이름도 그렇게는 안 짓겠다."

"얼마나 좋아했는데? 그지, 재롱아?"

-히잉!-

재롱이가 활짝 웃으며 고개를 끄덕였다. 그리고는 현주의 얼굴로 날아가더니 그녀의 뺨에 자신의 뺨을 비비는 게 아닌가. 애교가 뭔지 제대로 보여주고 있었다.

"진짜 귀엽지 않아요?"

재롱이를 바라보는 수아의 시선에는 부러움과 애정이 가득했다.

-힝!-

수아의 마음을 알아챘는지 재롱이가 이번에는 그녀에게 다가가 안겼다. 그 모습을 본 현주는 피식 웃으며 말을 이어나갔다.

"얘하고 계약을 맺으니까 마력이 늘어나더라. 몸도 가벼워졌고. 아무래도 정령의 성질이 나한테 전달되나 봐. 이제야 제대로 싸울 수 있겠어."

"흙돌이하고 계약을 맺었을 때도 몸이 튼튼해졌다고 했으니 가능성은 있네."

"얘 덕에 이제 제대로 싸울 수 있어. 맨날 뒤에서 지켜보느라 좀이 쑤셨는데 다행이지. 알잖아, 내 스타일?"

"너무 잘 알아서 문제지."

사실 영원히 모르기를 원했지만, 운명이 이를 허락하지 않았다. 새로운 능력을 깨달은 누나가 앞으로 얼마나 더 사고를 칠까? 생각만 해도 끔찍했기에 그는 상상하는 걸 포기했다. 그리고 재롱이를 바라보았다.

"잘 부탁해, 재롱아."

-히이잉!-

힘차게 고개를 끄덕이는 재롱이. 그 모습이 귀여워 인호 역시 결국 웃을 수밖에 없었다.

"수아, 너는 뭘 얻었어?"

"오빠가 얻은 체질하고 비슷한 건데 천음지체(天陰之體)라고 해요. 땅에 발을 디디면 땅속의 마력이 제 몸으로 흘러들어온대요."

"뭔가 무시무시한데."

수아는 길잡이가 인정한 '마력의 축복을 받은 사람'이었다. 그런 그녀가 저토록 대단한 체질을 얻었다니, 얼마나 더 강해졌을지 가늠하기 어려웠다.

"자세한 건 나중에 말할게요. 지금 그럴 시간 없잖아요?"

수아의 말이 옳았다. 우리들처럼 낙성대를 노리는 플레이어들이 있으리라. 경쟁자들보다 일찍 도착하려면 이제 움직여야 했다.

"출발하기 전에 한 번만 더 말할게. 다들 이것만큼은 명심해. 어제도 말했지만, 우리에게 해를 끼치는 사람들은 전부 다 적이야."

"적은 전부 죽여야 하고. 그래야 우리가 살 수 있어."

살벌하게 말하는 인호와 현주. 두 사람을 중심으로 흐르는 살기를 느낀 수아는 자기도 모르게 몸을 떨었다. 그러자 현주는 몸을 돌려 수아의 뺨을 부드럽게 쓰다듬었다.

"그런데 수아야, 정말 괜찮겠어? 혹시나 해서 말하는데 굳이 무리할 필요 없어."

"언니."

현주는 수아를 보며 불안감을 느꼈다. 자신과 인호 모두 살인을 경험한 적이 없지만 언제든 손에 피를 묻힐 각오를 하고 있었다.

그에 반해 수아는 너무 착했다. 또 시민을 지켜야 한다는 직업의식도 투철했고. 그런 그녀가 민간인들을 상대로 싸울 수 있을 것인가?

"……솔직히 자신은 없어요. 하지만 제가 지켜야 할 사람들은 자신을 지킬 수 없는, 다른 사람의 도움이 필요한 사람들이에요."

"그래?"

"타인에게 아픔을 강요하는 사람들을 용서할 생각은 없어요. 경찰의 역할은 범죄자를 잡는 거라고요?"

현주는 수아를 바라보았다. 그녀의 얼굴에서 더는 망설임을 찾아볼 수 없었다. 오히려 각오를 다졌는지 결의에 찬 표정이 드러나고 있었다.

"오케이. 그래도 너무 무리는 하지 마. 힘든 일은 다 쟤 시키면 되니까."

"잘 나가다 왜 딴 길로 새는데?"

"그게 재밌으니까?"

인호를 보며 어깨를 으쓱인 현주. 그리고는 바로 수아와 팔짱을 꼈다. 수아 역시 웃으며 그녀의 팔을 꼭 끌어안았다.

"후우. 그럼 가자."

한숨을 내쉰 인호가 말하자 두 사람은 고개를 끄덕였다.

스윽.

집을 나서기 직전, 인호는 마지막으로 집을 돌아보았다. 현주 역시 마찬가지였다.

이 집은 두 사람의 부모님이 남긴 유일한 유산이었다. 이곳에서 계속 살기 위해 얼마나 노력했던가.

"다시 돌아올 수 있을 거야."

"당연히 그래야지."

장난스럽게 대답하는 현주를 보며 인호와 수아는 피식 웃었다. 그렇게 세 사람은 집을 나섰다.

각오를 다지고 밖으로 나선 세 사람. 새하얗게 변한 세상이 그들을 반겼다.

"눈이네요?"

"안 그래도 갈 길이 먼데 귀찮게 하네."

새해 첫눈이었지만 기뻐하는 사람은 아무도 없었다. 눈이 그들의 갈 길을 방해할 게 분명했기에.

─확실히 공기가 달라졌군. 여기저기서 음습한 기운이 느껴진다─

'몬스터가 늘어난 건가?'

─늘기야 늘었지. 다만 중요한 건 그게 아니다. 괴물들이 늘어난 거로는 설명할 수 없는 기운이 느껴진다. 인간의 악의와 괴물의 살의가 섞이면 이렇게 되려나? 조심하는 게 좋을 거다─

'주의하지.'

담담히 대답하는 인호. 나쁜 소식이었지만 이미 예상한 부분이었다.

"그나저나 어디로 갈 거야?"

"남부순환로를 따라가려고."

"큰길로 가면 위험하지 않을까? 몬스터야 너한테 겁먹고 도망친다 해도 사람은 다르잖아. 숨어서 우리를 노리는 놈들이라도 있으면 어쩌려고?"

"사람은 당분간 경계할 필요 없어."

현주가 뭘 불안해하는지 알지만 인호는 개의치 않았다.

"그게 무슨 말이에요, 오빠? 조금 전에는 사람을 경계하라고 했잖아요."

"제정신이라면 놈들이 길에서 지나가는 사람들을 기다릴 리 없어. 던전을 손에 넣기도 바쁜 상황이니까. 이 근방에 있는 놈들은 다 낙성대로 갔을 거야."

"아! 그러면……."

"낙성대에 가기 전까지는 다른 플레이어들이 우리를 공격할 일은 없을 거야."

다르게 말하자면 낙성대부터는 지옥 같은 상황이 펼쳐질 것이다. 차지할 수 있는 던전은 하나뿐인데 경쟁자는 많으니 당연했다.

그렇게 남부순환로에 도착한 일행은,

"……저희는 대체 앞으로 얼마나 더 놀라야 할까요?"

"앞으로도 계속 놀라지 않을까? 이런 광경이 익숙해지면 그건 그거대로 슬플 거 같고."

굳은 얼굴로 사당역 방면을 응시했다.

어제까지만 해도 도로를 꽉 채우고 있는 바리케이드와 그 주변을 경계하던 군인들을 볼 수 있었다.

그러나 이제 그들은 없었다. 바리케이드는 물론 사당역 위를 통과하는 고가도로까지 무너졌고 주변에 있던 건물들도 몇 채 쓰러져 있었다.

일행은 이를 뒤로한 채, 까치 고개로 올라갔다. 길이 미끄러웠지만, 초인이 된 이들에게는 아무것도 문제될 게 없었다.

"여기서 꺾자."

"오케이."

사거리가 나오자 인호는 오른쪽으로 향했다. 그러나 그것도 잠시, 일행은 발걸음을 멈출 수밖에 없었다.

"윽!"

자기도 모르게 신음을 내뱉은 수아. 그럴 만한 상황이라 그녀를 탓하는 사람은 아무도 없었다. 골목에는 시체들이 널려 있었다. 골목 이곳저곳은 피로 물들어 있었고.

"모, 몬스터가 한 걸까요?"

"그럴 리가 없잖아."

"이건 사람에게 당한 거야."

수아의 추측을 단숨에 부정하는 인호와 현주였다. 시체들의 상태는 처참했다. 팔, 다리가 잘린 건 예사였고 어떤 놈은 아예 목이 잘려져 있었고.

그중에서 두 사람의 시선을 사로잡은 건 상처의 단면이었다. 몬스터에 의해 물어뜯기거나 찢기면 단면이 지저분한데 지금은 굉장히 깔끔했다. 마치 검에 베인 것처럼.

"총에 맞은 놈도 있네."

그녀가 가리킨 시체의 머리에는 구멍이 뚫려 있었다. 이를 본 인호는 결론을 내렸다.

"경고인가."

"경고라니, 무슨 말이에요?"

"이 이상 접근하면 이렇게 된다고 협박하는 거지."

인호를 대신해 현주가 수아의 질문에 대답했다.

"……겨우 협박이나 하려고 사람을 죽인다고요?"

"그런 세상이 됐잖아? 괜히 인호나 내가 너를 걱정하는 게 아니야, 수아야. 경찰인 너한테 이런 말을 하는 게 웃기지만 세상은 넓고 또라이는 많다고?"

"이해할 수 없어요."

수아의 표정이 일그러졌다. 현주는 그녀가 진심으로 분노하고 있음을 눈치챘다.

'이게 낫지.'

수아가 닥치는 대로 사람을 죽이는 살인마가 되기를 원하지는 않는다. 다만 자신을 지키기 위해서라도 손속에 사정을 두지 않기를 바랄 뿐.

"어떻게 할 거야? 이 길은 못 갈 거 같은데."

"어차피 어디를 가든 똑같아. 길목마다 지키고 있겠지."

스르르.

현주의 말에 대답한 인호는 두 자루의 검을 모두 뽑았다.

후퇴?

그는 도망치는 걸 두려워하지 않았다. 살아남으려면 필요에 따라 도망치는 게 좋을 때도 있기 때문에. 그러나 지금이 도망칠 상황인가? 그는 단호하게 대답할 수 있었다. 절대 아니라고.

─크큭. 역시 그렇게 나와야지. 걱정하지 마라. 쥐새끼들은 내가 다 찾아줄 테니─

'기대하지.'

누가 사냥꾼인지 보여줄 시간이었다.

인호 일행은 계속 낙성대 쪽으로 나아갔다. 낙성대와 가까워질수록 일행의 안색도 나빠졌다. 시체의 수가 점점 늘어나고 있었기 때문에.

"벌써 20명이 넘었어. 완전히 미친 새끼들 아냐?"

"단지 던전을 차지하겠다는 이유로 이렇게 많은 사람을 죽이다니……. 그냥 경고만 해도 되잖아요."

현주와 수아는 크게 분노했다. 특히 수아는 아예 살기를 뿜어낼 정도였다. 인호조차 놀랄 정도로 수아의 살기는 강렬하고 또 날카로웠다.

"이쯤 되면 사람을 죽이는 또 다른 이유가 있는 거 같은데. 네 생각은 어때, 김인호?"

"그럴 가능성이 높지. 가령 사람을 죽이면 경험치를 더 많이 받을 수 있다던가."

자신이 생각해도 끔찍한 발상이었다. 허나 그러지 말라는 법도 없었다. 지금은 투쟁의 시대, 상상 이상의 일이 버젓이 일어날 수 있었다. 기존의 상식에 얽매였다가는 큰일을 당할 수 있으리라.

"곧 있으면 낙성대야. 다들 조심……."

타앙!

인호는 말을 잇지 못했다. 갑자기 무언가가 그의 머리를 강타했기 때문에. 충격으로 그의 고개가 뒤로 크게 젖혀졌다.

쨍.

동시에 찌그러진 탄환이 바닥에 떨어졌다. 이를 본 현주는 바로 수아를 불렀다.

"수아야!"

"확인했어요! 11시 방향의 상가 4층이에요! 엄호 들어갈게요!"

현주의 기대에 부응한 수아. 그녀는 적을 찾는 데 성공했다. 두 사람 모두 인호를 걱정하지 않았다. 대신 보이지 않은 적을 경계할 뿐. 현재로서는 그게 더 중요했고 또 옳았다.

'찾았다.'

눈을 빛낸 현주.

수아의 말대로 K2 소총을 겨냥하고 있는 남자의 모습이 보였다.

놈은 위치가 드러났는데도 아랑곳하지 않고 총구를 움직였다. 표적은 수아였다. 이를 본 현주는 뱃속에 힘을 주고 외쳤다.

"흙돌아!"

-끼잉!-

현주의 어깨에서 내려온 흙돌이가 땅바닥에 양손을 갖다 댔다.

그러자,

쿠쿠쿵!

아스팔트가 갈라지며 흙으로 이루어진 방벽들이 끊임없이 치솟았다.

방벽의 숫자는 총 8개. 상가까지 늘어진 방벽의 모습은 계단과 비슷했다. 그리고 누군가가 방벽을 밟고 움직이기 시작했다.

바로 김인호였다.

'이래도 방어구가 필요 없다고 할 거냐?'

-비겁한 놈들! 무사는 서로 병장을 맞대며 승부를 가리는 것도 모르고!-

'이기면 그만이라고 말한 쪽이 누구였더라?'

-활이라면 인정하겠다! 당당하게 나서서 기예를 겨루니까, 그런데 저 총이란 건 뭐냐! 비열하게 쥐구멍에 숨어서는!-

인호가 자신을 비웃자 무명은 분통을 터뜨렸다.

그의 감지 영역은 약 12m. 그의 능력은 분명히 대단했지만, 한계는 명확했다. 적이 감지 영역 밖에 있으면 무명은 바로 까막눈으로 전락하니까. 그리고 총이나 활 등 원거리 무기들은 무명의 감지 능력을 가볍게 쌈 싸 먹는 사정거리를 가지고 있었다.

'현대에는 이런 말이 있지. 템빨 만세라고.'

인호는 검은 질풍을 보며 웃었다.

자동으로 공격을 막는다는 설명대로 검붉은 보호막이 형성되어 탄환을 튕겨냈다. 이제 단순한 총은 두려워할 이유가 없었다. 그래서 정면으로 달려들 수 있었던 거고.

-젠장! 저놈이나 확실하게 조져라!-

'그래야지.'

적을 노려보는 인호의 눈은 살기로 번뜩였다. 검은 질풍의 방어력은 튼튼했지만 딱 한 가지 단점이 있었으니, 충격을 완벽하게 상쇄하지 못한다는 점이었다. 그 때문에 머리는 여전히 아팠고 고통은 분노로 승화됐다.

"재롱아!"

-히잉!-

바람의 정령, 실프가 손을 휘두르자 연녹색의 빛이 인호의 몸을 감쌌다. 그러자 달리는 속도가 더 빨라졌다.

"뭐, 뭐야!?"

한편, 총을 쏜 당사자인 김동건은 당혹감을 감추지 못했다. 남자의 머리에 자신이 쏜 탄환이 박히는 걸 똑똑히 지켜보았다. 그래서 다음 타깃으로 곁에 있던 여자들을 노렸는데 갑자기 커다란 흙덩어리가 나타나는 게 아닌가.

동료가 쓰러졌는데도 당황하지 않는 놈들은 저들이 처음이었다. 게다가 총에 맞은 놈은 멀쩡하게 움직여 그를 더 놀라게 했고.

"뭘 놀라고 그래? 우리가 저런 놈들 한, 두 번 보냐?"

"하긴. 다들 괴물이었지. 우리한테 다 뒈졌지만."

김동건은 곁에 있는 친구, 이우성의 말에 동의했다. 그리고 웃으며, 달려드는 인호를 내려다보았다.

대다수의 플레이어가 저랬다. 자신이 가진 능력을 과신했고 무작정 달려들었고 다들 죽었다. 이번에도 그렇게 되리라.

"뒈져!"

타타탕!

방아쇠를 당기는 김동건. 탄환이 무차별적으로 쏟아졌다. 조금 전처럼 일반탄이 아니었다. 붉은빛으로 이루어진 작은 구체, 바로 마력탄이었다.

"캬아! 김동건, 작정했네. 그 스킬까지 쓰고."

이우성은 히죽 웃었다.

상대가 벌집이 될 것이라 굳게 믿었다. 그 어떤 플레이어도 이 스킬을 받아낸 적이 없었으니까. 이번에도 그렇게 될 것이다. 그러나 그의 믿음은 금방 박살났다.

"저 빌어먹을 새끼가!"

"뭐야, 저건!"

자기도 모르게 욕설을 내뱉는 김동건. 곁에 있던 이우성도 당황한 건 마찬가지였다.

두 사람 모두 똑똑히 볼 수 있었다. 인호의 몸을 휘감고 있는 검붉은 보호막을. 수십 개에 달하는 마력탄들은 보호막에 닿자마자 모조리 튕겨나갔다.

─이수아하고 비슷한 능력이군─

'스킬이야 똑같을 수 있지. 그래봤자 아무 의미도 없지만.'

상대의 연사 능력은 수아와 대등했지만, 그뿐이었다. 한 발, 한 발의 위력은 형편없었다.

─그래도 마음 놓지 마라. 사수 옆에 한 놈 더 있다─

'상관없어.'

파지직!

뇌영보를 펼친 인호. 번개의 기운이 전신의 신경을 강화해 신경 전달 속도를 늘렸다. 신체의 반응 속도가 빨라졌으며 동체 시력이 좋아졌다. 번개의 기운을 두른 그는 방벽의 바닥을 박찼다. 창문이 그의 앞을 가로막았지만 부질없었다.

쨍그랑!

창문이 박살 나 파편이 튀었다. 건물 안에 진입하는 데 성공한 인호는 곧장 김동건과 이우성을 향해 달려들었다.

"썅!"

욕설을 내뱉은 이우성이 인호 쪽으로 달려들었다. 보상으로 얻은 일본도를 양손으로 움켜쥔 채. 그 모습을 본 인호의 눈이 번뜩였다. 그는 일본도에 휘감겨진 푸른빛을 놓치지 않았다. 수라검기보다 색깔이 옅었지만 저건 분명 검기였다.

'그렇다면!'

인호 역시 검기를 일으켰다. 격을 잃은 마검에는 검붉은 검기가, 로드나이트의 검에는 검푸른 검기가 나타났다. 이우성은 그 모습을 보고 피식 웃었다.

'어디서 본 건 있어서.'

한 손에 검을 하나씩 쥐어야 하는 쌍검은 필연적으로 강력한 악력을 요구한다. 문제는 그래봤자 양손에 비할 바가 못 된다는 점이었다. 상대가 플레이어인 만큼, 검을 놓칠 일은 없겠지만 양손으로 검을 움켜쥔 그에게 대적할 수 있을 리 만무했다.

콰앙!

위에서 아래로 떨어지는 일본도가 밑에서 위로 치솟는 마검과 부딪쳤다. 기와 기의 충돌로 강력한 충격파가 형성되어 창문을 박살 내고 책상 같은 집기류를 날려버렸다.

"윽! 뭐 이런 놈이 다⋯⋯."

이우성은 신음을 내뱉으며 뒷걸음질 쳤다. 인호를 바라보는 그의 눈빛은 경악으로 물들어 있었다. 어떻게 한 손만으로 자신의 신체 능력을 압도한단 말인가?

더 무서운 건 따로 있었다.

'사람 눈깔이 왜 저래?'

인호의 눈은 무심했다. 보는 것만으로 몸을 떨게 할 정도로. 공포를 이기지 못한 이우성이 목청을 높였다.

"동건아!"

"알고 있어!"

김동건은 인호에게 달려들어 K2 소총에 장착된 총검을 찔렀다. 군대에서 배운 내용을 떠올리면서. 플레이어의 신체로 펼치는 총검술은 강력했다. 물론 인호에게는 애들 장난이나 다름없었지만.

쩌엉!

인호는 로드나이트의 검을 내질러 가볍게 총검을 빗겨냈다. 그다음, 몸을 숙이고는 자신에게 다가오는 김동건의 명치를 오른쪽 무릎으로 후려쳤다.

"컥!"

겨우 한 방이었지만 김동건은 고통을 이기지 못하고 바닥에 주저앉았다. 인호는 상대를 끝장내기 위해 마검을 내려쳤지만, 이우성이 다가와 그의 공격을 막아냈다. 그러나 인호는 개의치 않고 로우킥을 날려 상대의 무릎을 걷어찼다.

"으아악!"

비명과 함께 무너지는 이우성. 인호는 마검을 허리 뒤로 당기더니 수평으로 크게 휘둘렀다. 마검은 이우성의 목을 정확히 날려버렸다.

"우, 우성아!"

믿을 수 없다는 표정을 지으며 울부짖는 김동건. 인호는 이에 아랑곳하지 않고 상대의 목에 검을 겨누었다.

"죽고 싶지 않으면 질문에 대답해라. 침묵하면 죽는다. 괜한 짓을 해도 죽을 거고. 알았나?"

"꺼, 꺼져! 그냥 죽……크아아악!"

처절하게 비명을 지르는 김동건. 그의 허벅지에는 어느새 인호가 찌른 검이 꽂혀 있었다. 피가 분수처럼 콸콸 흘러나와 다리와 옷을 붉게 적셨다.

"마지막 기회다. 한 번만 더 망설이면 살아있는 걸 후회하게 해주지."

"마, 말할게요! 뭐든지 다!"

질질 짜며 울부짖는 김동건. 최대한 비밀을 지키려고 했지만, 칼에 찔린 고통을 도저히 감당할 수 없었다. 끊임없이 피가 흘러나오는 느낌도 굉장히 불쾌했고.

-멋진 전우애군-

상대를 비웃는 무명. 인호는 어깨를 으쓱이고는 심문했다.

"이름."

"기, 김동건이요."

"너희 일행은 몇 명이지? 죽은 저놈도 포함해서."

"저하고 우성이까지 포함해서 모두 8명이에요. 다들 친구 사이고 클랜을 만들려고 낙성대에 왔어요."

김동건은 묻지 않은 것도 줄줄이 말했다. 죽음의 공포와 극심한 고통 앞에서 의리 따위는 무의미했다.

"다른 놈들의 능력은 뭐지? 너처럼 총을 가진 놈도 있나?"

"총을 가진 애들은 저를 포함해서 4명이에요. 다들 저처럼 마력탄을 쏠 수 있고요."

"다른 놈들은?"

"나머지 셋은 우성이처럼 검을 사용해요. 퀘스트 보상으로 얻은 거고. 다들 몬스터 가죽으로 몸을 보호하고 있고 액티브 스킬인 '검기'라는 걸 사용할 줄 알아요."

생각했던 것보다 훨씬 위험한 놈들이었다. 단순히 보상만 타는 게 아니라 몬스터의 가죽을 벗겨 이용하다니, 누군지는 몰라도 상상력이 굉장히 뛰어났다. 적의 능력도 예상 이상으로 강했고.

섣불리 달려들었다가는 낭패를 면치 못했으리라.

"너희 리더는 누구지?"

"강영준이라는 애인데 머리를 붉게 염색해서 보면 바로 알 거예요. 걔가 저희 중에서 제일 세요."

"세다고?"

"다른 애들과 달리 걔는 무공을 사용할 줄 알아요. 무, 무공이라는 건……."

"뭔지 알고 있으니 그건 됐다."

인호가 말을 끊자 김동건은 입을 다물었다.

–생각했던 것보다 위험한 놈들이군–

'무공을 사용하는 대장도 문제지만 몬스터의 부산물을 사용하는 발상이 더 무시무시하군.'

그 정도 전력을 가진 놈들이 던전까지 공략하면 문제가 더 커진다. 퀘스트 보상과 던전 공략 시에 주어지는 보상까지 모두 얻으면 상대의 전력은 더 강해질 테니까.

한시라도 빨리 놈들을 처리해야 했다. 그게 자신들이 살아남을 수 있는 유일한 길이었다. 의문을 모두 해결한 인호는 김동건을 향해 검을 겨누었다.

"질문에 대답하면 살려주신다고 했잖아요! 더, 더 대답할 수 있어요!"

"너는 너와 같은 말을 한 사람들을 얼마나 죽였지?"

"이 씨……."

촤아악!

"아아악!"

목이 찢어지도록 비명을 지르는 김동건. 그의 오른쪽 다리는 몸과 분리되어 바닥을 구르고 있었다. 김동건은 양손으로 출혈을 막으려 했지만 부질없었다.

"약속을 어길 생각은 없으니 안심해도 좋다. 너 같은 쓰레기가 되고 싶지는 않거든."

"어, 엄마. 아빠……."

"앞으로 몇 분이나 더 살지 모르겠다만 계속 반성해라. 그게 네놈이 할 수 있는 유일한 속죄니까."

애처롭게 중얼거리는 김동건. 허나 인호의 시선은 여전히 냉랭했다. 자신의 욕망을 위해 사람을 죽인 놈에게 베풀 자비나 동정은 없었다.

인호는 창문 밖으로 몸을 날렸다. 그러자 무명이 뭔가 마음에 안 든다는 얼굴로 따졌다.

-왜 살려둔 거지? 저러다 동료가 와서 구하면 골치 아플 텐데?-

"피를 저렇게 흘리면 앞으로 5분도 못 버틸 거다. 그럼 어떤 명의가 와도 못 구해."

-그야 그렇다만 저런 상황에서는 죽이는 게 제일 낫다. 혹시 또 저놈이 살아날지 누가 아나?-

"그럴지도 모르지. 그래도 바로 죽일 생각은 없다. 저런 놈에게 죽음은 안식에 불과하니까."

다른 동료는 상황이 긴박하여 빨리 죽여야 했다. 그래서 김동건만이라도 최대한 고통을 맛보길 원했다.

그래야 자신이 죽인 사람들의 심정을 조금이나마 이해할 수 있지 않겠는가? 꼴을 보아하니 그럴 거 같지도 않지만.

"뭐 좋은 정보 얻었어?"

현주가 다가오자 인호는 자신이 얻은 정보를 일행에게 알려줬다. 그러자 현주와 수아의 표정이 심각해졌다.

"그런 놈들이 있다니, 더럽게 골치 아프네."

"저희가 이길 수 있을까요, 오빠?"

"일단 적의 상황을 확인해보고 결정할게. 방비가 단단하다 싶으면 낙성대는 포기할 거야."

던전보다 더 중요한 건 일행의 안전이었다. 인호의 뜻을 이해한 두 여인은 고개를 끄덕였다.

"그럼 다시 출발 하자. 다들 주변 경계를 소홀히 하지 마. 이제 700m 정도밖에 안 남았으니까."

인호가 당부하자 수아와 현주는 고개를 끄덕였다. 이제 정말 낙성대가 멀지 않았다.

낙성대.

고려의 영웅, 강감찬 장군이 탄생했다고 알려진 장소. 하늘에서 그의 탄생을 축복하는 별이 떨어진 곳이기도 했다.

본래 낙성대는 강감찬 장군의 사당인 안국사와 넓은 공원으로 이루어져 있었다. 공원 중심에는 그를 기리는 동상이 세워져 있었고. 그런데 지금 이 순간, 과거의 낙성대의 모습을 전혀 찾아볼 수 없었다.

"이게 던전…… 무섭게 생겼네요."

"그러게."

수아와 현주의 말대로 던전은 전체적으로 다가가기 힘든 분위기를 띠고 있었다.

우선 5m 정도 되는 벽이 공원 전체를 둘러싸고 있었다. 결계가 형성되어 있어서 뛰어넘을 수도 없었고. 입구가 있는 자리에는 검은 구멍이 있었는데 마치 지옥으로 들어가는 입구처럼 보였다.

"그래도 가야지."

"당연한 소리는 됐고. 어쨌든 저놈들이 아직 던전을 공략하지 않아 다행이네."

"다른 사람들을 기다리고 있나 봐요."

세 사람의 시선이 던전 입구를 향했다. 입구 근처에는 여섯 명의 청년이 서 있었다. 주변을 경계하는 이는 없었다. 다들 긴장감 없이 서로 웃고 떠들 뿐.

"별 꼴이네? 저렇게 탁 트인 곳에서 자기들끼리 노닥거리고."

"자신감이 과하네요."

현주와 수아가 불만이 가득한 얼굴로 적들을 노려보았다. 저들이 죽인 플레이어의 숫자만 해도 20명이 넘었다. 그동안 승승장구했으니 방심할 만했지만 불쾌한 기분이 드는 건 사실이었다.

문제는 한 명, 한 명의 기세가 범상치 않았다는 점이었다. 운으로 다른 플레이어들을 살해한 건 아님을 저들을 보자마자 깨달았다.

"어떻게 할 거야, 김인호? 노닥거리는 꼴을 보니 열 받는데 어쨌든 적들은 우리보다 숫자가 많아. 실력도 있는 거 같고. 정면으로 공격하는 건 위험해."

"차라리 저 사람들이 던전을 공략하고 난 다음에 노리는 건 어떨까요? 방심하고 있을 때요."

현주와 수아가 의견을 제시했다. 하지만 인호는 고개를 흔들었다.

"던전이 공략되면 끝이야. 보상 중에 던전 방어 병기가 있잖아. 공성전으로 가면 이기기 힘들어. 게다가 보상을 받으면 저놈들 모두 더 강해지겠지. 공격하려면 지금뿐이야."

그렇게 말한 인호는 적들을 노려보았다. 개개인의 실력과 별개로 주변에 대한 경계를 전혀 하지 않았다. 기습하면 먹힐 확률이 높았다.

다만 기습의 방식이 문제였다. 저들을 확실하게 혼란에 빠뜨릴 한 수가 필요했다. 잠시 고민하던 그는 입을 열었다.

"그럼 작전을 말할게. 누나는 우선 흙돌이로 방벽을 일으켜. 놈들의 숫자를 최대한 쪼개는 거야. 그다음에 수아와 함께 방벽 위에서 놈들을 공격해."

"너는 어쩌려고?"

"밑에서 싸울 거야."

"괜찮겠어?"

"잘못했다가는 오빠가 고립될지도 몰라요."

불안감을 드러내는 현주와 수아. 두 사람의 심정은 이해하지만 그대로 진행할 생각이었다.

"그래도 해야지. 다른 던전에 갈 시간은 없잖아? 게다가 자기들의 목적을 위해 사람들을 닥치는 대로 죽이는 놈들이 잘되는 꼴은 보고 싶지 않거든."

"이길 수 있다고 본 거지?"

"물론."

인호는 고개를 끄덕였다.

적들은 다른 플레이어들을 잡을 정도로 강했다. 하지만 자신 혹은 수아, 현주가 저들에게 뒤떨어진다고 생각한 적은 한 번도 없었다. 게다가 검은 질풍이라는 확실한 보호구가 있지 않은가.

그렇기 때문에 그는 승리를 확신했다.

"오케이. 그럼 다들 전투 준비."

현주의 말을 들은 인호는 두 자루의 검을, 수아는 마력 권총을 양손으로 움켜쥐었다.

"흙돌아!"

현주가 외치자 흙돌이는 주인의 기대에 부응하기 위해 방벽을 일으켰다. 수아와 현주가 서 있는 바닥이 높게 치솟더니 적들을 향해 움직였다. 뒤이어 두 개의 방벽이 추가로 일어나자 적들은 세 무리로 쪼개졌다.

"뭐야!?"

"어떤 새끼야!"

"다 죽여!"

당황한 적들을 보며 인호는 뇌영보를 펼쳤다. 저들이 혼란에 빠진 틈을 노려서 끝장내고 던전에 들어가리라.

타타탕!

쾅! 콰쾅!

수아의 마력탄이 허공을 수놓았고 현주가 날린 돌의 창이 대지에 꽂혔다. 갑작스러운 폭격에 놈들은 피하기 바빴고 자세를 바로 잡지 못했다.

-총 든 놈부터 죽여라! 놈들이 네 누이와 수아를 공격하게 내버려 둬서는 안 된다!-

무명의 말에 따라 인호는 K2 소총을 들고 있는 놈부터 노렸다. K2 소총만으로 검은 질풍을 뚫을 수 없지만, 특수한 스킬을 가진 놈이 있을 확률이 높았다.

총을 든 놈 하나가 가까워지자 인호는 마검을 뻗었다. 깜짝 놀란 청년은 총을 겨누었지만 인호의 공격이 더 빨랐다.

"커헉!"

검에 목이 꿰뚫린 청년이 피거품을 토해냈다. 인호는 상대를 발로 걷어차 날려버렸다. 그리고 다른 놈을 향해 몸을 날렸다.

"이 새끼가!"

"얼른 쏴!"

투투투!

K2 소총이 불꽃을 토해냈는데 마력탄이었다. 다만 소용없는 건 똑같았다. 다양한 색깔의 구체는 검은 질풍의 보호막을 뚫지 못하고 모두 막혔다.

"젠장! 아이템이야!"

"연사로 쏘지 마! 한 방을, 크아아악!"

K2 소총수 청년이 비명을 질렀다. 인호가 내리그은 로드나이트의 검이 그의 오른팔을 베어버렸기 때문에. 그는 왼팔로 잘린 팔을 부여잡았고 그게 빈틈이 되었다. 인호는 마검을 휘둘러 상대의 목

을 날려버렸다.

'마지막 한 놈!'

K2 소총을 들고 있던 다른 놈들과 달리 남아있는 청년은 M16 소총을 들고 있었다. 놈을 끝장내기 위해 인호는 로드나이트의 검을 높게 쳐들고는 단숨에 내리쳤다. 그러나 인호는 이번만큼은 자기 뜻을 이룰 수 없었다.

쩌엉!

태도를 든 청년이 인호의 공격을 막아냈기 때문에. 놈은 총을 든 이를 향해 외쳤다.

"동욱아! 너는 위에 있는 년들을 쏴 죽여!"

김동욱은 뒤로 빠지더니 방벽 위에 있는 수아와 현주를 향해 마력탄을 날렸다. 단발이었지만 대신 위력이 강했다. 게다가 놈이 방벽 위를 견제하기 시작하자 검을 든 다른 놈이 방벽을 밟고 위로 올라갔다.

'상황 판단이 빠르군.'

물 흐르듯이 움직이는 적들을 보며 인호는 자신의 선택이 옳았음을 확신했다. 이들이 던전을 공략했다면 낙성대는 철옹성으로 바뀌었을 것이다. 이놈들 역시 괴물이 됐을 거고.

'다 죽인다!'

인호는 결론을 내렸다.

그런데 그때,

-왼쪽!-

무명이 다급하게 경고했다.

맹렬한 기세로 무언가가 날아오고 있었다. 인호는 마검을 세워 자신을 보호했다.

쩌엉!

검이었다. 그것도 보통 검이 아니었다. '격을 잃은 마검'이나 '로드나이트의 검'처럼 검 자체에 마력이 깃들어 있었으며 그 기운은 굉장히 맑고 깨끗했다.

두 개의 검은 격돌했고 인호에게 기습을 한 자는 뒤로 밀려났다. 방어하는 데 성공한 그는 검의 주인을 응시했다.

붉게 염색한 머리의 청년이 서 있었다. 오른손에는 검을 쥐었고 왼손에는 방패를 들었다. 자세가 깔끔했다. 기세 역시 이제까지 만난 놈들과 차원이 달랐고.

"강영준인가?"

"오, 날 알아? 나 완전 유명인이 다 됐네. 으악!"

건들거리던 강영준은 기겁했다. 어느새 인호가 달려들어 그를 향해 로드나이트의 검을 찔렀기 때문에.

그러나 공격은 이번에도 막혔다. 태도를 든 놈이 끼어들어 인호의 공격을 막아낸 것이다. 그 사이, 강영준이 몸을 숙이면서 인호의 틈을 파고들어 검을 쳐올렸다.

"하앗!"

불편한 자세였지만 이에 아랑곳하지 않고 마검을 휘두른 인호. 명검과 마검이 허공을 가르며 다시 한 번 충돌했다.

그 순간, 투쟁을 부추기는 메시지가 떠올랐다.

판정 결과가 나왔습니다. 플레이어 김인호와 플레이어 강영준의 실력은 대등합니다. 투쟁에서 승리한 플레이어는 상대의 가장 강력한 스킬을 강탈할 수 있습니다. 싸우십시오. 그리고 승리하십시오. 승자만이 모든 걸 차지할 것입니다
Close	View

대등하다.

사전에서는 이 단어를 이렇게 표현한다. 서로 견주어 높고 낮음이나 낫고 못함이 없이 비슷하다고.

"동급의 실력자가 가진 스킬을 뺐을 수 있다, 역시 투쟁의 시대. 이제는 이런 식으로 싸움을 부추기네."

어이가 없다는 듯 중얼거리는 강영준. 이번만큼은 인호 역시 상대의 의견에 동의할 수밖에 없었다.

안 그래도 던전을 차지하기 위해 사람들은 서로 싸워야 했다. 그것만 해도 악랄했는데 이제는 다른 사람들의 가장 강한 스킬을 뺏을 수 있게 됐다.

이 체계를 누가 만들었는지 알 수 없었다. 단언컨대 제정신은 아니니라.

"비슷한 실력자라……."

"그동안 꽤 많이 죽였는데 이런 메시지는 처음이란 말이지. 아무래도 실력이 비슷한 놈들끼리 붙어야 하는 거 같은데?"

인호는 대답하지 않았다. 허나 그는 강영준의 말이 옳다는 걸 이해했다. 김동건이나 이우성과 싸웠을 때는 이런 메시지가 안 나타났으니까.

"황영훈. 넌 동욱이 쪽을 도와. 이놈은 내가 잡는다."

"오케이. 근데 조심해라. 진짜 위험한 놈이니까."

"그래봤자 내 밥이지. 어쨌든 다른 놈들 좀 잘 지켜."

황영훈이라 불린 이는 고개를 끄덕이고는 방벽 쪽으로 갔다. 남은 넷 중 셋이 방벽으로 향했지만 인호는 나설 수 없었다. 자신의 앞길을 가로막고 있는 강영준 때문에.

"우리는 제대로 해보자고."

쿠오오!

강영준의 전신에서 핏빛 기운과 강렬한 기세가 흘러나왔다. 김동건이 말한 대로 무공을 익힌 게 분명했다. 허나 그건 놈만 익힌 게 아니었다.

콰아아!

수라마공을 일으킨 인호. 검붉은 빛과 검푸른 빛이 뿜어져 나와 강영준의 기운을 밀어냈다.

'무명.'

-왜?-

'이 싸움에는 끼어들지 마라. 놈은 내가 죽인다.'

사람을 아무렇지 않게 죽이는 쓰레기는 직접 베어야 직성이 풀릴 것 같았다. 어차피 참회할 놈으로 보이지도 않았고.

-무인의 *싸움*을 방해할 수는 없지. 마음껏 *싸워봐라*-

무명의 격려를 들은 인호는 강영준을 향해 달려들었다. 이에 질세라 강영준 역시 인호에게 쇄도했다.

"쌍! 마력탄이 안 먹히잖아! 대체 무슨 아이템이 저따위야!"

"원거리 공격을 막는 아이템은 많아! 저런 건 가까이에서 마력을 실은 공격을 날려야 해!"

"앞뒤로 갈라져서 덮쳐. 거리를 좁히면 우리가 이겨!"

둘이었던 적이 셋이 됐다. 살기와 플레이어 특유의 기세가 노도처럼 밀려들었다.

그러나 적의 목표가 된 수아의 얼굴은 매우 차분했다. 그녀는 조금의 흔들림도 없이 적들을 향해 마력 권총을 겨누었다.

표적은 상대의 머리. 적이 입고 있는 가죽 갑옷이 얼마나 튼튼한지 모르니 머리를 노리는 게 제일 좋았다.

타앙!

한껏 압축된 마력탄이 방벽을 밟고 올라오는 청년을 향해 발사되었다. 그 청년은 욕설을 내뱉으며 몸을 날렸고 결국 바닥에 착지했다.

"힘들면 견제만 해. 적들은 내가 처리할 테니까."

"괜찮아요, 언니. 언니도 힘든 건 마찬가지인걸요."

수아는 현주의 말에 담담히 대답했다. 어차피 서로 사람을 죽인 적이 없는 건 똑같았다. 인호나 현주 모두 일행을 위해 손을 더럽히는 것도 마다하지 않는데 어찌 자신만 뒤로 빠질 수 있을까.

"무리만 하지 말아줘. 너 다치면 인호가 정말 화낼걸?"

"언니가 다쳐도 오빠는 화낼 거예요."

"그건 그렇지."

대답하는 현주는 어느새 웃고 있었다. 평소에는 무심해 보이는 인호였지만 속마음은 굉장히 따뜻하다는 걸 그녀는 잘 알았다.

그렇기 때문에 다칠 수도, 질 수도 없었다. 하나뿐인 동생을 슬프게 할 수는 없지 않은가?

"그러니까 죽어, 이 쓰레기들아!"

-끼잉!-

-히잉!-

흙돌이가 돌의 창을, 재롱이가 보이지 않는 바람의 칼날을 날렸다. 창과 칼날은 방벽을 밟고 오는 청년을 향해 날아갔다. 허나 두 사람은 기다렸다는 듯이 몸을 날려 현주의 공격을 피했다.

콰아앙!

창과 칼날이 바닥에 떨어지자 흙먼지가 피어올랐다. 시야가 가려지자 세 사람은 당황하여 흙먼지를 빠져나왔다.

'잡았다!'

이 순간을 기다리고 있던 수아는,

탕!

방아쇠를 당겼다.

푸른 마력탄은 M16을 겨누고 있던 이의 머리를 강타했다. 사방으로 비산하는 피와 살점. 머리를 잃은 몸뚱이는 힘없이 바닥에 쓰러졌다.

"동욱아!

"윤성은! 앞!"

"크아악!"

윤성은이라 불린 청년이 목이 터져라 울부짖었다. 어느새 바닥에 내려온 현주가 주먹으로 그의 복부를 후려친 상태였다. 그것도 보통 주먹이 아니었다. 돌덩어리가 마치 글러브처럼 껴져 있었다.

"한 방 더!"

스텝을 밟으며 거리를 좁힌 현주. 바람을 두른 그녀의 움직임은 이전과는 비교도 할 수 없을 정도로 빨랐다. 그래서 단숨에 나가떨어진 상대를 쫓을 수 있었고. 거리를 좁힌 그녀는 바위가 뒤덮인 주먹을 내질렀다.

콰앙!

윤성은의 머리가 으깨졌다.

"잘했어, 재롱아, 흙돌아!"

–끼잉!–

–히잉!–

땅의 정령이 현주의 어깨에서 방방 뛰었다. 바람의 정령은 해맑게 웃으며 그녀의 품에 안겼다. 정령들을 느낀 채, 그녀는 방벽 위를 올려보았다.

"빌어먹을!"

혼자가 된 황영훈은 방벽을 밟고 위로 치솟았다. 소중한 친구들을 죽인 이들을 절대 용서할 수 없었다. 눈 깜짝할 사이에 방벽 위로 올라온 그는 수아를 노려보았다.

'거리만 좁히면 돼.'

마력탄의 마력과 연사력은 반비례한다. 상대가 연사를 택하면 몸에 걸치고 있는 트롤 가죽을 믿고 달려든다. 위력을 택하면 그대로 피해 검을 찌르면 그만이었다. 황영훈은 수아를 노려보았다. 그녀가 공격하기를 기다리며.

분명히 그래야 했는데,

지이이잉!

마력탄은 날아오지 않았다.

마력 권총의 총신에 엄청난 양의 마력이 집중되더니 푸른 빛줄기가 형성됐다. 장창을 연상하게 만드는 빛줄기는 무려 10m에 달했고 정확하게 황영훈을 노렸다.

"헉!"

깜짝 놀란 황영훈은 검기를 운용해 수아의 공격을 막았다. 그러나 그 위력을 버티지 못하고 비틀거렸다. 그 사이, 수아는 권총을 내리쳤고 푸른 빛줄기는 상대의 몸을 일도양단했다.

쿠쿠쿵!

적들이 다 죽자 방벽이 천천히 내려왔다. 현주는 웃으며 수아에게 다가갔다.

"그건 무슨 스킬……."

그대로 입을 다문 현주. 수아가 바닥에 털썩 주저앉은 채 움직이지 못하고 있었다. 안색 역시 매우 창백했으며 두 눈에는 눈물이 맺혀 있었다.

이를 확인한 현주는 수아의 옆에 앉아 살며시 끌어안아 주었다. 그러자 수아는 현주의 허리를 끌어안더니 품 안으로 파고들었다.

"정말 수고했어."

떨리는 수아의 몸. 현주는 그런 그녀의 머리를 부드럽게 쓰다듬어주었다. 그렇게 두 여인은 서로의 온기를 느꼈다.

콰아앙!

그때였다. 공원 전체를 뒤흔드는 폭음이 울려 퍼진 것은. 두 사람은 깜짝 놀라 폭발이 일어난 곳을 바라보았다. 그곳에는 인호와 강영준이 치열하게 싸우고 있었다.

"인호 오빠하고 제대로 싸우다니……."

김인호가 어떤 사람이던가?

7급 몬스터도 이길 수 있을 정도로 강했다. 그런 그와 정면으로 붙을 수 있는 인간이 있다니, 직접 보고 있는데도 믿어지지 않았다.

"뭘 겁먹고 그래?"

"그래도……."

"대한민국 특전사를 믿어봐."

재미있다는 듯 씩 웃는 현주. 수아는 이해할 수 없다는 얼굴로 현주를 바라보고는 시선을 내렸다. 그리고 속으로 빌었다. 부디 인호가 승리하기를.

콰앙!

격을 잃은 마검과 강영준의 검이 정면으로 부딪쳤다. 마력이 잔뜩 실려서 그런지 반탄력이 컸다. 인호와 강영준의 몸이 뒤로 밀렸다.

그러나 인호는 로드나이트의 검을 땅에 찍은 뒤 멈추는 데 성공했다. 다시 땅을 박찬 그는 몸을 회전시키면서 마검을 휘둘렀다. 원심력이 더해진 마검이 강영준의 왼쪽 옆구리를 노렸다.

쩌엉!

공격은 통하지 않았다. 강영준이 왼손의 방패로 검을 막아냈기 때문에. 그 상태에서 강영준은 오른팔을 움직였고 명검이 인호의 심장을 향해 짓쳐들어왔다.

위험한 상황이었지만 인호는 왼손으로 움켜쥔 로드나이트의 검을 튕기듯 올렸다. 두 검이 맞부딪쳤고 충격에 두 사람의 간격이 다시 벌려졌다.

"확실히 템빨이나 스킬빨은 아니네. 이제까지 만난 놈들하고는 달라. 신체 능력이나 시스템이 주는 스킬의 강함을 진짜 강함이라고 착각하는 머저리들이 많았거든."

"죽은 사람들을 그렇게 부르는 건가?"

"어쩌겠어? 검도 유단자 입장에서 다른 놈들이 바보처럼 보이는데. 당신은 아닌 거 같지만."

"검도 유단자가 뭐 대수라고. 동네 애들도 따는 게 우리나라 단증인데. 사범 자격은 있나?"

"하하하!"

배를 부여잡고 웃는 강영준. 어찌나 웃었던지 그의 눈가에는 눈물이 맺혀 있었다. 다른 사람이라면 바로 목을 베었겠지만 이번에는 그러지 않았다. 인호를 호적수라 여겼기 때문에.

오히려,

"우리 클랜에 들어오지 않을래? 저 두 사람도 받아줄게."

인호에게 제안했다.

"거절하겠다. 사람을 무차별적으로 죽이는 놈들하고 어울릴 마음은 없다."

"자기도 사람을 죽여 놓고는 잘도 지껄이네. 그나저나 당신, 어디서 본 거 같은데……. 아, 기억났다. 청와대에 불려간 인간 맞지?"

인호는 대답하지 않았다. 그러나 강영준은 그의 반응에 전혀 아랑곳하지 않고 혼자 북 치고 장구 치고 다 했다.

"안 그래도 내가 VP나 MVP에 안 뽑혀서 진짜 빡쳤거든. 그동안 수많은 몬스터들을 죽였는데도 왜 내가 안 뽑혔는지 모르겠단 말이야."

"알 게 뭐냐?"

"그래서 꼭 확인해보고 싶었어. VP새끼들이 얼마나 강한지 말이야. 그리고 맹세했지. 반드시 그 모가지를 베어버리겠다고."

"장담컨대 넌 절대로 그 맹세를 못 이룰 거다."

오늘 이 자리에서 죽을 테니까. 인호가 굳이 덧붙이지 않았지만 강영준은 말뜻을 이해한 듯 보였다. 그래서 그런지 살벌하게 웃으면서 말했다.

"유언치고는 짧은데? 더 지껄여도 좋아. 다 들어줄 테니까."

쿠오오!

강영준의 전신을 휘감고 있던 핏빛 기운이 더욱더 짙어졌다. 그중 일부는 그가 쥐고 있던 검에 전달되더니 이윽고 검기로 바뀌었다.

인호 또한 검기를 운용했다. 마검에는 검붉은 검기가, 로드나이트의 검에는 검푸른 검기가 나타났다.

"어디서 듣보잡 무공을 하나 배운 거 같은데 내 혈월류(血月流)에 비하면 아무 것도 아니야."

"쫑알쫑알 말이 많다. 입으로 싸우나?"

"오케이. 빨리 뒈지고 싶다면 죽여줘야지!"

강영준이 발을 내디뎠다. 단숨에 인호와의 거리를 좁힌 그는 핏빛 검기가 실린 검을 찔렀다. 거칠고 사나운 공격이었다. 살짝 스치기만 해도 목숨이 날아갈 정도로.

그런 공격을 앞에 뒀음에도 인호는 피하지 않았다. 오히려 뇌영보를 운용하면서 검을 쭉 뻗었다.

콰앙!

검기와 검기가 부딪치며 폭음이 일었다.

'전격이 안 통한다고?'

자신이나 상대의 검이 모두 검기에 휘감겼지만 어쨌든 맞닿은 상태였다. 그런데 강영준은 감전되지 않았다.

아니, 번개의 기운 자체가 강영준에게 흐르지 않았다. 검기로 뇌영보가 가진 속성을 차단한 게 분명했다. 그렇게 공격 수단 하나가 봉쇄됐다.

"큰소리친 것치고는 별거 없네! 입만 살아서는!"

강영준의 검이 인호의 가슴으로 뻗어 나갔다. 인호는 오른쪽으로 이동하면서 마검을 슬쩍 세웠다. 마검과 부딪친 명검은 그대로 왼쪽으로 비껴가며 허공을 갈랐다.

휘익.

그러자 오른발을 축으로 몸을 회전시키는 강영준. 그의 왼쪽 손목에 걸려있는 방패가 인호의 머리를 노렸다. 빠르게 로드나이트의 검을 역수로 움켜쥔 인호는 칼날을 세워 방패를 맞받아쳤다. 동시에 마검이 강영준의 어깨를 베어갔다.

"잘도 개수작을!"

명검이 밑에서 사선의 궤적을 그리며 올라갔고 두 자루의 검이 또다시 맞부딪쳤다. 동시에 인호가 로우킥을 날렸다. 채찍처럼 날아간 발은 정확히 상대의 오른쪽 다리를 강타했다.

"큭!"

균형을 잃고 비틀거리는 강영준. 이를 기다린 인호는 로드나이트의 검을 연거푸 찔렀다. 찌르기는 섬광이 되어 강영준의 목을 향해 쇄도했다. 놈 역시 가만히 있지 않았다. 뒤로 물러나면서 검을 올려쳐 인호의 공격을 막아냈다.

촤악!

"윽!"

강영준의 입에서 또 신음이 흘러나왔다. 어느새 그의 왼쪽 팔뚝과 오른쪽 다리에서는 피가 줄줄 흘러내리고 있었다. 눈 깜짝할 사이에 쇄도한 2격과 3격이 만든 결과였다. 상체를 보호하고 있던 몬스터의 가죽도 검기 앞에서는 무력했다.

'실력은 확실한데…….'

인호도 상대의 실력을 인정했다. 강영준은 균형을 잡지도 못한 상태에서 그 자신이 찌른 검에 맞춰 궤도를 비틀었던 것이다. 그야말로 묘기에 가까운 칼 솜씨였다.

'딱 거기까지군.'

대신 강영준의 한계는 명확했다. 놈은 여태까지 그 자신보다 약한 상대와 싸워왔다. 진짜 싸움이 아닌, 사냥 혹은 놀이라 할 수 있으리라. 그런 인간한테 질 정도로 인호는 어수룩하지 않았다.

땅을 박차 간격을 좁힌 인호. 묵린의 기운을 머금은 마검이 망치처럼 떨어졌고 강영준은 방패로 이를 막았다. 공격이 막혔지만 인호는 멈추지 않고 흑설의 검기를 품은 로드나이트의 검을 내리쳤다.

강영준 역시 검을 휘둘렀지만 인호의 목적은 따로 있었다. 바로 상대가 왼손으로 단단히 붙잡고 있는 방패였다.

건곤천뢰검(乾坤天雷劍)

제1식 뇌격십자인(雷擊十字刃)

콰아아앙!

두 자루의 검이 부딪치자 굉음이 천지를 뒤흔들었다. 동시에 새하얀 기운이 강영준 쪽으로 뻗어 나갔다.

"아아악!"

굉음 속에서 강영준의 비명이 울렸다. 새하얀 기운은 방패를 박살 내더니 아예 왼팔 자체를 갈아버리듯 분쇄했다. 그러나 강영준 자체를 삼키지는 못했다. 기운에 삼켜지기 직전, 핏빛 검기를 휘둘러 궤도를 비틀어냈기 때문에.

그렇다 해도 누가 우위를 점했는지는 확실했다. 우뚝 서 있는 인호와 무릎을 꿇은 강영준. 심지어 강영준의 몸은 피투성이였다.

승기를 잡았지만 인호는 방심하지 않았다. 숨통을 끊기 위해 마검을 수평으로 휘둘렀다. 제대로 놈의 목을 벨 수 있도록.

그런데 그때, 강영준이 땅을 박차며 뒤로 크게 점프했다. 허공에 떠오른 그는 웃고 있었다.

"걸렸어!"

그 순간, 검을 타고 흐르고 있던 핏빛 마력이 검기로 바뀌었다.

허나 변화는 거기서 끝이 아니었다. 인호는 똑똑히 볼 수 있었다. 핏빛 검기가 반월 형태로 바뀌는 모습을.

혈월참(血月斬).

반월의 검기는 검과 분리됐다. 그렇게 분리된 검기는 허공에 붉은 궤적을 그리며 인호에게 날아갔다.

'못 피한다!'

반월형의 검기가 날아오면서 생긴 압력이 인호를 짓눌렀다. 그래서 그런지 다리가 움직이지 않았다. 움직일 수 있는 건 오직 양 팔뿐. 정면으로 저 공격을 막아내야 했다. 인호는 두 자루의 검을 교차시켜 핏빛 검기를 받았다.

콰콰콰!

맞부딪치는 세 개의 검기. 충돌의 여파를 몸으로 느낀 인호는 얼굴을 찌푸렸다. 건곤천뢰검을 펼치면서 그가 펼친 검기가 극도로 약해진 상태였다.

반면, 강영준은 단단히 준비했는지 검기 자체가 단단했다. 게다가 핏빛 톱날처럼 회전해서 절삭력과 위력을 높였고.

콰직!

묵린과 흑설의 검기에 균열이 일었다. 동시에 인호의 몸이 천천히 밀렸고 발밑에 깊은 고랑이 파였다.

마음 같아서는 묵린이나 흑설을 펼치고 싶었지만 그럴 수 없었다. 그 둘은 던전을 공략하기 위한 비장의 패, 고작 저런 놈을 상대로 써먹을 수는 없는 노릇이었다.

'그렇다면……'

도박을 해야 할 시간이었다. 인호는 아예 두 개의 검기를 완전히 거둬들였다. 대신 강영준의 검기를 향해 달려들었다.

콰아아앙!

그러자 핏빛 검기가 그를 덮쳤고 커다란 폭발이 일어났다. 바닥의 보도블록을 날려버리는 걸 넘어 크레이터를 형성할 정도로 위력적이었다.

"헉……헉. 괴물 새끼. 네가 아무리 대단해도 그건……."

푹.

강영준은 말을 이어나가지 못했다. 어느새 그의 가슴에 꽂힌 마검 때문에.

"이건 마, 말도……."

정면을 바라보는 강영준의 얼굴은 경악으로 일그러져 있었다. 흙먼지를 뚫고 나오는 인호가 보였다. 다만 인호의 상태도 좋은 건 아니었다. 그의 양팔 모두 피로 범벅이 된 상태였으니까.

"그러게 좋은 아이템을 쓰지 그랬나? 템빨이 얼마나 중요한데."

인호는 검은 질풍을 보며 웃었다. 어설프게 막는 대신 검은 질풍의 보호막을 믿고 공격을 허용했던 것이다. 강영준이 승리감에 취할 수 있도록.

예상대로 놈은 빈틈을 드러냈고 그 틈을 찔러 승리를 거둘 수 있었다. 비록 자신도 타격을 받았지만.

"쌍!"

욕설과 함께 강영준은 인호의 심장을 노리고 검을 찔러갔다. 죽음의 기운이 그의 몸을 좀먹고 있었지만, 플레이어의 강인한 생명력이 아직 그를 지탱하고 있었다.

쨍그랑!

회심의 공격은 무위로 돌아갔다. 격을 잃은 마검과 강영준의 검이 부딪친 순간, 검신이 산산조각이 난 것이다.

"몰랐나? 조금 전에 날린 공격을 막은 순간, 네 검은 끝장났다. 그러게 끝까지 침착함을 유지했어야지."

쿵.

건물이 무너지듯 강영준은 바닥에 주저앉았다. 그는 겁에 질린 얼굴로 인호를 올려보았다.

"사, 살려……."

강영준은 힘겹게 애원했다.

이대로 죽고 싶지 않았다. 살면서 한 번도 생각지 못했던 힘을 손에 넣지 않았는가. 끝까지 살아남아 떵떵거리며 살고 싶었다.

"네가 죽인 사람들도 살고 싶었겠지."

"나, 나는 해야 할 일을 했을 뿐이야! 투쟁의 시대잖아! 약한 놈은 뒈져도 싸다고! 그러는 너희도 내 친구를 죽였잖아! 너희들한테는 아무 짓도 안 했는데!"

"네 친구가 먼저 우리를 공격했지. 날 원망할 게 아니라, 지옥에 떨어진 네 친구를 원망해라."

"우성이하고 동건이까지……. 자기도 죽였으면서 뭐 잘났다고 지껄이는 거야! 절대 좋은 꼴을 못 볼 거다, 이 살인마 새끼들아!"

꺼지기 직전의 촛불은 마지막에 환하게 빛난다. 지금 발악하고 있는 강영준처럼.

인호는 그 모습을 보며 한숨을 내쉬고는,

"반성하라고 아직 살려둔 건데 넌 안 되겠군. 잘 가라."

"너, 너!"

콰드득.

마검이 강영준의 등을 뚫고 튀어나왔다.

결국 그의 눈에서 초점이 사라졌고 몸은 축 늘어졌다.

그러자, 승리를 알리는 메시지가 떠올랐다.

플레이어 강영준을 상대로 승리했습니다. 승리의 대가로
강영준의 희귀(Rare) 등급의 액티브 스킬 '혈월참'을 강탈합니다.
액티브 스킬 혈월참이 건곤천뢰검의 영향을 받았습니다.
이에 따라 뇌광참(Lv.1)으로 바뀝니다.

Close | View

"이걸 좋아해야 하나?"

-승자가 전리품을 획득하는 건 당연한 이치. 거기다 네 부족한
점을 채워줬는데 좋아해야지-

뇌광참.

번개의 기운이 깃든 검기를 날릴 수 있는 스킬. 그토록 바라던
원거리 공격 능력을 획득한 것이다.

-어쨌든 축하한다. 어떤가, 제대로 된 무인과 싸워본 소감은?-

"별 감흥 없다."

무슨 이유를 대든 사람을 죽였다는 사실은 변함이 없었다. 살아
남은 건 다행이었지만 딱 거기까지였다. 사람을 죽인 걸로 기뻐하
고 싶지 않았다.

-그 마음 잊지 마라. 네놈은 살인자가 아닌, 무인이니까-

"그래."

대화를 마친 인호는 바로 수아와 현주가 있는 곳으로 향했다. 두
사람은 어느새 땅으로 내려와 있었다.

"다들 괜찮아?"

인호의 시선이 수아를 향했다. 여전히 그녀는 현주의 품에 안겨
있었는데 얼굴이 새파랗게 질려 있었다. 총을 쥔 손은 계속 떨고

있었고.

"나는 괜찮아. 그런데 수아가……."

"저는 괜찮아요."

처연하게 웃는 수아.

"언니와 오빠를 지키기 위해서라면 싸울 수 있다고 생각했는데 그래도 힘드네요."

수아의 목소리에는 힘이 없었다. 인호와 현주는 침묵했다. 그녀의 아픔이 절절히 느껴졌기에.

"……이 사람들은 나쁜 사람들이죠? 범죄자가 맞죠?"

"그래. 경고하겠다는 이유로 사람들을 죽인 쓰레기들이지. 마지막까지 자신들의 행위에 반성도 하지 않는 쓰레기."

인호는 담담히 대답했다.

사람을 죽여 찝찝한 건 맞았다. 그러나 그와 별개로 자신의 행동을 후회하지도 않았다. 자신이 죽이지 않았으면 자신은 물론 수아와 현주 모두 죽었을 것이기 때문이다.

"이런 사람들, 앞으로 계속 나오겠죠? 아무 이유 없이 사람들을 죽이고 괴롭히고."

"응. 자신들의 욕망에 미쳐 주변 사람들이 가만히 있는 꼴을 못 보는 놈들은 세상에 많아. 계속 늘어날 거고."

이번에는 현주가 대답했다.

두 사람의 말을 들은 수아는 잠시 고민하더니, 천천히 입을 열었다. 떨림은 어느새 멎은 상태였다.

"솔직히 버티기 힘들어요. 그래도 후회는 하지 않아요. 소중한 사람들을 지키는 게 더 중요하니까요."

"그래도 너무 무리는 하지 마. 힘든 일은 우리가 하면 되니까."

"언니, 오빠한테만 궂은일을 맡기고 싶지 않아요. 앞으로 더 강해질 수 있도록 노력할게요."

수아는 다시금 각오를 다졌다. 두 사람을 지키기 위해서라도 더 강해지리라.

'대충 해결이 됐나.'

아직 울고 있는 수아였지만 그는 그녀를 믿었다. 그가 아는 수아는 현주에게 뒤지지 않을 정도로 강한 사람이었으니까.

인호는 시선을 돌렸다.

던전의 입구가 보였다.

'다음은 던전이다.'

이제 던전을 공략하고 메인 퀘스트를 달성하리라.

"들어가자."

"응."

"네."

이번에도 앞장서는 인호. 수아와 현주는 그의 뒤를 따랐다.

그렇게 일행이 입구로 들어가자,

스르르.

검은 입구는 처음부터 없었다는 것처럼 사라졌다.

제8장 호환(虎患)의 던전

던전(Dungeon).

본래 성안에 있던 지하 감옥을 뜻하는 영어 단어다. 그런데 현대에서 이 단어는 게임 용어가 되었고 그 때문에 뜻이 달라졌다.

하지만 지금 일행이 있는 곳은 게임의 던전하고도 차이가 컸다. 복잡한 미로, 음침한 동굴, 고풍스러운 성 등 전형적인 던전의 모습은 없었다. 대신 아침 햇살, 초가집과 기와집이 늘어선 거리가 일행을 반겼다.

"……여기 정말 던전 맞아?"

"마, 맞겠죠?"

현주와 수아는 황당해하며 눈앞의 광경을 바라보았다.

이상한 건 그뿐만이 아니었다.

사람들의 의상도 이상했다. 다들 기본적으로 생활 한복이 아닌, 정통사극에서나 볼 법한 복식이었다. 흰색 베옷이나, 도포 같은 옷들. 개중에는 죽립을 쓴 남성이나 너울로 얼굴을 가린 여성도 찾아볼 수 있었다.

그 모습은 마치,

"민속촌 같은데."

인호가 중얼거렸다.

"딱 그거네, 민속촌."

그러자 현주가 맞장구쳤다.

"한국민속촌이 용인에 있었죠? 저희 용인에 온 건가요?"

"그건 아니야."

수아의 말을 단호히 부정한 인호. 그는 정면에 있는 산을 가리켰다. 그곳에는 북악산이 우뚝 서 있었다. 주변을 둘러보니 관악산, 북한산 등 익숙한 산들이 있었고, 산들의 존재가 이곳이 서울임을 알려주었다.

"그럼 더 이상하잖아. 서울에 이런 곳이 있다고? 아니, 그 전에 빌딩들이 하나도 없잖아. 남산 타워도 안 보인다고."

"그 외에도 없는 게 많아요."

대화가 거기까지 진행되자, 세 사람의 표정이 심각해졌다. 단순히 없는 게 많다는 수준이 아니었다. 이곳에서는 현대의 문명을 아예 찾아볼 수 없었다. 처음부터 없었던 것 마냥.

결론은 금방 나왔다.

"그럼 우리 과거로 온 건가? 고려나 조선 시대 같은?"

"그럴 가능성이 높은데 확신할 수는 없어. 이 사람 중 우리한테 관심을 보이는 사람이 아무도 없잖아."

"그러게요. 관심이 없을뿐더러, 아예 없는 사람 취급하네요."

수아는 인호의 지적에 동의했다.

현재 일행의 복장은 고려 시대나 조선 시대 사람들이 이상하게 여길 가능성이 컸다. 그런데 아무도 관심이 없는 게 아닌가? 여러모로 의아한 점이 많았다.

"제대로 조사해봐야겠어."

"그래야겠네. 따로 움직여서 정보를 모을까?"

"그게 효율적이긴 한데 너무 위험하지 않을까요?"

"수아의 말대로 하자. 여기는 던전이니까."

효율성만 따지면 현주의 말이 옳았다. 그러나 던전 내부에서 어떤 일이 생길지 모르는 만큼, 일행끼리는 뭉쳐 다니는 게 좋았다.

"오케이. 그러면 저기부터 가보자. 시장 같은데."

"네, 언니."

현주와 수아가 시장 쪽으로 걸었다. 인호는 뒤따라가며 무명에게 말을 걸었다.

'무명. 원래 던전은 다 이런가?'

-그 부분에 대해서는 알려줄 수 없다. 다만……-

'다만?'

-과거도 모르는 내가 이런 말을 하는 게 웃기지만, 그리운 느낌이 든다. 왠지 모르게 익숙해-

'고려 시대라는 건가.'

무명의 원래 별명은 기억을 잃은 고려 무사. 그런 그가 익숙하다면, 여긴 고려 시대일 가능성이 높았다. 좀 더 조사해서 확인해야 할 필요가 있지만.

"김인호, 여기 와봐! 얼른!"

갑자기 크게 외치는 현주. 그녀와 수아는 허름한 나무 가판대 앞에 있었다. 인호는 의아해하며 두 사람에게 다가갔다.

"이거 봐봐."

"진짜 신기해요."

수아까지 가세하자 인호는 가판대를 바라보았다. 가판대는 허름했지만 전시된 장신구들은 달랐다.

그중 노리개를 들어보니,

〈붉은 노리개〉

1.종류: 장신구

2.등급: 일반(Common)

3.내장 스킬: 없음

4.설명: 전통적인 매듭 기법으로 만들어진 노리개. 옷에 달면 상대방에게 더 매력적으로 보이게 된다.

5.가격: 플레이어 포인트 5

정보가 뜨는 게 아닌가.

"……아이템이라고?"

"여기 있는 것들 전부 다 그래요!"

수아의 말을 들은 인호는 다른 장신구를 들었다. 이번에는 비단 향낭이었는데 이 역시 매력을 강화해주는 아이템이었다.

"안 살 거면 그만 가시오. 괜히 물건 헤집지 말고."

"죄송합니다."

상인이 도끼눈을 뜨자 인호는 재빨리 향낭을 내려놨다. 그리고 가판대에서 물러났다.

"여기 있는 건 전부 아이템 같은데? 적어도 저 가판대 위에 있는 것들은 다 그랬어."

"아마 이런 거 아닐까요? 원래 던전을 공략하기 전에 여러 준비 과정을 거치잖아요? 아이템도 새로 얻고."

수아가 운을 떼자 인호와 현주의 시선이 그녀를 향했다. 더 말해 보라는 뉘앙스가 분명했다.

"그러니까 여기서 무기나 포션 같은 것들을 사라는 거겠죠. 앞으로 있을 싸움을 대비하기 위해서요."

"터무니없는 주장은 아니라고 생각해. 넌 어때?"

"나도 수아의 말에 일리가 있다고 봐. 그렇지 않으면 여기서 아이템을 팔 이유가 없지. 다만 한 가지 더 확인할 게 있어."

"확인?"

대답하는 대신, 인호는 어떤 건물을 향해 손가락을 가리켰다. 바로 대장간이었다. 그의 뜻을 이해한 두 여인은 미소를 지었다. 그리고 일행은 발걸음을 옮겼다.

"와아."

"대박인데?"

대장간에는 온갖 무기들이 널려 있었다. 검, 도, 창, 도끼, 편곤 등 없는 게 없었다. 다들 하나같이 잘 제련되어 있어서, 흘깃 보는 것만으로도 명품임을 알 수 있었다.

꾸욱.

인호는 크고 두꺼운 도신을 가진 대도(大刀)를 들었다. 그가 쓰던 검보다 무게감이 있지만, 영웅화를 거친 터라 무리 없이 들 수 있었다.

〈참화도〉

1.종류: 대도

2.등급: 고급(Uncommon)

3.내장 스킬: 화염 내성

4.설명: 대장장이 강운이 만든 대도. 불꽃의 기운을 지니고 있어, 주인을 불꽃으로부터 지킬 수 있다. 또 같은 기운을 부여한다면 강화할 수 있다.

5.가격: 플레이어 포인트 60

"수아, 네 말이 맞았네."

"그죠? 이 무기들을 보니 확실히 알겠어요."

검을 살피고 있던 수아가 인호의 말에 대답했다.

당장 이 도만 해도 어떤가.

칼날은 예리했고 휘두르기 좋게 무게 중심이 잘 잡혀 있었다. 도신 전체에 마력이 은은하게 깃들어 있는 것도 무기의 가치를 높였다.

변변치 못한 무기를 가진 플레이어라면 여기에서 장비를 바꿔도 나쁘지는 않을 듯했다. 단, 충분한 포인트가 있어야겠지만. 가볍게 감탄한 인호는 다른 무기를 살펴보려고 했다.

그런데 그때였다.

"여기에는 자네에게 어울리는 무기가 없네."

희끗희끗한 머리카락을 가진 노인이 웃으며 다가왔다. 갑작스러운 상황이었지만 인호는 침착하게 말했다.

"무슨 말씀입니까?"

"자네는 좋은 검을 지녔으면서도 더 얻으려고 하는가? 욕심이 과하구먼."

불현듯 손을 내미는 노인. 인호는 의아함을 드러냈다. 상대가 뭘 원하는지 가늠되지 않았기에.

"오른쪽에 차고 있는 검을 한 번 볼 수 있겠나?"

"갑자기 제 검은 왜?"

"자네의 검을 보니 장인의 혼이 담겨 있군. 예의가 아니라는 건 알고 있네만 부탁하네."

"알겠습니다."

인호는 '격을 잃은 마검'의 칼집을 건넸다. 노인은 조심스럽게 검을 뽑더니 만족스러운 얼굴로 고개를 주억거렸다.

"역시 내 눈이 잘못되지 않았어. 정말 대단한 검이야. 어디서 이 검을 얻었나?"

"누군가에게 받아 잠시 맡아두는 중입니다."

한 번도 이 검을 자신의 것이라 여긴 적 없었다. 무명의 도움이 필요하지 않을 정도로 강해질 때, 다시 그에게 돌려주리라. 그리 약속했고 반드시 지킬 생각이었다.

"이런 검을 맡기다니, 상대가 자네를 얼마나 신뢰하는지 알 것 같네."

-신뢰는 무슨! 그건 계약금이다!-

무명이 발끈했지만 인호는 가볍게 무시했다.

"그보다 자네, 이 검에 잠재된 힘을 깨우지 못했군."

"아직 제가 부족해서."

현재 자신이 모은 마력 플레이어 포인트는 36. 마검의 봉인을 풀기 위해서는 100이나 되는 포인트가 필요했다.

"그래도 자네라면 이 검의 진정한 모습을 볼 수 있을 거 같군. 제대로 된 무인의 눈을 가졌거든."

"감사합니다."

고개를 숙인 인호. 노인은 그에게 검을 돌려주고는 벽 한쪽을 가리켰다. 그곳에는 은빛 쇠사슬이 둘둘 말린 채 걸려 있었다.

"노인네의 눈을 호강시켜준 보답일세. 저 사슬을 가져가게. 자네들에게 꼭 필요할 테니까."

"예? 무슨 말씀을 하는 건지 모르겠습니다."

"음? 자네들 이국에서 온 사냥꾼이 아닌가?"

"그게 대체 뭡니까?"

"지금 남경에 호환이 닥치지 않았나? 그래서 관아에서 이국의 사냥꾼들을 부른 거로 알고 있네. 그래서 자네들인 줄 알았네만?

노인이 고개를 갸웃거렸다. 인호 역시 의문을 느꼈다. 대체 저게 무슨 말이란 말인가?

"이상하군. 특이한 양식의 옷, 신기한 무장을 보면 이국의 사냥꾼이 맞는데. 뭐 상관없겠지. 어쨌든 저건 챙겨가거나. 자네들한테 도움이 될 걸세."

"예."

인호가 은빛 쇠사슬을 어루만지자 아이템 정보가 떠올랐다.

〈포박의 쇠사슬〉

1.종류: 사슬

2.등급: 희귀(Rare)

3.내장 스킬: 석화

4.설명: 대장장이 강운이 일일이 엮은 쇠사슬. 이무기의 내단 조각이 깃들어 있으며 이 때문에 쇠사슬에 포박된 이는 돌로 변하게 된다.

"이, 이렇게 좋은 물건을 주셔도 되나요?"

"다른 사람들을 위해 주는 건데 못 줄 건 뭔가. 부디 잘 사용해줬으면 좋겠군."

수아가 당황해하자 노인이 빙긋 웃었다. 확답을 받은 인호는 쇠
사슬을 수아에게 건넸다. 그러자 그녀는 이를 인벤토리에 집어넣었
다. 세 사람은 노인에게 공손하게 고개를 숙인 뒤, 대장간을 나왔다.

"운이 좋았네요. 저렇게 좋은 분을 뵙다니."

"그러게. 멋진 할아버지였어."

"그보다 이제 정보를 구해봐야겠어. 이국의 사냥꾼이 뭔지 알아
봐야 할 거 같아."

"아이고! 다들 여기 계셨군요!"

인호가 움직이려 할 때, 누군가가 대화에 끼어들었다. 일행의 시
선이 자연스럽게 목소리가 들린 곳으로 향했다. 그곳에는 30대 초
반의 사내가 땀을 뻘뻘 흘린 채 서 있었다. 사극에서 나오는 전형
적인 아전의 행색을 한 채.

'뭐지?'

왜 처음 보는 사람이 자신들에게 아는 척을 하는가? 이국의 사냥
꾼이라는 키워드와 연결된 것 같았지만 확신하기는 일렀다.

"왜 관아로 안 오고 여기 계신 겁니까! 판관 나리께서 기다리고
계십니다! 얼른 오십시오!"

"그게 무슨 말입니까?"

앞으로 나선 인호가 사내를 바라보았다. 뜬금없이 아는 척을 하
는 것만으로도 어이가 없는데 관아나 판관은 또 뭐란 말인가?

상대는 답답하다는 듯 연신 자신의 가슴을 쳤다. 그러더니 인호
를 비롯해 일행을 한 명, 한 명 가리켰다.

"이미 이국의 사냥꾼들이 파견됐다는 말은 들었습니다. 그러니

이상한 소리는 그만하고 얼른 따라오십시오. 이럴 시간이 없다고 요! 이 이상 늦으면 판관 나리께서 경을 치실 겁니다!"

사내는 그 말을 끝으로 다른 곳으로 향했다. 세 사람은 멍한 얼굴로 상대의 뒤를 바라보았다.

"던전하고 관련된 일인 거 같은데 어떻게 생각해요, 오빠?"

"같은 생각. 방금 전에 한 말도 마음에 걸리고."

"그러고 보니 이곳 사람들은 저희 복장이나 무기에 전혀 신경을 쓰지 않았어요. 이미 플레이어에 대해 알고 있다는 거겠죠. 그리고 그건……."

"다른 플레이어들이 있거나 아니면 던전의 효과겠지."

현주가 수아의 말을 이어받았다. 인호 또한 자신의 의견을 밝혔다.

"후자라고 봐. 다른 플레이어들이 이 던전에 들어올 가능성은 없어."

강영준의 무리는 다른 플레이어들을 전부 죽였다. 그렇다고 그의 일행이 먼저 들어갔다고 보기도 어려웠다. 리더이자 무리에서 제일 강한 그를 놔두고 던전에 들어가는 건 자살행위였으니까.

"오빠는 어떻게 할 건가요?"

"따라가야지."

"찬성. 어차피 필요한 건 다 구했으니까 따라가도 좋다고 봐."

인호의 의견에 동의하는 현주. 그러자 수아도 고개를 끄덕였다. 결론을 내린 일행은 바로 사내를 따라갔다.

그러자,

준비 시간이 끝났습니다.
낙성대 던전에서 더는 물건을 구매할 수 없습니다.
관아에 갈 경우, 본격적으로 퀘스트가 시작됩니다.

Close	View

메시지가 나타났다.

"역시 던전하고 관련된 분이네요."

"무슨 일인지 궁금하네."

인호는 수아와 현주의 대화를 들으며 관아로 향했다. 그러면서도 주변을 살피는 것도 잊지 않았고 결국 특이한 부분을 발견하는데 성공했다.

'병사들이 많이 돌아다니는군.'

창을 든 병사들이 마을 주변을 이리저리 돌아다니고 있었다. 잔뜩 긴장한 얼굴로.

-그 노인, 조금 전에 남경에 호환이 닥쳤다고 했지-

'호환이라면, 호랑이인가?'

-맞다. 지독한 놈들이지-

그러고 보니 들은 적이 있었다. 과거 한반도에는 많은 호랑이가 살았다고. 그 때문에 많은 사람이 호랑이에게 습격당해 호환이라는 말이 생겼다는 것 또한.

"여깁니다. 얼른 오십시오. 벌써 판관 나리께서 나와 계십니다."

그때, 사내가 닦달을 해서, 일행은 서둘러 관아 안으로 들어갔다. 그러고는 당혹감을 감추지 못했다.

"……이거 우리 노리는 거 아니지?"

"그랬으면 좋겠네요."

관아에는 50명의 사내가 모여 있었다. 그것도 평범한 병졸이 아닌, 하나같이 제대로 된 갑옷을 입은 무인이었다. 그런 이들이 서 있으니 수아와 현주가 놀라는 것도 무리는 아니었다.

그러나 인호는 무인들을 보지 않았다. 않았다. 그의 시선은 상석에 앉은 중년 남자에게 고정되어 있었다.

그는 앉은 상태에서도 확연히 드러나는 작은 키, 빈말로도 잘 생겼다고 할 수 없는 외모를 가졌다. 허나 세상 어떤 사람도 저자를 무시하지 못하리라. 단지 가만히 앉아 있는데도 어마어마한 존재감이 느껴졌다.

'무명이나 길잡이보다 위다.'

2성 영웅과 3성 영웅 모두 자기들만의 존재감을 자랑했다. 하지만 단언컨대, 눈앞에 있는 이에 비할 바가 아니었다.

영웅을 뛰어넘은 인간이라니, 대체 저 사람의 정체가 뭐란 말인가?

그렇게 인호가 고민할 때, 중년인이 입을 열었다.

"먼 길을 오느라 고생이 많았다, 이국의 사냥꾼들이여. 본관은 남경판관 강감찬이다."

그 순간, 인호 일행은 경악을 금치 못했다.

4성 영웅 '문곡성의 화신'

그게 눈앞에 있는 중년인의 정체였다.

'강감찬 장군이라니!'

인호는 자기도 모르게 입을 벌렸다. 곁에 있는 수아와 현주도 크

게 충격을 받은 상태였고.

강감찬이 누구던가.

막강한 군사력을 자랑하던 요나라를 상대로 귀주대첩이라는 승리를 이룬 명장이었다. 그의 승리로 고려, 요나라, 송나라를 주축으로 한 동아시아는 100년 이상의 균형을 유지하게 됐다.

단순히 고려의 명장을 뛰어넘어 동아시아의 정세를 바꿔버린 위인. 그게 바로 강감찬이었다.

그리고 지금, 그 영웅이 눈앞에 앉아 있었다.

-오랜만에 듣는 이름이군. 왠지 모르게 그립기도 하고-

'네 과거와 관련이 있는 건가?'

-기억을 잃은 놈이 이런 말을 하는 게 웃기다만, 그건 아닐 거다. 그보다는 고려인이라면 누구나 나와 같은 심정일 거다. 저 이름은 듣는 이로 하여금 자연스럽게 경외감을 느끼게 만드니까-

무명의 심정이 어떤지 이해할 수 있었다. 당장 자신도 역사 속 위인들의 활약을 들으면 가슴이 벅차오르지 않던가.

하물며 무명에게 강감찬은 비슷한 시기의 사람일지도 모르는 상황. 경외감을 느끼는 게 당연하리라.

"본관의 얼굴에 뭐가 묻었나? 그리 보면 부담스럽네만."

장난스럽게 웃는 강감찬. 그런데도 태산 같은 존재감은 여전했다. 존재감에 짓눌린 수아와 현주는 제대로 입을 열지 못할 정도였다.

"아닙니다. 허나 한 가지 여쭤볼 게 있습니다."

"말해보게."

"저희가 왜 이곳에 불려왔는지 알 수 있겠습니까?"

강감찬은 인호의 질문에 바로 대답하지 않았다. 대신 인호 일행을 데리고 온 사내를 불만이 가득한 얼굴로 쳐다보았다.

"조 향리. 자네, 이들에게 상황을 제대로 설명했나?"

"당연히 알고 있을 거라 판단하여 설명하지 않았습니다. 조정에서 이국의 사냥꾼들을 파견한다는 말도 있고 하여……."

조 향리라 불린 남자가 다급히 말했다. 강감찬은 혀를 차고는 다시 일행을 바라보았다.

"미안하네. 부하가 실례를 저질렀군. 자네들을 부른 건 부탁이 있어서일세."

인호는 본능적으로 느꼈다. 저 이야기는 분명 퀘스트와 관련이 있다고. 그리고 그건 사실이었다.

"현재 범의 무리가 남경을 돌아다니며 우리 백성들을 습격하고 있다네. 벌써 50명이 넘는 이들이 목숨을 잃었지."

─진짜 호환이었군. 네놈 인생도 참 순탄치 않구나. 다른 놈도 아니고 범이 상대라니─

'알아줘서 고맙다고 해야 하나.'

속으로 쓰게 웃는 인호. 그의 입장에서는 차라리 사람들이나 아니면 인간형 괴물들과 싸우는 게 쉬웠다. 적들이 무슨 생각을 하는지, 어떤 식으로 움직이는지 대강 짐작할 수 있었기 때문에.

이에 반해 호랑이는 어떤가?

모두가 인정하는 최악의 맹수 중 하나였다. 거대한 몸에서 나오는 괴력은 무시무시했고, 고양잇과 동물답게 조용하면서도 민첩하게 움직일 수 있었다.

─숨어있는 놈들을 일일이 뒤져야 한다는 점도 까다롭군. 김인호, 사냥해본 경험이 있나? 맹수들을 추적하면서?─

'사람을 추적하는 법은 배웠다만 맹수한테 통할지는 모르겠다. 평범한 호랑이들도 아닐 텐데.'

굉장히 곤란했다. 이곳은 던전 내부. 당연히 이곳에서 출현하는 호랑이들은 모두 몬스터가 됐으리라. 그렇다고 포기할 생각은 없었지만.

"병사들을 풀어 경계를 강화하고 한편으로는 범들을 찾으려 했다. 허나 놈들이 어찌나 교활한지 흔적도 찾을 수 없었다."

"큰일이군요."

"마음 같아서는 본관이 직접 나서고 싶지만 그럴 수 없는 상황이지. 고민하는 와중에 이국에서 온 사냥꾼들의 실력이 뛰어나다는 말을 듣게 되었다."

인호는 강감찬을 응시했다. 자신을 바라보는 그의 시선에는 호기심이 깃들어 있었다.

"그래서 이국의 사냥꾼들을 찾았다. 그들에게 범의 사냥을 맡기기 위해. 그 와중에 자네들이 온 거지."

"하나만 더 여쭤 봐도 괜찮겠습니까?"

"궁금한 게 있으면 뭐든 물어보게. 갑자기 불려왔으니 모르는 게 많을 테지."

"여기에 있는 이들만 해도 충분히 범들을 사냥할 수 있을 거 같습니다. 굳이 저희가 나설 필요가 있습니까?"

이곳 관아에 모인 무사들의 수준은 대단해 보였다. 한 명, 한 명이 강영준과 비견될만한 기세를 드러내고 있었기 때문에 모를 수가 없었다. 그런 이들이 무려 50명이나 모여 있었다.

"그대의 말은 일리가 있다. 허나 이들은 무인이지 사냥꾼이 아니다. 사냥에 한해서는 자네들에 비할 바가 아니지."

"말씀을 거두어주십시오! 저들이 가세하지 않아도 충분히 범들을 사냥할 수 있습니다!"

강감찬의 말이 끝나기 무섭게 선두에 있던 무사가 말했다. 그는 20대 중반의 청년이었는데 다른 이들 사이에서도 눈에 띄는 기세를 소유했다. 다만 인호 일행을 바라보는 눈빛이 살벌하다는 게 문제였을 뿐.

"서준. 이미 자네에게는 기회를 주지 않았나? 사흘 동안 자네나 다른 이들이 대체 뭘 했단 말인가? 범의 얼굴은 봤나?"

"저들은 고려의 백성이 아닙니다. 고려의 백성들을 위해 최선을 다할 리 없습니다."

"이국에서 온 사냥꾼들은 한 번 받은 의뢰는 반드시 완수한다고 한다. 아니 그런가?"

"예. 어떤 의뢰든 한 번 받으면 꼭 해결합니다."

인호는 정중하게 대답했다. 저들이 말하는 의뢰가 퀘스트라는 것을 알게 된 이상, 망설일 이유가 없었다.

"그래서 묻고 싶다. 범 사냥의 의뢰를 받아들이겠나? 포기하고 싶으면 포기해도 좋다. 그렇게 되면 못 미덥지만, 이들에게 다시 한 번 기회를 주는 수밖에 없지."

"일행과 이야기를 나눈 뒤에 답을 해도 되겠습니까?"

"상관없네. 목숨이 달린 일인 만큼, 신중해야지. 설령 거부한다 해도 불이익은 없을 터이니 걱정하지 말게나."

"이해해주셔서 감사합니다."

강감찬의 허락을 얻은 일행은 조 향리를 따라 빈방으로 향했다.

"판관 나리를 오래 기다리게 하지 마시오."

"알겠습니다."

대화를 끝으로 방에 들어간 일행. 그러자 수아와 현주는 의자에 털썩 주저앉았다. 두 사람 모두 지친 기색이 역력했다.

"진짜 강감찬 장군님일까요?"

"그렇지 않을까? 카리스마 대박이더라. 그보다 인호, 너 진짜 대단하다. 난 입도 뻥긋 못하겠던데."

"저도요. 솔직히 기절하지 않은 것만으로도 다행이라 생각해요."

"나도 떨렸어."

인호는 떨리는 팔을 두 사람에게 보여줬다. 무명과 길잡이를 소환하면서 영웅들에게 익숙해져서 버텼지, 그렇지 않았다면 두 사람과 똑같은 반응을 보였으리라.

"일단 이 던전에 대해 이해했어. 고려 시대에 온 것도, 강감찬 장군님을 만난 것도 다 던전 때문이야. 정확히는 장군님의 설화 중 하나를 실현했다고나 할까?"

"설화라니, 무슨 말이에요?"

"이해가 안 되는데."

수아와 현주가 더 설명하라는 눈빛을 팍팍 보냈다. 피식 웃은 인호는 설명을 이어나갔다.

"강감찬 장군님은 많은 설화를 남겼는데 그중 호랑이를 퇴치한 설화도 있어."

"저희 상황하고 똑같은가요?"

"좀 달라. 그때는 사냥이 아니라 평화롭게 끝났거든. 애초에 고려 자체가 불교를 깊게 숭배해서 살생을 싫어한 것도 한몫했고."

설화에서는 강참찬이 호랑이 우두머리에게 호통을 쳐서 모두 쫓아낸 걸로 나온다. 허나 이곳은 던전. 그런 방식이 먹힐 리 만무했다.

"옛날이야기는 됐고. 그보다 어쩔 거야? 퀘스트를 받아들일 거야?"

"받아들여야지."

"단순히 싸우는 것도 아니고, 놈들을 다 추적해야 해. 우리가 사냥하기 힘들다고 생각하는데?"

"누나 말대로 우리끼리 하면 어려워. 하지만 우리한테는 조력자가 있잖아?"

그렇게 말한 인호는 현주를 가리켰다. 그녀는 잠시 의아해하더니 곧 피식 웃었다.

"흙돌이를 말하는 거야?"

"명색이 대지의 정령이야. 대지에 남아 있는 흔적 정도는 찾을 수 있겠지. 안 그래?"

"흙돌아, 나와 봐."

인호의 말이 일리 있다고 판단한 현주. 그녀는 바로 자신의 정령을 소환했다.

"흙돌아. 혹시 동물들을 쫓을 수 있어? 흔적도 찾으면서?"

-끼잉! 낑!-

흙돌이가 해맑게 웃으며 고개를 끄덕였다. 인호의 가설이 맞아떨어지는 순간이었다.

"추적은 할 수 있고. 그런데 호랑이들이 뭉쳐 다니면 위험하지 않을까? 늑대 같은 맹수들은 다 7급이었잖아."

"위험해도 해야 한다고 생각해요, 언니. 계속 밖에서 몬스터들한테 시달릴 수는 없잖아요?"

"수아의 말이 맞아. 안전지대를 얻으려면 꼭 달성해야 해."

수아에 이어 인호까지 말하자 현주는 한숨을 내쉬었다.

"하긴 다른 던전을 공략하는 건 이미 늦었지. 남았다 해도 엄청 위험한 곳일 거고."

지금쯤이면 다른 플레이어들도 던전 공략에 들어갔을 것이다. 그런데도 남아있는 곳이라면 공략 난이도가 높은 곳임이 분명할 거다. 그만큼 위험하기도 할 거고.

뜻을 모은 세 사람은 서로를 보며 고개를 끄덕였다. 이미 던전에 온 이상, 물러날 수 없었다. 공략에 성공하느냐, 못하냐 그것만이 의미가 있을 뿐.

"저희가 범들을 잡겠습니다."

방에서 나온 인호가 자기 뜻을 강감찬에게 밝히자,

띠링.

메시지가 나타났다.

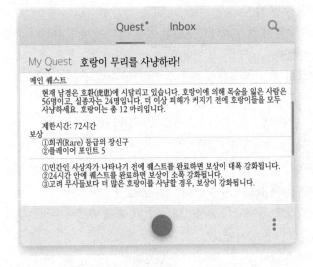

'응?'

메시지를 읽던 인호는 의문을 느꼈다. 보상 항목의 세 번째 부분이 이해가 되지 않았기에.

"어려운 선택을 내려줘서 고맙군. 다만 자네들에게 부탁하고 싶은 게 있네."

"말씀하십시오."

"여기 있는 무사들이 계속 자신들도 잘할 수 있다고 하더군. 그래서 말인데 경쟁을 해보는 게 어떻겠나?"

"경쟁 말씀입니까?"

전혀 예상치 못한 말이었다. 정작 일행을 놀라게 한 당사자인 강감찬은 여전히 웃고 있었지만.

"여기 서준을 비롯하여 세 명의 무사가 나설 것이네. 자네들의 숫자에 맞춰서 말이야."

"누가 더 많은 호랑이를 잡나 시합을 하라는 말씀입니까?"

"남경의 백성들은 불안에 떨고 있네. 이러면 자네들도 더 분발해 사냥에 임할 수 있지 않겠나?"

"그렇게 하겠습니다."

어차피 퀘스트를 받아들이겠다고 한 이상, 선택의 여지는 없었다. 퀘스트의 보상까지 강화된다는데 거절할 필요가 없었고.

"이해해줘서 고맙네. 시합은 바로 시작하는 거로 하지."

그 말을 끝으로 강감찬은 자리에서 일어났다. 그대로 자리를 뜨려고 하던 그는,

"아, 자네들이 쉴 곳은 조 향리가 안내해줄 걸세. 앞으로 궁금한 게 있으면 그에게 묻고. 마지막으로 모두에게 당부하건대 서로 '피'를 보는 일은 없었으면 좋겠군."

뒤돌아보며 한 마디 덧붙였다. 그리고 인호의 옆을 보고 피식 웃고는 물러났다.

'널 눈치챈 거 같군.'

강감찬의 시선은 명백히 무명을 향했다. 이제까지 단 한 사람도 그의 존재를 눈치채지 못 한 걸 생각하면 놀라운 일이었다.

-내 생각도 그렇다. 괜히 한 나라를 구한 위인이 아니라는 거지. 똑똑히 지켜봐라, 저게 진짜 영웅이다-

'진짜 영웅이라……'

강감찬은 무명과 길잡이처럼 기억을 잃고 힘이 봉인 당한 영웅이 아닌, 진정한 영웅이었다. 4성 영웅이라는 걸 새삼 느낄 수 있었다.

인호는 강감찬이 사라질 때까지 계속 그의 등을 바라보았다. 언젠가 자신도 저렇게 되겠다고 다짐하면서.

"따라오십시오."

조 향리가 말하자, 인호 일행은 그를 따라가려 했다. 그런데 갑자기 서준이라 불렸던 무사와 다른 이들이 길을 가로막았다.

"조 향리. 잠시만 이들과 대화할 시간을 주지 않겠소? 일각(15분)이면 충분하오."

"……알겠습니다."

조 향리는 일행을 힐끔 살피더니 도망치듯 자리를 떴다. 어처구니가 없었지만 어쩌겠는가. 그만큼 서준과 다른 무사들의 기세가 살벌한 것을. 평범한 사람이 받기에는 살기가 너무 강렬했다.

"판관 나리께서는 피를 보지 말라고 했는데?"

"피만 보지 말라고 하셨지. 이국에서 온 만큼, 고려의 예와 법도를 모르지 않나? 고려의 무사로서 제대로 지도해주지."

인호는 피식 웃었다.

영화나 드라마에서 이런 전형적인 상황이 나올 때마다 비웃었는데 그걸 직접 겪게 될 줄 몰랐다. 그것도 다른 세상의 사람이 나설 줄은 더더욱 몰랐고.

"당신이 무슨 자격으로?"

인호가 웃고 있을 때, 가만히 지켜보고 현주가 나섰다. 그녀는 어이가 없다는 얼굴로 서준을 노려보았다.

"하찮은 계집 따위와 나눌 이야기는 없다. 꺼져라."

"그 계집한테 한 번 얻어 터져볼래?"

주먹을 굳게 움켜쥔 현주. 그녀의 몸에서 기세가 흘러나오기 시작했다. 그녀가 앞으로 나서려 하자 인호가 재빨리 그녀의 어깨에 손을 얹었다.

"그만. 누나가 손을 쓰면 저 사람 뼈도 못 추려."

"저런 새끼는 한 번 작살을 내야 해."

"저 인간이 시비를 건 사람은 나잖아? 내가 할게."

현주는 무시무시한 눈빛으로 인호를 응시했다. 그리고는 결국 고개를 끄덕이며 물러섰다.

"내가 대신 묻지. 네놈이 무슨 자격으로 우리를 교육하겠다는 거지?"

"나는 고려의 백성을 지키는 무사다. 당연히 백성들의 목숨을 짊어지게 된 네놈들의 실력을 확인할 의무가 있다."

서준의 말을 듣다 못 한 수아가 나섰다. 경멸과 혐오를 드러낸 채.

"판관님의 눈을 부정하는 건가요?"

"그분은 본래 문관이다. 그러니 무에 대해 제대로 모르는 게 당연지사."

"하하!"

서준의 그 말을 듣자, 인호는 큰소리로 웃었다. 사람을 보는 눈이 없어서도 이리 없어서야. 개그도 이런 개그가 없었다. 그런 그의 웃음소리를 들은 서준의 눈빛은 더 날카로워졌지만, 신경 쓰지 않았다.

"그래서 어떻게 저희를 가르칠 겁니까? 당신들이 전부 나설 겁니까?"

"그런 비천한 짓을 할 생각은 없다. 네놈이 대장인 거 같은데 나와 검을 나눠보지 않겠나?"

여전히 싸늘한 눈으로 인호를 노려보는 서준이었다.

"목검입니까? 진검입니까?"

"가급적 진검으로. 허나 네놈이 두렵다면 목검도 상관없다. 뭘하든 피를 볼 생각은 없지만 말이야."

서준이 말하자 뒤에 서 있는 놈들은 비릿한 미소를 지었다.

"진검으로 하겠습니다."

그 대답을 끝으로 인호는 격을 잃은 마검과 로드나이트의 검을 뽑았다. 사실상 보상이 없는 셈이었지만 어쩌겠는가. 놈을 이기지 못하면 퀘스트를 진행할 수 없는데.

그와 별개로 상대의 실력에 대해 호기심을 느꼈다. 무명과 비교하는 게 민망했지만 어쨌든 상대는 무명과 같은 고려의 무사 아닌가?

"금방 끝내겠습니다."

가벼운 한 마디였다. 듣는 서준의 입장에서는 아니었지만. 그의 얼굴이 흉신악살처럼 크게 일그러졌다.

인호를 노려본 서준은 자신의 칼을 뽑았다. 그의 칼은 곧게 뻗은 날을 자랑하는 직도였다.

"날이 몸에 닿기 전에 공격을 멈추겠다. 그리고 기(氣)를 운용하지도 않겠다. 동의하나?"

"동의한다."

인호는 느긋하게 대답했다. 처음부터 상대의 피를 볼 생각은 없었다. 얼른 이 의미 없는 싸움을 끝내고 퀘스트를 진행하고 싶을 뿐.

-도움이 필요한가?-

'다른 놈들이 끼어들면 부탁하지.'

무사들이 쪽수로 밀어붙인다면 모를까, 서준 혼자 나서는데, 무명의 도움을 받을 수는 없었다. 승패를 떠나 떳떳해지고 싶었기 때문에.

"하앗!"

먼저 달려든 사람은 서준이었다. 그는 자신의 보법인 칠성보를 펼치며 인호와의 거리를 좁혔다. 그리고는 단숨에 인호의 가슴 쪽으로 직도를 찔렀다.

쩌엉!

인호는 '격을 잃은 마검'의 날을 세워 자신에게 날아드는 서준의 공격을 막았다. 강철과 강철이 부딪치자 날카로운 소리와 함께 불꽃이 튀었다.

서준은 바로 힘겨루기로 들어가려 했지만 인호가 이를 용납하지 않았다. '로드나이트의 검'이 수평으로 휘둘러졌다.

휘익!

서준은 허리를 뒤로 젖혀 간신히 이를 피했다. 잘려나간 흑발 몇 가닥이 허공에 흩날렸다.

회심의 일격이 빗나갔지만 인호는 개의치 않았다. 그는 쌍검의 검사. 왼손의 검은 어디까지나 견제용에 불과했다. 언제든 상대가 피하거나 막을 거라는 전제를 깔아뒀고.

중요한 건 그다음이었다. 이를 증명하듯 오른손에 있던 마검이 위에서 아래로 떨어졌다.

전력을 다해 휘두르고 난 이후의 경직은 없었다. 정확히는 플레이어의 신체가 이를 허용하지 않았다고 보는 게 옳으리라. 그래서 아무런 거리낌 없이 다음 공격을 날릴 수 있었다.

그러자 양손으로 검을 움켜잡은 서준이 인호의 검을 밀쳐냈다. 힘에서 밀린 인호의 오른팔이 퉁겨졌지만 그는 기다렸다는 듯 상대의 다리를 향해 발차기를 날렸다. 이에 질세라 서준 역시 발을 날렸다. 두 사람의 발이 한 지점에서 격돌했다.

'꽤 하는데?'

솔직하게 감탄한 인호.

몬스터와 인간을 막론하고 그가 만난 놈들은 검에만 집중할 뿐,

다른 부분에서는 허점이 많았다. 그 때문에 의표를 찌르기 쉬웠는데 서준은 이를 허용하지 않고 제대로 막아내는 게 아닌가.

그래도 상관없었다.

인호는 서준의 치명적인 단점을 눈치챘다. 상대는 쌍검을 상대하는데 서툴렀다. 겨우 두 합으로 흐름을 빼앗긴 게 이를 증명했다. 그리고 인호는 주도권을 넘길 마음이 없었다.

쉬에엑!

'무슨!'

서준의 눈동자가 흔들렸다. 그를 향해 다가오는 한 자루의 검이 너무나 빨랐기 때문에. 막을 여유도 없었다. 그는 고개를 돌려 간신히 공격을 피했다. 그리고 볼 수 있었다. 자신의 옆구리를 향해 날아드는 다른 한 자루의 검을.

챙캉!

가까스로 검을 들어 막아내는 데 성공한 서준. 그러나 충격만큼은 어쩔 수 없었고 그는 뒤로 물러나야 했다.

우위를 점한 인호는 더 빠르게 두 자루의 검을 휘둘렀다. 온 힘을 다해서, 눈앞에 있는 이를 반드시 이기겠다는 의지를 드러내며. 직선과 곡선을 연거푸 그리며 쏟아지는 두 자루의 검은 매섭기 그지없었다.

이대로 가면 진다.

서준은 이를 갈았다. 선검문의 자랑스러운 제자인 자신이 하찮은 이국의 사냥꾼 따위에게 지다니, 결코 있을 수 없는 일이었다.

"딴생각을 할 여유가 있나?"

째애앵!

말을 하기 무섭게 쇄도하는 마검. 서준은 간신히 공격을 막는 데 성공했다. 허나 거기서 승부는 결정됐다. 인호는 상대의 도가 엮이자 곧장 마검을 쳐올렸다.

"무슨!?"

서준은 크게 당황했다.

직도는 그의 손아귀에서 벗어나 허공으로 높이 치솟았다. 동시에 인호는 하이킥을 날렸고 상대의 목에 자신의 발등을 걸었다. 그리고 있는 힘껏 땅바닥에 찍었다.

"크윽!"

얼굴이 바닥에 처박히자 서준은 비명을 질렀다. 그 와중에도 검을 찾아 이를 주우려 했지만 뜻을 이루지 못했다. 어느새 인호의 마검이 그의 목을 겨누고 있었다.

"내가 이겼다."

플레이어 김인호가 서브 퀘스트 '강서준을 이겨라!'를 달성합니다!
서브 퀘스트를 달성함에 따라 플레이어 포인트 3이 주어집니다.
현재 플레이어 포인트-39
던전 퀘스트를 진행할 수 있습니다.

| Close | View |

승리를 알리는 메시지가 나타났다.

"수고했어."

"오빠, 정말 멋졌어요."

웃으며 다가오는 수아와 현주. 인호는 두 사람을 보며 씩 웃었다. 허나 모두가 그의 승리를 인정한 건 아니었다.

"말도 안 돼!"

"서준님이 지다니!"

"이건 사술이다! 놈들이 사술을 썼어!"

서준을 지켜보고 있던 무사들이 인호의 승리를 부정했다. 오히려 살기를 일으키며 일행을 압박하는 게 아닌가.

"이런 전형적인 전개 싫다. 어쩜 이리 예상하고 똑같을까."

"어쩔 수 없죠. 사람 생각이 다 거기서 거기니까요, 언니."

비웃음을 짓는 현주와 달리 수아는 한숨을 내쉬었다. 다만 말은 달라도 이후의 행동은 같았다. 두 사람은 동시에 마력을 운용했고 거대한 기세가 피어났다. 기세는 그대로 무사들의 살기를 밀어내더니 팽팽하게 대립했다.

그러자 무사들의 얼굴에 긴장감이 떠올랐다. 여자라고 무시했던 이들이 이 정도로 강한 힘을 가지고 있다는 게 도저히 믿기지 않았다.

"실력이 안 되니 쪽수로 밀어붙이겠다는 건가? 이게 고려의 법도와 예의라면 받아주지."

화르르.

수아와 현주를 돕기 위해 수라마공을 운용한 인호. 전신에서 검붉은 기운이 흘러나왔다. 그의 기세가 심상치 않다는 것을 확인한 무사들의 안색이 굳어졌다.

그래도 물러나는 사람은 없었다. 다들 끝까지 검을 굳게 움켜쥐고 대치했다.

"……보내줘라. 약속했으면 지켜야 한다."

그때, 서준이 자리에서 일어나 말했다. 그러자 무사들은 불만스러웠지만 양옆으로 움직여 길을 만들어줬다. 인호 일행은 아무렇지 않게 그 사이로 지나갔다.

"다음에는 지지 않을 것이다."

"또 싸울 일이 있을지는 모르겠다만."

뒤도 돌아보지 않은 채 대답한 인호. 서준이 이를 꽉 깨물었지만 일행의 길을 막지는 않았다. 작은 소동은 그렇게 끝을 맺었다.

관아를 떠난 일행은 조 향리에게 호랑이들이 그동안 어디서 나타났는지, 언제 움직였는지 등을 계속 질문했다. 그렇게 정보를 얻은 뒤, 일행은 바로 길을 떠났다.

첫 번째 목적지는 북한산이었다. 조 향리가 그곳에서 호랑이들이 제일 많이 나타났다고 알려줬기 때문에. 다행히 관아도 멀지 않아 금방 갈 수 있었다.

"왜 하필이면 북한산일까? 그 많은 산 중에서."

드높게 서 있는 백운대를 보며 현주는 한숨을 내쉬었다. 인호는 그녀의 말에 내심 동의했다.

북한산은 현대에서도 등산하기 어려운 산이었다. 정상만 보면 837m로 별로 높지 않지만, 암벽이 매우 많았다. 이런 특성 때문에 전국에서 가장 사고가 많은 산이라는 기록도 있었고.

"거기다가 우리는 사람들이 자주 이용하는 길도 못 가잖아."

"호랑이들이 인도를 애용하면 갈 수 있겠지."

"농담으로 한 말은 아니지? 농담이었다면 각오하는 게 좋아?"

"재미없었다면 어쩔 수 없고. 그리고 누나, 현실을 부정해봤자 가야 하는 건 변함없어."

"매정한 동생을 어쩌면 좋니? 네가 내 동생 할래, 수아야?"

현주는 과장되게 말하고는 수아의 품에 안겼다. 수아는 환하게 웃으며 그녀를 끌어안았다.

"이미 언니는 저한테 친언니하고 똑같아요."

"남동생 키워봐야 소용없다더니 진짜라니까. 역시 너밖에 없어."

"고마워요, 언니. 그런데 북한산이 힘들긴 해도 저희도 이제 플레이어잖아요? 괜찮지 않을까요?"

의문을 드러내는 수아. 현주는 수아의 품에서 벗어나더니 단호하게 말했다.

"산을 만만하게 보면 안 돼, 수아야."

"그래요?"

"화산 유격장까지 90km 행군한 거 생각하면 아직도 이가 갈려. 그때는 진짜 죽을 뻔했거든."

과거를 떠올린 현주는 이를 갈았다. 그러자 인호가 끼어들었다.

"그래도 가야지. 퀘스트는 깨야 하니까."

"간다, 가! 흙돌이를 부를게."

결국 버럭 소리를 지르고 만 현주. 인호에게는 씨알도 안 먹혔지만. 그때, 수아가 의문을 제기했다.

"산속에 들어간 다음에 부르는 게 좋지 않을까요, 언니? 정령 소환은 마력 소모가 심하잖아요."

"우리는 전문 사냥꾼이 아니야. 평범한 동물도 어려운 판국에 하물며 호랑이를 찾아야 하고. 요행을 바라는 것보다는 이게 좋아."

설득력이 있는 말이라 수아는 고개를 끄덕였다. 현주는 바로 흙돌이를 소환했다.

"흙돌아, 호랑이들의 흔적을 찾아줄래?"

-낑!-

그 순간, 일행은 깜짝 놀랐다.

흙돌이가 고개를 젓는 게 아닌가? 관아에 있을 　때까지만 해도 동물들을 추적할 수 있다고 했는데.

잠시 뒤, 인호는 자신의 이마를 부여잡았다. 생각해보면 흙돌이는 단 한 번도 호랑이를 찾을 수 있다고 한 적이 없었다. 동물의 흔적을 찾을 수 있다고 했지.

"저 산에 사는 동물들이 얼마나 많은데 그걸 일일이 찾겠어? 흙돌이가 호랑이들을 봤다면 모를까."

-끼잉! 끼잉!-

인호의 말이 맞았는지 흙돌이는 펄쩍펄쩍 뛰며 고개를 위아래로 흔들었다.

"듣고 보니 그런 거 같네. 그럼 동물들의 흔적들은 찾을 수 있어?"

-끼잉!-

흙돌이는 이번에도 고개를 끄덕였다. 현주는 쓴웃음을 지으며 수아와 인호를 돌아보았다.

"아무래도 나는 진짜 못 싸울 거 같아. 두 사람 다 잘 부탁해."

정령을 유지하려면 계속 마력을 공급해야 했다. 재롱이와 계약을 맺어 마력의 양이 늘지 않았다면 절대 못했으리라. 그만큼 정령의 존재를 장시간 유지하는 건 어려웠다.

"걱정하지 마세요, 언니. 저희가 꼭 지킬게요."

"힘들면 바로 말해. 무리하지 말고."

"오케이. 그럼 흙돌아, 앞장서."

현주의 말에 따라 흙돌이는 앞장섰다. 인호는 마검을 뽑았고 수아는 마력 권총을 움켜쥔 채, 주변을 살폈다.

'쉽지 않겠어.'

산에 들어온 인호는 얼굴을 찌푸렸다. 사람들의 발길이 닿지 않은 산은 예상 이상으로 험했다. 수풀이 우거졌고 나무가 빼곡하게 들어서 있었다. 바위 역시 정말 많았고.

아무리 플레이어라 해도 이런 환경에서 호랑이들을 일일이 찾아 사냥하는 건 쉽지 않았다. 흙돌이가 있어서 정말 다행이었다.

그렇게 일행이 산속 깊숙이 들어왔을 때,

—김인호. 미안한데 나쁜 소식이 있다—

무명이 말을 걸었다.

'나쁜 소식이라니?'

—직접 보면 알 거다—

대체 이게 무슨 소리란 말인가? 허나 의문은 금방 해소됐다.

—끼잉!—

갑자기 날카롭게 소리치는 흙돌이. 일행의 시선이 정면을 향했고 곧 다들 얼굴을 찌푸렸다.

—꾸에에엑!—

커다란 멧돼지 한 마리가 빠른 속도로 일행을 향해 쇄도하고 있었다. 수도방위사령부에서 본 놈처럼 멧돼지들의 크기는 대형 맹수에 비견될 정도였다.

"몬스터! 이수아!"

"네!"

타타탕!

자신의 이름이 불리자마자 방아쇠를 당기는 수아. 세 발의 마력탄이 허공을 가르며 날아가더니 거대 멧돼지의 머리에 작렬했다. 눈 깜짝할 사이에 머리를 잃은 놈은 허망하게 미끄러졌다.

"시작부터 이러면 곤란한데……."

"그러게요."

현주가 한탄하자 수아가 굳은 얼굴로 대답했다.

험난한 산속에서 호랑이들을 찾는 것도 어려웠다. 그런데 이제는 그 산에 다른 몬스터들이 나와서, 과연 제시간에 퀘스트를 끝낼 수 있을까 싶었다.

그렇게 분위기가 나빠졌을 때,

–끼잉! 끼잉!–

흙돌이가 또 팔짝 뛰었다.

"왜 그래, 흙돌아?"

–끼이잉!–

바닥을 가리킨 흙돌이. 이를 본 일행은 동시에 미소 지었다. 진흙으로 뒤덮인 바닥에는 호랑이의 발자국이 찍혀 있었다.

"잘했어, 흙돌아!"

현주는 흙돌이를 끌어안더니 이마에 뽀뽀했다. 흙돌이는 기뻐하면서 어깨를 으쓱였다.

"이 발자국들을 계속 찾을 수 있겠어?"

–끼잉!–

자신만만하게 대답한 땅의 정령은 바로 나아갔다. 일행은 정령을 따라 거의 달리듯이 움직였다.

–어라? 길을 잘못 들어선 거 같은데–

'무슨……'

잠시 뒤, 인호는 무명의 말이 옳다는 걸 인정했다. 길 끝에 낭떠러지가 있었기 때문에. 흙돌이 역시 이를 예상하지 못했는지 당황하며 일행의 얼굴을 번갈아 쳐다보았다.

"호랑이들이 이 낭떠러지를 뛰어넘은 건가?"

"그게 가능할까요? 대충 봐도 100m는 넘는 거 같은데."

"아무리 몬스터라도 그건 무리겠지? 정말 여기가 맞는 거지, 흙돌아?"

-끼이잉-

흙돌이는 시무룩한 얼굴로 고개를 끄덕였다. 정령이 일행을 속일 이유가 없으니 호랑이들이 이곳을 지난 건 분명했다.

허나 무턱대고 낭떠러지 아래로 내려갈 수는 없었다. 나무가 빽빽이 서 있어서 아래쪽 상황을 전혀 알 수 없는 판국이었다. 정말 만에 하나 호랑이들의 서식지라면 일행이 바로 위기에 빠질 테니까. 어떻게든 여기서 결론을 내려야 했다.

"흙돌아. 혹시 호랑이들의 흔적 있어? 털 같은 거."

-끼잉-

흙돌이는 이번에도 힘없이 고개를 흔들었다. 말 그대로 진퇴양난이었다.

"재롱이를 불러도 소용없을 거 같고."

"부르지 마. 괜히 누나 마력만 낭비할 수도 있어. 흙돌이도 잠시 돌려보내."

"잠깐 들어가 있어, 흙돌아."

현주는 인호의 말에 따라 흙돌이를 정령계로 보냈다. 그리고 자신의 의견을 밝혔다.

"일단 관아로 돌아가는 게 어때? 무턱대고 움직일 수 없잖아. 북한산이 좀 넓어?"

현주의 말마따나 북한산은 현대에서 서울의 구 4개와 고양시 일부를 차지할 정도로 넓은 산이었다. 이 넓은 곳을 일일이 돌아다니며 호랑이들을 탐색하는 건 불가능했다. 게다가 호랑이들 말고도 몬스터들이 많았다.

"후우. 그렇다고 호랑이들이 사람들을 습격하는 걸 기다릴 수도 없고."

"그건 절대 안 돼요, 언니. 던전 내부지만 이곳에서 만난 사람들은 진짜 사람이었잖아요. 희생을 전제로 해서는 안 된다고 봐요."

"그냥 해본 소리야. 나도 사람 목숨으로 장난치는 건 싫어하니까. 그나저나 김인호, 뭔 생각을 그리해?"

"잠깐 다들 기다려줘. 시험해볼 스킬이 하나 있어."

그 말이 끝나기 무섭게,

─너 설마?! 그만둬라, 김인호! 그 기예는 너무 위험하다! 지금 사용해서는 안 돼!─

무명이 소리쳤다.

절대 용납할 수 없다는 듯 그의 어조는 단호했다. 그러나 인호는 고개를 저었다. 이미 각오를 다졌다.

'이것밖에 방법이 없다.'

흙돌이의 능력을 믿고 도전했다. 허나 정령의 능력에 한계가 있다는 걸 확인한 이상, 다른 방안을 찾아야 했다. 다행히 자신에게는 대안이 있었고.

정안(正眼).

길잡이가 보는 세상을 일부나마 보게 해줄 수 있는 눈. 길잡이가 떠나면서 인호를 위해 남기고 간 스킬의 이름이기도 했다.

'정안.'

인호는 마음속으로 스킬을 발동했다. 그러자 그의 눈동자가 금색으로 물들었다.

번쩍!

정안을 펼친 순간, 세상이 어두워졌다. 칠흑처럼 검지는 않았지만, 자신과 주변을 구분하기 힘들었다. 다만 온통 어둡기만 한 건 아니었다. 무언가가 어둠 속에서 반짝반짝 빛나고 있었기 때문에.

'저건……'

보자마자 그게 뭔지 깨달았다. 그건 호랑이들이 남긴 흔적이었다. 아니, 정확히 말하면 숨겨져 있는 흔적이라 보는 게 옳으리라.

좀 더 제대로 살펴보기 위해 인호가 다가가려 할 때,

휘익!

갑자기 광경이 바뀌었다.

마치 영상을 뒤로 되감은 것처럼.

-크르릉!-

-캬르르!-

그리고 호랑이들이 모습을 드러냈다. 그것도 보통 호랑이가 아니었다. 하나같이 코뿔소만 한 크기를 자랑했으니까.

'역시 7급이었군.'

호랑이들에게서 흘러나오는 기세는 블러디 오우거나 트롤에 필적했다. 그런데도 기존의 7급 몬스터들과 달리 놈들은 제대로 무리를 이루었다. 이를 증명하듯 놈들은 자신들이 남긴 발자국을 지우며 움직이고 있었다. 기다란 꼬리를 이용해서.

'저래서 흙돌이가 못 찾은 건가.'

거기다 놈들은 일부러 낭떠러지로 가는 길에만 흔적을 남겨 추적자들을 혼란스럽게 만들었다. 단순한 호랑이가 아닌 강함과 교활함을 겸비한 괴물이었다. 단순히 본능에 사로잡힌 여타의 7급 몬스터들과 차이가 있었다.

그래도 놈들이 어느 방향으로 이동했는지 볼 수 있었다. 이제 근거지를 파악하고 사냥을 한다면 퀘스트를 완료할 수 있으리라.

인호는 호랑이들의 위치를 확실히 파악하기 위해 고개를 돌리려 했다.

그 순간,

두근두근!

심장이 거세게 뛰었다.

그뿐만이 아니었다. 앞이 안 보일 정도로 강력한 두통이 그를 덮쳤다. 단순히 아프다는 걸 넘어 머리가 터질 거 같았다.

"크윽!"

고통을 참지 못한 인호는 바닥에 주저앉았다. 그리고 자신의 머리를 움켜쥐었다. 허나 고통은 가라앉을 기미를 전혀 보이지 않았다. 오히려 더 심해질 뿐.

뚝뚝.

뒤이어 눈에서 피가 흘러내리기 시작했고 통증이 점점 심해졌다. 당장 눈알을 뽑고 싶다는 충동이 생길 정도로.

'……이래서였나.'

그제야 인호는 왜 무명이 자신을 말렸는지 이해되었다. 이건 함부로 써서는 안 되는 힘이었다. 무명의 조언대로 상단전을 개발하면 모를까. 그 전에 사용하면 오히려 사용자의 숨통을 조이는 최악의 스킬, 그게 바로 정안이었다.

길잡이는 대체 어찌 이런 눈을 가지고 살았단 말인가?

-김인호! 정신 차려라! 정신 차리란 말이다!-

그때, 익숙한 목소리가 귓가를 울렸다. 그 목소리에서 자신이 반드시 일어났으면 하는 간절한 마음이 느껴졌다.

"크아악!"

처절하게 울부짖는 인호. 정신력을 쥐어 짜낸 그는 간신히 정안의 발동을 해제했다. 그러자 시야가 다시 원래대로 돌아왔다.

"헉……헉…….."

숨을 헐떡이면서도 인호는 고개를 들었다. 빛이 있다는 게, 색상을 알아본다는 게 이렇게 기쁜 일이었던가.

"김인호! 너 괜찮아!? 미친놈아, 대체 무슨 짓을 한 거야!"

"괜찮은 거 맞죠, 오빠? 저희 보여요?"

현주와 수아가 다가와 인호를 부축했다. 두 사람의 얼굴에는 공포와 불안감이 가득했다.

"거, 걱정시켜서 미안. 나는 괘, 괜찮아."

"괜찮긴 뭐가 괜찮아! 피 좀 봐!"

"피를 이렇게 흘렸으면서……."

수아의 말 대로였다. 그의 손은 물론 땅바닥까지 적실 정도로 많은 피가 흐르고 있었다. 이를 본 현주는 손수건을 꺼내 그의 얼굴에 묻은 피를 닦았다.

"우리가 보이긴 보여?"

"잘 보여. 그러니까 울지 마, 누나."

현주의 눈에 맺힌 물기를 닦아주려고 손을 뻗은 인호. 그러나 그는 곧 멈출 수밖에 없었다. 피로 물든 손으로 누나의 눈물을 닦아줄 수는 없었다. 그러자 현주는 스스로 인호의 손을 잡아 눈물을 닦았다.

"별 되도 않는 거로 쫄기는. 어쨌든 반성해. 알았어?"

"오빠 약속해요. 다시는, 다시는 그 스킬 사용하지 마세요! 알았죠?"

"약속할게."

단단히 화가 난 수아를 보니 그 말 외에는 할 수가 없었다. 그제야 안도한 수아와 현주는 작게 한숨을 내쉬었다. 정말 친자매 같아 인호는 자기도 모르게 웃었다.

-꼴좋다. 내 말을 무시하더니-

'반성하고 있다.'

진심이었다.

설마 정안을 발동한 것만으로 이런 대가를 치르게 될 줄은 몰랐다. 하마터면 정말 죽을 뻔했기 때문에 인호는 진심으로 자신의 잘못을 뉘우쳤다.

'그래도 고맙다, 무명. 네 목소리는 똑똑히 들었다.'

-다, 닥쳐라! 그보다 명심해라! 다시는 정안을 사용해서는 안 된다. 상단전을 개발할 때까지는 반드시!-

'그렇게 하지.'

정안은 정말 좋은 능력이었다. 다만 자신의 한계를 넘어선 능력이라는 게 문제였을 뿐. 진실을 알게 된 이상, 이에 매달릴 수 없었다. 과한 힘은 소유자를 파멸로 이끈다는 것을 이번에 깨닫지 않았는가.

"그래도 호랑이들이 어디로 갔는지는 알았어."

"어디로 갔는데? 진짜 절벽 아래는 아니지?"

"백운대 쪽으로 갔어. 호랑이들이 흔적을 지우는 바람에 흙돌이가 못 찾은 거고."

"무슨 몬스터가 그렇게 까다로워? 어이가 없네. 또 뭐 본 거 있어?"

"놈들의 등급은 7급 같아. 크기는 코뿔소만하고.

"미친 크기네. 거기다가 추적자들을 따돌릴 만큼 똑똑하고 또 무리까지 이뤘다는 거지?"

"하아. 차라리 트윈 헤드 트롤을 다시 잡는 게 낫겠어요."

한숨을 내쉬며 말하는 수아. 현주와 인호 모두 그녀의 말에 동의했다.

6급 몬스터인 트윈 헤드 트롤은 분명 강했다. 길잡이의 도움을 받아 쉽게 잡을 수 있었지, 그렇지 않았다면 일행이 위기에 빠졌으리라.

그러나 괴물 같은 열두 마리를 상대하기보다는 놈과 다시 싸우는 게 나았다. 어쨌든 적은 하나에 불과했고 일행은 이를 감당할 능력이 있었으니까.

그런데 호랑이들은 어떤가?

한 마리의 전투 능력은 트윈 헤드 트롤에 비하면 뒤떨어진 것이다. 다만 열두 마리를 일일이 상대해야 하는 만큼, 신경이 분산될 수 있다는 게 문제였다. 조금이라도 집중력이 흩어지면 다수의 상대에게 바로 공격당할 테고.

"그럼 위치만 확인하고 도움을 구해요. 퀘스트 보상도 중요하지만 그래도 저희 안전이 더 중요하잖아요."

"그렇게 하자. 처음부터 우리가 원하는 건 보상이 아니라 던전이었고."

"나도 그럴 생각이야."

인호는 역시 두 사람의 의견에 동감했다. 보상은 어차피 곁다리, 가장 중요한 건 던전 그 자체였다. 이를 차지할 수만 있다면 보상의 수준이 떨어져도 상관없었다.

"그럼 내가 앞장설게."

"오케이. 흙돌아."

-끼잉-

다시 모습을 드러낸 흙돌이. 현주가 인호의 어깨를 두드리자 흙돌이는 바로 인호의 어깨 위에 앉았다.

"호랑이들이 어디로 갔는지 알았어. 놈들의 흔적이 보이면 다시
말해줘."

-끼잉!-

흙돌이가 자신의 가슴을 쳤다. 이번에는 꼭 흔적을 찾겠다는 의
지를 불태우며.

"그럼 출발하자."

세 사람은 다시 발걸음을 옮겼다.

"찾았어요. 오른쪽 4시 방향. 총 네 마리에요."

가장 뒤에서 주변을 경계하던 수아가 말했다. 그러자 인호와 현
주는 곧바로 몸을 낮췄다. 수아가 말한 대로 약 2km 떨어진 곳에
네 마리의 호랑이들이 바위에 앉아 있었다.

-저 정도 거리에 있는 놈들을 이리 빨리 찾다니, 대단하군-

'그러게.'

무명의 의견에 동의한 인호. 수풀과 나무가 빽빽하게 들어섰는
데도 호랑이들을 발견한 수아가 대단하다 싶었다. 그가 보기에 호
랑이들의 모습은 굉장히 흐릿했다. 수아가 미리 말을 하지 않았다
면 그대로 지나쳤겠지.

"흙돌아. 이리 와."

-히잉!-

흙돌이가 다시 현주의 어깨 위로 올라왔다. 이 땅의 정령은 인호
가 알려준 길로 가자 얼마 안 돼서 다시 호랑이들의 흔적을 발견했
다. 흙돌이가 없었다면 이렇게 빨리 여기에 도착하지 못했으리라.

여러모로 도움이 되는 정령이었다.

그 사실을 잘 아는 현주는 귀엽다는 듯 흙돌이의 머리를 쓰다듬었다. 땅의 정령은 기분 좋게 그 손길을 받아들였고.

"다른 놈들은 안 보여, 수아야?"

"네. 보이는 건 저기 네 마리뿐이에요."

"나머지 놈들은 다른 곳으로 이동했다고 봐야 하나? 네가 처음 봤을 때는 열두 마리였지, 김인호?"

"맞아."

정안을 통해 봤을 때는 열두 마리가 다 있었다. 상황을 볼 때, 다른 놈들은 어딘가로 이동했을 확률이 높았다.

'주변에 다른 몬스터가 있는지 확인해줘, 무명.'

─내 감지에 걸린 놈은 없······. 이런 젠장! 7시 방향을 봐라!─

무명이 경고하자마자 몸을 돌리는 인호. 무명이 말한 곳에서 호랑이 세 마리가 빠르게 내려오고 있었다. 문제는 놈들만 오는 게 아니라는 점이었다.

"언니! 오빠! 호랑이들이 와요!"

수아가 기겁했다. 4시 방향의 바위에 앉아 있던 놈들마저 일행을 향해 달려들었다. 처음부터 일행이 다가오고 있는 걸 눈치챈 게 분명했다.

"이수아!"

"네!"

타타탕!

수아는 방아쇠를 당겼다. 수십 발에 달하는 마력탄이 4시 방향의 호랑이들에게 날아갔다. 허나 놈들은 공격이 시작되자마자 흩어졌다. 그리고 전면을 제외한 모든 방위에서 일행을 쫓았다. 그래도 완전히 포위되는 것만큼 피할 수 있었다.

이를 확인한 인호는,

[묵린을 발동했습니다. 5분 동안 모든 능력이 30% 향상됩니다.]

바로 묵린을 펼쳤다.

그의 몸을 중심으로 검붉은 기운이 피어올랐다. 이를 본 호랑이들이 이를 드러내며 경계했지만 쫓는 걸 포기하지 않았다.

─아무래도 놈들은 네가 다가오는 걸 눈치챈 것 같다─

'왕의 기세!'

무명의 말을 듣자마자 정답이 뇌리를 강타했다. 무명은 고개를 끄덕였다.

─그럴 확률이 높지. 그 힘은 괴수들을 자극하니까─

'빌어먹을.'

패시브 스킬이라 조정하는 게 불가능했다. 하지만 이걸로 변명할 마음은 없었다. 자기의 힘도 통제하지 못하는 건 꼴사나운 일이었으니까.

다만 지금은 자책할 때가 아니었다. 자신이 뭘 해야 하는지 잘알고 있었고 이를 실행할 때였다.

팟!

땅을 박찬 인호. 동시에 그는 검에 마력을 실어 이를 방출했다.

뇌광참(雷光斬).

번개의 기운이 깃든 반월형 검기는 허공을 가르며 날아갔다. 호랑이들은 동시에 흩어졌고 검기는 땅바닥에 작렬했다. 커다란 폭발이 일며 먼지구름이 피어올랐다.

"뛰어!"

인호가 외치자 수아와 현주가 달렸다. 그 모습을 본 그는 다시 한 번 뇌광참을 날렸다. 그리고 곧장 두 사람을 따라 도망쳤다.

"재롱아!"

−히잉!−

흙돌이를 정령계로 돌려보내고 재롱이를 소환한 현주. 영특한 바람의 정령은 세상에 나타나자마자 상황을 파악하고 일행에게 바람의 가호를 걸어줬다.

그러자 몸이 가벼워졌고 더 빨리 달릴 수 있게 됐다. 문제는 그렇게 했는데도 호랑이들을 떨쳐낼 수 없다는 점이었다.

−어흐응!−

우렁찬 포효와 함께 호랑이 한 마리가 인호를 쫓았다. 놈은 그가 간격에 들어오자마자 체중을 실어 앞발을 휘둘렀다. 이에 질세라 그 역시 검을 내질렀다. 수라검기를 운용하면서.

섬광처럼 쇄도하는 검과 호랑이의 체중이 더해진 앞발이 부딪쳤다. 이긴 건 검붉은 검기가 휘감긴 검이었다. 검은 호랑이의 앞발을 박살내는 걸로 모자라 머리까지 꿰뚫었다.

하지만 인호에게 기뻐할 여유는 없었다. 다른 호랑이가 어느새 위에서 그를 덮쳤다. 그는 다리에 힘을 줘서 단단히 몸을 고정한 후, 왼손으로 '로드나이트의 검'을 아래에서 위로 올려쳤다.

다시 한 번 뇌광참이 발동됐다. 검푸른 색으로 변한 번개의 검기가 달려드는 호랑이의 오른발을 잘라버렸다. 그러자 놈은 이를 들이댔지만 인호가 먼저 놈의 아가리를 걷어찼다.

우드득!

목이 꺾인 호랑이는 그대로 바닥에 쓰러졌다. 허나 인호는 놈이 쓰러지는 걸 보기도 전에 몸을 숙였다.

"크윽!"

입에서 절로 신음이 튀어나왔다. 또 등에 칼에 베인 것처럼 고통이 느껴졌다. 세 마리 중 홀로 살아남은 놈의 앞발이 그의 등을 스치고 지나간 것이다.

"하앗!"

쓰라림을 참고 오른손의 마검을 내지르는 인호. 허나 호랑이는 앞발을 휘두르더니 그대로 그의 공격을 흘려보냈다. 어처구니가 없어진 그는 왼손의 검으로 찔렀지만, 공격은 닿지 않았다. 어느새 놈이 뒤로 점프해 물러났기 때문에.

–빌어먹을. 아무래도 제대로 함정에 걸린 거 같군–

'뭐?'

무명이 한 말의 의미는 금방 알 수 있었다. 다섯 마리의 호랑이가 갑자기 나타나더니 일행의 앞길을 막았다. 다섯 마리가 일정한 간격을 유지한 채 길을 막아 우회할 수도 없었다.

–크르르릉–

–크르르르–

그들뿐만이 아니었다. 어느새 일행을 추격하던 호랑이들이 일행의 등 뒤로 따라붙었다. 간격은 불과 10m. 눈 깜짝할 사이에 좁힐 수 있는 거리였다. 이런 호랑이들에게 대항하기 위해 세 사람은 품(品)자 형태로 섰다.

"몬스터들의 함정에 걸리다니, 쪽팔려서 어떻게 사냐?"

"말했잖아. 보통 놈들이 아니라고."

"아무리 그래도 이렇게까지 똑똑할 줄은 몰랐지."

"어쩌겠어요? 끝까지 싸워야지."

수아가 마력 권총을 겨누었다. 코뿔소만 한 호랑이들에게 포위되어 무섭기는 했지만 이길 가능성이 없는 건 아니었다. 이 정도 거리라면 아무리 놈들이 빨라도 연사로 쏟아지는 마력탄을 피할 가능성은 없었다.

"우리가 직접 싸울 필요는 없어."

"또 혼자 멋 부리는 거면, 안 돼. 절대로."

"언니 말이 맞아요. 함께 살고 함께 죽어야죠."

설명하기도 전에 단정을 짓는 수아와 현주를 보니 할 말이 없었다.

−어찌겠나? 다 네 업보다−

바로 끼어드는 무명이 얄미웠지만, 그의 말이 옳았다.

"……그런 게 아니니까 안심해도 돼. 내 능력을 사용하는 거니까."

이미 12시간이 지났다. 그 덕분에 현재 소환할 수 있는 영웅은 둘. 그거면 충분했다.

'나와라, 무명.'

영웅은 어떤 고난도 뛰어넘는다. 또 위험에 빠진 사람을 구해준다.

지금이 바로 그 순간이었다.

[2성 영웅 '기억을 잃은 고려 무사'를 소환합니다.]

쿠오오!

요동치는 마력을 보며 인호는 웃었다. 자신감이 가득한 미소였다.

−자기가 싸우는 것도 아니면서 웃기는−

무명 역시 웃었다.

제9장 히든 보스

마력이 폭풍처럼 휘몰아쳤다. 금색 광휘가 오로라처럼 주변을
뒤덮었다.

－어흐응!－

－크아앙!－

호랑이들이 울부짖으며 일행을 향해 달려들려고 했다. 허나 놈
들은 달리려고 하는 의지와는 다르게 전혀 움직이지 못했다. 압도
적인 힘이 그들의 몸을 짓눌렀기 때문에.

그 사이,

우우웅!

마력의 중심 속에서 마침내 '그'가 모습을 드러냈다. 누가 봐도
미남이라고 할 만큼 뛰어난 외모는 여전했다. 시대를 알 수 없는
한복도 똑같았고. 다만 지난번과 달리 이번에는 허리춤이 허전하
다는 차이점이 있었다.

"오랜만이군."

"사흘 만에 보는 건데 오랜만은 무슨. 그래도 지난번보다 오래

있을 수 있겠어."

"나름 성장했으니까. 30분은 버틸 수 있을 거다. 충분한가?"

"충분하다 못 해 넘치지."

자신감 넘치는 모습을 보인 무명. 인호는 묵린을 거둬들였다. 그리고 쥐고 있던 격을 잃은 마검과 로드나이트의 검을 던졌다. 무명은 마검을 바라보며 감회에 젖었다.

"이 모습을 보는 건 정말 오랜만인 것 같군."

무명의 기억 안에는 마검의 모습은 남아있지 않았다. 그러면 뭐 어떤가? 그의 감각이, 본능이 외치고 있었다. 이 검을 본 적이 있다고, 이 검을 쥔 적이 있다고. 그거면 충분했다.

스윽.

호랑이들을 향해 검들을 겨누는 무명. 평범한 자세였지만 그 자체로 완벽했다. 기억을 잃고 힘을 봉인 당했는데도 저렇다니, 원래의 무명은 대체 얼마나 강할까?

"도와줄까?"

"도와주기는 개뿔. 까불지 말고 제대로 지켜보기나 해라. 건곤천뢰검만 써서 놈들을 잡을 테니까."

"그렇게 하지."

느긋하게 대답하는 인호. 수아와 현주가 의문 가득한 시선을 보냈지만, 그는 외면했다. 무명이 앞으로 어떻게 움직일지가 그에게는 더 중요했기 때문에.

무명이 마침내 움직였다. 곧게 뻗어나는 검의 궤적은 한눈에 봐도 뻔했다.

그런데도,

콰득!

표적이 된 호랑이는 피하지 못했다.

눈 깜박할 사이에 놈의 입과 뒤통수를 꿰뚫은 검. 무명은 이를 가볍게 거둬들이고는 두 번째 대상을 향해 달려들었다.

-크아아앙!-

-크허어엉!-

남아있는 9마리의 호랑이들이 일제히 무명을 향해 달려들었다. 인호 일행은 안중에도 두지 않은 채.

"안 도와줘도 괜찮아?"

"아무리 영웅이라도 혼자는 힘들지 않을까요?"

"전혀."

현주와 수아가 무명을 걱정하자 인호는 자기도 모르게 웃고 말았다. 몸풀이 상대도 못 되는 적을 상대로 무명이 도움을 요청할 리 없지 않은가. 끼어들면 오히려 불만스러운 얼굴로 크게 호통을 치리라. 무명은 그런 남자였다.

"잘 보고 있어라, 김인호."

자신을 덮치는 호랑이들을 보면서도 느긋하게 초식 이름을 읊조리는 무명. 그 이름을 듣는 순간, 인호는 눈을 번쩍 떴다. 아니, 그걸로 모자라 눈에 마력을 불어넣어 시각을 강화했다. 무명의 움직임을 모두 포착하기 위해.

건곤천뢰검(乾坤天雷劍)

제3식 난뢰쇄천(亂雷碎天)

좌아악!

어지럽게 날뛰는 번개가 하늘을 부순다. 그 말을 증명하듯 검이 상하좌우를 가리지 않고 휘둘러졌다. 검붉은 검기와 검푸른 검기가 허공에 뒤섞이더니 이윽고 벽이 형성됐다. 그 위로 호랑이들의 몸이 닿았고 그 순간, 처절한 비명이 산을 흔들었다.

-캬오오오!-

-캬아아악!-

먼저 뻗은 앞발이, 뒤를 이어 몸이 찢겨 나갔다. 번개의 검기는 자신에게 닿는 모든 것들을 분쇄하듯 갈가리 찢어발겼다. 흩날리는 피는 검기에 닿아 그대로 아예 증발했다.

9마리 중 5마리가 그대로 목숨을 잃고 바닥에 처박혔다. 남은 놈들은 피로 범벅이 된 채, 땅에 널브러져 있었고.

이를 본 무명은 두 검을 뒤로 늘어뜨렸다. 여전히 편안하게 보이는 자세였지만 검의 상태는 전혀 평온하지 않았다.

파직! 파지직!

두 자루의 검, 서로 다른 색깔의 검기가 교차한 곳에서 새하얀 스파크가 튀었는데 그 모습이 언제 터질지 모르는 폭탄처럼 보였다.

"이게 전반부 마지막 초식이다. 눈 크게 뜨고 봐라."

건곤천뢰검(乾坤天雷劍)

제4식 폭뢰번천(爆雷飜天)

두 자루의 검이 나란히 앞으로 나아가더니 끝과 끝이 부딪쳤다. 그러자 두 자루 모두 새하얀 빛으로 휘감겼고 그 상태에서 호랑이 한 마리를 꿰뚫었다.

콰아아앙!

"꺄아악!"

"아아악!"

폭발하는 번개가 하늘을 뒤집는다는 것을 증명하듯 커다란 폭발이 일었다. 폭발로 인한 폭풍이 어찌나 강하던지 수아와 현주는 바닥에 쓰러졌다. 반면, 인호는 바닥에 바짝 엎드린 채, 무명이 만든 광경을 바라보았다.

빛의 폭발은 파도처럼 점점 크기를 불리며 앞으로 나아갔다. 이윽고 남아있던 호랑이들은 물론 나무, 바위까지 모조리 집어삼켰다.

"……저게 영웅."

"완전 괴물이잖아."

수아와 현주는 경악한 얼굴로 무명을 바라보았다. 전투가 끝나는 데 걸린 시간은 고작 3분. 경이로움 이외의 어떤 감정도 느낄 수 없었다. 정작 전투를 끝낸 당사자는 흥미 없다는 얼굴을 하고 있었지만.

"심심풀이도 못 되는 놈들이군."

"네가 너무 강하니까. 그건 그렇고 조금 전 그 초식들이 전반부라고?"

"그래. 그리고 예전에 말했다시피 내가 가르쳐줄 수 있는 건 여기까지다. 중반부와 후반부의 초식은 안 떠올라서 말이야."

"그게 겨우 전반부라니……."

펼친 사람이 무명이기 때문에 위력이 강한 건 분명했다. 그렇다 해도 겨우 전반부였다. 전반부가 이토록 강력한데 중반부와 후반부는 어떨까? 짐작도 할 수 없었다.

"잡설은 됐다. 그건 그렇고 잘 봤나?"

"일단은. 난뢰쇄천은 상하좌우를 가르지 않고 빠르게 휘두르는 거지. 변칙적인 움직임 때문에 상대는 혼란스러워할 거고."

"끝인가?"

"아니. 변칙적인 움직임은 어디까지나 덤. 진짜 목적은 흑설과 묵린의 검기를 빠르게 움직이면서 서로 부딪치게 하는 거지. 그러면 위력이 올라간다."

기다렸다는 듯이 대답하는 인호. 무명은 흐뭇해했다.

"제대로 봤다. 그럼 폭뢰번천은 어떻지?"

"두 검의 끝을 부딪쳐 기운을 합치는 것도 이해했고. 다만 어떻게 터뜨리는지는 모르겠다."

"두 자루의 검이 부딪칠 때, 폭발하는 건 알고 있을 거다. 뇌격십자인이 그 폭발을 이용하는 거니. 이건 그 폭발을 잠시나마 억누르는 거다. 그리고 단숨에 찔러 억누른 힘까지 전부 쏟아붓는 거지."

무명의 설명을 들은 인호는 고개를 끄덕였다. 원리 자체는 이해했지만 딱 거기까지였다. 어떻게 펼쳐야 하는지 전혀 감이 잡히지 않았다. 앞으로 꾸준히 수련해야 깨우칠 수 있으리라.

"그럼 수고해라. 나는 이만 돌아가지."

"벌써?"

"벌써는 개뿔. 네 단전을 확인해봐라."

의아해하며 단전을 살핀 인호는 깜짝 놀랐다. 묵린으로 마력의 양을 증폭시켰다. 그런데도 지금 마력의 양이 절반 이상 사라진 상태였다.

"건곤천뢰검은 정말 마력을 많이 요구하는군."

"큰 힘을 사용하기 위해서는 그에 맞는 대가를 지급해야하는 법. 그게 세상의 이치다. 그러면 잘 마무리해라."

그 말을 끝으로 무명의 몸이 희미해지기 시작했다. 곧 빛이 번쩍였고 그는 완전히 혼의 상태로 되돌아갔다.

[2성 영웅 '기억을 잃은 고려 무사'의 소환이 해제됩니다.]
[기억을 잃은 고려 무사가 가진 스킬 일부가 플레이어 김인호에게 전달됩니다. 건곤천뢰검 제3식 난뢰쇄천과 제4식 폭뢰번천을

습득합니다. 이에 따라 건곤천뢰검의 레벨이 2 상승합니다. 현재 건곤천뢰검의 레벨-4]

[영웅을 소환함에 따라 영웅화가 1퍼센트 진행됩니다. 현재 영웅화-22%]

"야, 김인호."

"왜?"

"조금 전 영웅이랑 잘 아는 사이지?"

"그렇지. 내 스승님이니까."

-헛소리는 됐다!-

무명이 소리쳤다. 물론 인호는 가볍게 무시했다.

"계속 부를 수 있는 거야?"

"부를 수 있는데 그건 왜?"

씨익.

갑자기 활짝 웃는 현주. 이에 반해 인호는 이유를 알 수 없는 불안감을 느꼈다. 그리고 그의 예감은 현실이 됐다.

"나 좀 소개해줘라. 완전 내 취향이거든!"

"······미친."

인호는 진심을 담아 말했다.

"왜 안 되는데!? 내가 뭐 어때서!"

떼를 쓰는 현주. 인호는 그녀를 외면했다. 되지도 않는 헛소리에 어울려줄 마음은 없었다.

-거참. 별소리를 다 듣는군-

'미안하다. 괜히 내가 다 부끄러워지는군.'

무명에게 사과하는 인호. 그러나 이어지는 무명의 대답은 그의 두통을 더 심하게 만들었다.

-내가 제대로 된 몸을 얻으면 상관없는데 말이다. 솔직히 네 누이의 털털함이 마음에 들거든. 저런 여인을 찾기는 어렵지-

'이것들이 쌍으로 미쳤나.'

그게 인호의 솔직한 심정이었다.

결국 그는 현주와 무명의 말을 무시하고 호랑이들의 목을 일일이 뱄다. 강감찬에게 퀘스트를 끝냈음을 증명하기 위한 증거였다.

"인벤토리에 넣으면 되죠?"

"그렇게 해."

"다 넣었으면 이제 출발하자!"

현주가 외치자 수아와 인호 모두 고개를 끄덕였다.

"뭐라고!?"

벌떡!

강감찬이 자리에서 일어났다. 그의 얼굴에는 당황한 기색이 역력했다. 그만큼 믿기 어려운 말이었기 때문에.

"그게 사실이냐! 사냥꾼들이 벌써 호랑이들을 퇴치했다고!?"

"그, 그렇습니다!"

조 향리 역시 놀란 건 마찬가지였다. 증거로 가지고 온 호랑이들의 목을 봤을 때 얼마나 큰 충격을 받았던가.

"믿을 수가 없구나. 그들이 떠난 지 채 세 시진(6시간)이 되지 않았거늘……."

호랑이들은 나흘 동안 50명이 넘는 사람들을 물어 죽였다. 피해자들 대다수가 민간인들이었지만 병사나 무사 중에서도 죽은 이들이 있었다. 그렇게 위험한 괴물들을 하루도 안 돼서 다 잡다니, 도저히 믿을 수 없었다.

"안 되겠다! 직접 가서 봐야겠다."

"예? 밤이 깊었는데……."

"그게 무슨 상관인가! 그들은 지금 어디에 있지?"

"그, 그게 앞에서 기다리고 있습니다."

"잘 됐군! 당장 만나야겠다."

강감찬은 방을 나섰다. 그리고 크게 경악했다.

"후우. 진짜였군."

강감찬의 시선이 바닥을 향했다. 일행이 있었지만, 그는 이들을 보지 않았다. 그들의 앞에 나란히 놓여있는 호랑이의 목 12개만 내려다보았다.

"말도 안 돼!"

"아무리 이국의 사냥이 대단해도 그렇지, 저런 게 가능하다니!"

놀란 사람은 그들뿐만이 아니었다. 소란을 듣고 모인 관아의 관리들은 물론, 강서준을 비롯한 무사들 모두 경악을 금치 못했다.

그 누구도 인호 일행이 이렇게 빨리 호랑이들을 사냥할 거라 예상치 못했다. 당연히 충격이 클 수밖에 없었다.

"정말 장하구나. 이국의 사냥꾼들의 솜씨가 굉장하다고 들었지만, 이 정도일 줄은 몰랐다. 아니, 소문도 그대들을 다 설명하지 못하는군."

"과찬이십니다."

"겸양을 떨 필요 없다. 자네들이 세운 공적은 정말 대단하다. 고려인이었다면 바로 높은 벼슬을 받았겠지."

인호는 더욱 고개를 숙였다. 그런 그의 망막 위에 메시지가 떠올랐다.

플레이어 김인호가 서브 퀘스트 '호랑이 무리를 사냥하라!'를 달성합니다!던전 퀘스트를 달성함에 따라 플레이어 포인트가 5가 주어집니다. 현재 플레이어 포인트-44

세 가지 조건을 모두 달성했습니다.
이에 따라 보상이 대폭 강화됩니다.
고유(Unique) 등급의 장신구를 고를 수 있습니다.
보상 목록에서 고르십시오.

Close	View

드디어 퀘스트가 끝났다.

여러모로 위험한 퀘스트였지만 무명과 흙돌이의 도움을 받아 빨리 깰 수 있었다. 이제 던전을 장악하는 일만 남았다. 곧 있으면 안전지대를 확보할 수 있으리라.

그렇게 인호가 기뻐할 때,

저벅저벅.

발소리가 들렸다.

단지 발소리였는데도 이유를 알 수 없을 정도로 귓가에 선명히 들렸다. 자연스럽게 사람들의 시선이 발소리가 들리는 곳으로 향했다.

"승려잖아?"

"승려가 여기에 어떻게 들어온 거야?"

병사들의 말 대로 그곳에는 한 노승이 있었다. 허름한 가사 자락을 걸친 승려의 몸집은 매우 컸으며 태산처럼 묵직한 존재감을 자랑했다.

"그대는 누구인가?"

"······남경판관 강감찬의 위세가 대단하다고 하여 용서를 빌고 남경을 떠나려 했다. 허나 이미 때를 놓쳤구나."

노승은 강감찬의 질문에 제대로 대답하지 않았다. 오히려 영문 모를 소리만 늘어놓을 뿐.

"이곳이 어디인 줄 알고 헛소리를 늘어놓는 것이냐! 썩 물러나지 못할까!"

강서준이 노승을 보며 외치고는 무사들에게 눈치를 줬다. 그의 뜻을 알아차린 무사들은 노승을 바깥으로 쫓아내기 위해 다가갔다.

"좋게 말할 때 그냥 물러나시오."

"이 이상 허황한 말을 하면 신상에 이로울 게 없소이다."

노승에게 경고한 무사들이 손을 뻗었다.

그 순간,

번쩍!

하얀 섬광이 어둠을 갈랐다.

섬광이 사라졌을 때, 무사들은 바닥에 나뒹굴고 있었다. 상반신과 하반신이 분리된 채. 끔찍한 광경이었지만 인호는 무사들의 시체를 무시했다. 대신 노승의 손을 바라보았다.

'클로?'

노승의 손에는 울X린이 사용하는 클로가 튀어나온 상태였다. 그러나 그의 변화는 이제 시작이었다.

우드득!

가사 자락이 순식간에 찢겨 나갔다. 그와 동시에 안 그래도 거구였던 노승의 몸집이 더욱 커졌다. 또 전신에서 검은 줄무늬가 새겨진 노란색 털이 튀어나왔고 입안의 송곳니가 길어졌다.

"호랑이?"

"늑대 인간도 아니고 대체 저건 뭐야?"

수아와 현주가 크게 당황했다. 노승의 얼굴이나 몸은 분명히 호랑이의 것이었다. 다만 일반적인 호랑이와 달리 두 발로 서있다는 차이점이 있었지만.

-때는 이미 늦었다! 혈채는 오직 혈채로만 갚을 수 있을 뿐! 오늘 이곳에 있는 이들은 물론 남경에 있는 인간들을 모두 죽이리라!-

"빌어먹을."

인호는 씁쓸함을 느끼며 욕설을 내뱉었다.

새삼 실감했다.

세상에 쉬운 일이 없다는, 그 차가운 진리를.

제9장 히든 보스　**119**

산군의 등장은 인호 일행에게 큰 충격을 선사했다

사람과 대화를 할 수 있는 몬스터.

그런 몬스터가 있을 거라고는 생각하지 않았다. 이제까지 만난 몬스터들 모두 동물처럼 울부짖을 뿐, 지성을 드러낸 놈은 아무도 없었기 때문에.

−등급이 높은 괴수들은 지성을 가지고 있다. 대화하는 것 정도는…… 이런 귀를 막아라!−

"다들 귀를 막아!"

−어흥!−

산군(山君)이 포효했다.

그 순간, 놈의 몸에서 어마어마한 마력과 태산처럼 거대한 존재감이 느껴졌다.

[6급 네임드 몬스터 산군의 액티브 스킬 피어(Lv.10)가 울려 퍼집니다!]

[플레이어 김인호의 패시브 스킬 '왕의 기세(Lv.1)'가 발동됩니다.]

[피어(Lv.10)의 효과가 약화합니다. 플레이어 김인호가 상태 이상 '공포'에 걸립니다. 신체 능력이 20% 감소합니다.]

"크윽!"

인호는 신음을 토했다.

무명이 경고해서 빨리 귀를 막는 데 성공했지만 타격을 입는 것까지 피할 수는 없었다. 게다가 몸 안의 마력이 통제를 벗어나는 바람에 내상까지 입고 말았다.

'왕의 기세를 얻었는데도!'

그러나 인호의 경악은 오래 가지 못했다. 그나마 이 정도로 끝난 것도 왕의 기세 때문이라는 걸 알았으니까. 이게 없었다면 산군의 포효를 정면에서 듣는 순간, 눈앞에 있는 사람들처럼 됐으리라.

"크아아악!"

"내 귀! 으아악!"

모든 병사가 쓰러진 채, 자신들의 귀를 부여잡았다. 귀에서는 피가 흘러내렸다.

무사들 역시 상태가 나쁜 건 마찬가지였다. 서준을 제외한 나머지는 몸을 부들부들 떨었다. 상상을 초월한 공포가 무사들의 몸을 지배하고 있었고 이를 벗어날 여력은 그들에게 없었다.

"6급 몬스터라니……."

"……저걸 어떻게 잡으라고."

귀에서 손을 뗀 수아와 현주는 잔뜩 굳은 얼굴로 산군을 바라보았다. 놈의 몸을 중심으로 노란 기운이 넘실넘실 흘러나오더니 주변 공간을 장악했다. 명색이 보스 몬스터라 그런지 똑같이 6급 몬스터였던 트윈 헤드 트롤과는 비교를 거부했다.

그렇게 모두가 공포에 떨 때,

"한낱 미물을 두려워할 필요 없다."

굳센 의지가 깃든 목소리가 울려 퍼졌다.

단지 그뿐이었는데 극심한 공포가 가라앉았다. 포효의 효과로 인해 생긴 너프 역시 완전히 사라졌고. 사람들이 시선이 목소리의 주인을 향했다.

강감찬.

위대한 영웅이 어느새 산군을 향해 화살을 겨눈 상태였다. 활도, 화살도 모두 평범했다. 일반 병사들이 사용하고 있는 것과 똑같으니 그게 당연했지만. 그런데도 그를 무시할 수 있는 사람은 아무도 없었다.

우우웅!

대기가 요동쳤다. 이에 맞춰 마력이 요동치더니 모두 그에게 흡수되었다. 마치 모든 걸 끌어당기는 블랙홀처럼.

"죽어라."

사형 선고가 떨어졌다. 동시에 강감찬은 활의 시위를 놨다.

콰콰콰!

새하얀 빛을 머금은 화살이 산군을 노리며 날아갔다. 위에서 아래로 비스듬히 쇄도하는 그 모습은 밤하늘을 가르는 유성처럼 보였다.

−오늘 남경의 인간들을 모두 죽이기 전까지는 절대 물러나지 않을 것이다!−

팟!

산군이 땅을 박찼다. 그리고 오른손을 뒤로 젖히더니 화살을 향해 단숨에 뻗었다. 앞으로 나아가는 세 개의 클로는 어느새 노란색 빛에 휘감겨 하나의 검기와 같은 형태로 되어 있었다.

콰아앙!

화살과 클로가 부딪쳤다. 폭음이 터지며 충격파가 산군을 강타했지만 놈은 물러나지 않았다. 오히려 왼손을 움직여 화살을 위로 튕겨내 버렸다.

−가소롭다! 겨우 이 정도로 나를 죽일 수 있을 거라 생각하는가!−

강감찬을 비웃은 산군이 허공을 향해 양손을 뒤로 뻗었다. 그 모습을 본 무명이 다급히 소리를 질렀다.

−저건 못 피한다! 네 누이의 힘을 사용해라! 당장!−

"누나! 정령을!"

"흙돌아!"

인호의 뜻을 이해한 현주가 외쳤다. 흙돌이는 계약자의 의지에 따라 거대한 방벽을 일으켜 세워서 인호 일행을 보호했다.

그 사이, 산군이 양팔을 휘둘렀다. 그리고 칼바람이 몰아쳤다.

"아아악!"

"으아악!"

쓰러져 있던 병사들과 주저앉았던 무사들 모두 처절하게 울부짖었다. 칼바람에 닿는 순간, 신체가 그대로 잘려나갔기 때문에. 상처에서 뿜어져 나온 피가 관아를 적셨다. 허나 인호는 다른 사람들을 신경 쓸 여력이 없었다.

콰콰쾅!

커다란 방벽이 칼바람에 의해 분쇄되었다. 깜짝 놀란 흙돌이가 계속 방벽을 일으켜 공격을 막으려 했지만 역부족이었다.

"끝까지 죄를 범하다니, 도저히 용납할 수가 없구나!"

분노를 드러낸 강감찬이 활과 화살을 집어 던지고는 허리춤의 환두대도를 뽑았다. 그는 이를 높게 들더니 단숨에 땅을 향해 내리쳤다.

콰콰콰!

뇌광참과 비교를 거부할 정도로 거대한 검기가 계단과 땅을 가르며 나아갔다. 여전히 몰아치는 칼바람조차 날려버리면서 쇄도하는 모습은 해일과 같았다.

이를 본 산군의 입가에서 비웃음이 사라졌다. 놈은 양팔의 클로를 교차해 검기를 막았다. 그러더니 양팔을 활짝 펼치면서 검기를 두 개로 쪼개버렸다. 무시무시한 박력이었다.

-남경의 인간들을 죽이기 전에 네놈부터 찢어 죽여야겠구나!-

"오냐! 할 수 있으면 해 보거라!"

먼저 달려든 쪽은 산군이었다. 3m의 거대한 체구에도 불구하고 놈은 날렵하게 몸을 날려 강감찬과의 거리를 좁혔다. 그리고 오른쪽의 클로를 비스듬하게 휘둘렀다. 강감찬은 환도를 내리쳐 상대의 공격에 맞섰다.

콰아앙!

건물 바닥이 모조리 박살 났다. 그런데도 산군과 강감찬은 우뚝 선 채, 서로의 무기를 밀어내기 위해 계속 힘 싸움을 벌였다.

'이게 진짜 영웅의 힘.'

사실 이것도 전력이라 할 수 없었다. 지금의 강감찬은 어디까지나 4성 영웅이었으니까. 5성과 6성 영웅은 도대체 얼마나 강할까? 자신이 과연 저런 경지에 도달할 수 있을까?

-네놈은 아직 한참 멀었지-

'그래도 포기하지 않을 거다.'

현재의 자신은 아직 영웅조차 되지 못한 초짜. 그렇다고 해서 그만둘 생각은 없었다. 길잡이가 말하지 않았던가? 계속 강해지다 보면 용도 잡을 수 있다고. 여러 영웅이 해냈는데 자신이 못할 게 뭔가?

-그래. 끝까지 그 마음을 잃지 마라. 탐욕스러워도 상관없다. 끊임없이 위를 추구하면 언젠가 원하는 경지에 도달할 수 있을 것이다-

'그 전에 저놈부터 처리해야겠지만.'

쾅! 쾅! 쾅!

강감찬과 산군의 싸움으로 어느새 관아의 본청이 폭삭 무너졌다. 그런데도 영웅과 괴물은 싸움을 멈추지 않았다. 특히 산군은 피투성이가 됐는데도 계속 클로를 휘두르고 찌르기를 반복했다.

"······뭐지?"

싸움을 지켜보던 인호는 의아함을 느꼈다. 분명히 강감찬이 산군을 압도하고 있었다.

그런데 이게 어찌 된 일인가? 산군에게서 점점 빈틈이 사라지더니 강감찬의 공격을 제대로 막아내기 시작했다.

섬광 같던 강감찬의 공격이 느려졌다. 그의 몸을 가득 채웠던 막대한 양의 마력 역시 점점 줄어들었고, 문제는 사라진 마력이 산군에게 전달되고 있다는 점이었다.

"퀘스트! 다들 퀘스트를 떠올려 봐요!"

"강감찬 장군님하고 싸우라는 게 이런 의미였다니!"

수아가 외치자 현주가 양손으로 머리를 움켜잡았다. 인호 또한 얼굴을 찌푸렸다.

수아의 말대로 퀘스트는 어디까지나 강감찬을 도와 산군을 토벌하는 것. 그에게 모든 걸 맡기고 가만히 전투를 지켜보는 게 아니었다.

이 이상 시간을 지체하면 그의 힘이 모두 소진되리라. 강감찬의 마력을 받아들인 산군은 더한 괴물이 될 것이고, 그 전에 놈을 끝장내야 했다.

-싸울 수 있겠나? 나조차 저 괴물의 빈틈을 찾을 수 없는데-

'그럼 만들어야지. 나올 때까지 기다릴 수는 없으니까.'

씨익.

만족하는 무명. 인호의 대답이 그를 기쁘게 했다.

-그래. 무인이라면 응당 끝까지 상황을 살피고 제 뜻을 관철해야지. 마음껏 싸워봐라-

무명의 말은 인호의 뇌리에 깊이 각인됐다. 각오를 다진 그는 자리에서 일어났다. 그 모습을 본 현주와 수아는 한숨을 내쉬었다.

"왜 이리 쉬운 일이 없는지 원. 빌어먹을 투쟁의 시대."

"어쩔 수 없죠. 안전지대를 위해서라도 싸워야 하잖아요?"

현주의 한탄에 대답한 수아는 인호를 따라 일어났다. 현주 역시 한숨을 내쉬고는 그의 뒤에 섰다. 두 사람이 일어나자 인호가 바로 지시를 했다.

"수아는 사격으로 놈을 견제해. 누나는 상황에 따라 우리를 지켜주던가 수아를 도와주던가 해."

"오빠는 어쩔 거예요?"

"나는 탱킹 해야지. 강감찬 장군이 놈을 끝낼 수 있게."

"탱커는 나잖아?"

"흙돌이의 방어로는 저거 못 막아. 피하면서 대처해야 해. 대신 누나는 멀리서 도와줘."

끝까지 위험을 자초하는 인호 때문에 두 사람은 다시 한숨을 내쉬었다. 방금 전보다 더 깊게. 그러나 그로서는 이미 내린 결정을 철회할 생각이 없었다. 이대로 가면 퀘스트를 깰 수 없을 게 분명했기 때문에.

무엇보다,

'한 발자국은 나아가야지.'

포기하고 싶지 않았다.

'묵린. 흑설.'

[묵린을 발동했습니다. 5분 동안 모든 능력이 30% 향상됩니다.]
[흑설을 발동했습니다. 5분 동안 적의 모든 능력을 30% 감소시

킵니다.]

**[칭호-결코 물러서지 않는 자의 효과가 발동합니다. 신체 능력이
20% 향상됩니다.]**

강해지고 싶었다. 무명처럼, 저기서 싸우고 있는 강감찬처럼. 그
러니 끝까지 나아가리라.

산군이 마력을 끌어올렸다. 노란 기운은 그의 클로를 넘어 팔꿈
치까지 뒤덮었다. 팔 전체가 한 자루의 검이 된 것 같은 형상이었
다. 그리고 다시 윽박지르듯 외쳤다.

-점점 힘이 줄어드는구나! 앞으로 얼마나 더 버틸 수 있을까!-

산군은 강감찬을 비웃었다. 상대에게 압도적인 힘은 남아 있지
않았다. 빈껍데기라고 봐도 상관없을 정도로. 그 힘도 급속도로 사
라져갔다. 그에 반해 자신은 점점 강해지고 있었다. 곧 있으면 놈
을 완전히 압도할 수 있겠지.

그런데도 강감찬은 여유를 잃지 않았다.

"역시 미물은 어쩔 수 없구나. 겉으로 보이는 것만으로 모든 걸
판단하려 하다니."

-끝까지 입만 나불거리는군! 이제 끝을……-

산군은 말을 끝내지 않았다. 대신 높게 뛰어 강감찬과의 거리를
벌렸다.

그가 있던 자리에는,

쾅!

마력탄이 떨어졌다.

산군은 공격이 날아온 방향을 노려보았다. 그곳에는 총을 겨누고 있는 수아와 그녀를 지키듯 서 있는 현주가 있었다.

-하찮은 인간 놈들이! 죽어라!-

파리를 쫓듯 팔을 휘두르는 산군. 그러자 노란색 검기가 두 사람에게 날아갔다. 하지만 노란색 검기는 표적에 닿기 전에 인호가 끼어들었다.

쾅!

흑설을 통해 발현된 검푸른 검기가 노란색 검기를 막았다. 그러나 이 정도로는 산군의 공격을 막기에 역부족이었다. 인호는 검붉은 검기가 실린 마검을 휘둘러 노란색 검기를 후려쳤다.

콰쾅!

새로운 공격이 더해지자 결국 산군의 검기가 폭발하며 산산조각이 났다. 산군은 살기가 가득한 얼굴로 인호를 노려보았다. 불쾌한 기운이 자신의 몸을 파고들어 힘의 흐름을 막고 있는 게 느껴졌다.

-벌레 같은 놈이 주제를 모르고 달려드는군-

"짐승 주제에 말이라니, 분수를 모르는 건 네놈이겠지."

-오냐! 죽고 싶다면 죽여……. 칫!-

산군이 오른팔을 채찍처럼 휘둘렀다. 그러자 수아가 쏜 마력탄이 튕겨나갔지만, 그 과정에서 놈의 자세가 무너졌다. 놈은 바로 균형을 되찾으려 했지만 그럴 수 없었다. 어느새 거리를 좁힌 인호가 그의 미간을 향해 마검을 찔렀으니까.

-꺼져라!-

인호의 검을 맞받아치기 위해 오른발을 걷어찬 산군. 날카롭게 튀어나온 발톱에 꿰뚫리면 절대 멀쩡하지 못할 것이다. 그런데도 인호는 방어하기는커녕 왼손에 쥔 로드나이트의 검을 찔렀다. 무모하다 싶을 정도의 움직임이었다.

쾅!

그런데 그때, 그의 앞에 커다란 바위 덩어리가 나타났다. 산군의 발차기는 자연스럽게 바위를 강타했고 박살 난 바위의 파편이 사방으로 튀었다. 그 때문에 산군의 자세가 무너졌다.

쩌엉!

자세가 무너진 상태에서도 손을 뻗어 로드나이트의 검을 막는 데 성공한 산군. 회심의 일격이 막혔지만 인호의 눈은 오히려 빛났다.

'끝이다!'

마침내 그가 기다리던 상황이 온 것이다. 그는 마력을 전부 '격을 잃은 마검'으로 보냈다. 검붉은 수라검기가 더 예리해졌고 더 커졌다. 이 과정이 걸린 데는 불과 1초. 마력을 모은 그는 검을 로드나이트의 검을 향해 내리쳤다.

건곤천뢰검(乾坤天雷劍)

제1식 뇌격십자인(雷擊十字刃)

콰아아앙!

빛의 폭발이 산군의 정면에서 터졌다. 인호의 몸 역시 강력한 충격파에 의해 혈관 이곳저곳이 터졌지만, 그는 이를 꽉 깨물고 버텼다. 승리에 대한 확신이 그를 지탱했다.

"피하게!"

그때, 강감찬이 다급하게 외쳤다. 그리고 믿을 수 없는 일이 일어났다. 폭발 속에서 산군이 멀쩡하게 모습을 드러낸 것이다. 다만 한 가지 변한 게 있었으니, 샛노란 보호막이 놈을 지키고 있다는 점이었다.

　–겨우 이것도 못 뚫는 놈이 나서다니, 분수를 알아라!–

　단두대라도 되는 것처럼 인호의 목을 향해 클로를 내리긋는 산군. 그렇게 목이 몸과 분리되려고 할 때, 현주가 외쳤다.

　"수아야!"

　촤르륵!

　땅바닥에서 푸른 쇠사슬 4줄기가 치솟더니 순식간에 산군의 오른팔을 휘감았다. 아니, 휘감으려 했지만 이번에도 보호막 때문에 가로막혔다. 그래도 아주 잠깐 놈의 움직임이 멈췄고 그 틈을 놓치지 않고 인호는 물러났다.

　그런데,

　휘리릭!

　산군의 꼬리가 그의 허리를 휘감는 게 아닌가?

　깜짝 놀란 인호는 점멸을 펼치려 했다. 하지만 놈이 먼저 그의 몸을 바닥에 갖다 박았다.

　"컥!"

　비명과 함께 피를 토하는 인호. 그 위력이 어찌나 강하던지 박격포조차 막을 수 있는 검은 질풍의 보호막이 눈 깜짝할 사이에 박살났다. 산군은 이에 멈추지 않고 쓰러진 그를 걷어찼다.

　쾅!

　어떻게든 두 검을 교차시켜 발톱이 몸을 꿰뚫는 건 막았지만 튕겨져 나가는 것만큼은 어쩔 수 없었다. 그 모습을 본 산군은 크게 웃었다.

　–크하하하! 우선 네놈부터 끝내주마! 강감찬, 거기서 벌벌 떨며 지켜보고 있어라!–

우렁찬 목소리로 외친 산군은 땅을 박찼다. 놈의 커다란 발이 인호의 머리를 향해 떨어졌다.

"김인호!"

현주가 애처롭게 외쳤다. 그녀의 기대에 부응하기 위해 흙돌이가 방벽을 일으켰지만 소용없었다. 발에 닿자마자 방벽이 분쇄되었다.

콰앙!

"안 돼!"

비명을 지르는 현주. 그녀는 볼 수 있었다. 산군의 발이 닿은 바닥에 커다란 크레이터가 형성된 것을.

털썩.

튜토리얼이 시작된 이래, 그녀는 처음으로 땅바닥에 주저앉았다.

"흐음."

강감찬은 무심한 얼굴로 인호 일행을 바라보았다. 그중에서도 인호를 집중적으로 지켜보았고.

"저건 분명 건곤천뢰검인데……."

이국에서 온 남자가 어떻게 저 무공을 익힌 것일까?

호기심이 생겼다.

궁금한 건 또 있었다.

고려의 백성도 아니면서 왜 저렇게 열심히 싸우는 것일까?

"알아봐야겠군."

저 남자의 진정한 정체가 궁금했다. 또 확인하고 싶은 게 있었다. 자신의 힘을 받을 수 있는 자격이 정말로 있는지에 대해서.

판단을 내린 강감찬은 다시 움직였다.

"언니, 오빠는 괜찮아요!"

현주가 비탄에 잠겨있을 때, 수아가 소리쳤다. 깜짝 놀란 현주는 크레이터를 바라보았다. 중심에 산군이 있었지만 인호는 없었다. 대신 또 다른 수아가 서 있었다. 산군의 클로에 꿰뚫린 상태였지만.

"제 분신이에요!"

촤르륵!

분신의 부츠를 발동한 수아는 푸른 쇠사슬을 잡아당겼다. 그 끝에는 인호가 묶여 있었고. 그녀는 인호를 산군과 떨어진 곳에 내려놓는 데 성공했다.

"……다행이야."

그 모습을 본 현주는 안도의 한숨을 내쉬었다. 얼른 달려가 상태를 확인하고 싶었지만, 그녀에게 그럴 여유는 없었다.

쿵!

크레이터에서 뛰어오른 산군이 수아와 현주 앞에 섰기 때문에. 살기와 광기로 물든 눈동자를 보니 몸이 떨렸다. 허나 두 사람은 마력을 최대한 운용해서 버텼다.

─버러지가 귀찮게 하는구나! 네놈들부터 끝내주마!─

"누구 마음대로!"

수아가 일갈하며 왼손을 내리그었다. 그러자 땅에서 쇠사슬 10줄기가 치솟아 산군의 왼팔과 다리, 목, 꼬리까지 묶으려 했다. 하지만 소용없었다. 놈의 보호막이 쇠사슬들을 전부 튕겨낸 것이다.

그런데도 수아는 실망하지 않았다. 쇠사슬 덕분에 상대의 움직임을 잠시나마 멈추게 하는 데 성공했기 때문에.

"흙돌아!"

현주가 3할 밖에 남지 않은 마력 중 일부를 흙돌이에게 보냈다. 땅의 정령은 그 마력을 이용해 산군을 중심으로 4개의 방벽을 일으키더니 이를 이용해 상대를 짓눌렀다.

이번에도 산군은 눈 하나 깜빡이지 않았다. 오히려 같잖다는 듯 비웃으며 우렁찬 목소리로 외쳤다.

-이런 거로 날 막을 수 있을 거 같더냐!-

콰콰쾅!

산군의 몸에서 노란빛이 쏟아졌다. 단지 마력을 방출했을 뿐인데도 그 여파는 무시무시했다. 4개의 방벽에 커다란 균열이 생겼다.

"뭐 저딴 놈이 다 있어!"

-끼이잉!-

깜짝 놀란 현주와 흙돌이가 계속 방벽을 형성했지만 무너지는 속도가 더 빨랐다. 이대로 가면 포위가 풀리고 말리라.

그때였다.

"병사들은 창을 찔러라! 무사들은 검을 휘둘러라! 이곳은 고려의 땅이다! 이국의 사냥꾼들에게 의지하지 마라!"

강서준이 소리친 것은.

"우와아아!"

"괴물을 잡아라!"

"고려를 지키자!"

신분에 상관없이 움직일 수 있는 이들은 모두 산군에게 달려들었다. 마치 타오르고 있는 불꽃에 날아드는 부나방 신세나 다름없었는데도. 병사들이 창을 찔렀고 무사들은 검기를 운용한 채 검을 내리쳤다.

다들 전력을 다했다. 그런데도 산군을 감싼 보호막을 뚫지 못했다. 오히려 놈이 간간이 하는 공격에 의해 몸이 찢겨 나갔다. 이미 이건 싸움이 아닌 학살이었다.

"빌어먹을."

사람들이 죽어가는 모습을 보며 인호는 힘겹게 자리에서 일어났다. 수아 덕분에 간신히 살았지만, 몸 상태는 최악이었다. 갈비뼈가 부러졌는지 욱신거렸다. 내장이 진탕되어 입에서는 검붉은 피가 끊임없이 흘러내렸고.

"보호막이라니⋯⋯."

그런 게 있는 줄은 몰랐다. 강감찬과 싸우고 있을 때는 보호막이 발동된 기미가 전혀 보이지 않았다. 그런데 왜 이제 와서 나타난단 말인가?

-놈은 강감찬 장군의 힘을 손에 넣었다. 그 때문에 본래 가질 수 없는 격을 얻어 보호막을 펼칠 수 있게 된 거다. 본래 5급 괴수 이상만 펼칠 수 있는 보호막을-

"안 그래도 강한데 더 강해졌다고?"

6급 몬스터라는 점도 어처구니가 없었는데 이제는 아예 5급이라니, 저런 놈을 대체 어떻게 이기란 말인가? 함께 싸울 거라 여겼던 강감찬은 전혀 나서지 못 하는 상황에서.

도저히 이길 방도가 떠오르지 않았다.

그렇다고 무명이나 다른 영웅들을 소환할 수 있는 것도 아니었다. 아직 쿨타임이 차려면 한참 멀었으니까. 그야말로 사면초가의 상황이었다.

그렇게 인호가 절망감에 사로잡혔을 때,

"이국에서 온 사냥꾼이여. 그대에게 하나 묻고 싶은 게 있다."

갑자기 강감찬이 다가왔다.

모두가 죽을 위기에 빠져 있는데도 그의 태도는 여전히 여유로웠다.

"말씀하십시오."

상대의 여유로운 태도를 이해할 수 없었지만 인호는 영웅을 응시했다. 힘이 약화됐다 해도 이 상황을 해결할 수 있는 사람은 강감찬 밖에 없었으니까.

"자네가 조금 전에 펼친 초식, 건곤천뢰검의 뇌격십자인 같던데, 맞나?"

"맞습니다."

"건곤천뢰검은 고려의 3대 검법 중 하나. 절대 외부로 반출하지 않는 검법인데 왜 이국인에게 가르쳐줬나?"

이번 질문은 인호에게 한 게 아니었다. 어느새 강감찬의 시선은 무명에게로 향한 상태였다. 설마 대화까지 할지는 몰랐기 때문에 인호는 속으로 크게 당황했다. 그에 반해 무명은 침착하게 대답했다.

-스승이 제자를 위해 뭔들 못 하겠습니까, 고려의 위대한 무인이여. 거기다 이미 죽어 혼령이 된 자가 산 자의 예와 법을 따를 필요는 없지요-

"자네 같은 무인이 있음을 본 적도, 들어본 적도 없다. 그렇다 해도 고려의 무인 아닌가? 함부로 고려의 무예를 반출시킨 건 대죄다."

강감찬이 무명을 향해 검을 겨누었다. 단순한 행동이었지만 결과는 그렇지 않았다. 새하얀 검기가 쭉 뻗어 나와 무명의 목을 휘감았다.

-이미 죽은 자를 위협해봤자 무슨 의미가 있겠습니까? 무엇보다 저는 제가 내린 선택을 후회하지 않습니다. 이미 제자가 약속을 지켰으니까요-

"약속? 무슨 약속을 말하는 건가?"

-고려에 가면 백성들을 위해 검을 휘두르라고 했습니다. 빨리 죽어 의무를 다하진 못한 저를 대신해서. 그리고 지금 그는 고려의 백성들을 위해 싸우고 있습니다. 안 그렇습니까?-

인호는 멍한 얼굴로 무명을 올려다보았다. 어느 때보다 진지한 표정으로 대화를 나누고 있으면서 정작 거짓말을 한다는 게 어이가 없었다. 더 웃긴 건 강감찬이 진지한 얼굴로 고개를 끄덕였다는 점이었다.

"확실히 그대나 저 여인들은 위험을 무릅쓰고 호랑이들을 처치했지. 산군과도 싸우고 있고."

그러더니 아예 검을 내리는 게 아닌가? 무명의 거짓말이 제대로 먹힌 순간이었다.

검을 거둔 강감찬은 다시 인호를 향해 고개를 돌렸다. 인호 또한 상대를 응시했고 깨달았다. 여전히 상대의 몸에서 마력이 새어 나오고 있음을.

"자네도 알겠지만 나는 더는 싸울 수 없다. 이 힘도 기껏해야 반각(7분) 정도? 그 시간이 지나면 내 힘은 완전히 사라질 것이다."

"정말 얼마 남지 않았군요."

어차피 이제는 아무런 상관없는 이야기였다. 이대로 포기할 생각은 없지만, 그와 별개로 산군을 이기는 게 불가능하다는 건 잘 알고 있었으니까.

"남은 힘이라도 조금 효율적으로 쓰고 싶네."

"어떻게……."

인호는 말을 잇지 못했다.

푹.

강감찬의 손이 인호의 단전에 닿았다. 단순히 닿은 게 아니었다. 그는 분명히 느낄 수 있었다. 손을 통해 흘러들어오는 막대한 양의 마력을!

"자네에게 내 힘을 주지. 그러니 저놈을 물리치게. 그리고 스승의 유언을 이루는 걸세."

[4성 영웅 '문곡성의 화신' 강감찬의 힘이 주입됩니다. 영웅화가 대폭 상승됩니다.]

희망의 찬가가 울려 퍼졌다.

-날벌레 같은 놈들이!-

산군이 오른손을 사선으로 그어 올렸다. 그러자 초승달 형태의 노란색 검기가 병사들과 무사들을 덮쳤다.

"으아악!"

"아아악!"

다들 창칼을 앞세워 막았지만 소용없었다. 검기는 자신의 길을 가로막는 것들을 다 절단하고서 사람들을 덮쳤다. 비명이 울려 퍼지고 피와 살점이 튀었다. 그런데도 검기는 아직 만족 못 한 듯, 수아와 현주를 덮쳤다.

"흙돌아!"

-끼잉!-

흙돌이가 양 손바닥을 바닥에 댔다. 그러자 커다란 방벽이 땅에서 치솟아 검기를 막았다. 폭음이 울리면서 벽이 절반 이상 무너졌지만 두 사람은 무사했다.

'시간을 벌어야 하는데……'

수아는 뒤쪽에 있는 강감찬과 인호를 바라보았다. 무슨 의식을 치르는지 두 사람 사이에서 새하얀 빛이 일었다. 서준을 비롯한 무사들이 분전하고 있어 아직 산군이 알아차리지 못했지만 들키는 건 시간문제였다.

"마력탄은 안 통해?"

"안 먹혀요. 저 보호막, 검은 질풍 것보다 더 단단해요."

전력을 다해 압축시킨 마력탄을 쐈다. 수아 자신이 할 수 있는 최강의 공격이었지만 산군의 보호막에 흠집조차 내지 못했다. 허망한 광경이었다.

"큰일이네. 쇠사슬이나 흙돌이 공격도 튕겨내는데."

"언니, 마력은 얼마 남았어요?"

"2할도 안 돼. 공격 몇 번 막으면 다 소진되겠지."

"그럼 언니는 공격에 집중해주세요. 제가 저 괴물을 멈출게요."

"어떻게 하려고?"

수아는 현주의 질문에 대답하는 대신, 인벤토리에서 쇠사슬을 꺼냈다. 대장장이가 직접 만든 '포박의 쇠사슬'을.

"호랑이를 잡을 때 사용하라고 하셨잖아요. 이런 때를 대비해서 주신 게 아닌가 싶어요. 한 방을 부탁해요."

"오케이. 무슨 뜻인지 이해했어. 재롱아, 너도 나와."

현주는 바람의 정령을 소환했다. 공간이 갈라지더니 재롱이가 모습을 드러냈다. 마력이 쫙 빠져 서는 것조차 힘들었지만 그녀는 애써 버텼다. 수아의 기대를 저버릴 수 없지 않은가.

"제일 센 것 좀 부탁해. 다들 할 수 있지?"

-끼잉!-

-히잉!-

흙돌이와 재롱이가 결의를 드러냈다.

그 모습을 본 현주는 남은 마력까지 전부 쥐어 짜냈다. 뒤는 생각하지 않았다. 마력을 분배해서 날린 공격은 상대에게 통하지 않는다는 것을 몇 번이고 보지 않았던가. 무엇보다 수아 그리고 전투 도중에 이상한 의식이나 치르는 동생이 막판에 해결할 거라 믿었다.

위이이잉.

흙돌이가 흙더미를 일으키자 재롱이가 이를 허공에 띄웠다. 흙뿐만 아니라 관아 여기저기에 흩어진 파편들 또한 치솟았다. 그렇게 모인 것들은 하나로 뭉쳐지더니 이윽고 창처럼 바뀌었다. 그것도 아파트 3층 높이에 다다르는 거대한 창이었다.

"다들 피해요!"

수아는 병사들과 무사들에게 경고했다. 그리고는 쇠사슬을 온 힘을 다해 산군을 향해 던졌다.

촤아악!

-학습능력이 없는 놈들이군. 통하지 않는다는 걸 이제는 알 때가…… . 뭐냐, 이건!?-

처음으로 당황한 산군. 그물처럼 펼쳐진 쇠사슬이 놈의 보호막을 깨뜨리더니 팔과 다리를 휘감았다. 휘감겨진 부분을 기점으로

놈의 몸이 돌로 변하기 시작했다.

"나이스 캐치! 넌 좀 뒈져!"

땅의 정령

바람의 정령

오의(奧義) 합일(合一)

거인의 창

흙돌이와 재롱이가 힘을 합쳐 만든 창이 날아가기 시작했다. 처음에는 느렸지만, 점점 속도가 붙은 창은 마치 미사일처럼 산군의 몸에 작렬했다.

콰아앙!

-크허어엉!-

폭음과 산군의 비명이 동시에 터졌다. 흙더미가 분수처럼 치솟아 바닥에 떨어졌다.

"헉……헉……."

바닥에 주저앉은 채 숨을 헐떡이는 현주. 마력은 물론 체력, 정신력까지 다 소모한 그녀에게는 서 있을 힘조차 없었다. 이를 증명하듯 두 정령은 정령계로 돌아가 그녀의 곁에 없었다.

"하하. 미치겠네."

"이런 놈보다 더 강한 괴수가 있다는 게 호러네요."

허탈하게 웃는 현주. 수아 또한 쓴웃음을 지었다. 조금 전 공격의 위력은 인호가 가끔 사용하는 무공보다 훨씬 강했다.

그런데도 산군은 살아있었다.

-크르르!-

다만 멀쩡한 건 아니었다. 얼굴은 피투성이였고 오른팔이 있던 자리도 텅 비어있었다. 그러나 누구도 산군이 끝났다고 생각하는 사람은 없었다. 놈은 여전히 강대한 기세를 내뿜고 있었기 때문에.

"저런 놈을 어떻게 이기라고!?"

"못 이겨! 우리는 다 죽을 거야!"

병사들 사이에서 절규가 울렸다. 이번 공격만큼은 제대로 먹혔을 거라 믿었기에 절망이 더 컸다.

저벅.

산군은 다른 사람들의 생각 따위는 안중에도 없다는 듯 앞으로 나섰다. 몸을 구속하고 있던 포박의 쇠사슬은 폭발의 여파로 사라진 지 오래였다. 석화된 부분도 원래대로 돌아왔고.

털썩.

병사들과 무사들이 전부 주저앉았다. 서준만이 유일하게 서 있었지만, 그 역시 움직이지 못하는 건 매한가지였다. 검을 쥐고 있는 오른손은 파르르 떨고 있었고.

이길 수 없다.

고려 사람들의 뇌리에 똑같은 생각이 스쳐 지나갔다. 이를 눈치챈 산군이 크게 웃으며 소리쳤다.

─강감찬! 부하들 뒤에 숨다니, 꼴사납구나! 당장 나와라! 그렇지 않다면 여기에 있는 놈들을 전부 죽이겠다! 일단 네년부터다!─

현주를 가리키는 산군. 그런데 지목당한 현주는 물론 수아도 겁을 먹지 않았다. 두 사람의 목적은 어디까지나 시간을 버는 것. 놈을 사냥할 사람은 처음부터 정해져 있었다.

콰콰콰!

이를 증명하듯 산군을 향해 검붉은 검기가 날아들었다. 이를 가볍게 피한 놈은 활짝 웃었다. 검기 안에는 강대한 힘이 깃들어 있었고 이곳에 있는 사람 중에서 이런 힘을 드러낼 사람은 한 명뿐이었다.

–드디어 나섰구나, 강감찬! 이번에야말로 네놈을⋯⋯–

산군은 말을 잇지 못하고 멍하니 입을 벌렸다. 당연히 강감찬이라 생각한 자리에는 다른 사람이 있었기 때문에.

그곳에는 인호가 서 있었다. 지금까지와는 비교할 수도 없을 만큼 거대한 기세를 내뿜은 채.

"강감찬 장군이 아니라 어쩌나? 미안하다고 해야 하나?"

무심한 얼굴로 말하는 인호. 다른 사람들과 현주와 수아는 느낄 수 있었다. 인호가 어느 때보다 자신감에 가득 찼다는 것을.

"못 이기면 내 손에 죽을 줄 알아!"

"걱정시킨 거 갚내려면 꼭 이기세요!"

두 사람이 응원했지만 대답하지 않았다. 그저 산군을 향해 두 자루의 검을 겨누었을 뿐.

–제대로 날뛰어봐라–

'그래야지.'

빌어먹을 호랑이 사냥을 끝내야 할 시간이 왔다. 인호는 진각을 밟더니 화살처럼 산군을 향해 달려들었다.

강감찬이 인호에게 준 힘은 아주 작았다. 적어도 강감찬의 기준으로 봤을 때는.

그러나 인호의 입장에서는 결코 작은 힘이 아니었다. 아니, 아주 거대한 힘이었다. 그의 안에 잠재성을 끌어낼 뿐만 아니라 아예 본질을 바꿔버릴 정도로.

26퍼센트, 27퍼센트⋯⋯.

영웅화의 수치가 점점 높아졌다. 이와 맞물려 인호는 자신의 신체가 계속 달라지는 걸 느꼈다. 근육, 뼈, 신경 등 모든 부위가 더 튼튼해졌고 유연해졌으며 질겨졌다. 또 하단전과 중단전의 크기가 커져 보다 많은 양의 마력을 가질 수 있게 됐다.

그렇게 5분이 흘렀을 때,

[영웅화가 30퍼센트에 도달함에 따라 체질 개선이 진행됩니다. 또 건곤천뢰검을 제외한 모든 스킬 레벨이 1씩 상승합니다.]

[천라신공의 기운이 수라마공(Lv.8)과 합쳐졌습니다. 플레이어 김인호가 전설(Legend) 등급의 액티브 스킬 수라멸천신공(Lv.1)을 습득합니다.]

[플레이어 김인호의 상단전이 개방됩니다. 액티브 스킬 '정안'이 상단전에 자리 잡았습니다. 앞으로 해당 스킬을 자유롭게 사용할 수 있습니다. 단, 앞으로 눈과 관련된 이능을 제외하고는 어떤 이능도 받아들일 수 없습니다.]

마침내 변화가 끝났다.

그러자 무명이 투덜댔다.

-운도 좋은 놈. 극히 일부라지만 강감찬 장군의 힘을 받다니-

'뭘 새삼스럽게. 네가 말하지 않았나? 나는 운이 좋다고.

인호는 웃으며 자신의 내부를 관조했다. 몸 안에서 강대한 힘이 꿈틀거리는 게 느껴졌다. 그중 가장 큰 변화는 역시 뇌라 할 수 있었다. 뇌에 상단전이 만들어졌다. 심장에 중단전이 생긴 것처럼.

각 단전의 정체성은 확고했다. 하단전에는 묵린, 중단전에는 흑설, 상단전에는 정안이 자리 잡았다. 정안은 셋 중 가장 이질적이었지만 새롭게 바뀐 무공, 수라멸천신공은 이 모든 걸 끌어안아 하나로 뭉쳤다.

'이런 힘을 얻었는데도 강감찬 장군님께서 보여준 힘에 비하면 아무것도 아니군.'

—영웅을 논하기에는 한참 멀었다. 그래도 천라신공, 아니 새로운 무공을 얻었으니 더 강해질 수 있을 거다—

'알고 있는 무공이었나?'

—고려의 무인이라면 모를 수가 없지. 고려는 물론 중원을 뒤져도 천라신공보다 위대한 무공은 많지 않을 거다. 그런 무공과 수라마공이 더해져 새로운 무공이 탄생했다. 얼마나 대단한지 짐작도 못 하겠군—

그 말을 들으니 가슴이 두근거렸다. 이제야 꿈속에서 봤던 무명의 모습에 한 발자국 다가갔다는 확신이 들었다. 그래서 강감찬에게 고마움을 느꼈다. 이런 무공을 아무렇지 않다는 듯 주지 않았던가.

"정말 감사합니다."

"인사는 자네 스승에게 하게. 그를 믿고 내 힘을 준 거니 말일세."

"그분에게는 항상 고마워하고 있습니다."

—쓸데없는 말은 됐다—

무명이 부끄러워했지만 인호는 무시하고 몸을 돌렸다. 여유를 부릴 상황이 아니었다. 산군은 여전히 건재했고 사람들은 죽어가고 있었다. 한시라도 빨리 놈을 잡아서 이 상황을 끝내야만 했다.

인호는 우선 격을 잃은 마검을 바닥에 내리쳤다.

뇌광참(雷光斬).

번개를 머금은 검붉은 검기가 땅을 가르며 산군에게 날아갔다.

이전과는 비교할 수 없을 만큼 거대한 크기였다. 허나 산군은 산군. 놈은 물러서며 쉽게 공격을 피해버렸다.

　-드디어 나섰구나, 강감찬! 이번에야말로 네놈을……-

　"강감찬 장군이 아니라 어쩌나? 미안하다고 해야 하나?"

　산군은 불만이 가득한 얼굴로 인호를 노려보았다. 그러나 그것도 잠시, 놈은 미친 듯이 웃기 시작했다.

　-크하하하! 그리 입을 나불거리더니, 네놈에게 힘을 주고 숨은 건가! 네놈을 호적수라 생각했던 내가 다 부끄럽구나!-

　"누가 짐승이 아니랄까 봐 생각하는 것도 열등하군. 강감찬 장군의 힘이 빠르게 소모되지 않았다면 네놈은 이미 죽고 없었을 거다."

　-운 좋게 힘을 얻은 놈이 눈에 뵈는 게 없나 보군. 오냐! 네놈을 죽이고 강감찬 놈의 선택이 틀렸음을 보여주마!-

　쾅!

　땅을 박차는 산군. 단지 발을 내딛는 것만으로 커다란 크레이터를 만든 놈은 단숨에 인호와의 거리를 좁혔다.

　'묵린. 흑설'

[묵린을 발동했습니다. 5분 동안 모든 능력이 40% 향상됩니다.]
[흑설을 발동했습니다. 5분 동안 적의 모든 능력을 40% 감소시킵니다.]

　전신에 흩어져 있는 마력이 활성화되며 인호의 몸을 중심으로 검붉은 기운이 피어올랐다. 동시에 그의 발에서는 검푸른 기운이 흘러나와 산군의 몸에 스며들었다. 놈의 보호막도 이것만큼은 막지 못했다.

'뇌영보.'

파지직.

번개의 기운이 온몸의 신경을 자극했다. 자기 버프를 전부 걸은 인호는 양손으로 각각 '격을 잃은 마검'와 '로드나이트의 검'을 움켜쥐었다. 그리고 두 검을 교차시켜 산군의 공격을 막았다.

"큭!"

공격을 막으니 절로 입에서 신음이 샜다. 격렬한 진동이 양팔을 떨게 만들어 의지와 상관없이 검을 놓칠 뻔했다.

'이게 5급 몬스터!'

엄밀히 말하면 짝퉁이었지만 그렇다 해도 산군이 일반적인 6급 몬스터를 초월한 건 분명했다. 이를 알려주듯이 수라멸천신공을 얻고 버프를 통해 힘을 강화했는데도 여전히 놈이 더 강했다. 심지어 흑설을 통해 능력이 감소됐는데도.

이런 놈을 압도한 강감찬이 경이로울 따름이었다.

-겨우 이 정도냐! 뭐가 강감찬의 힘이냐!-

산군은 미친 듯이 웃으며 클로를 휘둘렀다. 한 손만 남았는데도 공격은 빠르고 날카로웠다. 그러면서도 정확히 일격, 일격이 인호의 숨통을 끊으려 했다.

'그렇다면!'

건곤천뢰검(乾坤天雷劍)

제3식 난뢰쇄천(亂雷碎天)

서로 다른 색의 검기에 뒤덮인 두 자루의 검이 극심한 변화를 일으키며 휘둘러졌다. 검과 검이 스칠 때마다 새하얀 빛이 번쩍이며 산군의 클로를 막아냈다.

'할 수 있다!'

무명에게 받은 지식 때문에 건곤천뢰검의 세 번째 초식을 펼칠 수 있었지만, 여전히 미진한 감이 있었다. 그런데 투왕지체가 이 문제를 확실하게 해결했다.

깔끔하게 기를 운용하고 어떻게 투로를 그려야 하는지 머릿속에 자연스럽게 떠올랐다. 또 수라멸천신공이 부족한 위력을 더해 줬다. 기존의 수라마공에게는 없던 능력이었다.

-버텨라. 끝까지 버티면 기회가 온다-

'그래야지.'

어려운 일임은 알고 있었다. 묵린과 뇌영보로 자신의 힘을 증폭했고 흑설로 상대의 힘을 떨어뜨려서 버틸 수 있었다. 모든 효과가 다 사라지는 순간, 자신은 바로 목숨을 잃으리라.

그래도 시간을 끌어야 했다. 시간은 분명히 인호의 편이 아니었지만 동시에 산군의 적이기도 했다.

'느껴진다.'

산군은 아직 못 느끼고 있지만, 놈의 몸을 가득 채웠던 기운은 천천히 사라지고 있었다. 강감찬이 자신의 힘을 인호에게 넘겼을 때부터 힘이 줄기 시작했다. 인호가 보호막을 뚫고 공격할 수 있었던 것도 그 때문이었다.

-놈이 강해진 건 각성자들이 강감찬 장군에게 의존하는 것을 막기 위해서였지. 그리고 그분의 힘은 지금 너에게 넘어갔다-

그 때문에 함께 싸운다는 조건을 충족하는 데 성공했다. 그러니 산군의 힘 또한 유지될 수 없었다. 놈이 보호막을 펼칠 정도로 강해진 건 어디까지나 시스템의 의지였기 때문에.

인호는 진각을 밟고 로드나이트의 검을 내질렀다. 산군은 남은 팔로 짓쳐들어오는 검을 막아냈다. 그러자 바로 오른손의 마검을 내리쳤다. 놈은 재빨리 왼손을 회수하여 공격을 막았다.

그런데,

서걱!

불꽃처럼 일렁거리는 검붉은 검기가 산군의 팔뚝에 자상을 만들었다.

원래라면 보호막이 일차적으로 막아줬지만, 이제는 아니었다. 놈을 철옹성처럼 만들었던 보호막은 완전히 사라졌다. 놈이 가진 5급 몬스터의 힘이 사라졌음을 의미했다.

-뭐냐! 왜 내 힘이!-

산조차 무너뜨릴 수 있는 거대한 힘이 사라졌다. 물러난 이 순간에도 힘은 빠르게 감소했다. 이대로 있다가는 6급 보스 몬스터의 힘조차 유지할 수 없으리라.

-네놈! 무슨 짓을 한 거냐!-

분노한 산군의 공격이 이어졌다. 왼팔은 물론 양발에도 검기를 형성한 채로. 그러나 놈의 어떤 공격도 난뢰쇄천을 뚫지 못했다. 아니, 섣불리 공격했다가 놈이 더 타격을 입었다.

-무슨 짓을 한 거냐고 묻지 않느냐!-

산군의 오른발이 정면으로 닥쳤다. 인호는 로드나이트의 검을 세워 복부를 파고들려는 공격을 막아냈다. 검푸른 기와 샛노란 기가 폭발하며 사방으로 퍼졌다.

쾅! 콰쾅!

검과 클로가 부딪칠 때마다 폭음이 일었다. 그래도 우위는 명백했다. 강철보다 단단했던 놈의 검기에 균열이 생긴 것이다.

건곤천뢰검(乾坤天雷劍)

제1식 뇌격십자인(雷擊十字刃)

수평으로 휘둘러지는 마검과 그 직후에 떨어지는 로드나이트의 검.

두 자루의 검이 만나는 순간,

콰아앙!

-크아아아앙!-

폭탄보다 더 강력한 폭발이 정면에서 터졌다.

클로의 검기가 박살났고 새하얀 기운이 산군의 몸을 찢어발겼다. 인호 또한 내상을 입어 피를 토했지만, 우위를 점한 건 그였다.

-그 정도로는 부족하다!-

'알고 있어!'

온몸이 피투성이가 됐지만, 산군은 여전히 굳건했다. 힘이 사라지고 있는데도 전혀 쓰러질 기미를 보이지 않았다. 그래도 상관없었다. 아끼고 아꼈던 비장의 한 수를 사용할 때가 왔으니까.

'정안!'

세상이 흑백으로 물들었다. 동시에 천지만물의 움직임이 느려졌다. 적어도 인호의 눈에는 그리 보였고 그래서 상대의 공격을 똑똑히 예측할 수 있었다. 정확히는 공격의 궤적이 미리 보인다고나 할까?

위에서 아래로 떨어지는 클로를 로드나이트의 검으로 빗겨냈다. 인호는 그 상태에서 왼발을 축으로 몸을 돌렸고 원심력이 더해진 마검이 매섭게 날아갔다.

촤아악!

-크윽!-

산군의 허벅지에서 녹색 피가 터졌다. 공격은 여기서 끝이 아니었다. 놈이 비틀거리면서 상체를 훤히 드러냈다. 기다렸다는 듯이 인호는 두 자루의 검을 동시에 찔렀다. 검 끝을 맞대어서. 쇄도한 두 자루의 검은 놈의 명치 아래쪽에 깊게 박혔다.

건곤천뢰검(乾坤天雷劍)

제4식 폭뢰번천(爆雷飜天)

두 개의 검기가 하나로 합쳐져 산군의 몸을 파고들었다. 그리고 그 안에서 터졌다.

-크아아악!-

명치를 중심으로 살점과 피, 뼛조각이 튀어나왔다. 괴수의 재생 능력이 발동했지만 무의미했다. 신체 표면뿐만 아니라 내부의 장기와 혈관까지 전부 박살 나서 재생 능력으로 감당하는 게 불가능했다.

-죽여버린다!-

안 그래도 거대했던 산군의 몸집이 더 커졌다. 그 때문에 상처 중 일부가 나았지만, 간신히 표면만 메운 수준이었다. 그런데 놈은 더는 인호에게 달려들지 않았다. 그 자리에 선 채, 마력을 모았다.

위이이이잉!

산군을 중심으로 샛노란 마력 줄기가 회전하기 시작했다. 마력의 회전은 대기의 흐름을 바꾸는 데 충분했다. 인호는 볼 수 있었다. 모든 걸 집어삼킬 것 같은 커다란 회오리를.

-이번에 끝을 내야 한다!-

'알고 있어!'

묵린, 흑설, 뇌영보, 정안. 하나같이 막대한 양의 마력을 소모하는 스킬들이었다. 단전의 마력이 더해져 아직 유지하고 있지만 이제 얼마 남지 않았다.

10초. 이 시간이 지나면 그는 그대로 뻗으리라.

망설일 여유가 없었다. 인호는 가진 마력을 전부 '격을 잃은 마검'에 실었다. 그리고 전력을 다해 내리그었다.

뇌광참(雷光斬).

3m에 달하는 번개의 검기와 회오리가 격돌했다. 거대한 회오리는 검기를 박살내겠다는 듯 맹렬하게 달려들었다.

투둑!

목덜미의 실핏줄이 터졌다. 꽉 깨문 입에서는 핏물이 줄줄 샜다. 그 모습을 보며 산군이 비웃었다.

–버텨봐야 소용없다! 네놈이 아무리 강해 봐야 인간. 그런 고통을 끝까지 버틸 수……. 무슨!–

산군은 크게 당황했다. 갑자기 인호가 사라진 것이 아닌가? 움직인 게 아니었다. 말 그대로 사라졌다.

콰드득!

–커헉!–

로드나이트의 검과 마검이 산군의 목덜미를 관통했다. 아껴두었던 점멸의 운동화의 스킬을 사용해 놈의 등 뒤를 밟을 수 있었다.

–끝까지 잔대가리를!–

"알 게 뭐냐!"

괴수를 상대로 정정당당함이라니, 개뿔도 그런 개뿔이 없었다. 이기는 것만이 장땡이었다. 그러기 위한 투왕지체였고.

건곤천뢰검(乾坤天雷劍)

제2식 사교낙뢰(斜交落雷)

남은 마력을 쥐어 짜낸 인호는 두 검을 X자로 휘둘렀다. 검은 산군의 근육과 뼈를 가르더니 이윽고 놈의 목만 날려버렸다. 그러자 회오리가 잘려나갔고 인호는 재빨리 놈의 등을 박찼다. 그 사이,

뇌광참의 검기가 머리가 사라진 몸을 반으로 갈랐다.

　[플레이어 김인호가 히든 퀘스트 '산군을 격파하라!'를 달성합니다!]
　[히든 퀘스트를 달성함에 따라 플레이어 포인트가 20이 주어집니다. 현재 플레이어 포인트-64]
　[영웅의 위업을 달성하는 데 성공합니다. 영웅화가 1퍼센트 진행됩니다. 현재 영웅화-31퍼센트]
　[던전 '낙성대'를 완벽하게 공략하는 데 성공했습니다. 낙성대가 안전지대로 바뀝니다.]

　끝났다.
　투쟁의 시대가 시작된 지 나흘. 드디어 안전한 보금자리를 손에 넣는 데 성공했다.

제10장 영웅 클랜

쿠쿠쿵!

산군이 죽자 갑자기 땅이 크게 흔들리기 시작했다. 이에 질세라 하늘 역시 요동쳤고 이로 인해 거센 바람이 일어 구름을 모조리 날려버렸다.

그리고 인호 일행은 볼 수 있었다. 하늘에 떠있는 커다란 구멍을.

"뭐, 뭐야!? 갑자기 왜 이래!?"

당황하는 현주. 수아 역시 깜짝 놀라 현주의 품에 안겼다. 인호 또한 굳은 얼굴로 하늘을 응시했고.

쿠오오오!

구멍은 마치 블랙홀처럼 땅 위에 있는 모든 것을 흡수하고 공간을 무너뜨렸다. 사람도, 건물도 예외는 아니었다. 마치 처음부터 없었던 것처럼 사라져버렸다. 오직 일행만이 구멍의 영향을 받지 않고 멀쩡히 서 있었을 뿐.

아니, 다른 한 사람 또한 여전히 멀쩡히 서 있었다. 바로 강감찬이었다.

"뭘 그리 놀라나? 거짓된 세상이 무(無)로 되돌아가는 건 당연한 이치인 것을."

"알고 계셨습니까?"

"조금 전까지 몰랐네. 그런데 산군이 죽으니 나를 얽매고 있던 제약이 풀리더군. 그래봤자 곧 있으면 사라질 운명이지만."

강감찬의 말 대로였다. 그의 몸이 점차 투명해지더니 발부터 빛이 되어 사라지기 시작했다.

"그나저나 투쟁의 시대라니, 자네들의 운명도 참 기구하군."

자신의 존재가 없어지는 만큼 두려워할 만했는데도 그는 전혀 그런 기색을 내보이지 않았다. 오히려 일행을 걱정했다.

"투쟁의 시대에 대해 아시는 게 있습니까?"

"모를 수가 없지. 허나 자네들에게 말해줄 수 있는 건 없네. 내 입장 때문에 말일세."

"그렇습니까."

내심 실망하는 인호. 대체 투쟁의 시대가 뭐기에 영웅들이 다 함구하는 것인가? 강감찬의 제약이 풀렸다는 말을 듣고 나름 기대감을 품었기 때문에 아쉬움이 컸다.

"정보는 줄 수 없다만 그렇다고 자네들을 그냥 보낼 생각은 없네. 죽음을 무릅쓰고 고려의 백성들을 구해준 은혜도 갚아야 하니."

그렇게 말한 강감찬은 품속에서 뭔가를 꺼냈다. 그건 알이었다. 번개의 문양이 새겨져 있는 알. 강감찬은 이를 현주에게 내밀었다.

"저한테요?"

"내 직감이 이건 자네에게 필요하다고 말하는군."

고개를 끄덕인 현주는 조심스럽게 알을 받았다.

두근!

"앗!"

자기도 모르게 소리를 지르는 현주. 알이 혼자 떨더니 푸른빛을 발했다. 그 빛은 그대로 현주의 몸으로 스며들었다. 그 모습이 마치 신성한 의식을 치르는 것처럼 보였다.

"……정령의 알인가요?"

알은 따뜻했다. 그러나 그게 전부가 아님을 현주는 눈치 챘다. 알 안에는 생명이 깃들어 있었고 그건 그녀의 마력과 자연스럽게 동조됐다. 그렇기 때문에 바로 정령을 떠올릴 수 있었다.

"그건 나도 모르겠네. 어쨌든 잘 사용해줬으면 좋겠군."

"정말 감사합니다."

현주는 정중하게 고개를 숙였다. 강감찬은 그 모습을 보며 고개를 주억거리고는 산군의 시체를 향해 손을 뻗었다. 그러자 시체에서 빛이 번쩍이더니 이윽고 노란색 보석으로 바뀌었다. 붕 떠오른 보석은 그대로 수아의 손으로 향했다.

"산군의 정수……."

"자네한테는 그게 필요할 거 같군."

"가, 감사합니다."

수아 역시 조심스럽게 정수를 받았다. 6급 보스 몬스터, 한때나마 5급으로 올라선 적이 있는 놈의 정수였다. 이를 흡수하면 얼마나 많은 양의 마력을 얻을 수 있을까? 얼마나 더 강해질 수 있을까?

더 이상 인호나 현주에게 도움만 받고 싶지 않았다. 더욱 강해져서 두 사람을 지켜주고 싶었다. 각오를 다진 수아는 정수를 꼭 움켜쥐었다.

수아의 심정을 읽은 강감찬은 흐뭇해했다. 그러더니 미안하다는 얼굴로 인호를 바라보았다.

"미안하네. 자네한테도 뭘 주고 싶은데 남은 게 없어서 말일세."

"이미 장군께 많은 걸 받았습니다. 이 이상 뭘 바라면 욕심이겠지요."

"확실히 자네에게는 천라신공을 받을 자격이 있군. 내 예상과 달리 전혀 다른 무공이 나오기는 했지만 어쨌든 대성하길 바라네. 그럼 영웅의 힘을 손에 넣을 수 있을 걸세."

"최선을 다하겠습니다."

세 개의 단전에 뿌리를 둔 수라멸천신공은 분명 수라마공과 달랐다. 묵린과 흑설을 가진 수라마공은 과거 무명이 말한 대로 대단한 무공이었지만 수라멸천신공에 비할 바가 아니었다.

무공 자체를 강하게 해준다고 할까? 특히 뇌격십자인과 사교낙뢰를 펼칠 때, 이 느낌을 강하게 받았다.

거기다 그에게는 투왕지체가 있지 않은가. 블러디 오우거 무리와 싸웠을 때처럼 이번에도 체질의 효능을 톡톡히 봤다. 언제일지는 몰라도 영웅이 될 수 있다는 확신이 생겼다.

대화를 나누는 사이, 강감찬의 몸이 절반 이상 사라졌다. 그는 내색하지 않고 무명을 응시했다. 그러자 무명은 자세를 바로잡았다.

"저 아이들도 앞으로 험난한 길을 걷겠지만 자네 또한 마찬가지겠지. 자네는 과거와 힘을 모두 잃어버린 상태에서 결코 넘을 수 없는 벽을 넘어야 하니."

−어차피 저는 자신에 대해 아는 바가 없습니다. 과거의 제가 뭘 추구했는지, 뭐가 되고자 했는지 등 아무것도 모르지요. 그러니 걱정하지 않으셔도 됩니다−

"차라리 영원히 모르는 게 낫다고 생각하네. 자네가 가고자 하는 길은 그만큼 어렵고 위험하니까."

강감찬의 표정이 처음으로 달라졌다. 그는 진심으로 무명을 걱정했다. 그런데도 무명은 무심한 태도를 유지했다. 전혀 신경 쓰지 않는다는 듯이.

─계약을 맺은 이상, 언젠가 기억과 힘을 되찾을 날이 올 겁니다. 어차피 여기 있는 이들을 지켜보는 게 즐거워 딱히 신경 쓰지도 않습니다─

"그런가? 보람 있는 일을 찾아 다행이군."

무명의 대답이 마음에 들었는지 강감찬은 활짝 웃었다. 그리고 다시 인호 일행을 돌아보았다.

"다들 정말 고맙네. 그럼 마지막으로 한마디만 더 하겠네. 노파심이 들어 그런 거니 이해해주게."

"아닙니다. 경청하겠습니다."

"조금 전에도 말했지만, 자네들이 갈 길에는 많은 고난과 시련이 기다리고 있네. 허나 아무리 힘들어도 눈앞의 이익에 연연하지 말고 대의를 선택하게."

"명심하겠습니다."

"무운을 빌지. 그럼 잘들 있게나."

스르르.

마침내 빛이 되어 흩어진 강감찬.

그러자 검은 구멍의 흡인력이 더욱 강해졌다. 땅과 하늘이 구멍 안으로 빨려 들어가더니 이윽고 세상 전체가 하얗게 물들었다. 그 빛이 어찌나 강렬한지 일행은 의사와 상관없이 모두 눈을 감고 말았다.

세상을 뒤덮은 빛이 사라졌다.

대신 새로운 광경이 일행의 눈앞에 펼쳐졌다.

"와아!"

"이게 던전."

"드디어……."

인호 일행은 눈을 반짝이며 주변을 둘러보았다. 천장에는 보석처럼 보이는 무언가가 일정한 간격으로 박혀 있었으며 복도의 벽은 재질을 알 수 없는 검은색 돌로 이루어져 있었다.

플레이어 김인호, 김현주, 이수아가 던전 낙성대를 공략했습니다.
던전의 코어에 주인등록을 하세요.
그래야 던전을 완벽하게 장악할 수 있습니다.

Close	View

일행이 내부를 둘러보고 있을 때, 갑자기 메시지가 떠올랐다. 메시지를 읽은 현주는 마음에 안 든다는 듯이 투덜거렸다.

"그냥 바로 등록해주면 안 되나? 사람 귀찮게 하네."

"어차피 길도 하나인데 느긋하게 구경하면서 가요."

던전의 복도는 일자로 쭉 늘어서 있는, 굉장히 편한 구조였다. 대신 끝이 보이지 않을 정도로 길었지만. 어차피 가야 하는 만큼, 일행은 코어가 있다 싶은 곳으로 발걸음을 옮겼다.

그렇게 5분 정도 걸었을 때, 3m 정도 되는 문이 나타났다. 문 건너편에는 방들이 보였다. 딱 25개였다.

"여기가 거주 구획인가 봐."

"그런가 봐요. 방도 되게 넓고요."

현주와 수아가 감탄하며 방들을 일일이 둘러보았다. 방 안의 내부는 다 똑같았다. 돌로 만들어진 침대 20개가 규칙적으로 놓여 있었다. 이불이나 베개는 당연히 없었고, 분위기도 살풍경 그 자체였다. 이를 따지는 사람은 없었지만.

"다른 구획은 어떨지 궁금하네요."

"얼른 가보자."

현주와 수아가 다음 구획으로 뛰어갔다. 인호는 그 모습을 보며 웃었다. 몬스터가 나타나지 않는다는 게 얼마나 중요한지 새삼 느낄 수 있었다.

"자고 있을 때, 몬스터가 튀어나오는 경우는 이제 없겠어."

-그게 정말 가관이었지-

인호의 말을 들은 무명의 입가에도 미소가 떠올랐다. 몬스터는 시간과 장소를 구분하지 않고 나타났고 인호의 집 또한 이를 피할 수 없었다. 몇 번 전투가 일어나기도 했었고.

그래서 집 안에서 불침번을 서면서 잠을 청해야 했다. 그런데 이제 그럴 필요가 없어졌고 그 사실이 인호를 행복하게 만들었다.

"김인호! 빨리 와 봐!"

갑자기 외치는 현주. 인호는 의아해하며 바닥을 박찼다. 그리고 그녀가 왜 자신을 불렀는지 이해했다.

넓은 공간이 펼쳐져 있었다. 광장을 보는 기분이었다. 그 너머에는 길이 있었는데 앞쪽과 달리 세 갈래로 나뉘어 있었다. 길의 끝에는 거대한 문들이 서 있었다. 거주 구획처럼 어떤 구획이라 표시된 게 없어 일일이 다 둘러봐야 했다.

"어떻게 할래? 셋이서 같이 한 군데씩 들어갈래? 아니면 한 명이 하나씩 맡을까?"

"그냥 같이 들어가자. 어차피 구경하기로 했잖아?"

"저도 오빠 의견에 찬성이에요. 뭐가 있을지 엄청 궁금한걸요."

"오케이. 그럼 왼쪽부터 하나씩 들리자."

결론을 내린 일행은 왼쪽 문으로 들어갔다. 그리고 그들은 할 말을 잃고 말았다. 상식을 깨는 광경이 펼쳐져 있었기 때문에.

"……이게 말이 돼?"

"저 꿈꾸고 있는 거 아니죠? 다들 같은 거 보고 있는 거 맞죠?"

"그렇긴 한데. 이건 진짜……."

세 사람 모두 할 말을 잃었다. 방의 내부가 어떨지 기대하고 들어갔는데 그들이 간 곳에 방은 없었다.

그 대신에 따사로운 햇살, 울창한 산림, 맑은 물이 흐르는 시내 그리고 황금색의 논이 그들을 맞이했다. 보는 것만으로 마음이 따스해지는 광경이었고 그래서 더 믿기 어려웠다.

"아무래도 여기서 식량을 얻으라는 거 같은데 다들 어떻게 생각해?"

"제 생각도 그래요, 오빠. 저 나무들을 보면 그냥 나무가 아니에요. 과일이 달린 걸 보면 과수원이겠죠."

"몬스터만 안 나와도 다행이라 생각했는데 이런 곳이 있다니, 진짜 낙원이네."

현주가 말하자 다들 동의했다.

간신히 던전을 장악하기는 했지만 필요한 것들이 많았다. 당장 식량만 해도 외부에서 공수해야 했는데 결코 쉬운 일이 아니었다. 편의점 및 대형 마트를 턴다 해도 수량은 한정되어 있었으며 서울 주변에서는 논밭을 찾기 어려웠다.

그런데 이제는 던전 내부에서 자급자족할 수 있게 됐다. 인류의 생존에 큰 도움이 되리라.

"여긴 뭐라 부를까요? 농장?"

"농업 구획으로 하자. 농장이라 하기에는 너무 크기도 하고."

"그러면 그렇게 해요, 언니."

그렇게 새로운 구획의 이름이 정해졌다.

"그나저나 다른 던전들도 이럴까? 만약 똑같으면 다들 사람들을 받아들이려고 싸우지 않을까? 나라면 일반인한테 농사를 맡길 거거든. 플레이어들은 계속 사냥하고."

"그게 효율적이지. 일반인들도 자신들이 뭔가를 할 수 있다는 걸 증명할 수 있고."

"그러면 저희도 사람을 받아들여야 하나요?"

수아가 떨리는 눈빛으로 현주와 인호를 쳐다봤다. 추위와 배고픔에 떨고 있는 일반인들이 걱정됐는데 그들을 구할 여지가 생긴 것이다. 다행히 인호는 그녀의 기대에 부응했다.

"받아들이긴 해야지. 무턱대고 받아들일 수는 없지만."

"일반인들이라면 모를까, 다른 플레이어들은 확실히 위험하지. 그런데 무슨 일이야? 너라면 일단 거부할 거라고 생각했는데."

"무작정 그럴 수도 없는 형편이거든."

인호의 특성은 영웅화.

영웅의 행보를 보일 때마다 그의 신체를 영웅의 것으로 바꿔준다. 그러니 도움을 바라는 사람들을 외면할 수 없는 노릇이었다. 영웅화를 올리겠다고 무턱대고 사람들을 받아들일 수도 없었지만.

게다가 본능적으로 깨달았다. 이 던전을 제대로 운영하기 위해서는 많은 사람이 필요하다고.

"지금 중요한 건 사람들을 모으는 게 아니니 나중에 신경 쓰자고."

"그럼 다음 구획으로 가요. 뭐가 나올지 진짜 궁금하네요."

수아의 말에 따라 농업의 구획을 나온 일행. 그들은 중앙의 문으로 들어갔다.

"여긴 공업 구획이라 해야겠지?"

"찬성."

"동의해요."

중앙의 문 안쪽에는 넓은 대장간이 있었다. 오른쪽 구석에는 풀무와 화로가 설치된 상태였고 왼쪽 벽에는 모루, 망치 등의 각종 연장이 모여 있었다. 중앙 쪽에는 철괴, 구리 등 각종 금속이 쌓여 있었고.

대장간을 본 일행은 만족했다. 언제까지 물품을 퀘스트 보상에만 의존할 수는 없었다. 특히 사람들을 받아들이게 되면 더더욱 물품을 자체 생산할 필요가 있었다.

"그런데 플레이어 중에 생산직 출신이 있을까? 아무리 공장을 다닌 분이더라도 요즘 세상에 이런 환경에서 물건을 만들 수 있을 거 같지는 않은데?"

"사람을 무시하지 마, 누나. 시행착오를 거치겠지만 공장에서 일하신 분들은 금방 적응할걸. 군대에서 많이 봤잖아?"

"하긴 다들 뭐든 뚝딱뚝딱 잘 만들었지."

평범한 군인들도 오랫동안 근무하면 다양한 걸 만들 수 있게 되는 게 대한민국 군대였다. 하물며 공장에서 일한 분들이라면 이런 일은 곧장 적응하리라.

공업 구획까지 둘러본 일행은 마지막 오른쪽 문을 열었다. 그곳은 식당이었다. 커다란 원형 식탁 3개가 놓여 있었고 부엌이 존재했다. 안쪽에는 방문이 있었는데 인호는 그곳을 보자마자 눈치챘다. 저곳에 코어가 있음을.

인호는 곧장 방문으로 들어갔다.

"저게 코어 같네."

현주가 벽 한가운데에 있는 보석을 가리키자 인호와 수아의 시선이 그쪽으로 향했다. 천장에 박혀 있는 보석들이 안개가 찬 것처럼 뿌연 데 비해, 그 보석은 투명했다.

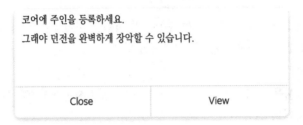

다시 한 번 떠오르는 메시지.

"누가 등록할래?"

"이제 와서 뭘 빼고 그래? 당연히 네가 등록해야지."

"제 생각도 그래요. 오빠가 등록하세요."

"내가? 굳이 내가 할 필요는……."

인호가 말을 흐리자 현주는 그의 등을 팡팡 쳤다.

"너 말고 주인이 될 사람이 누가 있어. 클랜 마스터인가, 그것도 네가 해."

"그러고 보니 저희 클랜 이름도 생각 안 했어요!"

"맞다! 클랜 이름! 그걸 까먹고 있었다니!"

요란하게 행동하는 수아와 현주를 보며 인호는 피식 웃었다. 사실 처음부터 그 자신이 모두 맡을 생각이었다. 괜히 두 사람에게 부담감을 지우는 것보다 그게 나았다.

-다 됐나? 그럼 그 보석에 손바닥을 올려라-

무명이 말하자 인호는 코어에 손바닥을 댔다. 그러자 보석에서 맑은 빛이 나오더니 부드러운 여성의 목소리가 그의 귓가에 울려 퍼졌다. 내용은 딱딱했지만.

-이름을 말해주십시오-

"김인호."

-코어에 마력을 주입해주십시오-

목소리를 따라서 인호는 수호석에 마력을 불어넣었다. 그러자 투명했던 보석이 점차 검붉게 물들었다.

번쩍!

검붉은 빛이 공간을 가득 채웠다. 동시에 메시지가 인호의 망막 위에 나타났다.

플레이어 김인호가 던전 '낙성대'의 주인으로 등록됐습니다.
낙성대 던전은 총 500명의 인원을 받아들일 수 있습니다.
낙성대를 중심으로 안전지대가 형성됩니다. 안전지대는 앞으로 30일 동안 유지되며 이 시간이 지나면 폐쇄됩니다.

다른 던전을 추가로 공략하면 새로운 던전과 기존의 던전이 연결되어 유지 기간이 늘어납니다.
더 많은 던전을 공략하세요.

| Close | View |

'제한 시간이 있을 줄이야.'

메시지를 읽은 인호는 쓰게 웃었다.

역시 투쟁의 시대. 뭐 하나 줘도 제대로 주는 법이 없었다. 마지막 메시지는 의미심장했고.

그래도 염원하던 낙원을 손에 넣는 데 성공했다. 이곳을 바탕으로 끝까지 살아남으리라.

각오를 다진 인호와 달리 현주와 수아의 표정에는 불만이 가득했다.

"겨우 30일이 뭐야, 30일이. 뼈 빠지게 고생했는데."

"마지막 메시지도 그래요. 대놓고 싸움을 부추기는 거잖아요?"

안전지대만으로 던전의 가치는 크게 올랐다. 그런데 던전 내에 농업, 공업 등 각종 구획이 있다는 사실이 밝혀졌다. 이것만으로도 던전을 공략해야 할 이유는 넘쳤다.

그런데 거기에 제한 시간까지 더해졌다. 살아남고자 사람들은 던전을 공략할 것이고 다른 사람이 먼저 공략한 곳도 서슴지 않고 노리리라. 대놓고 인간 대 인간의 싸움을 부추기니 안 싸운다는 게 더 이상할 정도였다.

"저게 아니어도 어차피 싸움은 일어났을 거야. 등 따시고 배부를 수 있는데 뭔들 못 하겠어? 우리라고 해서 다를 것 없고. 안 그래?"

"그건 그렇지."

인호가 질문하자 현주는 솔직하게 대답했다. 수아 또한 굳은 얼굴로 고개를 끄덕였고.

사람과 사람이 싸워야 하는 건 분명 안타까운 일이다. 무작정 싸움을 피할 수 없음을 그들은 잘 알고 있었다. 이미 낙성대를 두고 강영준 일행과 싸우지 않았던가.

"그건 나중에 고민해도 돼. 지금은 이 던전을 앞으로 어떻게 운영할지, 우리가 뭘 해야 할지부터 정해야지."

"당장 클랜 이름도 정해야 하잖아? 무턱대고 지을 수도 없고."

"게임에서 하던 대로 지을 수도 없으니까요."

수아가 나서는 순간, 현주가 고개를 혹 돌렸다.

"와. 몇 번 지어봤나 보네. 어떤 식으로 정했어?"

"그, 그건……."

기회를 잡은 듯 눈을 반짝이는 현주. 이에 반해 수아는 얼굴을 붉히고는 고개를 푹 숙였다. 호기심이 생긴 현주는 장난스럽게 웃으며 수아에게 다가갔다.

"뭔데? 말해봐."

"하, 한자 넣는 걸 좋아했어요. 화련 같은……."

현주가 손가락으로 콕콕 찌르자 이를 참지 못한 수아가 결국 입을 열었다. 그 순간, 현주는 배꼽을 잡고 크게 웃기 시작했다.

"하하하! 세상 진짜 넓네. 김인호와 맞먹는 작명 센스라니!"

"좀 닥쳐."

전혀 예상치 못한 상황에서 자신이 언급되자 인호는 날 선 반응을 보였다. 물론 현주는 전혀 들은 척도 안 하고 한 마디를 더 던졌다.

"뭐 어때서 그래? 너도 옛날에 좋아했잖아. 흑염룡 같은 거. 지금도 검은색을 제일 좋아하고."

"정말요? 오빠가 그랬어요?"

그 말을 들은 수아는 신기하다는 얼굴로 인호를 바라보았다. 마주하기 부담스러운 시선이었기 때문에 그는 고개를 돌려 그녀를 외면했다.

"진짜야. 그래서 게임 별명 같은 거 지을 때 되면 있어 보이는 한자들 조합한다고 바빴지. 제일 좋아했던 건 아마 천검(天劍)이었을 걸. 너랑 비슷하지, 수아야?"

"저, 저는……."

"괜찮아. 이 언니는 다 이해해. 처음에는 좀 그런데 듣다 보면 나도 멋지다 싶더라고."

인호는 한숨을 쉬었다. 마음 같아서는 당장 이 자리를 피하고 싶었지만 어쩌겠는가. 클랜 이름을 정하기 전에 모두의 의견을 들을 필요가 있었다.

"그래서 김인호. 넌 어떻게 짓고 싶어? 네 취향대로 해도 뭐라 안 할게. 수아는 좋아할 거 같고."

"영웅으로 하자. 영웅 클랜."

"네가 지은 것치고는 심심한데. 원래라면 암야의 낙원, 뭐 이런 식으로 지어야 하잖아. 괜히 눈치 보지 말라니까 그러네. 너도 그렇게 생각하지, 수아야?"

"저, 저도 오빠하고 같은 생각이에요. 영웅 클랜, 간단하면서도 좋지 않나요? 저희는 영웅들한테 도움도 많이 받았고."

수아는 거의 랩을 하듯 빠르게 대답했다. 현주는 실망스럽다는 듯이 혀를 찼다.

"오랜만에 인호의 멋진 작명 센스를 확인할 수 있나 싶었는데, 어쩔 수 없네. 수아 말이 틀린 것도 아니고."

길잡이, 무명, 강감찬.

만난 영웅은 고작 세 명뿐이었지만 그들에게 얼마나 많은 도움을 받았던가. 그들이 있어서 위기를 극복하고 살아남을 수 있었다. 남들이 보면 비웃을지 몰라도, 영웅이라는 단어는 일행에게 큰 의미를 지녔다.

"그런데 정말 후회하지 않을 자신 있어? 태극이니 혼돈이니 이런 것들 써도 괜찮다니까."

"아, 됐다고!"

결국 소리를 지른 인호. 그러자 메시지가 떠올랐다.

플레이어 김인호, 김현주, 이수아가 '영웅' 클랜을 창설했습니다.
영웅 클랜의 근거지는 '낙성대' 던전이며 클랜 마스터는 플레이어
김인호입니다.

메인 퀘스트 '클랜을 창설하라!'를 완료하였습니다. 이에 따라
희귀(Rare)등급의 액티브 스킬, 던전 방어 병기 '화포' 및 플레이어
포인트 20이 주어집니다.
현재 플레이어 포인트-84

Close	View

드디어 첫 번째 메인 퀘스트를 달성하는 데 성공했다. 큰일을 성취해서 그런지 몸에 진이 다 빠졌다. 조금 전의 소동 때문에 정신적으로도 지쳤고.

"다 끝난 거지? 그럼 던전 좀 구경하고 올게."

"저도요! 제대로 보고 싶어요."

잽싸게 문밖으로 달려가는 수아와 현주. 인호는 다급히 소리쳤다.

"보상 얻는 것도 잊지 마!"

메인 퀘스트를 비롯하여 여러 퀘스트를 달성했고 그만큼 받을 보상이 많았다. 보상을 얻어야 강해질 수 있으니 세심하게 챙겨야 했다.

"알고 있어!"

"꼭 챙길게요!"

그 말을 끝으로 두 사람은 문 너머로 사라졌다. 그만큼 던전 내부는 신기했으니 저러는 것도 이해는 됐다.

-너도 구경하지 그러냐?-

"그런 건 나중에 해도 된다. 그보다 각오가 됐나, 무명?"

현재 인호가 얻은 플레이어 포인트는 총 84. 그리고 무명을 승급시키는데 필요한 포인트는 50. 던전을 둘러보는 것보다, 보상을 정리하는 것보다 이게 더 중요했다.

-널 만난 지 겨우 닷새밖에 안 됐는데 벌써 승급인가? 확실히 너와 계약을 맺은 게 정답이었군-

"너한테 많은 걸 배웠는데 이쯤은 아무것도 아니지."

-하하하! 그것도 그렇군. 좋다, 승급하지-

자신의 의사를 드러낸 무명. 고개를 끄덕인 인호는 뽑기의 새로운 능력을 운용했다.

"기억을 잃은 고려 무사를 승급시킨다."

[2성 영웅 '기억을 잃은 고려 무사'의 승급이 시작됩니다. 포인트 50이 소모됩니다. 현재 플레이어 포인트-34]

번쩍!

금색의 빛이 무명의 몸에서 피어올랐다. 빛이 워낙 눈부셔 인호는 눈을 감아야 했다. 그 사이, 빛은 그를 단숨에 집어삼켰다.

간신히 눈을 뜬 인호. 그는 또 무명의 꿈속에 왔음을 깨달았다.

이전처럼 허공을 훨훨 떠다니고 있었기 때문에. 아래에는 예전처럼 무명이 서 있었고.

'뭐지?'

꿈속에서 무명은 항상 전투를 앞두고 있었는데 이번은 달랐다. 같은 갑옷을 입고 있는 청년과 이야기를 나누고 있었다. 무명과 굉장히 닮았지만 좀 더 어려 보이는 청년이었다. 간절한 얼굴로 외치는 청년과 달리, 무명은 무심했다.

"그건 너무 무모합니다, 형님! 혼자서 대군을 상대로 뭘 할 수 있단 말입니까! 차라리 원군을 기다리십시오."

"우리가 이러는 순간에도 아군이 죽어가고 있는데 어찌 원군을 기다린단 말이냐? 내가 가야 한다."

"형님이 고려 최고의 무인이라도 그건 너무 무모합니다! 여진의 병력은 2만이 넘습니다! 혼자서 뭘 어찌하겠단 말입니까!"

"그래도 해야 한다. 나라에 이 한목숨을 바치기로 맹세한 이상."

무명이 담담히 말하자 청년은 이를 악물었다. 자신이 뭐라 말을 해도 무명이 절대 따르지 않을 것을 알았기 때문에. 무명은 그런 청년의 어깨를 두드렸다.

"아버님을, 그리고 가문을 부탁한다."

"형님……."

청년이 불렀지만, 무명은 대답하지 않았다. 말 위에 올라탄 그는 목적지로 향했다. 그러자 세상이 환하게 물들더니 아래의 풍경이 바뀌었다.

"으아아악!"

"크아아악!"

가죽 갑옷을 입은 기병들이 창을 찌르자 보병들이 피를 토하며

쓰러졌다. 간간이 반격을 가하는 병사들이 있었지만 그들의 저항은 무의미했다. 반격하자마자 기병들이 화살을 날려 그들의 목숨을 빼앗았다. 이렇다 보니 보병들의 저항이 점차 약해졌다.

언제 부대가 와해돼도 이상하지 않은 상황. 그때, 무명이 모습을 드러냈다. 양손에 두 자루의 검을 움켜쥔 채.

'이걸 뒤집을 수 있다고?'

인호는 당혹감을 드러냈다.

물론 꿈속의 무명은, 원래의 힘을 가진 무명은 대단했다. 단순히 강하다는 말로는 설명할 수 없을 정도로. 특히 첫 번째 꿈에서 단 한 번의 공격으로 병사들을 쓸어버리는 모습은 여전히 선명하게 떠올랐다.

그러나 지금은 그때와 상황이 달랐다. 난전이 펼쳐졌기 때문에 섣불리 광역 공격을 시도했다가는 아군이 휩쓸릴 수 있었다. 그러니 적들을 일일이 공격하는 수밖에 없는데 아무리 강하다 해도 그게 가능할까 싶었다.

적진에 무인이 있는 것도 그렇지만 무엇보다 적들의 숫자 자체가 많았다. 아무리 강하다 해도 결국 인간. 끊임없이 몰려드는 다수를 상대하다 보면 체력이나 마력이 소모되고 상처를 입기 마련이니까.

그런데,

"●●●이 나타났다!"

"●●●이 나타났다! 무사들은 나서라! 저 괴물을 막아야 한다!"

무명이 모습을 드러내자마자 적들이 혼란에 빠지는 게 아닌가?

거기서 끝이 아니었다. 기다렸다는 듯이 무공을 배운 무사들이 무명을 향해 달려들었다. 굉장히 기민한 반응이었기 때문에 처음부터 대비하고 있었던 것처럼 보였다.

'이름은 아직 알 수 없는 건가?'

그 와중에 적들이 무명의 이름을 외쳤지만 들리지 않았다. 이름 부분만 필터링을 거친 것처럼. 들을 수 없는데 어쩌겠는가. 괜히 미련을 두는 것보다는 조금이라도 무명이 싸우는 모습을 보고 싶었다.

"고려의 ●●●이 왔다!"

무명이 외쳤다. 말이 채 끝나기도 전에 적의 좌익과 우익에서 무사들이 들이닥쳤다. 전부 다 무공을 운용했는지 각양각색의 기운에 휘감긴 상태였다.

그들을 본 인호는 얼굴을 찌푸렸다. 한 명, 한 명이 자신보다 강하다는 걸 느낄 수 있었다. 비교하는 게 무의미할 정도로. 그런 적들이 수십에 달했는데 무명은 눈 하나 깜빡이지 않았다.

쉬에엑!

무사 한 명이 창을 내질렀다. 무명은 가볍게 고개를 숙여 공격을 피했다. 분명히 그랬는데 어느새 무사의 목이 허공으로 치솟았다.

"저건 대체!"

인호는 기겁을 했다.

무명이 검을 휘두른 모습이 전혀 보이지 않았다. 무명의 오른쪽 검에 맺혀 있는 피만이 그가 검을 휘둘렀음을 증명하고 있었다. 이미 초인이 된 그의 눈으로도 포착할 수 없다니, 더군다나 정안을 사용해도 볼 수 없다니 이건 너무하다 싶었다.

그 뒤에도 마찬가지였다.

무명은 일말의 빈틈도 보이지 않았다. 누구보다도 신속하고 깔끔하게 검을 휘둘렀고 적의 무사들은 저항 한번 제대로 하지 못한 채 목숨을 잃어야만 했다. 눈 깜짝할 사이에 50명에 달하는 무사들이 차디찬 시체로 변했다.

"막아라! 막아야 한다!"

"화살을 쏴라! 저 괴물을 반드시 죽여야 한다! 희생에 개의치 마라!"

적의 지휘관들이 외쳤지만, 한없이 공허했다. 비처럼 쏟아지는 화살도, 죽음을 각오한 채 달려드는 적의 병사들도 무명의 앞길을 가로막지 못했다. 수만에 달하는 군대가 단 한 사람에 의해 밀리고 있었다.

"제대로 된 무공을 사용한 것도 아닌데……."

검기를 펼치기는 했지만 딱 그 정도였다. 건곤천뢰검을 비롯하여 아무런 무공도 사용하지 않았다. 그저 두 자루의 검을 휘두를 뿐인데 적들이 나가떨어졌다.

그 모습은 매우 아름다웠고 전율을 느끼게 했다. 동시에 인호는 새로운 깨달음을 얻었다. 건곤천뢰검을 얻은 뒤에 무공이 전부라고 생각했는데 아니었다. 중요한 건 기본. 무공은 그다음이었다.

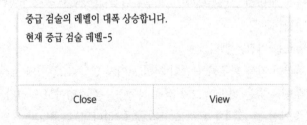

중급 검술의 레벨이 대폭 상승합니다.
현재 중급 검술 레벨-5

| Close | View |

메시지가 떠올랐지만 이를 읽을 여유는 없었다. 더, 조금 더 무명이 검을 휘두르는 모습을 보고 싶었다.

무명이 나타난 지 고작 15분. 아주 짧은 시간이었는데 어느새 전황이 뒤바뀌었다. 그는 자신에게 몰려드는 적을 상대하면서도 기회가 날 때마다 적의 지휘관을 집중적으로 공격했다. 지휘관이 죽으니 남아있는 병사들은 혼란에 빠질 수밖에 없었다.

"크아아악!"

결국 적의 총사령관의 목을 베는 데 성공한 무명. 강력한 무공을 가진 이였지만 무명에게는 일반 병사와 똑같았다. 강하든 약하든 어차피 한 방이면 충분하니까.

"후퇴하라! 후퇴하라!"

살아남은 자들은 무작정 후퇴했다. 무명은 적들을 추격하는 대신 적들이 달아나는 모습을 바라보았다. 그리고 천천히 말을 움직여 뒤돌아섰다. 기다란 수염을 가진 중년 남자가 다가오고 있었다. 피투성이가 된 무명을 보고도 중년인은 전혀 개의치 않았다.

툭.

가볍게 말에서 뛰어내린 무명. 그는 공손히 고개를 숙였다. 그러자 중년인 또한 말에서 내렸다.

"네가 또 나를, 고려를 구했구나."

"나라에 목숨을 바치기로 맹세했습니다. 해야 할 일을 했을 뿐입니다."

담담한 말이었지만 중년인의 마음을 뒤흔들기에 부족함이 없었다.

주르륵.

중년인의 눈가에서 눈물이 흘러내렸다. 하지만 그는 이에 개의치 않고 무명과 거리를 좁히더니 그를 끌어안았다.

"앞으로 너를 자식으로 여기겠다. 그러니 너 또한 나를 아버지라 불러라!"

번쩍!

중년인의 말이 끝나자 세상이 또 빛에 휘감겼다.

이와 동시에,

기다렸던 메시지가 떠올랐다.

> 2성 영웅 '기억을 잃은 고려 무사'가 승급을 완료했습니다.
> 3성 영웅 '이름을 잃은 고려 무사'가 도감에 저장됩니다.
>
> | Close | View |
> |:---:|:---:|

[3성 영웅 '이름을 잃은 고려 무사'를 승급하기 위해서는 플레이어 포인트 100이 필요합니다.]

[뽑기의 레벨이 상승하여 3이 됐습니다. 뽑기를 연속 두 번 할 수 있습니다. 단, 쿨타임은 기존과 동일합니다.]

좋은 소식이었다. 기존의 뽑기 쿨타임은 12시간. 그것도 딱 한 번 뽑을 수 있었는데 이제 두 번 뽑을 수 있게 된 것이다. 위기 상황을 해결하는 데 큰 도움이 되리라.

다만 더 기대되는 건 따로 있었다. 인호는 고개를 돌렸다. 시선의 끝에는 승급을 마친 무명이 허공에 뜬 채 자신을 살펴보고 있었다.

외형만 봤을 때는 큰 변화가 없었다. 단지 입고 있던 옷에 화려한 문양이 생겼을 뿐. 하지만 그게 전부가 아님을 인호는 무명을 보자마자 파악했다.

"기분이 어때?"

-잘 모르겠다-

"그렇게 바뀌고도?"

외형의 변화를 따지는 건 무의미했다. 시각, 청각은 물론 육감까지 전부 인호에게 외쳤다. 무명이 이전과 완전히 다른 존재가 됐다고!

영혼과 영혼이 연결되어서 무명의 힘을 생생히 느낄 수 있었다. 이제 겨우 3성인데도 강감찬에 필적했다. 그런데 별 감흥을 못 느끼다니, 무명답다면 무명다웠다.

-강해진 건 맞지만 딱 거기까지다. 정작 가장 중요한 기억의 봉인이 그대로니 원-

"다른 변화는 없나? 정보의 제한이 풀렸다던가?"

-풀리긴 했는데 그래봤자 다 네가 알고 있는 것들뿐이다. 솔직히 말해 쓸모없지-

"역시 3성으로는 부족했나."

그리 말하는 인호의 표정은 담담했다. 이미 이런 상황이 일어날 것을 예상하였기 때문에.

-무슨 말이냐?-

"3성 영웅이었던 불신의 길잡이도 지금의 너처럼 기억이 봉인된 상태였다. 그녀가 그랬는데 너라고 기억을 되찾을 리 없지. 하물며 네 현재 별명은 '이름을 잃은 고려 무사'다."

-이름을 잃은 고려 무사라, 이보다 더 적절한 게 있나 싶군-

무심하게 중얼거리는 무명의 얼굴에는 아쉬움이 가득했다. 이해할 수 있었다. 기억을 되찾기 위해 계약을 맺고 현세에 남았는데 어찌 실망하지 않을 수 있을까?

"너무 실망하지 마라. 4성이었던 강감찬 장군의 기억은 온전했다. 투쟁의 시대에 대해서도 많은 걸 알고 있었고. 다음 승급 때는 분명히 기억을 찾을 수 있을 거다."

-그랬으면 좋겠군. 과거의 내가 왜 기억을 봉인 당했는지는 관심 없지만, 자신을 모른다는 건 결코 좋은 게 아니니-

그 말을 들은 인호는 고민에 고민을 거듭했다. 자신이 봤던 광경을 무명에게 알려야 하는가에 대해서. 그러나 결론은 금방 났다. 실의에 빠진 동료를 지켜보는 것도 못 할 짓이었으니까.

"네 기억을 몇 번 본 적이 있다. 조금 전에도 봤었고."

-정말이냐! 괜히 위로하려고 한 말은 아니겠지!?-

"널 속여서 무슨 의미가 있다고."

-미안하다. 너무 흥분했다. 그래서 뭘 봤지?-

"많이는 못 봤으니 너무 기대하지 마라."

운을 뗀 인호는 자신이 봤던 것들을 설명했다.

결사대를 이끌고 적들을 향해 달려드는 모습, 단신으로 군대에 달려들어 적의 장수들과 총사령관까지 벤 위용을 먼저 말했다.

그다음, 정체를 알 수 없는 강자와 대등하게 싸웠고 그 과정에서 보인 무명의 실력이 대단했다는 것까지 전부.

물론 이름은 제대로 못 들었다는 사실도 잊지 않고 말했다.

그 말을 듣자 무명은,

-하하하!-

미친 듯이 웃기 시작했다.

-과연 '나'는 위대했군! 그래, 그 정도는 돼야 기억을 찾는 보람이 있지. 고맙다, 김인호-

"뭘 이 정도 가지고."

-이 정도 라니? 내가 위대한 무인임을 알 수 있지 않았나? 그 정도면 충분하다-

설명이 마음에 들었는지 무명이 만족스럽다는 듯 계속 고개를 주억거렸다.

"그럼 이제 건곤천뢰검의 다음 초식을 배울 수 있는 건가?"

-안타깝지만 그건 불가능하다. 그 부분에 대해서는 여전히 봉인이 안 풀렸거든. 그래도 다른 쪽은 가르쳐줄 수 있으니 너무 걱정하지 않아도 된다-

인호는 처음으로 실망감을 드러냈다. 다른 건 몰라도 건곤천뢰검의 중반부는 꼭 배우고 싶었다. 그 심정을 알았는지 무명이 한마디 덧붙였다.

-어차피 지금 네 수준으로는 중반부를 못 익힌다. 검술을 연마하며 깨달음을 더 얻어라-

"명심하지."

-이해했으면 이제 네 볼일을 봐라. 확인해야 할 게 있을 텐데?-

무명의 말마따나 이제 보상을 수령해야 했다. 뭘 받을지 가슴이 두근거렸다.

이번에 받을 수 있는 보상은 총 2개.

메인 퀘스트를 깨고 받은 희귀(Rare) 등급 액티브 스킬과 던전 퀘스트를 깬 대가로 얻은 고유(Unique)등급 장신구였다. 산군을 격파하라는 히든 퀘스트의 보상은 수라멸천신공이었는지 추가 보상은 없었고.

〈보상 목록〉

1. 이단 점프
2. 금마(禁魔)의 반지
3. 화포(火砲)

이번에 받을 보상만 깔끔하게 정리된 상태였다. 이를 본 인호는 안도의 한숨을 내쉬었다. 개인적으로 다양한 선택지가 나오는 걸 좋아하지 않았다. 골치 아팠고 또 고르지 않은 것들에 대해 괜한 미련이 생기지 않는가.

[플레이어 김인호가 희귀(Rare) 등급의 액티브 스킬 '이단 점프'를 익힙니다.]
[플레이어 김인호가 고유(Unique) 등급의 장신구 '금마의 반지'를 습득합니다.]

푸른빛이 인호의 몸에 스며들었다. 이와 동시에 공간이 갈라지며 금반지 하나가 나타났다. 아무런 문양도 없는, 심플한 디자인이었다. 왼손 중지에 반지까지 낀 그는 새로 얻은 것들의 정보를 살폈다. 그리고 자기도 모르게 활짝 웃고 말았다.

〈이단 점프〉
1.종류: 액티브 스킬
2.등급: 희귀(Rare)
3.스킬: 허공에서 한 번 더 도약할 수 있다. 이때, 많은 마력이
      소모되니 주의할 것.

〈금마(禁魔)의 반지〉
1.종류: 반지
2.등급: 고유(Unique)
3.효과: 마법, 주술 및 사기(邪氣) 흡수

4.설명: 사기 및 마기 같은 부정적인 기운과 마법, 주술을 비롯한 각종 술법을 흡수한다. 그중 일부는 소유자의 마력으로 전환된다.

–어처구니가 없군–

무명이 싸늘한 어조로 말하자 인호는 애써 담담한 척하려고 했다. 그러나 소용없었다. 아무리 참으려 해도 계속 웃음이 새어 나왔기 때문에.

어찌 안 웃을 수 있을까? 이렇게 좋은 보상을 얻었는데. 특히 금마의 반지는 보는 것만으로 배가 부를 정도였다.

–네놈의 운빨은 도대체 어떻게 되먹은 거냐? 이건 정말 말도 안된다–

"그렇게 고생했는데 이 정도는 당연하지. 고생 끝에 낙이 온다는 말도 모르나?"

–이런 뻔뻔한 놈! 강감찬 장군한테 천라신공을 받아 새로운 무공을 익히지 않았나! 그걸로 모자라 이런 것들을 더 얻다니, 세상에는 정도가 있는 법이다!–

"질투라니, 보기 추하다."

–크아아아악!–

무명이 울부짖었지만 인호는 가볍게 무시했다. 짧은 시간 동안 죽을 고비를 얼마나 넘겼던가? 그걸 생각하면 이 정도 보상은 당연했다.

그때였다.

"김인호! 이것 좀 봐봐!"

현주의 목소리가 울려 퍼진 건.

"또 뭘 자랑하려나?"

듣는 것만으로도 알 수 있었다. 현주가 기뻐하고 있음을, 자신에게 자랑하고 싶어 안달이 났음을. 저 상태의 그녀를 외면했다가는 자신만 피곤해진다는 걸 오랜 경험으로 알고 있었다.

인호는 느긋하게 문밖을 나섰다.

"이것 봐봐. 예쁘지?"

현주의 손바닥 위에 푸른색으로 이루어진 작은 소녀가 서 있었다. 바람의 정령인 재롱이가 발랄하고 땅의 정령인 흙돌이가 장난기가 많은 이미지라면 푸른 정령은 차분했다. 셋 다 귀여운 건 똑같았지만.

"그 알에서 나온 거야?"

"예리한데. 무슨 정령인지 알겠어?"

인호가 푸른 정령을 내려다보았다. 그러자 소녀는 빙긋 웃었다.

'물은 아닌 거 같고.'

푸른색 하면 흔히 물이 떠오른다. 하지만 푸른 소녀에게서 물의 이미지는 연상되지 않았다. 물 특유의 부드러운 흐름을 전혀 느낄 수 없었으니까. 대신 강렬하고 날카로운 기운이 느껴졌다.

"번개야?"

"정답. 이름은 '푸름이'라고 해."

"누나도 정말 대단하다. 어떻게 이름을 지어도 그따위로 지어?"

푸른 정령의 이름을 듣고 인호는 그만 실소를 금치 못했다. 흙돌이, 재롱이에 이어 이제는 푸름이란다. 도대체 어떻게 되먹은 작명 센스인가?

"흙돌이나 재롱이 모두 좋아하는 거 봤는데 왜 또 시비야? 그지, 푸름아."

푸름이는 대답하지 않았다. 대신 허공에 떠오르더니 인호에게 다가갔다. 그리고는 해맑게 웃는 게 아닌가.

―꺄앙!―

번개의 정령은 인호의 볼에 자신의 볼을 비볐다. 그것만으로는 부족했는지 아예 그의 어깨 위에 앉았다. 예상치 못한 격한 애정표현에 그는 크게 당황했다.

"귀엽기는 한데……. 왜 이렇게 거리낌 없이 행동하지?"

"그러게요. 언니보다 오빠를 더 좋아하는 거 같은데요."

흙돌이나 재롱이 모두 일행에게 호의적이었다. 그런데 푸름이는 다른 정령들과 또 달랐다. 인호의 품에서 전혀 벗어날 생각을 하지 않는다는 점이 차이가 있었다.

"설마? 푸름아, 이리와."

―꺄앙!―

단호하게 고개를 젓는 푸름이. 깜짝 놀란 현주가 손을 내밀었지만, 푸른 정령은 꼼짝도 하지 않았다. 오히려 인호의 목을 더 세게 끌어안으며 가지 않겠다는 의사표시를 분명히 했다. 그 모습을 본 수아는 재미있다는 듯 웃었다.

"완전히 반한 거 같네요. 좋겠어요, 오빠."

"애가 갑자기 왜 이래? 조금 전까지만 해도 안 그랬다고. 너 대체 무슨 짓을 한 거야, 김인호?"

"이제 막 온 사람한테 무슨 헛소리야."

자신을 노려보는 현주를 보며 인호는 황당해했다. 푸름이가 알아서 다가온 걸 어쩌란 말인가? 다만 대답과 별개로 부담스러운 것도 사실이었다. 인호는 조심스럽게 푸름이를 떼어내려고 했지만 푸른 소녀는 요지부동이었다.

　-아무래도 네 기운에 이끌린 것 같다-

　'수라멸천신공에는 번개의 기운이…… 뇌영보하고 건곤천뢰검 때문이려나?'

　-맞다. 내공 심법과 상관없지만 계속 번개의 기운을 사용하다 보니 자연스럽게 몸에 기운이 쌓인 거지. 저 정령은 거기에 이끌린 거고-

　'거참.'

　정령은 본래 자연의 순수한 기운을 머금고 있는 존재. 도움이 되었으면 되었지 해가 될 가능성은 없었다. 다만, 애정이 너무 커서 감당하기 어렵다는 게 문제일 뿐.

　"일단 돌아가, 푸름아."

　-꺄웅-

　아쉬워하는 푸름이. 하지만 현주의 지시에는 어쩔 수 없었는지 정령계로 돌아가려 했다.

　"다음에 또 보자, 푸름아."

　-꺄앙!-

　인호가 머리를 쓰다듬어주자 그제야 푸름이가 다시 웃었다. 미소를 되찾은 푸른 소녀는 그 자리에서 사라졌다.

　"이게 남자한테 딸을 빼앗긴 엄마의 심정인가?"

　"헛소리는 됐고. 정령 말고 또 뭘 얻었어?"

　"장신구로는 '자연의 위대함'이라는 팔찌를 얻었어. 세상에 퍼져 있는 기운을 자연스럽게 나한테 끌고 오는 거지. 덤으로 어떤 상황에서든 침착함을 유지하게 해줘. 몬스터의 피어도 막을 수 있고."

"잘 골랐네."

정령사에게 가장 어울리는 아이템이었다. 게다가 피어에 그동안 얼마나 당했던가? 몬스터의 등급이 높아질수록 피어의 위력이 강해지는 만큼, 현주의 선택은 탁월했다.

"액티브 스킬은?

"후후. 놀라지 마시라. 진무권이라는 걸 익혔어."

"……그거 무공 아니야?"

"맞아. 권투만으로는 안 되겠더라고. 네가 무공을 익혀 세진 게 부럽기도 해서 바로 익혔지."

인호는 할 말을 잃었다.

모든 무공에는 그에 맞는 심법이 필요했다. 그렇지 않으면 주화입마에 빠지는데 왜 저런 무모한 선택을 한 것일까? 어이가 없어진 그는 한소리 하려고 했다. 그러나 그보다 먼저 무명이 타박했다.

-쓸데없는 걱정이다. 이 팔불출아. 정령의 기운은 가장 순수한 자연의 힘. 정순함에서는 어떤 것도 따라가지 못한다. 그러니 주화입마에 걸릴 일도 없지-

그제야 인호는 안심했다. 팔불출이라는 말은 마음에 걸렸지만 이를 따지는 것도 웃기는 일이었다.

"너는 뭘 얻었어, 수아야?"

수아가 산군의 정수를 흡수한 건 보자마자 알았다. 그녀의 기운이 던전을 가득 채운 게 느껴졌기 때문에. 현주가 세 번째 정령을 손에 넣어 강해진 것처럼 그녀 또한 강해졌다. 아니, 힘의 상승 폭만 따지면 그녀 쪽이 제일 컸다.

"저도 팔찌를 얻었어요. '심신의 굳건함'이라는 건데 어떤 상황에서도 마력 폭주가 일어나지 않는다고 해요. 액티브 스킬로는 '마력의 파동'이라는 걸 익혔는데 어떤 건지는 쏴봐야 알 거 같아요."

다행히 수아는 현주와 달리 파격적인 선택을 하지 않았다. 안도의 한숨을 내쉰 인호는 수아와 현주를 바라보며 다시 입을 열었다.

"다들 잘 알고 있겠지만 던전을 차지했다고 해서 끝이 아니야. 오히려 시작이지. 그리고 조금 전에도 말했다시피 나는 다른 사람들을 받아들일 거야."

"그래야 던전이 제대로 돌아가니 어쩔 수 없지. 하지만 무턱대고 받아들일 수는 없잖아?"

"누나 말이 맞아. 그래서 기준을 정했어. 우리가 하는 말에 철저히 복종하는 사람. 그런 사람들만 받아들이고 싶어."

이게 사람을 차별하고 인권을 무시하는 행위임을 알고 있었다. 분명 사람들에게 욕을 많이 먹으리라. 그래도 어쩌겠는가. 현주와 수아가 위험에 빠질 가능성은 사전에 차단해야 했다.

"그 부분에는 찬성. 말 안 듣는 놈들을 데리고 있을 필요는 없지."

"저도 오빠 의견에 동의해요. 그런데 그게 가능할까요? 일반인들은 몰라도 플레이어들은 크게 반발할 거예요. 게다가 저희도 사람이 필요한 상황이잖아요."

가볍게 대답한 현주와 달리 수아는 불안해했다. 타당한 지적이었지만 인호는 느긋했다. 그도 그럴 것이 갑은 자신들이었기 때문에.

"아쉬운 건 던전에 들어오지 못한 사람들이지 우리가 아니야."

던전에 사람이 부족해도 큰 문제는 아니었다. 단지 사는 게 조금 불편해질 뿐. 하지만 던전에 들어오지 못하면 어떻게 되는가? 계속 몬스터들에게 시달려야 했다. 자신들은 갑의 역할을 다하면 그만이었다.

"오케이. 그건 이해했어. 사람들은 어떻게 모을 거야?

"우리가 왜 모아? 말했잖아. 간절한 건 우리가 아니라고."

"그게 무슨 소리야?"

"나중에 알게 될 거야, 누나."

수아와 현주가 의아해했지만 인호는 의미심장하게 웃을 뿐, 제대로 대답해주지 않았다. 나중이라 할 것도 없었다. 얼마 지나면 두 사람 또한 알게 될 테니.

그리고 다음 날, 두 사람은 인호가 한 말의 뜻을 알게 됐다.

웅성웅성.

던전 입구에 많은 사람이 몰려 있었기 때문에.

"오빠 말이 맞았네요. 정말 우리가 일일이 찾아다닐 필요가 없었어요."

"우리가 갑이 될 줄이야, 세상일 진짜 알다가도 모르겠다니까. 기껏해야 30일, 아니 29일짜리지만."

수아와 현주는 던전 수호석을 바라보았다. 수호석 위에는 홀로그램이 펼쳐져 있었는데 현재 낙성대 입구의 상황을 보여줬다. 남녀노소를 불문하고 대략 50명이 넘는 사람들이 입구에 모여 있었다.

"그런데 저 사람들, 우리 던전을 노리고 있을 가능성은 없을까?"

"그럴 거 같지는 않은데요, 언니. 아이들이나 노인들도 있잖아요."

현주가 심각한 얼굴로 질문하자 수아가 다급히 대답했다. 그녀의 말마따나 무리에는 아이들과 노인들도 많았다. 추위와 굶주림 때문에 다들 지친 기색이 역력했고.

"그건 모를 일이야. 어린이도, 노인들이라고 해서 플레이어가 될 수 없는 건 아니잖아? 우리를 속이고 던전을 뺏으려고 할 수도 있어."

"일부러 동정심을 유발한 다음에 우리를 공격할 수 있다는 건가요?"

"내 생각은 그래."

현주의 태도는 단호했다.

어린이라고, 노인이라고 보호받을 수 있는 시대는 지났다. 기존 사회의 약자라 해도 다른 플레이어들이 받아주면 쉽게 초인으로 각성할 수 있지 않은가? 남녀노소에 상관없이 낯선 사람이라면 무조건 경계해야 했다.

"그리고 생각해봐. 투쟁의 시대가 시작된 지 벌써 일주일이 다 됐어. 그런데 저 많은 사람이 살아남았다는 게 무슨 의미겠어?"

"강한 플레이어들이 있을 수도 있겠네요. 그것도 복수의……."

"맞아. 함부로 받아들였다가는 우리가 잡아먹힐 수 있어. 안 그래?"

수아와 대화하던 현주가 인호를 바라보자 그는 천천히 고개를 끄덕였다.

"저들 중에 플레이어가 있는 건 맞아."

"그걸 알 수 있나요?"

"던전이 알려주고 있거든."

경고! 총 57명의 인원이 던전 낙성대에 접근했습니다.
그중 플레이어는 10명입니다. 요격하시겠습니까?

| Close | View |

수아의 의문에 대답한 인호는 자신의 눈 위에 펼쳐진 메시지를 읽었다.

친절하게 경고를 해주는데 모를 수가 없었다.

"오빠는 어떻게 할 작정이에요?"

"일단 만나볼 거야. 어차피 누가 오든 우리는 사람들을 받아들여야 하고."

수아와 현주 모두 동의했다. 던전의 기능을 제대로 사용하기 위해서는 많은 사람이 필요하니까.

"그래도 우리끼리 나가는 건 위험하지 않을까?"

"어제 설치한 아이템이 있잖아. 그것까지 사용하면 버티고도 남아."

가볍게 대답한 인호는 검은 질풍을 걸쳤다. 그리고 두 자루의 검을 모두 뽑더니 곧장 던전 입구로 향했다. 수아와 현주 또한 검은 질풍을 입고 그의 뒤를 따랐다. 언제든 싸울 수 있도록 각오를 다진 채.

낙성대 던전 입구.

던전을 바라보고 있는 사람들의 반응은 제각각이었다.

"정부는 도대체 뭐 하는 거야? 얼른 던전을 장악해서 국민들을 지켜야 할 거 아냐!"

"이 나라는 군대나 경찰이나 제대로 하는 게 하나도 없어! 도대체 세금 받아서 하는 게 뭐야!"

어떤 사람들은 크게 흥분한 상태였다. 개개인이 던전을 소유할 수 있다는 사실이 마음에 들지 않았기에. 클랜 마스터가 던전을 공략하기 위해 죽음도 무릅쓴다는 사실은 안중에도 없었다.

"엄마, 나 추워. 언제까지 여기 있어야 해?"

"조금만 참아. 곧 있으면 저기 들어가게 될 거야."

또 어떤 이들은 추위에 떨고 있었다. 그들은 싸움을 바라지 않았다. 따뜻한 곳에서 쉬면서 뭐든 배부르게 먹기를 바랄 뿐.

이렇게 사람들의 반응에는 차이가 있었지만, 이들이 바라는 건 똑같았다. 바로 던전에 들어가는 것.

그들 모두 닷새 넘게 몬스터들의 습격을 피해 살아남는 행운을 누렸지만 그렇기 때문에 바깥이 얼마나 끔찍한 곳인지 알게 됐다.

더군다나 살아남은 걸로 끝이 아니었다.

언제 또다시 괴물이 들이닥칠지 모른다는 공포, 소중한 사람을 또 잃을 수 있다는 절망감이 사람들을 휘감았다. 그런데 대다수의 사람과 다른 반응을 보이는 이도 있었다.

'아무리 봐도 위험한데.'

백진수는 굳은 얼굴로 입구 위쪽을 올려다보았다. 조선 시대에나 있을 법한 대포들이 여기저기에 설치된 상태였다. 한, 두 문이 아닌 무려 아홉 문이나. 또 대포들은 사람들을 노리고 있었다. 언제라도 발사될 수 있도록.

그래서 두려웠다. 자칫 잘못하면 자신을 믿고 따라온 사람들이 몰살당할 수도 있다는 것이.

"진수 씨. 이대로 이곳에서 가만히 기다릴 게 아니라 차라리 던전을 공격하죠."

백진수는 자신에게 말을 건 호리호리한 체형의 사내를 바라보았다. 사내의 이름은 주천기. 무리에서 가장 강하고 또 위험한 남자였다. 이를 증명하듯 허리춤에는 게임에서나 나올 법한 화려한 태도를 찼고 상체에는 판금 갑옷을 걸치고 있었다.

"공격하겠다고요? 천기 씨, 지금 제정신입니까!?"

"뭐가 문제라도 있습니까?"

"저기에 있는 대포들이 안 보이나요? 저건 아이템입니다. 저게 발사되면 여기 있는 사람들은 다 죽는다고요!"

구식 형태의 대포였지만 하나같이 붉은빛을 발하고 있었다. 마력을 머금고 있다는 걸 의미했고 이런 건 오직 아이템뿐이었다.

"그야 그렇죠. 그런데 저희가 가만히 있다고 해서 이 던전을 차지한 사람이 공격하지 않는다고 누가 보장하나요?"

"저희가 이곳에 온 지 한 시간이 지났지만, 아직 공격을 받지 않았습니다. 적어도 싸울 의사는 없다고 봐야겠죠. 무엇보다 저희의 적은 사람이 아닙니다. 몬스터라고요!"

백진수는 목소리를 높였다. 몬스터를 상대하는 것만으로도 끔찍한 세상이었다. 그런데 사람까지 상대해야 한다니, 도저히 용납할 수 없었다.

"그럼 계속 추위에 벌벌 떨며 서울 시내를 돌아다닐 건가요? 그동안 추위로 쓰러진 사람들이 얼마나 많은지 벌써 잊은 겁니까?"

"그건……."

그동안 목소리를 높인 백진수도 이 말만큼은 부정할 수 없었다.

몬스터가 적이듯 추위, 굶주림, 목마름 또한 적이었다. 당장 어제 눈이 내려 기온이 더 떨어졌고 그로 인해 5명의 사람이 눈을 감지 않았던가. 편의점과 마트에서 털어온 식량도 떨어지기 일보 직전이었고.

그나마 플레이어들에게는 아직 버틸 여력이 남아있었지만, 일반인들은 달랐다. 언제 쓰러져도 이상하지 않을 정도로 상태가 나빴다.

"이미 여기까지 오면서 많은 던전을 지났습니다. 그런데 어땠죠? 그곳의 주인들이 저희를 받아주던가요?"

"……다들 저희를 거부했죠."

정확히 말하면 일반인들은 받아들이려고 했다. 여태까지 만난 던전 주인들 전부. 백진수나 주천기 같은 플레이어들을 거부해서 그렇지.

그렇다고 일반인들만 따로 보낼 수도 없었다. 다들 끝까지 백진수만 따르겠다는 의사를 표명한 것이다.

"심지어 근방에 있던 삼족오 클랜은 일반인들을 노예처럼 취급 했죠. 그게 현실입니다. 플레이어의 적은 몬스터뿐만 아니라 같은 플레이어도 포함됩니다."

"그건……."

"저희 형편은 어떻습니까? 다른 던전을 찾아 공략할 수 있는 상황도 아니죠."

"후우. 지금까지 공략이 안 된 곳들은 그만큼 위험하다는 거니까요."

"역시 진수 씨는 말이 잘 통해 좋다니까요. 이미 다른 분들하고는 이야기를 끝냈습니다. 진수 씨만 결정하면 됩니다. 이 많은 사람을 이끄는 리더답게."

그 말을 들은 백진수는 코웃음을 칠 뻔했다. 그가 이 사람들의 리더인 건 맞았다. 그러나 핵심 전력인 플레이어들 대다수는 주천기를 따르고 있었다.

그 때문에 일반인들은 물론 백진수 자신 또한 상대의 눈치를 많이 봐야 했다. 그와 다른 플레이어들이 떠나면 남은 사람들은 전부 죽음을 면치 못할 테니까.

"그래도 전투는 일단 피해야 합니다. 저쪽의 전력도 모르는데 무작정 공격하는 건 자살행위니까요."

"전력이 약하면 공격할 겁니까?"

주천기의 말은 악마의 속삭임처럼 달콤했다. 솔직히 끌리지 않는다면 거짓말이리라. 자신만 믿고 따르는 사람들이 안전해질 수 있지 않은가. 그들을 위해서라도 결단을 내려야만 했다.

"일단 대화부터 하겠습니다. 다른 곳에서 저희를 거부했다고 이곳에서도 그러리라는 법은 없으니까요."

"진수 씨처럼 사람 좋은 분은 처음이라니까요. 그게 마음에 들지만, 괜히 상처만 받을까 봐 걱정이 되는군요."

"뭐라 말한들 제 뜻은 변함이 없습니다. 사람과 사람이 싸우는 상황만큼은 피해야 합니다."

백진수가 자기 뜻을 단호히 밝힐 때,

우웅!

던전 입구에서 검은 구멍이 나타났다.

"밖으로 직접 나오는 사람이 있을 줄이야."

"보세요, 천기 씨. 우리를 받아주는 사람이 있다고 하지 않았습니까!"

얼굴을 찌푸린 주천기와 달리 백진수는 활짝 웃었다. 이제까지 다른 주인들은 던전 내부에서 그들에게 물러나라고 통보 및 협박을 했지 밖으로 나온 적이 없었다. 그래서 그는 처음으로 희망을 느꼈다.

저벅저벅.

구멍에서 모습을 드러낸 인호. 뒤를 이어 현주와 수아도 나타났다.

'제발 우리를 받아줬으면 좋겠는데.'

사람과 사람이 싸우는 상황만큼은 반드시 피하고 싶었다. 백진수는 속으로 간절히 빌며 앞으로 나섰다.

"살았어! 우린 살았다고!"

"드디어 던전에 들어갈 수 있어! 더 이상 몬스터들한테 안 쫓겨
도 돼!"

사람들은 기쁨을 감추지 않았다. 개중에는 아예 눈물을 펑펑 흘
리는 사람도 있었고.

'얼마나 고생했으면······.'

기뻐하는 이들을 바라보는 수아의 표정이 밝아졌다. 적의를 드
러내거나 속에 꿍꿍이를 품은 사람들은 없는 듯했다. 절박하게 살
고 싶어 하는 사람들만 있었지.

그렇다고 해서 이들을 바로 받아들일 수 없다는 걸 그녀 또한 잘
알고 있었다. 플레이어들의 기척이 명백히 느껴졌기 때문에. 그것
도 상당한 숫자였다.

콰앙!

그 때였다.

화포 한 문이 시뻘건 마력 포탄을 토한 것은. 비록 하늘을 향해
날아갔지만 흥분한 사람들을 정신 차리게 하는 데는 충분했다.

"악!"

"뭐, 뭐야!?"

갑작스러운 포격으로 인해 인호 일행에게 다가온 사람들은 깜
짝 놀라 바닥에 쓰러졌다. 두려움을 느낀 몇몇 아이들은 부모의 품
에 안겨 엉엉 울었다. 어른들이라고 해서 다를 것은 없었다. 다들
공포에 질린 얼굴로 인호를 바라보았다.

"경고한다."

인호는 나지막하게 선언했다.

투쟁의 시대라는 재앙에 시달린 사람들을 보며 그 또한 가여움을 느꼈다. 그러나 이대로 저 사람들을 받아들이기에는 무리에 플레이어들의 숫자가 너무 많았다.

10명이나 되는 플레이어들을 무작정 수용할 수는 없었다. 저들을 먼저 처리하는 게 제일 중요했다. 죽이든, 굴복시키든.

사람들을 받아들이는 건 그다음이었다. 그에게는 저들에 대한 가여움보다 일행의 안전이 더 중요했다.

"방금 포격이 마지막 경고다. 이제부터 함부로 접근하는 이들에게는 포를 쏘겠다. 일반인들은 모두 자리에 앉아라. 또한 플레이어들은 모두 무장을 해제하라. 대화는 그다음이다."

쿠오오!

검붉은 기운이 인호의 몸을 휘감았고 강대한 기세가 사람들을 짓눌렀다. 일반인들은 모두 공포에 휩싸인 채 바닥에 앉았다. 눈으로 뒤덮인 바닥은 굉장히 차가웠지만 이를 내색하는 이들은 아무도 없었다.

하지만 개중에는 인호의 말을 따르지 않는 이들도 있었다. 바로 플레이어들이었다.

"무장을 해제하라고 했을 텐데?"

"우리가 당신의 뭘 믿고 무장을 해제합니까? 당신들이 바로 공격할지도 모르는데."

주천기가 능글맞게 웃으며 말했다. 인호의 기세를 정면으로 받고 있으면서도.

"공격? 착각하고 있는 거 같군. 공격하려고 했으면 애초에 여기 나올 일도 없었을 거다."

"허세도 정도껏 부리시죠?"

"마지막으로 한 번만 더 경고하겠다. 무장을 해제해라. 그렇지 않으면 저들을 받아들이지 않겠다."

철컥.

화포 아홉 문 중 두 문이 바닥에 앉은 일반인들을 향했다. 나머지 일곱은 주천기와 그를 따르는 플레이어들을 향했다.

그런데도 주천기와 다른 플레이어들은 무장을 해제할 기미를 보이지 않았다. 마치 쏠 테면 쏴보라는 듯이.

"잠시만 기다려주십시오!"

그때였다. 백진수가 나선 것은. 그는 다급하게, 애원하듯 말했다.

"당신은?"

"부족하지만 이 사람들을 이끄는 백진수라 합니다. 정말 저희를 받아들여 주실 겁니까?"

"그런 말을 한 기억은 없다. 대화를 할 수 있다고 했지."

"대화가 제대로 이뤄지면 저희를 받아줄 용의는 있습니까? 일반인뿐만 아니라 플레이어들 모두."

"있다. 그런데 대화를 제대로 할 수 있을 거 같지 않군. 내가 먼저 경고했는데 이를 받아들이지 않은 건 너희들이다."

위이잉!

화포의 포문으로 마력이 모여들었고 곧 붉게 달아올랐다.

"다들 무장을 해제하세요!"

그렇게 말한 백진수는 등에 짊어지고 있던 창을 바닥에 떨어뜨렸다. 그를 따르고 있는 두 명의 플레이어들도 무장을 해제했다.

그러나 주천기와 그를 따르는 여섯 명의 플레이어들은 여전히 가만히 서 있었다. 백진수는 크게 당황하며 소리쳤다.

"다들 뭐 하는 겁니까? 주천기 씨. 얼른 저 사람들한테 말하세요. 드디어 안전지대에 들어갈 수 있다고요!"

-저 거들먹거리는 놈이 실질적인 대장인가 보군. 기세도 제일 강하고-

'확실히.'

인호는 무명의 말에 동의했다.

백진수는 나름 실력자였지만 주천기에 비하면 모자람이 있었다. 특히 주천기는 어제 상대했던 강영준에 필적하는 기세를 보유한 강자였다. 대다수의 플레이어가 그를 따르는 것도 무리는 아니었다.

"네놈이 뭔데 명령이야! 던전을 공략하면 다냐? 쥐뿔도 없는 게."

"지금 무슨 소리를 하는 겁니까, 순필 씨!"

"그만 하세요!"

"너희들은 닥쳐! 자존심도 없는 놈들이! 저 X끼가 먼저 우리를 무시했잖아! 한주먹거리도 안 되는 새X가!"

순필이라 불린 거구의 청년은 백진수와 그를 따르는 플레이어들의 만류를 무시했다. 그리고는 등에 지고 있던 도끼를 뽑았다.

"난 정말 이런 뻔한 전개 싫은데. 왜 항상 사람은 뻘짓부터 하는 걸까?"

"그러게. 경고했는데도 알아듣지를 못하네."

현주가 한숨을 내쉬자 인호 또한 동의했다. 왜 어디를 가든 자기 주제를 파악하지 못 하는 이들이 꼭 있는 걸까? 그 이유를 정말 알 수 없었다.

"아니꼬우면 쏴보던가! 거기서 좋알좋알하지 말고……."

콰아아앙!

순필은 더 이상 말을 잇지 못했다. 화포에서 날아온 불덩어리가 그를 날려버렸기 때문에. 요란한 소리와 함께 육중한 몸이 허공으로 치솟다가 바닥에 떨어졌다.

치이익.

잿더미가 된 시체에서 시꺼먼 연기가 피어올랐다. 그러나 비명을 지르는 사람은 없었다. 그저 멍한 얼굴로 인호와 화포를 바라볼 뿐. 누구도 인호가 정말 쏠 거라고 생각하지 못했기 때문에 충격은 컸다.

"너희가 먼저 시작했다는 걸 잊지 마라."

철컥.

아홉 문의 화포들이 모두 주천기와 그를 따르는 플레이어들을 향했다.

침묵은 오래가지 않았다.

"순필아!

"이 X끼가 잘도 순필이를!"

친구의, 동료의 죽음에 분개한 플레이어들이 일제히 자신의 무장을 꺼냈다. 살기등등한 그들의 모습을 보며 백진수는 눈을 감았다.

'다 끝났구나.'

저 사람들을 말려봤자 소용없다는 건 이 자리의 누구보다 잘 알고 있었다. 안 그래도 호전적인 성향을 가지고 있는 주천기였다. 그런 그가 자신에게 온 기회를 놓칠 리 만무했다. 그를 따르는 추종자들은 두말할 것도 없고.

스르르.

백진수의 예상대로 주천기가 앞으로 나섰다. 자신의 보검인 태도를 뽑은 채. 단지 그뿐이었는데 분위기가 바뀌었다. 아까와 달리 지금 풍기는 기운은 칼날처럼 예리했다.

"아……."

"다 끝났어. 끝났다고."

백진수를 따르는 소수의 플레이어, 그리고 다수의 일반인이 겁에 질렸다. 그들 모두 주천기가 얼마나 잔인한지 잘 알고 있었다. 인간이든 몬스터든 닥치는 대로 베는 괴물, 그게 바로 주천기였다.

"쟤들 웃기네. 자기들이 먼저 경고를 무시해놓고 왜 화를 내고 난리야?"

"쪽수 믿고 까부는 거지."

정작 살기의 대상이 된 현주와 인호는 태연했다. 수아도 쓴웃음을 짓고 있을 뿐, 조금도 두려워하는 기색을 보이지 않았고. 이 정도로 겁을 먹기에는 지금껏 그들이 극복해온 난관들이 너무 강렬했다.

"미친놈들이!"

"천기 형님! 저런 놈들은 단숨에……."

콰앙!

주천기 패거리는 말을 잇지 못했다. 또다시 불벼락이 주천기와 그들을 향해 떨어졌기 때문에. 깜짝 놀란 플레이어들이 황급히 흩어졌다. 다만 단 한 사람, 주천기는 도망치지 않았다. 오히려 기다렸다는 듯이 태도를 위에서 아래로 내리쳤다.

일도양단.

반으로 쪼개진 불덩어리가 양옆으로 날아가 폭발했다. 태도를 휘감은 녹색 도기(刀氣)가 인상적이었다.

"그쪽 같은 부류는 많이 봤지. 아이템이 없으면 아무것도 못하는 놈들."

주천기는 더 이상 존대를 사용하지 않았다. 살벌하게 웃으며 인호를 노려볼 뿐.

백진수는 상대의 밑에 들어가서라도 살고 싶어 했지만, 그는 달랐다. 누군가의 부하가 될 생각은 추호도 없었다. 물론 부하가 되면 더 오래 살 수는 있겠지만.

타인의 의지에 의해 목숨이 좌우되는 꼴을 왜 겪어야 하는가? 타인의 소모품이 되어 이리저리 휘둘리다가 죽느니 자신이 위에 올라서리라.

"이름이 뭐지?"

"하긴 죽기 전에 자신을 죽인 사람 이름 정도는 알아야겠지. 주천기라 한다. 네놈은?"

"김인호라 한다. 네가 앞으로 떠올릴 일은 없겠다만."

쾅! 콰쾅!

인호의 말이 끝나자마자 5문의 화포가 불덩어리를 토해냈다.

'좋은 무기야.'

흐뭇해하는 인호. 화포 한 발, 한 발의 위력은 뛰어나지 않았다. 인호 본인의 뇌영참과 엇비슷하거나 살짝 약한 정도. 그래서 주천기가 쉽게 막아낼 수 있었다.

그래도 단점 이상의 장점이 있었다. 우선 화포들은 넌전과 연결되어 주인인 인호가 의지를 드러내는 것만으로 발사됐다.

또 던전의 무한에 가까운 마력을 받아들이기 때문에 포신이 견디는 한, 마구잡이로 발사할 수 있었다. 지금이야 저들에게 누가 우위인지 보여주기 위해 봐주고 있는 거고.

"어딜!"

표적이 된 주천기가 빠르게 태도를 휘둘렀다. 무수히 형성되는 참격. 허공에 녹색의 수가 그려졌고 그곳을 지난 불덩어리들이 갈기갈기 찢겨나갔다.

"학습 능력이 없는……. 헉!"

주천기는 당황하며 태도를 세웠다. 그 위로 인호의 격을 잃은 마검이 벼락처럼 떨어졌다. 허나 인호의 공격은 거기서 끝이 아니었다. 왼손에 있던 로드나이트의 검이 주천기에게 짓쳐 들었다.

쾅!

태도를 회수해 쇄도하는 검을 간신히 비껴낸 주천기. 회심의 일격이 무위로 돌아갔지만 인호는 여유롭게 마검을 휘둘렀다. 마검은 호를 그리며 매섭게 주천기의 목을 향해 날아갔다.

"젠장!"

욕설을 내뱉은 주천기는 허리를 젖혔고 그 위로 마검이 지나갔다. 간신히 살아남은 그의 얼굴이 악귀처럼 일그러졌다.

투쟁의 시대가 시작된 이후, 상대의 물량에 밀린 적은 있어도 1대1로는 한 번도 패배한 적이 없던 그였다. 그랬기에 인호에게 밀린다는 사실은 그에게 크나큰 충격을 선사했다.

"겨우 이 정도로 흔들리는 건가?"

딱히 정안을 사용하지 않았다. 아니, 뇌영보, 수라멸천신공, 건곤천뢰검 등 가진 능력 대부분을 펼치지 않았다. 그런데도 밀리다니, 이 이상 겨뤄봤자 시간 낭비였다.

촤아악!

마검이 무시무시한 속도로 짓쳐 들어갔다. 이를 본 주천기는 절망했다. 공격이 전혀 보이지 않았다. 그래도 그는 포기하지 않고 목 부분을 태도로 가리고 흉갑에 마력을 집중시켜 심장을 보호했다.

콰드득!

"크아악!"

마검이 주천기의 왼쪽 견갑을 우그러뜨리고는 어깨를 꿰뚫었다. 게다가 검기의 강력한 열기가 살 자체를 태워버려 고통을 더 키웠다. 그러나 비명은 금방 멎었다.

서걱!

로드나이트의 검이 주천기의 목을 날려버렸다. 허공에 치솟은 머리는 바닥에 '툭' 소리를 내며 떨어졌다.

'마, 말도 안 돼!'

'이건 꿈이야!'

주천기를 따르는 플레이어들은 모두 경악했다. 어찌나 놀랐는지 말문이 막혀 아무 말도 할 수 없을 정도였다. 그들 중 누구도 주천기가 패배할 것이라 생각하지 않았다. 그만큼 그가 이제껏 보여준 힘은 압도적이었기 때문에.

'뭐 저런 괴물이 있다니……'

백진수 또한 놀란 건 마찬가지였다. 인호는 시종일관 주천기를 압도했다. 마치 어른이 어린이를 상대로 장난하듯이. 역시 싸우지 않는 게 정답이었다. 만약 싸웠다면 여기 있는 사람들 전원 전멸당했을 것이다.

"또 싸울 놈 있나?"

인호의 시선이 향하자 플레이어들은 애써 외면했다. 그리고 다들 자신들의 무기를 바닥에 내려놨다. 주천기를 압도하는 괴물하고 싸우고 싶어 하는 이는 없었다.

"그럼 대화를 시작하겠습니다."

반말에서 존대로 바뀌었지만 이를 내색하는 사람은 없었다. 인호의 일방적인 선언을 묵묵히 들을 뿐. 그가 완벽하게 분위기를 장악하는 순간이었다.

"우선 자기소개부터 하겠습니다. 낙성대 던전의 주인이자 영웅 클랜의 마스터를 맡은 김인호라 합니다."

"백진수입니다. 조금 전에도 말했다시피 이 무리의 리더를 맡고 있습니다. 단도직입적으로 말하겠습니다. 낙성대 던전에 들어가고 싶습니다."

"일반인들은 바로 받아들이겠습니다."

그 말을 듣고 기뻐하는 사람은 없었다. 남녀노소를 불문하고 다들 백진수를 바라보았다. 그도 함께 들어갔으면 하는 바람이 생생히 느껴졌다.

─저 많은 사람의 마음을 사로잡다니, 이 시대에는 영웅이 될 놈들이 많군─

'저런 사람이 있어서 아직 살 만한 거지.'

자신을 희생해서 사람들을 이끄는 백진수는 존중받아 마땅했다. 그리고 그를 받아들이면 민간인들도 쉽게 통제할 수 있을 것이다. 여러모로 쓸모가 많은 사람이었다.

"하나 질문해도 괜찮겠습니까?"

"말씀하십시오."

"제가 만난 던전의 주인들은 전부 일반인들은 받아들여도 플레이어들은 거부했습니다. 일반인들을 받아들일 이유가 따로 있는 겁니까?"

"이유가 있냐고요? 일단 일반인들도 자신의 가치를 증명할 수 있는 곳이 있다고 해두겠습니다."

추상적인 말이었지만 백진수는 고개를 끄덕였다. 자세한 사항은 알 수 없어도 던전에 일반인이 필요한 건 확실했다. 모든 던전의 주인들이 애타게 바랄 정도로.

"그럼 왜 플레이어들을 못 받아들이는 겁니까? 받아들이면 안 되는 이유가 있습니까?"

"한 가지 조건만 받아들이면 플레이어들 모두 어느 던전이든 들어갈 수 있을 겁니다."

"조건이라 하면?"

"저희 말에 철저히 복종하는 것. 죽으라는 명령이 내려오면 바로 죽을 정도로 명령을 따르면 던전에 들어갈 수 있죠."

분란을 일으키는 플레이어는 거부하겠다. 백진수는 인호의 말의 숨어있는 뜻을 파악했다.

"헛소리하지 마! 그걸 어떻게 따라!"

"차라리 안 들어가고 만다!"

주천기를 따르는 플레이어들이 반발했다. 그들이 던전에 들어가는 건 어디까지나 살기 위해서였다. 생판 처음 보는 사람한테 자신의 목숨을 바칠 사람은 아무도 없었다.

"그 말을 안 따르면 어떻게 됩니까?"

"싫은 사람은 떠나면 됩니다. 억지로 잡을 생각은 없습니다."

예상과 전혀 다른 대답을 들은 백진수는 눈을 동그랗게 떴다. 설마 이렇게 쉽게 자신에게 적대한 이들을 보내줄 줄은 몰랐다. 다른 이들도 똑같았는지 여기저기서 웅성거리는 소리가 들렸다. 잠시 뒤, 한 청년이 앞으로 나섰다.

"저, 정말 떠나도 됩니까?"

"괜찮습니다. 괜히 남아서 분란을 일으키는 것보다 그게 낫죠."

"저는 가겠습니다."

"저도 가겠습니다!"

한 사람이 말하자 다른 이들도 자신들의 의사를 밝혔다. 떠나겠다고 말한 이들은 전부 주천기를 따랐던 플레이어들이었다.

어차피 그들에게는 선택지가 없었다. 주천기 때문에 이미 찍혔을 텐데 이제 와서 어찌 인호를 순순히 믿고 따르겠는가. 그렇다고 백진수 일파와 손을 잡는 것도 불가능했다. 그러기에는 여태까지 그들을 너무 핍박했다.

"뭘 보고합니까? 가고 싶으면 가라니까요."

인호가 짜증을 내자 다섯 명의 플레이어들이 움직였다. 하지만 백진수와 그를 따르는 두 명의 플레이어들은 움직이지 않았다.

'이 사람이면 함께 할 수 있다.'

사라지는 플레이어들을 보며 백진수는 결론을 내렸다. 그가 본 김인호는 천부적인 리더였다. 주천기를 압도할 정도로 뛰어난 실력, 자신을 적대한 이들을 살려주는 아량, 뚜렷한 주관을 바탕으로 한 확고한 리더십까지. 없는 게 없었다.

그래서 그는 일말의 주저함도 없이 고개를 숙였다.

"당신을 따르겠습니다. 부디 저 사람들을 지켜주십시오."

"받아들이겠습니다. 무리한 명령을 내릴 생각은 없으니 안심해도 좋습니다. 다만 클랜의 일원으로 등록하는 건 미루겠습니다. 정식 인원이 될 자격을 증명하세요."

"열심히 하겠습니다."

"우와아!"

"됐다!"

"정말 감사합니다!"

백진수와 그를 따르는 플레이어들까지 받아들이겠다고 하자 사람들이 함성을 질렀다. 그동안 그가 얼마나 고생했는지 똑똑히 지켜봤기 때문에 기쁨이 더 컸다.

[플레이어 김인호가 일반인 57명을 던전 '낙성대'에 받아들였습니다. 아무런 조건 없이 타인을 구하는 건 분명 영웅의 행보입니다. 영웅의 조건을 만족시킨 결과, 영웅화가 1퍼센트 진행됩니다. 현재 영웅화-32%]

[던전 '낙성대' 인구가 50명을 넘었습니다. 던전 각 구획의 생산 속도가 5% 향상됩니다.]

-뜻밖의 수확이군-

'역시 일반인들을 받아들이는 게 정답이었어.'

흐뭇하게 웃은 인호는 손뼉을 쳤다.

짝.

던전의 입구에 예의 검은 구멍이 나타났다. 곧이어 환한 빛이 일더니 내부의 모습이 일부 드러났다. 그 앞에 선 인호는 팔을 활짝 벌렸다.

"영웅 클랜에 온 걸 환영합니다."

"와아아아!"

사람들이 일제히 함성을 질렀다. 웃으며 고개를 끄덕인 인호는 슬며시 현주에게 눈짓했다. 그의 뜻을 알아차린 그녀는 조용히 발걸음을 옮겼다.

"어떻게 할 거야, 한빈아? 우리끼리 던전을 공략할 수는 없잖아."

"나도 알고 있어!"

한빈이라 불린 청년이 언성을 높였다. 주천기 다음의 서열을 자랑하는 그였지만 혼란에 빠진 건 매한가지였다. 천하의 주천기가 그렇게 죽을지 누가 알았겠는가.

"다른 클랜을 찾아보자. 일단 제일 가까운 곳이 아카샤 클랜이었지?"

"걔들 우리 싫다고 엄청 떽떽거렸잖아. 이제 와서 받아줄까?"

"낙성대 놈들의 정보를 팔면 받아줄 거야. 그쪽도 일반인들을 모으고 있었고."

주천기의 복수도 복수였지만 무엇보다 김인호가 마음에 들지 않았다. 자신들의 공을 잊은 채, 그에게 합류한 백진수와 그를 따르는 이들도 불쾌했고. 조금이라도 빨리 이 원한을 갚고 싶었다.

"하여튼 나쁜 놈들은 끝까지 나쁘다니까."

"누구냐!"

갑작스럽게 울려 퍼지는 여인의 목소리. 다섯 명의 플레이어들이 깜짝 놀라 고개를 돌렸다. 그곳에는 현주가 서 있었다.

"하는 거 봐서 그냥 보내줄 생각도 있었는데 안 되겠네."

그 말을 들은 한빈은 그녀가 인호와 함께 하고 있던 사람이라는 걸 깨달았다. 그 순간, 그의 얼굴이 붉게 달아올랐다.

"그냥 보내주겠다고 약속했잖아!"

"약속을 어기다니!"

"뒤통수를 치려는 놈들이 뻔뻔하기는 더럽게 뻔뻔하네. 다 들었거든. 다른 던전에 우리에 대한 정보를 팔겠다며."

느긋하게 말하는 현주. 처음부터 후환을 제거할 속셈이 있긴 했지만 봐줄 마음도 있었다. 그런데 저들이 명분을 준 이상, 살려줄 이유가 없었다.

"제기랄! 전원 공격 준비! 어차피 한 명이야!"

한빈의 지시가 떨어지자마자 다른 플레이어들이 무기를 뽑았다. 그런데 그 와중에 음흉하게 웃고 있는 이들이 있었다.

"한빈아. 죽이기 전에 좀 갖고 놀아도 돼?"

"그거 좋은데. 나도 찬성."

현주는 누가 봐도 매력적인 여성이었으니 나쁜 마음을 품는 이가 나타나는 것도 무리는 아니었다. 당사자 입장에서는 어이가 없었지만.

"빨리 끝내자. 못생긴 상판 보는 것도 역겹거든."

"아무리 네년이 강해도 혼자서 뭘……. 윽!"

"뭐, 뭐야!"

쿠오오오!

바람이 휘몰아치기 시작했다. 그것도 균형을 잡기 힘들 정도로 매서운 돌풍이. 다들 날아가는 걸 막기 위해 자신의 무기를 바닥에 찍었다. 그런데도 몸이 흔들리는 걸 막을 수 없었다.

오직 한 사람, 현주만이 느긋하게 서 있었다. 빙긋 웃는 얼굴로.

"나 혼자서도 충분해. 아니, 솔직히 말해 넘치지. 그지, 재롱아?"

-히잉!-

녹색 소녀가 해맑게 웃었다.

곧이어 피바람이 몰아쳤다.

🚀

"아빠, 엄마! 이거 봐봐! 반짝거리고 있어!"

"별님 같아!"

던전의 천장에 박힌 보석들이 신기했는지 아이들이 목소리를 높였다. 어른들이라고 해서 다를 건 없었다. 다들 던전 내부를 살펴보기 바빴다.

'정말 다행이야.'

사람들을 바라보는 수아의 입가에는 미소가 가득했다. 재앙에 시달린 사람들을 구할 수 있다는 사실이 정말 기뻤다. 무엇보다 웃고 있는 아이들의 모습이 보람을 느끼게 했다.

"여기가 거주 구획이에요. 앞으로 여러분은 여기서 지낼 거예요."

"가족들하고 같은 방을 사용할 수 있을까요?"

"물론이죠. 그 부분은 최대한 배려할 테니 걱정하지 않으셔도 돼요."

"그런데 저희는 지금은 어디로 가는 건가요?"

"광장으로 가고 있어요. 여러분에게 알려드릴 게 있거든요. 조금만 더 참아주세요."

수아는 힘들어하는 사람들을 달랜 뒤, 그들을 광장으로 안내했다. 광장으로 온 이들은 3m가 넘는 거대한 문들을 멍하니 바라보았다. 인호는 그런 사람들의 앞에 나섰다.

"잠시 주목해주십시오."

사람들의 이목이 인호에게 집중되었다.

"우선 제 소개부터 하겠습니다. 제 이름은 김인호입니다. 낙성대 던전의 주인이며 영웅 클랜의 마스터입니다. 이쪽은……."

"저는 이수라고 해요. 모두 잘 부탁드려요."

두 사람의 이름이 생존자들의 뇌리에 각인되는 순간이었다. 인호는 그들을 둘러보았다. 어른들의 얼굴에는 두려움이 깃들어 있었고 아이들은 호기심이 가득한 눈으로 그를 바라보았다.

"이렇게 나선 건 모두에게 당부할 말이 있기 때문입니다. 여러분이 던전을 어떻게 생각하는지 모르겠습니다만 이것만큼은 명백합니다. 이곳은 낙원이 아닙니다."

"그게 무슨 말입니까?"

백진수가 굳은 얼굴로 질문했다. 불길함이 엄습했다.

"앞으로 29일 뒤, 이 던전은 폐쇄됩니다. 아직 자세히 확인하지는 못했습니다만 어디를 가든 마찬가지일 겁니다. 제한 시간의 차이는 있을지 모르겠지만."

"그럴 수가!"

"말도 안 돼!"

사방에서 경악과 탄식이 울려 퍼졌다. 이곳에 있는 사람들 전부 던전에 들어오면 더 이상 몬스터들에게 시달리지 않아도 된다고 믿었다.

그런데 인호는 그들의 믿음을 가볍게 깨버렸다. 당연히 충격을 받을 수밖에 없었다.

"유지 시간을 늘릴 방법이 있습니까?"

"방법은 있어요. 바로 다른 던전을 공략하는 거예요. 다른 사람들이 먼저 공략한 곳이든, 아니면 아직 주인을 찾지 못한 곳이든."

누군가가 묻자 수아가 침착한 어조로 대답했다. 그리고 천천히 사람들을 둘러보며 말을 이어나갔다.

"저희는 이곳 낙성대를 중심으로 다른 던전을 차례차례 공략할 생각이에요. 그러기 위해서는 여러분이 저희의 말을 잘 따라줘야 해요."

"플레이어들만 따르면 됩니까? 아니면 일반인들도 포함되는 겁니까?"

"이곳에 있는 전원이 저희가 하는 말을 철저히 따라야 합니다. 이를 무시하고 질서를 어지럽히는 분들은 바로 던전에서 쫓아낼 겁니다. 일반인이라고 해서 예외는 없습니다."

나지막한 목소리로 대답하는 인호. 허나 그 안에 깃든 단호함을 알아채지 못할 정도로 어리숙한 사람은 없었다. 자신들의 앞에 있는 이가 한 번 내뱉은 말을 실천한 힘이 있다는 것도 잘 알았고.

'후우.'

그 모습을 본 수아는 속으로 한숨을 내쉬었다. 솔직히 마음이 편치 않았다.

사회 체제는 무너졌고 경찰이라는 신분은 의미가 사라졌다. 그래도 그녀는 자신이 경찰임을 잊은 적이 없었다. 의미가 없어서 내세우지 않았을 뿐. 경찰로서 도움을 필요로 시민들을 저버려야 한다는 건 너무 슬픈 일이었다.

허나 이게 최선임을 잘 알고 있었다.

저들이 배려를 받기 위해서는 그에 합당한 태도를 보여야 했다. 그렇지 않으면 다른 사람들이 피해를 보게 된다. 다수를 위해 소수를 희생하는 일이 옳다고 할 수 없지만, 지금은 다수가 우선이었다.

"낙성대 던전은 총 5구획으로 이뤄져 있습니다. 거주 구획, 농업 구획, 공업 구획, 식당, 그리고 광장입니다."

"중요한 건 농업 구획, 공업 구획, 식당이에요. 이제부터 이곳에서 일할 분들을 분류할 거예요."

"일하기 싫은 분들, 저희의 말을 따르기 싫은 분들은 던전을 나가면 됩니다. 말리지 않겠습니다."

좌중을 훑어보는 인호.

고민하고 갈등하는 이들의 표정이 눈에 들어왔다. 그러나 나가겠다고 하는 사람은 없었다. 단 한 사람도.

다들 집단생활의 불편함, 노동의 고됨을 잘 알고 있었다. 하지만 그게 죽는 것보다는 훨씬 나았다.

다 떠나서 소중한 사람들을 잃는 게 얼마나 끔찍하고 가슴 아픈지 여러 번 느끼지 않았던가. 이미 바깥이 지옥임을 아는데 이곳을 떠나는 건 결코 있을 수 없었다.

"다들 동의한 걸로 알게요. 다만 여러분에게 무리하게 일을 시킬 생각은 없어요. 이 점은 영웅 클랜의 이름을 걸고 약속할게요."

최선을 다해 사람들을 달래는 수아. 이게 가식임은 알고 있었다. 어차피 저들은 자신들이 시키는 걸 뭐든지 해야 하는 입장이었으니까.

그래도 이 사람들을 값싼 노동력으로 취급하고 싶지 않았다. 같은 사람으로서 이들과 투쟁의 시대가 끝날 때까지 함께 살고 싶었다. 그런 그녀의 진심을 느꼈는지 굳었던 사람들의 표정이 조금이나 풀어졌다.

-확실히 어진 성품을 가지고 있군. 집단을 유지하는데 제격이야-

'나하고 누나와는 다르지. 그래서 다행인 거고.'

자신이나 현주는 지나치게 현실적이고 이성적이었다. 부모님이 교통사고로 돌아가시고 남매가 서로에게 의지하면서 살다 보니 자연스럽게 그리됐다.

그에 반해 수아는 달랐다. 무명이 말한 대로 수아는 누구에게나 다정했다. 다른 사람들의 아픔을 잘 공감했고. 그녀의 따스한 말 한마디가 힘들어하는 사람들에게 희망이 될 것이다.

"그럼 이제부터 제가 하는 말에 해당되는 분들은 손을 들어주십시오. 제조업에 종사하신 분들? 자격증이 없어도 상관없습니다."

인호가 질문하자 몇몇 사람들이 손을 들었다. 총 7명으로 다들 남자였으며 무리 중에서도 나이가 많이 든 편에 속했다.

"어디에서 일하셨습니까?"

"저는 자, 자동차 공장에서 일했습니다."

"전 노가다를 정말 많이 뛰었습니다."

다른 남자들도 다를 바 없었다. 공장에서 일한 사람, 막노동을 뛰었고 연장 쓰는 일, 뭔가를 만드는 일을 잘한다고 어필했다.

"다들 나이를 말씀해주십시오."

공업 구획에 가게 된 이들이 나이를 밝혔다. 제일 나이 많은 이는 63세의 박현백이라는 노인이었다.

"박현백 씨가 공업 구획의 책임자입니다. 공업 구획의 재료와 앞으로 저희가 가지고 올 부산물로 생활 및 전투에 필요한 물품을 만들어주시면 됩니다."

"최선을 다하겠습니다."

"열심히 하겠습니다."

열의를 드러내는 사내들을 보며 인호는 고개를 끄덕였다. 그러자 이번에는 수아가 나섰다.

"농사를 지으신 분들은 손을 들어주세요. 밭농사든 논농사든 상관없어요. 과수원에서 일한 것도 괜찮아요."

"어렸을 때 농사를 지었는데 괜찮습니까? 어떻게 했는지는 다 기억하고 있습니다."

"집 옥상에서 텃밭을 가꾼 것도 되나요?"

"다 되니까 걱정하지 마세요. 경험만 있으면 돼요."

머리가 희끗희끗한 할아버지와 중년 여성이 조심스레 묻자 수아는 흔쾌히 대답했다. 어차피 다들 서울이라는 도시에서 살았던 사람들이다. 전문적으로 농사를 지은 사람이 있을 확률은 현저히 낮았다.

그래도 다행인 점은 사람이 부족하지 않다는 점이었다. 무려 13명이나 손을 들었다.

어렸을 때 가족들을 도와 농사를 지은 사람들, 소일거리 삼아 텃밭을 일군 사람들이 주를 이루었다. 그 외에도 주말농장에 다니거나 과수원에서 아르바이트를 한 사람들도 있었고.

"여러분은 이제부터 농업 구획에서 일할 거예요. 안에 들어가면 자리를 배정할게요. 그리고 대표는……. 이름이 뭔지 알려주실 수 있나요?"

"조영규입니다."

"할아버지께서 농업 구획의 대표가 되어주세요. 그럼 모두 잘 부탁드려요."

"잘 부탁드립니다!"

"잘 부탁드려요!"

농업 구획에 가기로 한 사람들이 일제히 외쳤다. 그들 또한 각오를 다졌는지 얼굴에서 결의가 느껴졌다. 이제 식당에서 일할 인원을 배정하는 일만 남았다. 인호는 남은 사람들을 둘러보았다.

"요식업에 종사한 분들은 손을 들어주십시오. 치킨집이든 뭐든 요식업이면 다 됩니다."

"전 양식 레스토랑에서 셰프로 일했습니다."

"저는 분식집에서 일했어요."

"저도 식당을 운영했습니다."

대한민국 자영업자들 대다수가 요식업자라는 말을 증명하듯 손을 드는 사람들이 많았다. 다 합해 11명이었는데 치킨집을 운영한 이들이 6명으로 제일 많았다. 그래도 20대 후반의 한 청년은 레스토랑에서 셰프로 일했고 분식집, 고깃집 등에서 일한 사람들도 있었다.

"황영롱 씨. 당신이 주방을 맡아주면 감사하겠습니다."

"네! 믿어주십시오!"

황영롱이라 불린 청년이 우렁찬 목소리로 대답했다.

"저, 저희는 뭘 하면 됩니까?"

"뭐든 시켜만 주면 최선을 다하겠습니다!"

"열심히 할게요. 그러니 쫓아내지만 말아 주세요!"

남은 인원은 26명, 그중 10명은 아이들이라 논외였다.

어디에도 들어가지 못한 16명의 얼굴에는 불안한 기색이 역력했다. 혹여나 가치를 증명하지 못해 쫓겨날지 모른다는 생각이 머릿속을 맴돌았기 때문에.

─무능함도 정도가 있지, 저쯤 되면 너무하는군. 아니면 귀하게 자란 건가?─

'꼭 그렇지만은 않지.'

사람마다 가치관의 차이는 있지만, 현재 대다수의 대한민국 국민들은 공부를 제일 중시했다. 그렇다 보니 평생 공부만 해서 그

외의 일은 아무것도 못하는 사람들이 많은 게 현실이었다.

그게 잘못이라고 할 마음은 없었다. 단지 이 미쳐버린 시대에 어울리지 않을 뿐.

"저는 이주희라고 해요. 혹시 의사가 필요하지 않나요? 일단 개인 병원을 운영했어요. 담당은 내과고요."

"저, 전 강나영이고 간호사예요. 대학병원에서 근무했어요."

30대 중반과 20대 후반으로 보이는 여성들이 나섰다. 그 말을 들은 인호는 사람들을 던전으로 받아들인 이후, 처음으로 웃었다. 수술 도구는 물론 변변찮은 약도 없지만, 의사가 있는 것과 없는 건 차이가 매우 컸다.

"따로 일할 곳을 마련하겠습니다. 그리고 나머지 분들은……."

"쫓아내지 말아 주세요! 시키는 것들 다 할 테니 제발!"

"부탁드려요! 여기서 나가면 저희 다 죽어요."

인호가 말을 흐리자 여기저기서 애타게 외쳤다. 개중에는 아예 우는 사람도 있었다.

"쫓아내지 않을 테니 안심하십시오. 여러분은 이제부터 농업 구획에서 일할 겁니다. 단, 제대로 할 줄 모른다는 이유로 대충 하면 바로 쫓아낼 겁니다."

"감사합니다! 정말 감사합니다!"

"최선을 다하겠습니다!"

인호가 확답하자 그제야 그들은 안도할 수 있었다. 힘이 빠졌는지 아예 바닥에 털썩 주저앉는 사람들이 속출했다.

-그래도 다행이군. 다들 열의가 넘치지 않나?-

'이들 모두 지금까지 살아남았다. 그만큼 생존 의지가 강하다는 거지.'

플레이어가 아닌 몸으로 나흘이나 살아남는 건 어려웠다. 저들 중에는 노약자도 있지 않은가. 백진수와 다른 플레이어들의 도움을 받았지만, 그 전에 살고자 하는 의지가 강한 건 확실했다.

그래서 안심할 수 있었다. 무위도식할 사람들이 있을 거라 보기는 어려웠기 때문에. 똥만 만드는 사람 따위는 필요 없었다.

"아이들에게는 일을 시키지 않을 겁니다. 대신 관리를 잘 부탁드립니다."

"다들 저를 따라오세요."

이제 각 구획을 보여주는 일만 남았다. 사람들을 안내하기 위해 수아가 나섰고 그들은 그녀의 뒤를 따라 농업 구획으로 들어갔다. 처음과 달리 그들의 얼굴은 환한 미소로 물들었다. 추위와 굶주림에 떠는 거보다 훨씬 보기 좋았다.

"그럼 여러분만 남았군요."

백진수를 비롯한 세 명의 플레이어는 여전히 광장에 남아 인호의 눈치를 살폈다. 자신들만의 역할을 받은 일반인들과 달리 그들은 아직 아무 이야기도 듣지 못했다.

인호가 자신들에게 무슨 말을 할까? 플레이어들은 등 뒤로 식은땀이 흐르는 걸 느끼며 그가 할 말을 기다렸다.

그렇게 긴장감이 한없이 높아질 때,

스윽.

인호가 고개를 숙였다.

최강이라 여겼던 주천기를 가볍게 이긴 괴물. 그게 그들이 바라보는 인호의 모습이었다. 그런 이가 고개를 숙이다니, 전혀 예상치 못한 상황이었기 때문에 세 사람은 크게 당황했다.

정작 인호의 태도는 담담했다. 아직 이들을 믿지 않는다. 단, 그렇다고 해서 이들이 해낸 업적까지 무시할 마음은 없었다.

"그동안 사람들을 지키느라 고생 많았습니다. 특히 백진수 씨, 사람들이 당신을 정말 존경하고 있더군요."

"사람으로서 당연히 해야 할 일했을 뿐입니다."

"고난을 감수하고 타인을 돕는 게 당연한 건 아닙니다. 당신은 존중받을 가치가 있습니다. 당신을 도운 분들도 그렇고. 그러고 보니 다른 분들의 이름을 아직 안 들었군요."

인호의 시선이 두 명의 플레이어들을 향했다. 한 명은 남성이었고 나머지 하나는 여성이었다. 다들 20대 초반에서 중반 정도로 보였다.

"전 김형준이라 합니다."

스포츠머리를 한 청년이 자신을 소개했다. 군인인가 싶을 정도로 각이 단단히 잡혀 있는 건 덤이었다. 고개를 끄덕인 인호는 옆의 여인을 응시했다.

"박은영이라고 해요. 앞으로 잘 부탁드려요."

당당히 인사하는 박은영. 숏컷을 한 그녀는 부드러운 인상과 별개로 굉장히 다부져 보였다.

"저희를 받아주셔서 감사합니다. 아직 후보지만 영웅 클랜의 일원이 되기 위해 노력하겠습니다."

세 명의 플레이어들이 예의 바르게 고개를 숙였다.

"이 시대가 언제 끝날지 모르겠지만 모두 끝까지 살아남았으면 좋겠군요. 그러면 이제……."

스르르.

인호는 격을 잃은 마검을 뽑았다.

전혀 예상치 못한 상황이었기 때문에 세 사람은 당황했다. 허나 인호는 시크하게 말을 이어나갔다.

"여러분의 실력을 확인하겠습니다."

저들을 받아들였지만, 완전히 믿는 건 아니었다. 그러니 확실히 기를 눌러둘 필요가 있었다. 혹여나 배신을 꿈꾸면 어떻게 되는지 알려주기 위해서라도.

'죽다 살아나면 당분간 안 개기겠지.'

매야말로 최고의 교육 수단이라 믿어 의심치 않는 인호였다.

"대표님"

백진수의 입에서 자연스럽게 '대표님'이라는 단어가 나왔다. 대놓고 이름을 부를 수는 없었으니까. 다른 이들도 어색해하지 않았다. 갑자기 검을 겨누는 인호의 태도에 당황했을 뿐.

"이제부터 함께 해야 할 사이 아닙니까? 여러분의 실력이 어떤지, 무슨 능력을 사용하는지 알고 싶습니다."

"그건 내가 할게."

그때였다. 여성의 목소리가 울려 퍼진 것은. 사람들의 시선이 자연스럽게 그쪽으로 향했다. 그곳에는 현주가 서 있었다.

"수고 많았어, 누나."

"뭘 이 정도 가지고 그래?"

느긋하게 대답하는 현주를 보며 인호는 웃었다. 그녀의 몸에서 다친 곳을 전혀 찾아볼 수 없었다. 심지어 피곤해하지도 않았다. 다섯 명의 플레이어들을 상대하고 왔는데도.

'진짜 대단하다니까.'

자신의 누나지만 참 괴물이다 싶었다.

"대표님, 이분은……?"

"김현주라고 해. 앞으로 잘 부탁해. 부탁할 일이 있을지는 모르 겠지만."

대놓고 도발하는 김현주. 백진수는 물론 다른 이들의 안색이 굳 어졌다. 면전에서 무시당했는데 누가 좋아하겠는가?

그런데도 인호는 현주를 말리지 않았다. 자신이 할 일을 대신해 주 는데 말릴 이유가 없었다. 그러자 무명의 입가에 미소가 떠올랐다.

–네 누이는 정말 대단하군. 오자마자 네 뜻을 파악하다니–

'눈치는 예전부터 빨랐으니까.'

–보면 볼수록 매력적이야. 동생을 위해 기꺼이 희생을 감수하다 니, 아무리 가족이라도 결코 쉬운 일이 아니지–

'누나 소개해달라고?'

–그, 그런 게 아니다!–

'안 해줘도 된다는 거지?'

–이 빌어먹을 놈이 진짜!–

무명이 목청을 높였지만 인호는 가볍게 무시했다. 그리고 다시 현주를 따뜻한 눈으로 응시했다. 무명의 말마따나 그녀는 자신을 위해 악역을 떠맡았다. 그녀가 누나라는 게 고맙고 자랑스러웠다.

–네놈도 지독하군. 저들은 수십에 달하는 이들의 목숨을 지켰 다. 그런데도 시험을 볼 줄은 몰랐다–

'그래도 해야지.'

저들의 희생정신은 인정했다. 그러나 그건 영웅 클랜의 일원이 되기 위한 조건이 아니었다. 철저히 자신의 명령에 복종하는 플레이어, 그 이외의 이들은 무의미했다.

그래서 확인할 필요가 있었다. 저들이 정말 영웅 클랜의 일원이 될 자격이 있는지를. 겨우 이 정도 도발을 못 받아들이고 반발하면 던전에서 쫓아낼 생각이었다.

"마음에 안 드는 눈초리네. 내가 거짓말을 한 건 아니잖아? 당신들이 여기 주인이라면 수비를 맡기겠어?"

"그건……."

"솔직하게 말하자고. 우리나 당신들이 서로 믿을 수 있는 관계는 아니잖아?"

한없이 냉정한 말이었지만 누구도 이의를 제기할 수 없었다. 인호가 저들을 받아들인 것, 저들이 던전에 온 것은 자신들의 목적을 위해서였다. 한쪽은 던전을 제대로 운영하기 위해, 다른 한쪽은 안전한 곳에서 살기 위해.

서로의 이익을 위해 뭉친 관계, 당연히 타산적일 수밖에 없다. 그래서 가장 중요한 역할인 던전 수비를 백진수 일행에게 맡길 수는 없는 노릇이었다.

"그렇다고 너무 쫄 필요는 없어. 시험에 통과하지 못해도 쫓아낼 생각은 없으니까. 맡겨야 할 일도 있고."

"맡겨야 할 일이라 하면?"

"낙성대 청소. 좋은 수련 방법이라고 생각하는데 괜찮지 않아?"

지하철역을 기반으로 한 던전들은 폐쇄되지 않고 끊임없이 몬스터들을 배출한다. 안전지대이기 때문에 그곳의 몬스터들이 이곳까지 올 일은 없다지만 앞으로 다른 곳에 편하게 가기 위해 정리할 필요가 있었다.

"그게 중요한 일은 분명합니다. 다만 저희도 던전 공략에 나서고 싶습니다. 그래야 여러분에게 더 빨리 인정받을 수 있으니까요."

"다른 사람들을 지키기 위해서라도 더 강해지고 싶습니다."

"이미 영웅 클랜의 일원이 되겠다고 맹세했어요. 그 맹세를 이룰 수 있게 도와주세요."

백진수, 김형준, 박은영이 차례차례 자신의 의견을 밝혔다. 낙성대를 주기적으로 정리하는 게 중요한 일은 맞다. 그곳에서 계속 싸우다 보면 강해질 수 있겠지.

다만 그게 던전 공략보다 못하다는 건 다들 잘 알고 있었다. 눈앞에 있는 인호와 현주의 존재가 이를 증명하지 않는가?

"그러니까 말했잖아. 자격을 증명하라고."

"여러분이 저희 발목을 잡지 않는다면 던전을 공략할 때, 데리고 가겠습니다. 한 번에 다 데리고 갈 수는 없지만요."

"그럼 시작해볼까. 흙돌아."

–히잉!–

현주가 부르자 땅의 정령이 모습을 드러냈다.

흙돌이는 나타나자마자 활짝 웃으며 그녀의 어깨 위에 올라갔다. 그리고 기쁘다는 듯 방방 뛰었다. 그녀는 흙돌이의 머리를 부드럽게 쓰다듬어준 뒤, 세 명의 플레이어들을 응시했다.

"내 권능은 정령 소환이야. 땅, 바람, 번개의 정령을 부를 수 있지. 이 아이는 땅의 정령이고."

"다른 정령은 소환하지 않나요?"

"필요하다면. 그럴 일이 있을 거 같지는 않지만."

질문했던 박은영은 눈살을 찌푸렸다. 다른 이들도 마찬가지였다.

현주가 강하다는 건 인정했다. 그래도 이건 오만해도 너무 오만하지 않은가? 1대1이라면 몰라도 혼자 세 명을 상대하는데도 저리

나오다니, 자존심이 상했다.

'이게 현실이지.'

까라면 까야 한다, 그게 자신들의 입장이었다. 이를 잘 아는 백진수는 나지막하게 한숨을 내쉬었다. 그리고는 등 뒤에 짊어지고 있던 창을 뽑았다. 금색 날이 인상적인 십자창이었다.

김형준은 양팔에 은색 권갑을 끼었으며, 박은영은 어깨에 차고 있던 활을 움켜쥐고는 화살을 걸었다.

"제 능력은……."

"말 안 해도 돼. 직접 보면 되니까."

현주는 가볍게 백진수의 말을 끊었다. 그러자 세 사람은 서로를 바라보았고 약속이라도 한 듯 고개를 끄덕였다. 다들 같은 생각을 했다. 반드시 저 오만한 여인을 이기자고.

"쉽지는 않을 거야."

저들의 뜻을 파악한 현주는 활짝 웃었다. 우물 안의 개구리들에게 현실을 가르쳐줄 시간이 왔다.

5분.

승부가 끝나는데 걸린 시간이었다.

"헉……헉……."

"하아……하아……."

세 명의 플레이어들은 모두 바닥에 쓰러진 채, 숨을 헐떡였다. 이에 반해 현주는 당당히 서 있었다. 오연한 눈빛으로 패배자들을 내려다보던 그녀는 쓰러진 이들을 구박했다.

"솔직히 실망이야. 능력을 다루는 건 어설프고, 집중력은 금방 깨지지. 그렇다고 판단력이 좋은 것도 아니고."

따지는 사람은 없었다. 다들 굳은 얼굴로 침묵할 뿐. 전력을 발휘하지 않은 사람에게 꼴사납게 졌다. 입이 열 개라도 할 말이 있을 리 만무했다.

"우선 박은영 씨. 한 번 노린 표적을 무조건 맞힐 수 있는 능력 맞지?"

"맞아요. 바람의 가호라고 활과 화살을 들고 있을 때만 적용되지만요."

"그래도 사기적인 능력인 건 분명해. 어떤 의미에서는 인과가 역전된 셈이잖아?"

"가, 감사합니다."

예상치 못한 칭찬이었기 때문에 박은영은 웃었다. 그러나 좋은 말은 거기까지였다.

"그런데 맞출 수 있으면 뭐해? 위력이 없어서 방패도 못 뚫는데."

"죄송합니다."

박은영은 고개를 숙였다. 현주의 지적은 통렬했고 반론의 여지는 없었다. 물리법칙을 무시하고 날아가면 뭐하나? 그녀가 쏜 화살들은 흙돌이가 일으킨 방벽을 전혀 뚫지 못했다. 단 한 발도.

"8급, 9급을 상대로는 충분해. 하지만 7등급부터는 다들 재생을 할 수 있어. 마력이 실린 공격이 재생을 방해한다지만 이렇게 약해서는 어림도 없지."

"어떻게 하면 되나요?"

"화살을 쏠 때마다 마력을 실어. 다만 마력 때문에 쏘는 속도가 느려져서도 안 돼. 기존의 속도를 유지하면서 마력을 실으려고 노력해봐."

"명심할게요!"

눈을 빛내는 박은영. 더 이상 현주를 바라보는 그녀의 눈빛에 불만은 담겨 있지 않았다. 오히려 존경심이 가득했다. 같은 여성의 몸으로 저렇게 강해질 수 있다는 사실 때문에.

"김형준 씨. 당신 권능은 몸이 단단해지는 거 맞지?"

"예. 강체 능력이라고 합니다."

"그것도 좋은 능력이라고 생각해. 다만 너무 불완전해. 당장 관절 같은 급소들의 방어력은 다른 부분에 비해 훨씬 떨어지잖아. 머리는 아예 충격을 받는 것만으로도 능력이 풀려버리고."

김형준은 침울한 얼굴로 지적을 들었다. 실제로 현주는 돌덩어리가 뒤덮인 주먹으로 그의 관절 부분만 집중적으로 공격해 타격을 입혔다.

그리고 마지막에는 미간을 후려쳐 뇌를 흔들리게 했다. 결국 강체는 의지와 상관없이 멋대로 풀렸고 그는 바닥에 엎어져야만 했다.

"그러니까 어지간해서는 전신을 강화하지 마. 맞겠다 싶은 부분만 확실하게 강화해서 피해를 줄여. 머리를 얻어맞는 상황은 피하고."

"명심하겠습니다."

김형준은 자신에게 맹세했다. 다음에는 오늘처럼 꼴사납게 지지 않겠다고.

"김인호, 백진수 씨는 너한테 맡길게. 네 전문 분야잖아."

"알았어."

현주가 제안하자 인호는 흔쾌히 수락했다. 백진수는 자신처럼 무공을 다뤘다. 어제 처음 무공을 익힌 현주보다는 자신이 나서는 게 효율적이었다.

"제 권능은 염화입니다. 불꽃을 형성하고 다룰 수 있죠. 또 관일 창이라는 무공을 익혔습니다."

"그게 전부입니까?"

"그렇긴 합니다만 뭔가 문제라도?"

"예. 지금 상태에서 창술을 펼쳐봤자 체조나 다름없습니다."

백진수의 입가에 쓴웃음이 떠올랐다. 필사적으로 익힌 무공이 체조와 동급으로 취급되니 입맛이 썼다. 허나 창의 위력이 부족한 건 그도 느끼고 있었던 부분이기 때문에 인호의 말에 귀를 기울였다.

"다음에 액티브 스킬이 보상으로 나온다면 심법이라는 걸 익히십시오. 무공의 위력을 제대로 살리기 위해서는 심법을 필수적으로 익혀야 합니다. 능력을 보조해줄 수 있으면 더 좋겠죠."

"명심하겠습니다."

앞의 두 사람처럼 백진수 역시 각오를 다졌다. 이야기가 끝나자 다시 현주가 입을 열었다.

"셋이 합쳐서 7등급 괴수도 겨우 잡을 거 같은데, 안 그래?"

"저희끼리 블러디 오우거를 잡은 적은 있습니다. 그 와중에 죽을 뻔했지만요."

"그런데 그거 알아? 이 던전에서 나온 최종 보스가 6등급 보스 몬스터야. 일시적이지만 5등급으로 올라가기도 했고."

"네에!?"

"그, 그게 정말입니까?"

세 사람의 눈초리가 파르르 떨렸다.

7등급도 죽을 둥 살 둥 겨우 잡았는데 5등급이라니, 그제야 그들은 자신들이 얼마나 나약한지 절감했다. 동시에 앞에 있는 이들이 진정 괴물이라는 사실도 깨달았고.

"당신들 중에 현재 던전에 들어갈 수 있는 사람은 없어. 일단 낙성대역에서 실력부터 키우자. 우리 중 한 명이 지켜볼 테니 걱정하지 않아도 돼."

세 사람은 현주의 제안을 납득했다. 당장 던전에 들어가도 인호 일행의 발목만 잡는다는 걸 인정했기 때문에.

-여유 부리다가는 네 누이에게 금방 따라잡힐 거다-

'그럴지도.'

인호는 순순히 무명의 말을 인정했다. 어제 무공을 익힌 사람이라고는 믿기 어려울 정도로 그녀의 무공 운용 능력은 대단했다.

투로에 맞춰 깔끔하게 초식을 펼치는 것도 그렇고 별다른 심법을 익히지 않았는데도 자연스럽게 초식에 맞춰 마력을 운용한 점도 돋보였다. 게다가 정령과의 연계까지 완벽하니 혼종도 이런 혼종이 없었다.

-이러다가 네가 누이를 지키는 게 아니라, 그녀가 널 지켜줄 거 같은데. 그것도 재미있겠다만-

'더 열심히 해야지.'

지켜주겠다고 맹세한 대상에게 역전당하는 것만큼 꼴사나운 건 없었다. 만약 그런 상황이 정말 온다면 현주가 자신을 미친 듯이 놀릴 게 뻔했고.

-그러니 나에게 잘 보여라. 그래야 더 정진할 수 있지 않겠나?-

'제대로 안 가르쳐주면 누나도 소개 안 해줄 건데'

-네, 네 누이를 가지고 협박이라니, 치사한 놈!-

'알 게 뭐야?'

그렇게 인호와 무명이 맞설 때,

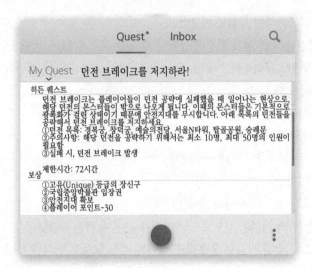

메시지가 떠올랐다.

"진짜 쉴 틈을 안 준다니까!"

메시지를 보자마자 현주가 투덜거렸다. 인호는 그녀의 심정을 충분히 이해했다.

투쟁의 시대가 시작된 이후, 메인 퀘스트를 포함해 얼마나 많은 퀘스트를 달성했던가? 그동안 수없이 죽을 고비를 넘겼고 그 과정에서 피로가 많이 쌓였다. 특히 정신적 피로가 상당했다.

만약 이런 페이스로 계속 퀘스트가 쏟아진다면 아무리 플레이어라도 쓰러질 확률이 높았다.

하지만 이번만큼은 인호는 현주를 달래 줄 마음이 없었다. 대신 단호한 어조로 선언했다.

"영웅 클랜은 이번 퀘스트에 참여합니다."

"기껏해야 서브 퀘스트잖아. 메인 퀘스트도 아니고 꼭 해야 할 필요가 있어."

의아해하는 현주. 김형준, 박은영이라고 해서 다를 바 없었다. 백진수만이 인호가 한 말의 의미를 파악하기 위해 고민했다.

"이건 서브 퀘스트가 아니야."

서브 퀘스트를 가장한 메인 퀘스트였다.

제11장 던전을 공략할 자격

인호는 던전 내부를 구경하던 사람들을 거주 구획으로 보냈다. 따로 지시를 내리기 전까지는 절대 나오지 말라는 경고를 덧붙인 채. 광장에는 인호를 비롯한 6명의 플레이어만 남았다.

"서브 퀘스트에 참여한다고요, 오빠?"

"그럴 생각이야."

"예술의전당 위치 때문에 그런 건가요?"

"그것도 이유 중 하나지."

수아의 지적대로였다.

낙성대역에서 남부순환로를 따라 쭉 올라가다 보면 바로 예술의전당이 나온다.

이는 곧 예술의전당에서 튀어나온 몬스터들이 금방 낙성대역까지 올 수 있다는 걸 의미했다. 그 과정에서 이곳, 낙성대 던전까지 안 온다고 확신할 수 없었고.

"이유 중 하나라면 다른 이유도 있다는 거네요?"

"국립중앙박물관 입장권. 이걸 얻기 위해서라도 반드시 가야 해.

이건 다음 메인 퀘스트하고 연관됐을 확률이 높아."

"그렇게 판단한 근거는요?"

"던전이 될 수 있는 장소는 총 네 가지야. 문화재, 박물관, 랜드마크, 지하철이지. 국립중앙박물관이라면 분명 던전이 됐을 거고."

그 부분은 다들 동의했다. 국립중앙박물관은 대한민국 최대 규모의 박물관이다. 던전이 되지 않는 게 오히려 이상한 일이리라.

"그런데 이상하지 않아? 우리가 낙성대에 들어올 때, 입장권이 필요했어?"

"그렇긴 한데 어차피 우리가 아는 던전이라고 해봤자 낙성대뿐이잖아요. 단순히 입장권이 있어야 하는 곳인 게 아닐까요?"

"그건 아니라고 생각합니다."

그때였다. 백진수가 끼어든 것은. 수아를 비롯해 모두의 시선이 그에게 고정됐다.

"사실 저희는 아직 던전을 공략한 적이 없어서 뭐라 말하기 어렵습니다. 그래도 한마디 하자면, 이번 퀘스트는 특별합니다."

"어째서 그렇게 생각하나요?"

"제가 이제까지 본 보상들은 단순했습니다. 각종 아이템과 스킬 그리고 플레이어 포인트뿐이었죠. 혹시 여러분은 다른 보상을 얻은 적이 있습니까?"

수아는 침묵했다. 백진수의 지적대로 이제까지 받은 보상들은 정해진 범주에서 벗어나지 않았다.

"국립중앙박물관 입장권. 기존과는 전혀 다른 보상입니다. 누가 봐도 수상하게 여길 겁니다. 그래서 대표님께서도 퀘스트에 참여하겠다고 하신 거 같습니다."

"진수 씨의 말이 맞습니다. 입장권이 특별히 언급된 만큼, 이걸 필요로 하는 일이 분명히 있을 겁니다. 그렇기 때문에 퀘스트에 참여해서 이를 확보해야 합니다."

"그래서 서브 퀘스트를 가장한 메인 퀘스트라고 한 거구나?"

현주가 묻자 인호는 고개를 끄덕였다. 이와 별개로 그는 속으로 흐뭇해했다. 자기 뜻을 정확히 파악한 백진수가 마음에 들었다. 특히 자신의 눈치를 보지 않고 당당히 의견을 말하는 모습이.

그렇게 논의가 마무리될 때,

[경고! 3명의 플레이어가 던전 낙성대 주위를 배회하고 있습니다. 요격하시겠습니까?]

던전이 인호에게 경고했다.

이를 본 그의 입가에 살기 가득한 미소가 떠올랐다.

"역시 쓰레기는 어딜 가나 있다니까."

"무슨 말이야?"

인호는 현주의 말에 대답하는 대신 손을 흔들었다. 던전 주변을 보여주는 홀로그램이 떠올랐고 다른 이들의 얼굴이 어두워졌다. 낙성대를 중심으로 동쪽, 서쪽, 남쪽에 플레이어가 한 명씩 서 있었는데 다들 이곳을 염탐하고 있었다.

"여기를 노리는 걸까요, 오빠?"

"아마도. 똑똑하다면 똑똑하지. 괜히 위험한 퀘스트에 끼어드는 것보다 빈집털이를 하는 게 효율적이니까."

국립중앙박물관 입장권도 중요하지만, 현재 사람들에게 가장 중요한 건 던전이었다. 많은 던전을 차지해야 안전지대에서 편하게, 오랫동안 살 수 있었기 때문에.

하지만 그런 쓰레기들에게 현실을 알려줄 필요가 있다. 모든 일이 자기들 뜻대로 되지 않는다는 것을!

"요격 개시."

9문의 화포들이 정찰하고 있는 플레이어들을 향해 겨누어졌다. 3문이 한 사람씩 맡는 형태였다.

[침입자를 배제합니다. 화포 발사.]

쾅! 콰쾅!

불꽃을 토해내는 화포. 화들짝 놀란 플레이어들이 서둘러 도망치기 시작했다.

-뭐야!? 설마 우리가 보이는 건가!-

-쌰! 여기는 글렀네!-

-뭐 이리 대비가 잘 되어 있어!-

세 사람의 중얼거림까지 홀로그램을 통해 들렸다. 그러자 백진수, 김형준, 박은영의 안색이 창백해졌다. 주천기가 이곳을 공격하자는 말도 인호 일행의 귀에 들어갔을 게 분명했기 때문에.

"쥐새끼들이 도망치는 속도는 빠르네."

"다음에는 끌어들여서 잡던가 해야지. 어찌 됐든 앞으로 하이에나 같은 놈들이 계속 올 거야. 저놈들을 막기 위해서라도 수아나 누나는 여기에 남아야 해."

현주와 수아는 이에 수긍했다. 이곳을 지키는 것보다 던전을 공략하는 게 더 위험한 만큼, 인호는 무조건 예술의전당에 가야만 했다.

"다 좋은데 네가 빠지면 던전 관리는 누가 맡아?"

"같은 클랜 사람한테는 권한을 일부 이양할 수 있으니 그건 걱정할 필요 없어. 화포도 쏠 수 있고."

"그럼 내가 갈……."

"제가 오빠를 따라갈 테니, 언니는 쉬세요."

현주가 말을 다 끝내기도 전에 끼어드는 수아. 전혀 예상치 못한 상황이었기 때문에 현주는 의아해했다.

"내가 가는 게 낫지 않을까? 아까 보니까 사람들이 널 많이 의지하는 거 같던데."

그건 사실이었다.

수아와 사람들이 함께 한 시간은 30분도 채 되지 않았다. 그러나 그녀가 얼마나 그들을 아끼는지 알게 하는 데는 충분하고도 남는 시간이었다.

진심을 알게 된 만큼, 사람들은 인호나 현주보다 수아를 더 신뢰했다. 그래서 현주 또한 본인이 인호를 따라가는 게 낫다고 판단했고. 허나 수아는 고개를 저었다.

"컨디션이 좋아도 던전에서는 안전하다고 할 수 없어요. 그런데 언니는 어때요? 아침부터 힘을 많이 썼잖아요."

"나는 괜찮은데."

"괜찮기는 뭐가 괜찮아요? 마력을 많이 소모한 게 뻔히 보이는데."

"이 정도는 조금 쉬면……."

"안 돼요. 그러니까 여기에 남아주세요. 던전은 인호 오빠와 제가 갈게요."

양손으로 현주의 손을 붙잡는 수아. 진심으로 그녀는 현주를 걱정했다.

와락!

"수아야!"

북받치는 감정을 이기지 못한 현주는 수아를 강하게 끌어안았다. 착해도 어찌 이리 착할 수 있을까.

"어쩜 이렇게 예쁜 말만 골라서 하니. 진짜 김인호가 태어나서 제일 잘한 일은 널 만날 걸 거야, 수아야."

"저도 언니하고 오빠를 만나서 좋아요."

"애정표현은 나중에 하면 안 될까? 다들 민망해하잖아."

두 미녀가 서로를 끌어안는 모습은 한 폭의 그림과 같았다. 그러나 인호는 아랑곳하지 않고 말했다. 그의 말 대로 백진수, 김형준, 박은영은 겸연쩍은지 멋쩍은 웃음을 보였다. 그제야 두 사람은 서로를 놔줬다.

"이제 여러분이 남았군요."

"저희도 따라가는 겁니까?"

"여러분 중 한 명을 데리고 갈 생각입니다. 남은 분들은 누나와 함께 이곳을 지켜주십시오."

그리 말한 인호는 세 사람을 차례차례 응시했다. 갑자기 던전에 들어간다는 사실에 긴장한 이들은 침을 꼴딱 삼켰다.

두렵지 않다면 거짓말이리라. 조금 전까지 현주를 통해 던전이 얼마나 무서운 곳인지, 자신들이 얼마나 약한지 처절히 알게 됐으니까.

그런데도 안 가겠다고 말하는 사람은 없었다. 아니, 오히려 가고 싶다는 의지를 불태웠다. 주천기를, 자신들을 압도한 인호와 현주처럼 강해지고 싶었고 그리되려면 반드시 던전을 공략해야 했다.

─쭉정이들은 아니군. 다들 경험이 쌓이면 쓸 만해지겠어─

'더 지켜봐야지.'

무명에게는 그리 말했지만 그래도 만족스러운 게 사실이었다.

묘한 뿌듯함을 느낀 채 세 사람을 지켜보던 인호는 마침내 입을 열었다.

"김형준 씨, 잘 부탁드립니다."

"여, 열심히 하겠습니다."

"이제부터 형준 씨는 탱커입니다. 알겠습니까?"

"네!"

김형준은 우렁찬 목소리로 대답했다. 강체 권능을 얻은 이후, 계속 탱커로만 활동했기 때문에 문제 될 건 없었다.

"다른 분들도 언젠가 데리고 갈 테니 너무 실망하지 마십시오."

"아닙니다. 무사히 다녀오십시오, 대표님. 형준이 너도 조심하고."

"무리하면 안 돼요, 형준이 오빠."

"열심히 하고 올게."

자신의 역할이 얼마나 중요한지 김형준은 잘 알고 있었다. 이번 던전 공략에서 제대로 활약하면 인호의 신뢰를 얻을 수 있을 것이고 다른 이들의 운신도 편해질 것이다. 그는 다시금 각오를 다졌다.

"그럼 누나, 여길 잘 부탁해."

"나만 믿어."

인호가 손을 내밀었고 현주가 이를 붙잡았다. 그러자 두 사람의 눈에 똑같은 메시지가 떠올랐다.

플레이어 김인호가 김현주를 던전 낙성대의 대리 마스터로 임명합니다. 플레이어 김현주가 던전 낙성대의 통제 권한을 획득합니다.

Close	View

'제일 중요한 건 해결됐군.'

현주라면 분명히 이곳을 잘 지킬 것이다. 인호는 이를 믿어 의심치 않았다.

그녀는 수아에 비해 사람을 잘 다독이지 못한다. 하지만 과거에 여러 사람을 이끈 장교답게 리더십을 가지고 있었다. 실제로 군 복무 시절, 사병들이나 부사관들과 잘 어울리는 것을 몇 번이나 봤다.

또 그녀에게는 힘이 있었다. 정령과 무공의 조합을 통해 올라운더로 변신하는 데 성공한 그녀라면 다수의 적이 쳐들어와도 막을 수 있으리라. 설령 백진수와 박영은이 배신하더라도 두 사람을 제압할 수 있을 테고.

그렇기 때문에 인호는 안심하고 낙성대를 떠날 수 있었다.

"그럼 출발하겠습니다."

인호가 선언했다.

새로이 편성된 공략대는 곧장 예술의전당으로 향했다.

처음으로 던전에 간다는 사실 때문에 김형준은 한껏 마음이 부풀었음을 느꼈다. 두렵지만 동시에 설렜다.

그런데 일행이 움직이면 움직일수록 그의 표정은 나빠졌다. 결국 그는 참다못해 인호를 불렀다.

"대표님"

"예."

"저희, 정말 이렇게 가도 되는 겁니까?"

지금 일행은 남부순환도로를 따라 예술의전당으로 가고 있었다. 일직선으로 길이 쭉 연결됐으니 이는 당연했다.

문제는 그다음이었다.

지금 인호와 수아는 도로 한복판을 당당히 지나가고 있었다. 그나마 주변을 경계하면 모를까, 그것도 아니었고. 언제, 어디서 몬스터가 나올지 모르는 상황에서 왜 이리 여유를 부리는 건가? 형준은 도저히 이해할 수 없었다.

"무슨 문제라도 있습니까?"

"대표님이 강하다는 건 알고 있습니다. 수아 씨의 실력은 보지 못했지만 현주 씨나 대표님과 어울리는 걸 보면 분명 강할 겁니다. 하지만……."

"개인의 강함은 몬스터 앞에서 무의미하다, 뭐 이런 말을 하고 싶은 겁니까?"

"예. 기본적으로 몬스터는 무리를 짓고 다닙니다. 그리고 개인의 강함은 압도적인 물량을 자랑하는 몬스터 앞에서는 무의미하다고 생각합니다."

괜찮은 사람이다.

당당히 의견을 피력하는 형준을 보며 인호는 그리 판단했다. 단순히 백진수에게만 의존하는 사람이라고 봤는데 아니었다.

김형준은 자신만의 뚜렷한 주관을 가지고 있었고 문제점을 제대로 지적할 수 있는 용기 또한 겸비했다. 시야가 좁다는 게 흠이었지만 그 부분은 어차피 경험이 쌓이다 보면 고쳐질 거고.

"형준 씨의 말은 일리가 있어요. 그런데 이상하지 않나요?"

기뻐하는 인호를 대신해 수아가 질문했다.

"무슨 말씀입니까?"

"여기까지 오는 동안, 몬스터를 만난 적이 있나요?"

"그러고 보니……."

형준은 웃고 있는 수아를 멍하니 바라보았다. 사당역을 지나 매봉재산까지 왔지만 단 한 마리의 몬스터도 보지 못했다. 심지어 근처에 다가온 놈들도 없었다.

이게 어떻게 된 일인가?

형준은 두통이 치미는 걸 느꼈다. 아무리 머리를 굴려도 도저히 이 상황을 이해할 수 없었다. 오늘 새벽에만 해도 사람들을 노리고 달려든 고블린 무리가 있었는데!

"무슨 스킬이라도 있는 겁니까? 몬스터를 쫓아낼 수 있는."

"글쎄요."

수아가 장난스럽게 반문하자 형준은 더 질문하려 했다. 그러나 그녀는 입술에 검지를 댔고 결국 그는 입을 다물어야 했다.

"그건 그렇고 이번에는 사람들이 습격하는 일도 없겠죠, 인호 오빠?"

"장담할 수는 없어. 던전 대신 플레이어만 노리는 놈들이 나올 수도 있으니까."

던전을 공략하기 위해서는 만전을 기해야 한다. 그러니 플레이어들의 아이템이 좋을 것이다. 이를 노리는 쓰레기들도 있을 테고. 방심은 금물이었다.

"그런 놈들 아니어도 위험하지. 던전을 차지할 수 있는 세력은 하나뿐이니."

"그럴 확률이 높겠죠. 그러니 형준 씨, 긴장을 푸세요. 여기서 심력 낭비를 하면 나중에 피곤해져요."

"알겠습니다."

여전히 두 사람의 말을 이해하기 힘들었지만 형준은 조용히 대답했다. 그러나 해답을 아는 데는 오랜 시간이 걸리지 않았다.

예술의전당과 주변의 빌딩들이 보이자,

"이건……?"

형준의 안색이 창백해졌다.

폭풍 전야가 이럴까? 그는 주변을 잠식한 전운을 느낄 수 있었다. 그 때문에 예술의전당 모든 건물에서 발하는 은은한 빛에는 신경을 쓰지 못했다.

게다가 이건 시작에 불과했다.

많은 플레이어가 쓰러진 자동차나 버스, 무너진 건물 등의 엄폐물에 몸을 숨긴 상태였다. 제각기 뛰어난 아이템으로 무장한 이들은 날카로운 눈으로 주변을 경계했다.

"우리도 숨자."

인호 일행은 도로변에 서 있는 트럭 뒤에 몸을 숨었다.

'무명. 저 건물 중에 플레이어들이 있는지 확인할 수 있나?'

-당연한 말을 하는군. 좌측에 있는 8층 건물에 플레이어 셋이 대기하고 있다. 보아하니 저격수 같군. 또 건물 건너편에서 각성자끼리 싸우고 있고-

3성으로 각성하면서 무명의 감지 범위는 굉장히 넓어졌다. 반경 400m를 세세하게 알아볼 수 있을 정도였다. 덕분에 이전보다 더 써먹기 편해졌고. 이리 취급하는 걸 알면 무명이 화내겠지만.

"이런 상황에서도 습격하는 사람들이 있다니, 대체 누굴까요?"

"모르지. 아이템을 노리는 놈들인지, 아니면 자기들끼리 던전을 차지하려는 놈들인지."

상대의 정체가 뭐든 간에 저들을 처리해야 한다는 사실은 변함이 없었다.

"우선 저격수부터 처리해야겠다. 수아야, 너는……."

콰아아앙!

우레 같은 굉음이 예술의전당을 뒤흔들었다. 깜짝 놀란 인호는 굉음의 진원지를 바라보았다. 그리고 한 번 더 놀랐다.

"권태한."

튜토리얼 VP로 뽑힌 권태한이 자신만만하게 서 있었다. 한 번 본 적 있는 두 명의 경호원을 대동한 채.

"저 사람들이 올 줄이야……."

"허세가 심해서 그렇지 바보는 아니야. 저놈이라면 분명 국립중앙박물관 입장권의 가치를 알아차렸겠지. 그나저나 확실히 금수저가 다르긴 달라."

"아이템을 뺏으려는 사람들한테는 보물창고로 보일 거 같아요."

"동감이야."

수아의 말에 대답한 인호는 권태한 일행을 바라보았다. 놈들이 가지고 있는 아이템은 정말 화려했다. 그도 그럴 것이 저들의 아이템들은 모두 고유(Unique) 등급 이상의 가치를 자랑하는 유물들이었으니까.

당장 권태한만 해도 어떤가?

놈은 사극이나 박물관에서나 나올 법한 두석린갑을 입고 있었다. 투구는 쓰지 않았지만, 갑옷 자체에 내장된 보호막이 머리까지 커버해줄 것이다. 또 그의 허리춤에는 금색 문양과 옥으로 장식된 칼집이 매여 있었다. 칼집이 얼마나 투명한지 안에 들어있는 환도의 날이 비쳤다.

다른 두 사람도 놈과 비슷했다. 정찬우와 이지연은 두정갑을 착용해 몸을 보호했다. 무장으로는 각각 월도와 쇠뇌를 가지고 있었고. 아이템만 따지면 이 자리의 어떤 플레이어들도 저 세 사람을 능가하지 못하리라.

거기다 저 아이템들은 장식용이 아니었다. 이를 증명하듯 권태한 일행은 템빨이 뭔지 제대로 보여주고 있었다.

타탕! 타타탕!

수십 발에 달하는 마력탄이 쏟아졌다. 하나같이 위력적이었지만 소용없었다. 전부 갑옷의 보호막에 막혀 튕겨 나갈 뿐.

"찾았다, 쥐새끼들!"

활짝 웃은 권태한이 환도를 연거푸 휘둘렀다. 그러자 새하얀 얼음의 참격 세 개가 허공을 가르며 날아가더니 건물을 강타했다. 조금 전에 무명이 인호에게 언급한 건물이었다.

쾅!

건물의 외벽이 무너져 내렸다.

"저, 저건!"

상황을 살피던 김형준의 안색이 새파랗게 질렸다. 무너지는 파편 사이로 얼어붙은 시체 세 구가 그의 눈에 띄었기 때문에.

그러나 습격은 아직 끝나지 않았다. 20대 남자 셋과 여자 둘로 이루어진 플레이어들이 권태한 일행을 덮쳤다. 제각기 검과 도로 무장을 한 채.

"하앗!"

기다렸다는 듯이 정찬우가 양손으로 움켜쥔 월도를 수직으로 내리쳤다. 검기를 머금고 있는 커다란 도신은 사내 한 명의 정수리를 단숨에 쪼갰다.

그 사이, 이지연은 끊임없이 쇠뇌를 쐈다. 화살이 없는데도 무언가가 날아가 여자 둘과 사내 하나의 목을 꿰뚫었다.

"이 괴, 괴물들은 뭐야!"

"누구 마음대로 도망을 쳐."

홀로 살아남은 청년은 몸을 돌려 도망치기 시작했다. 허나 권태한의 공격이 더 빨랐다.

콰드득!

"아아악! 내 다리! 내 다리가!"

권태한이 발을 내딛자 바닥에서 얼음 기둥이 치솟았다. 이는 청년의 오른쪽 다리를 꿰뚫다 못 해 아예 날려버렸고, 균형을 잃은 청년은 맥없이 바닥에 쓰러졌다.

"우리가 멀쩡히 여기까지 왔다는 게 뭘 의미하는지 모르는 바보들이 왜 이리 많을까, 찬우야?"

"원래 머리를 장식용으로 쓰는 사람들이 많습니다, 도련님."

"그러게. 그건 그렇고 너희는 도대체 무슨 생각으로 공격한 거냐?"

"죄, 죄송합니다! 제발 사, 살려주세요!"

"웃기는 놈들이네. 자기들은 우리를 죽이고 아이템을 뺏으려고 했으면서. 너무 뻔뻔한 거 아니야? 응?"

꾸욱.

"아아아악!"

권태한이 청년의 잘린 다리 부분을 짓밟았다. 청년은 비참하게 고통을 호소했다.

"사람이 이렇게까지 잔인해질 수 있다니……."

형준의 안색이 어두워졌다.

아이템을 빼앗기 위해 사람을 공격하는 놈들을 도저히 이해할 수 없었다. 다만 이미 패배한 상대를 농락하는 것도 납득할 수 없는 건 마찬가지였다.

인간의 적은 어디까지나 몬스터였다. 던전이, 아이템이 뭐라고 같은 사람을 죽인단 말인가?

"형준 씨, 이것 하나만큼은 명심하십시오. 몬스터도 적이지만 인간 또한 저희의 적이라는 사실을."

"목적을 위해서라면 살인도 마다하지 않는 사람들이 많아요."

인호와 수아는 혼란에 빠진 형준을 다독이지 않았다. 대신 차디찬 현실을 가르쳐줬다. 모르는 사람들을 위해 자신을 희생하는 마음가짐은 좋지만 다른 플레이어들에게도 그리 대해서는 곤란했다.

"대, 대체 왜 저런 짓을 하는 겁니까?"

"모르는 플레이어들을 믿기에는 서로 가진 힘이 너무 강하니까요. 아는 사람들끼리만 똘똘 뭉치고 싶겠죠."

"그게 아니어도 더 좋은 아이템을 얻기 위해, 더 넓은 영역을 차지하기 위해 욕심을 부리는 사람들이 많습니다. 저희라고 다를 건 없습니다만."

담담히 말하는 수아와 인호를 본 형준은 혼란에 빠졌다. 이제는 두 사람이 자신과 똑같은 플레이어가 맞는지 의심이 될 정도였다. 단순히 힘의 격차를 넘어 아예 다른 세상의 사람들 같다고 할까?

"투쟁의 시대가 시작된 지, 아직 일주일도 안 지났는데……."

"과거의 상식을 버리십시오, 형준 씨. 법, 윤리, 도덕만으로는 살아남을 수 없는 시대입니다."

"무서우면 돌아가도 돼요. 언니한테도 말했지만 무리해서 좋을 건 없어요."

"괘, 괜찮습니다. 새삼스럽지만 두 분은 정말 대단합니다. 저는 서 있는 것도 힘든데."

형준의 팔다리는 떨고 있었다. 얼굴과 등은 식은땀으로 범벅이 된 지 오래였고. 그만큼 권태한의 잔인한 손속은 그에게 큰 충격을 줬다.

"저희도 무서워요. 하지만 죽음보다 더 무서운 게 있다는 걸 이제는 잘 알거든요."

"형준 씨도 소중한 사람을 잃는다는 게 얼마나 무서운 일인지 알 겁니다. 제 사람들을 지킬 수 있다면 저는 뭐든지 할 겁니다."

수아와 인호는 담담히 말했다. 허나 그 안에 깃든 '각오'를 못 느낄 정도로 형준은 둔하지 않았다.

그래서 다짐했다. 두 사람처럼 강해지자고.

"더럽게 시끄럽네. 그만 끝내라, 찬우야."

"알겠습니다, 도련님."

공손히 대답한 정찬우는 월도를 내리쳤다. 그러자 청년의 목이 잘렸고 그렇게 기습을 가한 플레이어들은 전원 전멸했다.

"아직도 숨어있는 쥐새끼들이 많네. 던전에 들어가기 전부터 힘 빼는 게 마음에 안 들지만!"

이제 막 예술의전당에 도착한 권태한으로서는 숨어있는 이들을 적이라 판단할 수밖에 없었다. 그래서 그는 다시 온 힘을 다해 얼음의 검기를 날렸다.

문제는 권태한의 공격이 인호 일행을 향해 날아갔다는 점이었다.

"저 머저리가!"

우우웅.

마검을 중심으로 피어오른 검붉은 검기. 동시에 번개의 기운으로 인한 스파크가 튀었다. 그렇게 힘이 모이자, 인호는 검을 수직으로 내리그었다.

뇌광참(雷光斬).

검붉은 검기가 반월의 형태를 이루며 날아갔다. 그렇게 날아간 검기는 얼음의 검기를 단숨에 박살냈다. 그리고는 곧장 권태한을 향해 날아갔다.

깜짝 놀란 권태한은 다급히 환도로 검붉은 검기를 맞받아쳤다.

"크윽!"

힘의 차이가 존재했고 그의 몸이 뒤로 밀려났다.

'내가 밀린다고!?'

튜토리얼이 끝난 이후, 상대가 몬스터든 사람이든 모두 이겼다. 그런 자신이 밀리다니, 믿기 어려웠다.

"하앗!"

경악은 곧 분노로 바뀌었고 권태한은 마력을 더욱 끌어올렸다. 그리고 전력을 다해 검붉은 검기를 맞받아쳤다.

"누구야! 어떤 새끼가……. 너는!?"

제대로 싸우려고 했던 권태한은 입을 떡 하니 벌렸다. 처음 만난 이후, 한 번도 잊지 않은 남자가 자신을 향해 걸어오고 있었기 때문에.

"김인호 아냐? 진짜 오랜만이네."

"튜토리얼이 끝난 지 이제 사흘밖에 안 됐는데, 오랜만은 무슨."

"튕기는 건 여전하네. 뭐 그건 그렇고 설마 네가 아이템을 뺏으려고 다른 사람들을 습격할 줄이야. 그러게 내 밑으로 들어오지 그랬냐."

"헛소리는 집어치워."

싸늘한 어조로 맞받아치는 인호. 그제야 권태한은 상황을 파악했다.

"쥐새끼들 때문에 다들 숨어있었던 건가? 근데 넌 안 부끄럽냐? 저런 놈들 때문에 숨어있다니. 역시 MVP는 내가 되어야 했는데 왜 하필 VP인지 원."

권태한의 어조는 한없이 가벼웠다. 그러나 예술의전당에 있는 플레이어들을 경악하게 만들기에는 충분했다.

"MVP하고 VP라고!?"

"튜토리얼 때 천사한테 불린 놈들이잖아!"

"저런 괴물들이 왜 여기에 온 거야!"

여기저기서 비명과 비슷한 외침이 울려 퍼졌다. 인호는 두통 때문에 머리를 부여잡았다.

권태한의 헛짓거리 때문에 앞으로 다른 사람들이 자신들을 더욱 경계하리라. 그럼 자연스럽게 자신들의 행보에 차질이 생길 테고. 역시 이놈은 전혀 도움이 안 되는 인간이었다.

"역시 그때 죽였어야 했어. 아니, 지금도 안 늦었나."

"눈치 없는 것도 여전하네. 상황이 바뀐 거 모르겠냐? 설마 기습이 성공한 걸로 자기가 더 세다고 생각하는 건 아니지?"

"확실히 템빨이 좋긴 좋군. 주인한테 자신감도 심어주고."

"딱 좋네. 안 그래도 너와 한 판 붙고 싶었거든."

권태한이 살벌한 미소를 지었다. 안 그래도 자신이 밀린 게 마음에 안 들었는데 그걸 갚을 수 있는 시간이 온 것이다.

쿠오오!

두 사람의 몸에서 강력한 살기가 뿜어져 나와 주변을 잠식했다. 그러자 수아도 마력총을 겨누었고 정찬우와 이지연도 각각 월도와 석궁을 내밀었다.

언제 터질지 모르는 일촉즉발의 상황.

그런데 그때였다.

우르르.

군복을 입은 청년들이 예술의전당 입구 앞에 섰다. 군인들의 숫
자는 총 16명이었는데 전원 K-2 소총과 다양한 아이템으로 무장
했다. 하지만 인호와 권태한의 시선은 다른 사람에게 고정됐다. 청
년들과 마찬가지로 군복을 입은 중년 남자에게.

"두 사람 모두 그쯤 하게. 던전 브레이크라는 큰일을 앞두고 우
리끼리 싸워서 되겠나?"

"당신은……."

인호는 얼굴을 찌푸렸다. 말을 건 사람은 다름 아닌 박종찬이
었다.

악몽 같은 하루다.

인호는 진심으로 그렇게 생각했다. 제일 싫어하는 사람 둘을 같
은 날, 같은 자리에서 만난 것만으로 오늘 하루는 악몽으로 기억될
만했다.

"김인호 중사, 검에서 손을 놓게나. 군인이 민간인과 부딪쳐봤자
좋을 게 뭐가 있는가? 자네도 그만하게."

사실 사회 체제가 무너진 지금, 이제 와서 군인 행세를 하는 것
도 웃기는 노릇이었다. 그러나 인호는 순순히 기세를 거둬들였다.

던전을 앞두고 괜히 힘을 뺄 이유는 없었으니까. 무엇보다 박종
찬의 뒤에 있는 놈들이 마음에 걸렸고.

'많이도 모았군.'

죽은 줄 알았던 인간이 대체 어디서 저 많은 군인을 모았나 싶었다.

"쳇."

인호가 전투를 포기하자 권태한은 박종찬을 노려보았다. 인호와 제대로 붙어 자신의 강함을 증명하려고 했다. 그다음에 그를 자신의 부하로 삼을 생각이었는데 바로 방해받은 것이다. 그 점이 불쾌했다.

하지만 이런 상황에서 멋대로 굴어봤자 좋을 게 없다는 건 그 또한 잘 알고 있었다. 결국 그는 경호원들과 함께 자리를 떴다.

"혈기왕성한 청년이군."

"주제를 모르는 거지요. 그건 그렇고 살아계셨을 줄은 몰랐습니다."

"운이 좋았지. 그러는 자네야말로 그 지옥에서 살아남다니, 역시 내가 사람을 잘못 보지 않았어. 자네까지 합류하면 정말 정부를 세울 수 있겠어."

"정부라니, 무슨 말씀입니까?"

어이가 없었다.

통신은 끊어졌고 교통수단은 마비됐다. 당장 다른 동네로 움직이는 것조차 힘든 시대가 왔는데 정부라니, 헛소리도 정도가 있었다.

"그건 나중에 따로 시간을 내서 말해주겠네. 더 중요한 일이 남았으니까."

그 말을 끝으로 박종찬은 예술의전당 정문으로 향했다. 군인들 앞에 선 그는 주변에 숨어있는 플레이들에게 고했다.

"우선 던전 정문을 막아서 미안합니다, 여러분. 할 말이 있어서 부득이하게 길을 막아야 했습니다. 전 특공연대의 연대장을 맡았던 박종찬입니다. 현재는 워로드 클랜의 대표이기도 합니다."

'워로드라니.'

그 말을 듣는 순간, 인호는 싸늘하게 웃었다.

워로드(Warlord).

그건 군벌을 뜻하는 영어 단어였다. 군인이 군벌을 자처하다니, 이는 박종찬이 대한민국 군인이기를 포기했음을 의미했다. 그런 주제에 참된 군인인 것처럼 행동하다니, 이런 촌극이 있나 싶었다.

"다들 잘 아시겠지만 이번 던전을 공략하기 위해서는 50명의 인원이 필요합니다. 허나 서로 모르는 이들이 50명이나 모여 함께 하는 건 결코 쉬운 일이 아닙니다."

주장 자체는 일리가 있었다.

같은 클랜의 플레이어가 아니면 서로 못 믿는 게 현실이었다. 조금 전에만 해도 권태한 일행에게 아이템을 노리고 접근하는 놈들이 있는 형편이었고.

"저희의 적은 몬스터입니다. 그런데 자기들만 안전해지자고 던전을 독점하고, 다른 사람들의 아이템을 빼앗다니, 이건 인간 이하의 행위입니다. 그래서 플레이어 여러분, 한 가지 제안할 게 있습니다."

"워로드 클랜에 들어오십시오. 저희가 모두의 안전을 보장하겠습니다. 워로드 클랜은 하나의 던전을 이미 공략했으며 휘하에는 총 63명의 군인 플레이어가 있습니다."

63명.

이곳에 모여 있는 플레이어들의 숫자가 50명이 안 됐다. 그런데 벌써 그 많은 이들을 모으다니, 다들 기가 질린 기색이 역력했다.

"다들 잘 알겠지만, 대한민국 플레이어 대다수는 바로 군인입니다. 그리고 저는 그 군인들을 계속 모아 안전한 사회를 만들고자 합니다. 몬스터의 습격을 두려워하지 않는 과거의 사회를!"

박종찬이 목소리를 높였다.

"좋은 제안 같습니다, 대표님. 총화기를 가진 군인들이라면 다 플레이어로 각성했을 거 아닙니까? 그 군인들이 모두 모여 힘을 합친다면……."

"저건 거짓말입니다."

"예? 그게 무슨 말씀입니까?"

"많은 군인이 플레이어로 각성한 건 맞습니다. 하지만 그만큼 많이 죽었죠."

사단 하나의 병력은 대게 1만 2천에서 1만 5천 명. 그리고 1만 명 이상이 모이면 몬스터 웨이브가 발생한다.

그러니 평소에 옹기종기 모인 군인들이 가장 먼저 당할 수밖에 없다. 물론 잔존 병력만으로도 많겠지만 그들이 힘을 합친다고 누가 보장하겠는가?

"여기서 모집할 인원은 총 33명입니다. 인원이 모집되는 대로 예술의전당 던전을 공략하겠습니다."

33명이 더해지면 딱 50명이 된다.

바꿔 말하면 저 33명에 끼지 못 하는 사람은 던전 공략을 할 수 없음을 의미했다.

'허튼수작을 부리는군, 망할 늙은이가.'

인호가 그리 생각할 때, 박종찬의 시선이 그를 향했다. 그와 동시에 박종찬의 입가에 미소가 떠올랐다.

'진짜 죽일까?'

진심으로 고민에 빠진 인호였다.

"저희는 가입하겠습니다!"

"저희도 가입할게요!"

여기저기서 소리 지르며 박종찬에게 모여드는 플레이어들. 하나같이 던전을 공략 못 해 클랜을 창설하는 데 실패한 이들이었다. 다들 안전한 곳을 원했고 그런 그들에게 박종찬의 제안은 굉장히 달콤했다.

"개소리 집어치워!"

"당신이 뭔데 그런 걸 결정해!"

반면, 이미 던전을 공략하고 클랜을 창설한 사람들의 반응은 달랐다. 그들이 예술의전당에 온 이유는 국립중앙박물관 입장권과 세력을 확장할 기반을 마련하기 위해서였다. 그런데 다른 사람 밑에 들어가다니.

결코 있을 수 없는 일이었다.

"꼰대, 세상 바뀐 줄 모르면 그냥 방구석에 처박혀 있어. 괜히 군인이랍시고 완장질 하지 말고."

박종찬에게 환도를 겨누는 권태한. 그러자 박종찬에게 다가갔던 사람들이 몸을 떨었다. 그만큼 권태한에게서 흘러나오는 살기는 날카로웠다.

"맞아! 이제 와서 군인인 게 뭐 대수라고!"

"당장 거기서 꺼져!"

권태한의 말에 동조한 사람들이 무기를 뽑았다. 그러자 군인들도 일제히 K2 소총을 겨누었다.

언제 싸움이 일어나도 이상하지 않은 상황. 오직 인호 일행만 한 발자국 물러나 사태를 관망했다.

"합의를 이룰 수 있을까요, 오빠?"

"어렵지. 인원 제한이 있으니까."

던전에 들어갈 수 있는 인원은 불과 50명. 문제는 예술의전당으로 모이는 사람들의 숫자가 계속 늘어나고 있다는 점이었다. 처음 모였을 때만 해도 50명이 안 됐는데 어느새 100명이 넘었다. 다들 예술의전당에 가고 싶어 하는 이상, 충돌이 일어나는 건 시간문제였다.

"그깟 아이템, 던전이 뭐가 그리 중요한가? 지금 수많은 사람이 추위와 배고픔에 시달리고 있네. 몬스터들은 사람들을 호시탐탐 노리고 있고. 국가가, 군대가 아니면 누가 나서겠는가?"

"그렇게 잘나신 군바리가 왜 이 사태를 못 막았을까? 이 꼴을 보라고."

왼손으로 도로를 가리키는 권태한. 도로 곳곳에 몬스터들에게 습격당해 죽은 사람들이 쓰러져 있었다. 개중에는 온전한 형태를 남기지 못한 이들도 많았고.

"변명하지 않겠네. 분명 군의 실책이니. 그러니……."

"일반인들이 그리 걱정되면 얼른 구하러 갈 것이지 왜 여기서 알짱거려? 심지어 이건 서브 퀘스트인데."

"일반인들을 구할 부대는 따로 있네. 또 그들을 수용하기 위해서는 던전이 필요하고. 그건 그렇고 자네는 VP라 들었네. MVP인 김인호 중사만큼 뛰어난 실력을 갖췄겠지."

"그게 이 상황과 무슨 상관이 있지?"

"큰 힘에는 큰 책임이 따르네. 부디 그 힘을 정의를 위해 사용해 주게나."

피식.

권태한은 어처구니없다는 듯 웃었다. 그리고 왼손으로 중지를 내밀었다.

"꼰대, 계속 자기가 정의의 편인 것처럼 지껄이는데 어차피 던전을 공략한 사람들은 다 일반인들 받아들이거든. 던전을 제대로 운영하기 위해서라도 안 받아들일 수가 없으니까."

"후우. 김인호 중사, 자네가 저 청년을 설득해주지 않겠나?"

박종찬이 인호를 바라보았다. 인호라면 자신의 말을 반드시 따를 것이라고 믿으면서.

-한 편이 되겠다고 한 적이 없는데 벌써 부하처럼 대하다니, 능구렁이군-

'그래서 더 역겹지.'

박종찬은 처음 만났을 때부터 마음에 안 들었다. 그나마 현주와 수아의 안전을 위해 몇 번 상대해줬지만 이제 그럴 이유도 없었다. 수도방위사령부를 비롯해 대다수의 군부대는 이미 박살났으니까.

"대령님. 저는 워로드 클랜에 들어가겠다고 한 적이 없습니다."

"무슨 말을 하는 건가, 지금!? 그게 대한민국의 자랑스러운 군인이 할 소리인가?"

권태한과의 대화에서도 흔들림이 없던 포커페이스가 처음으로 깨졌다. 다른 사람들은 몰라도 인호라면 꼭 들어올 거라 믿었기 때문에 배신감은 더 컸다.

"대령님이 만든 사설 조직이 대한민국 군대와 어떤 상관관계가 있는지 잘 모르겠습니다. 그래도 제 질문에 대해 답을 해주시면 긍정적으로 생각해보겠습니다."

"질문이 뭔가?"

"남태령에서 군인들이 죽어 나갈 때 당신은 어디 있었습니까?"

"그게 무슨 말인가! 나도 당연히……."

"몬스터 웨이브 당시, 저는 제 누나와 여기 있는 수아를 구하기 위해 그곳에서 계속 싸웠습니다. 그런데 대령님의 모습을 본 적이 없군요."

박종찬의 얼굴이 크게 일그러졌다. 그 모습을 보며 인호는 확신했다. 눈앞의 남자는 몬스터와 싸우지 않고 도망쳤다고.

"사, 사실 사령관님께서 명령을 내렸네. 기지를 사수할 수 없으니 후퇴하라고 말일세. 자네는 처, 천사한테 불려가서 못 들었으니 모를 만하지."

"이상하군요. 전 그런 명령을 전혀 못 들었는데. 저와 함께 있었던 군인들 또한 민간인들을 지키기 위해 끝까지 싸웠고."

"워낙 혼란스러운 상황이라 명령 전달이 제대로……."

"명령이 뭐가 됐든 간에 대령님은 전우들을 남기고 도망쳤군요."

웅성웅성.

박종찬에게 다가갔던 사람들이 동요했다. 그들이 원하는 건 안전한 보금자리였으며 또 자신들을 지켜줄 수 있는 강자였다. 동료를 버리는 사람이 아니라.

"워로드 클랜에는 들어가지 않겠습니다. 전우를 버리고 도망친 사람을 어떻게 믿겠습니까?"

"자기는 병사들을 버렸으면서 정의를 운운하다니, 완전 쓰레기잖아?"

권태한이 인호를 거들었다. 사람들은 슬금슬금 박종찬에게서 물러났다.

동요하는 이들은 그들뿐만이 아니었다. 수도방위사령부 출신이 아닌 군인들도 흔들리는 눈동자로 박종찬을 응시했다. 병사를 버리는 지휘관을 어떤 군인이 따르겠는가?

"그리고 당신에게 공략 멤버를 정할 권리는 없습니다. 던전을 공략할 자격은 플레이어 스스로가 증명하는 겁니다."

"스스로 증명한다고? 대체 어떻게 말인가? 이 자리에서 서로 죽고 죽이는 싸움이라도 벌이자는 건가?"

"필요하다면. 다만 당신하고 함께 할 사람은 이곳에 없을 거 같군요."

담담히 대답하며 마검을 뽑은 인호. 박종찬은 속으로 욕설을 퍼부었다. 마음 같아서는 여기 있는 놈들을 다 쏴 죽이고 싶었다. 그러나 그럴 수 없다는 걸 잘 알고 있었다.

'빌어먹을! 아이템만 아니었어도!'

대형 몬스터한테는 안 먹히지만, 소총은 여전히 강력한 무기였다. 특히 플레이어를 잡는 데는 최고라 할 수 있으리라. 아무리 초인이라 해도 총알보다는 빠르게 움직일 수 없었으니까.

문제는 희귀(Rarer) 등급 이상의 방어구였다. 이런 아이템들은 하나같이 보호막을 형성했고 소총의 총알 정도는 가볍게 막아냈다. 당장 권태한 일행의 갑옷이 마력탄마저 튕겨낸 것을 보지 않았던가.

그리고 던전을 공략한 플레이어들은 하나같이 그런 희귀 등급의 아이템을 착용한 상태였다. 그 때문에 소총을 눈앞에 뒀는데도 실실 웃을 뿐, 전혀 무서워하지 않았다. 저런 상대에게 위협을 해봤자 통할 리 만무했다.

'이대로 싸우면 진다.'

박종찬은 냉정히 판단했다.

휘하의 클랜원들과 던전을 공략하지 못한 플레이어들이 힘을 합치면 모를까, 지금은 이길 가능성이 없었다. 이미 그는 신뢰를 잃었고 휘하 클랜원들의 사기는 뚝 떨어졌기 때문에.

"워로드 클랜은 던전 공략을 포기하겠네. 다들 이만 돌아가세."

발걸음을 내딛는 박종찬. 그러다 잠깐 멈춘 그는 인호를 노려보았다.

"오늘 일을 반드시 후회할걸세."

"너야말로 운 좋은 줄 알아라, 박종찬. 힘을 아껴야 해서 그냥 보내주는 거니까."

"네놈이 감히!"

인호가 한 마디 덧붙이자 분노를 참지 못한 박종찬이 목청을 높였다. 허나 지금 그게 무슨 의미가 있을까? 그는 이를 갈며 예술의 전당을 떠났다.

그러나 권태한은 박종찬에게 눈길 한 번 주지 않았다. 오히려 기다렸다는 듯이 플레이어들 앞에 서더니 입을 열었다.

"자자, 짜증 나는 늙다리도 꺼졌으니 공략 멤버나 정하지? 야, 김인호. 너야 뭐 프리패스겠지만 나머지는 좀 솎아보자고."

"어이, 형씨. 뭘 사회자인 양 나서는 거야? 저쪽 분이 다 쫓아 내났더니만."

"맞아, 이왕이면 저분이 좀 해주시는 게 좋을 거 같은데. 더 공정할 거 같고. 게다가 MVP니 조금 더 낫겠지."

다른 사람들의 말이 이어지면 이어질수록 권태한의 얼굴이 붉게 달아올랐다. 그러나 사람들이 인호를 지지하는 건 당연했다.

정당방위라 해도 권태한은 자신을 습격한 이들을 몰살시켰다. 그에 반해 인호는 어떤가? 아무것도 모르면서 박종찬에게 낚일 뻔했던 이들을 구했고 클랜에 가입된 이들을 대표했다. 누구를 더 신뢰할지는 이미 정해져 있었다.

'이건 또 재미있게 되는군.'

인호의 입가에 미소가 떠올랐다. 원래라면 사람들 앞에 나서지 않겠지만 이번만큼은 이야기가 달랐다. 권태한을 비꼴 기회를 왜 저버리겠는가?

"쌍! 말 똑바로 해. 뭐가 어쩌고 어째?"

"권태한, 보기 추하니 거기까지 해라."

"내가 뭐 어때서!?"

"몰라서 묻는 건가?

무심한 어조로 되묻는 인호. 권태한은 몸을 부들부들 떨었다. 따져봤자 의미 없다는 것 또한 잘 알기에 그는 플레이어들의 제안을 받아들였다.

"진짜 정 안 가는 놈."

"너하고는 정을 쌓고 싶지도 않다. 시간 끌기 싫으니 얼른 본론으로 들어가라."

"후우. 일단 우리에게 주어진 선택지는 두 가지야. 하나는 던전에 들어갈 자격을 가진 사람을 합의해서 결정하는 거지."

"다른 하나는?

"배틀 로열. 근데 던전 공략을 앞둔 상태에서 힘을 낭비하는 게 얼마나 미친 짓인지 모르는 또라이는 여기에 없겠지."

과격한 표현이었지만 다들 같은 의견이었다.

온갖 위험이 도사리는 곳, 그게 던전이었다. 괜히 힘을 빼봤자 좋을 게 없다는 걸 잘 알고 있었다.

"그럼 합의를 하는 걸로 한 거다. 내가 원하는 조건은 하나야. 클랜에 가입하지 못한 놈들은 빠져. 있어봤자 도움도 안 되니까."

"웃기지 마! VP나 MVP면 다야!? 당신들이 뭔데 그런 걸 정해!"

"어차피 던전 브레이크에 대해 모르는 건 다 똑같잖아!"

공략 경험이 없는 사람들이 반발했다. 하지만 권태한은 눈 하나 깜빡이지 않았다. 무심한 얼굴로 자신이 할 말을 이어나갈 뿐.

"그래. 우리 중에서 브레이크 직전의 던전이 어떤지 아는 사람은 아무도 없어. 그래서 그게 뭐? 던전이 어떤 곳인지도 모르는 초짜들보다야 훨씬 낫거든."

"맞아! 괜히 다른 사람들 피해 볼 일 있어!?"

"초짜는 빠져 있어!"

공략 경험이 있는 사람들이 모두 권태한의 의견에 동조했다. 그러자 무경험자들은 인호를 바라보았다. 그러면 다른 의견을 제시할 거라고 믿으면서.

-어쩔 셈이냐?-

'쫓아내야지.'

김형준처럼 자기랑 아는 사이도 아니고 쭉정이들에게 기회를 줄 생각은 없었다. 저런 이들에게 목숨을 맡기고 싶지 않았다.

공평? 형평성?

개나 주라고 해라.

"저도 그게 옳다고 봅니다. 다른 던전도 아니고 브레이크를 앞둔 던전입니다. 여러분의 안전을 위해서라도 여기서는 포기해주십시오."

"저 말 듣고도 싫으면 실력을 증명하던가? 대신 그 이후에 어떻게 될지는 책임지지 않을 거야."

인호에 이어 권태한이 살벌하게 말하자 다들 고개를 푹 숙였다.

사실 반대한 이들의 숫자가 훨씬 많았다. 하지만 그러면 뭐하나? 개개인의 신체 능력부터 아이템 수준까지 모든 부분에서 달리는데. 투쟁의 시대에서 단순한 수적 우위는 결코 승리를 장담할 수 없었다.

"조건을 한 가지 덧붙이자면 희귀(Rare) 등급 아이템을 둘 이상 가진 사람들만 참가하십시오. 특히 방어구가 없는 사람은 빠지는 게 좋습니다. 참고로 제 방어구는 고유(Unique) 등급입니다."

그 말을 듣자 아예 예술의전당을 떠나는 이들이 속출했다. 자신들로서는 결코 끼어들 수 없는 세계임을 그제야 깨달았기 때문에.

-약자는 아무것도 할 수 없다. 그게 바로 투쟁의 시대다-

'이 기회에 그걸 깨달아야지.'

저들은 목숨을 건다는 의미를 이해할 필요가 있었다.

그렇게 권태한과 인호는 조건들을 정했고 자격이 없는 사람들이 차례차례 정리됐다. 그렇게 예술의 전당을 공략할 50명이 결정됐고 휴식 시간을 가졌다.

"제가 여기에 있어도 되는 건지 모르겠습니다."

형준이 풀죽은 목소리로 말했다.

자신이 다른 플레이어들보다 뒤떨어진다는 걸 많이 느꼈다. 실제로 물러난 이들 중에는 그보다 잘난 이들도 몇 명 있었다. 인호와 수아의 동료가 아니었다면 결코 이곳에 남지 못했으리라.

"경력직만 뽑으면 신입은 어디서 경력을 쌓겠습니까? 비슷한 상황이라고 봅니다."

"신입부터 쫓아낸 오빠가 할 말은 아니지만요."

수아가 장난스럽게 지적하자 인호도 쓰게 웃었다. 그래도 자신의 선택을 후회하지 않았다. 형준 한 명 정도야 커버할 자신이 있지만 모르는 이들의 목숨까지 챙길 수는 없었다.

"그럼 이제 출발하죠."

짧은 휴식 시간이 끝나고 플레이어들이 예술의전당 정문으로 모여들기 시작했다. 50명의 인원은 오와 열을 맞춰 던전 입구로 들어갔다.

그러자,

> 예술의전당은 음악당, 서예박물관, 디자인미술관, 한가람미술관, 오페라하우스로 이루어졌습니다. 이 구획을 다 공략해야 비로소 예술의전당의 공략이 끝납니다.
>
> 해당 구획은 정원이 정해져 있습니다.
> 오페라하우스 3명, 디자인미술관 7명, 서예박물관 15명, 음악당 25명입니다. 어디로 갈지는 플레이어들이 정하시길 바랍니다.

Close	View

메시지와 함께 네 개의 게이트가 나타났다.

"우리는 오페라하우스로 가겠다."

그 말을 한 뒤, 인호는 혼자 놀랐다. 생각하고 한 말이 아니었다. 메시지를 읽자마자 본능적으로 그 말이 튀어나왔다고 할까? 더 웃긴 건 그 말을 정정하고 싶지 않다는 생각이 계속 들었다.

'이건 뭐지?'

도저히 이해할 수 없었다.

"누구 마음대로 정하는 거야?"

"인원이 적은 만큼 위험하겠지. 그러니 제일 강한 내가 가는 게 당연한 일 아닌가?"

"계속 헛소리를 지껄이는데……."

"내가 튜토리얼 MVP다. 그러면 가도 되겠나?"

권태한은 말문이 막혔다.

"납득한 걸로 알지. 가자."

인호 일행이 움직이자 다른 이들도 길을 비켜줬다. MVP가 가장 위험한 곳을 가겠다는데 누가 반대할까?

"썅! 이번 퀘스트에서 누가 MVP가 될지 내기하자!"

"목숨 걸고 장난칠 생각은 없다. 철 좀 들어라, 템빨."

"넌 진짜 언젠가 한 번 뒈질 줄 알아라."

"할 수 있다면 해보던가."

템빨한테 현실을 가르쳐주는 것도 괜찮은 일이었다. 건성으로 대답한 인호는 일행과 함께 오페라하우스의 입구로 들어갔다. 뭔지 모르는 의문을 안은 채.

[던전 오페라하우스에 입장했습니다.]
[오페라가 시작됩니다.]

번쩍!

빛이 인호 일행을 집어삼켰다.

제12장 성모상 탐색

시야를 가득 채웠던 빛이 사라지자 인호 일행은 눈을 떴다.

"헉!"

눈앞의 광경을 보자마자 형준은 깜짝 놀랐다.

처음 눈에 들어온 건 종류를 알 수 없는 거대한 나무들이었다. 정글 같은 열대우림이 아니라 타이가라 일컬어지는 침엽수 삼림지대에 가까웠다.

당황한 형준은 위를 올려다보았다. 구름 한 점 없는 청명한 하늘이 그를 반겼다. 숲 전면에는 황금빛의 보리밭이 펼쳐져 있었고. 게임 속 던전을 상상했던 그에게는 충격적인 광경이었다.

"워, 원래 던전이 이렇습니까?"

"원래 이런지는 모르겠습니다만 일단 낙성대는 이랬습니다. 그때는 아예 고려 시대로 넘어갔죠."

"……이제는 뭐가 뭔지 모르겠습니다."

그리 대답한 형준은 얼떨떨한 얼굴로 주변을 둘러보았다. 굳은 몸을 부드럽게 감싸주는 바람에 기분이 좋았다. 혹시나 해서 그는 바닥에 떨어진 돌을 주웠다. 돌 특유의 단단함이 생생히 느껴졌다.

'꿈이 아니구나.'

꿈도, 환영도 아닌 진짜 현실이었다. 이런 일이 가능하다는 게 그저 경이로울 뿐이었다.

"지난번에는 설화, 이번에는 오페라. 이러다가는 신화나 전설 속으로도 들어가겠어요, 오빠."

"그러게. 어떤 일이 일어나도 이상하지 않은 곳이니까."

"그나저나 어떤 오페라일까요? 사실 오페라에 대해서는 잘 모르지만요."

"나도 그래."

부모님이 돌아가신 이후, 인호는 학비와 생활비를 벌기도 바빴다. 오페라처럼 비싼 가격의 티켓을 요구하는 취미는 그에게 있어 사치였다. 그래서 전혀 아는 게 없었다.

아무런 정보도 없는 상태에서 모르는 부분을 고민하는 건 부질 없었다. 따로 신경 쓰이는 부분이 있는 와중이었기 때문에 더더욱 그랬다.

"수아야, 혹시 이 던전에 들어가고 싶다는 느낌을 받았어? 그냥 여기에 들어가야겠다는 느낌이랄까?"

"전혀 못 느꼈는데요. 무슨 일 있어요, 오빠?"

"아무것도 아니야. 내가 착각했나 보네."

수아의 질문을 받은 인호는 대답을 얼버무렸다. 브레이크 직전의 던전에 들어온 것은 처음이었다. 어떤 위험이 도사리는지 모르는 만큼, 수아가 다른 곳에 신경을 쓰게 놔두고 싶지 않았다.

'무명.'

–던전과 너 사이에서는 아무런 연결성도 느낄 수 없었고 지금도

마찬가지다. 그러니 걱정할 필요 없다-

'네가 그렇다면 그런 거겠지.'

무명과 인호의 영혼은 긴밀하게 연결되어 있었다. 인호의 몸에 이상이 생기면 바로 알 수 있을 정도로. 그런 그가 호언장담한 이상, 크게 문제 될 일은 없으리라. 여전히 찝찝함은 해소되지 않았지만.

그러나 이어지는 무명의 말로 인해 다른 생각을 할 여지가 없어졌다.

-조심해라, 김인호. 괴수들이 득실거리는 게 느껴진다-

'뭐!?'

무명의 말이 끝나기 무섭게 새로운 메시지가 나타났다.

수아와 형준은 다급히 인호를 돌아보았고 그는 고개를 끄덕였다.

"출발하겠습니다!"

인호가 먼저 땅을 박찼다. 동레미 마을이 어디 있는지는 금방 알수 있었다.

하늘 위로 치솟고 있는 검은 연기가 눈에 들어왔다. 또 무기와무기가 부딪치는 소리, 몬스터와 사람들이 울부짖는 소리 등 다양한 소리가 귀를 자극했다.

'저긴가!'

거대한 목책으로 보호받고 있는 마을의 모습이 눈에 들어왔다. 중세 시대에나 나올 법한 작고 낡은 마을이었다.

허나 인호의 눈을 사로잡은 건 마을을 포위하고 있는 몬스터들이었다. 고블린과 오크들로 이루어진 부대가 마을을 맹렬하게 공격하고 있었다.

어린아이들을 제외한 마을 사람들이 조잡한 목창과 농기구로 힘껏 대항했다. 그러나 몬스터들의 거센 공격을 막기에는 역부족이었다.

그나마 사냥꾼으로 보이는 사내들이 화살로 목책을 넘으려 하는 몬스터들을 쏴 죽여서 다행이었다. 그렇다 해도 몬스터들이 우위를 점했음은 부정할 수 없었지만.

-캬오오오!-

-취익! 취익!-

승리를 확신한 몬스터들은 공격에 박차를 가했다. 마을 사람들이 5분이라도 더 버티면 기적이라 할 정도로 놈들의 공격은 거셌다.

풍전등화의 상황.

"먼저 갈게!"

우우웅.

수라멸천신공을 운용하자 영롱한 검은빛이 인호의 몸을 휘감았다. 온몸에서 힘이 들끓는 걸 느낀 인호는 몸을 날렸다.

거의 날다시피 떠오른 인호. 그는 그 상태에서 허공을 박찼다. 이전이었다면 헛짓거리였지만 이제는 달랐다. 단단한 지면을 박찬 것처럼 그는 빠르게 쇄도했다.

'괜찮네.'

정말 허공을 박찰 수 있을 줄이야, 신기한 감각이었다. 처음으로 이단 점프를 펼친 인호는 목책에 도착하는 데 성공했다.

−키에엑!−

−캬아악!−

인호의 눈에 가장 먼저 들어온 몬스터는 다름 아닌 고블린들이었다. 불과 몇 초전까지만 해도 미친 듯이 날뛰던 놈들은 그를 보자마자 겁에 질린 듯 몸을 떨었다.

[칭호 '고블린 사냥꾼'의 효과가 발동합니다. 당신을 본 고블린들이 공포에 빠집니다. 이에 따라 고블린들의 신체 능력이 10% 감소합니다.]

[패시브 스킬 '왕의 기세'의 효과가 전장을 뒤덮습니다. 7급 이하의 몬스터들이 혼란에 빠집니다. 모든 몬스터들의 신체 능력이 20% 감소합니다.]

고블린과 오크는 9등급 몬스터. 개중에 홉고블린이나 오크 전사처럼 상위 등급의 개체가 존재했지만 그래봤자 8등급에 불과했다. 놈들에게 있어 인호의 존재는 천적 그 자체라 해도 과언이 아니었다.

-*문 앞에 있는 놈들부터 처리해라! 문이 부서지면 마을은 끝이다!*-

뇌광참(雷光斬).

격을 잃은 마검에서 검붉은 검기가, 로드나이트의 검에서 검푸른 검기가 날아갔다. 두 개의 검기는 목책의 문을 부수려던 오크 6마리의 허리와 목을 절단했다.

다른 오크들이 황급히 문에 달라붙으려 했다. 물론 인호는 이를 좌시하지 않았다. 두 자루의 검이 휘둘러 질 때마다 서로 다른 색깔의 뇌광참이 날아가 몬스터들을 도륙했다.

"저, 저분은 대체……."

인호의 활약을 지켜본 형준은 기겁했다.

고블린과 오크의 등급이 낮은 건 맞다. 그렇다 해도 놈들의 숫자는 50마리가 넘었다. 그 정도 숫자의 몬스터들을 홀로 압도하다니, 누가 괴물인지 알 수 없었다.

"놀랄 시간에 싸워주세요, 형준 씨."

촤아아악!

수아의 몸과 총신에서 엄청난 마력이 집중되더니 푸른 빛줄기가 마치 장창처럼 길게 쭉 늘어났다. 그 길이만 무려 10m.

레이저를 연상시키는 빛줄기는 몬스터 부대의 중심을 관통했다. 꼬치처럼 빛줄기에 꿰뚫린 고블린 5마리가 그 자리에서 즉사했다.

이를 확인한 수아는 마력 권총을 휘둘렀다. 마치 검을 휘두르는 것처럼. 10m에 달하는 빛줄기는 이번에는 칼날이 되어 오크 두 마리와 고블린 네 마리를 쪼갰다.

타타탕!

진형이 흐트러지자 수아는 공격 방식을 바꿨다. 그녀는 빛줄기를 거둬들인 뒤, 방아쇠를 계속 당겼다.

그러자 수십 발에 달하는 마력탄들은 폭풍이 되어 몬스터들을 덮쳤다. 피를 뿜으며 쓰러지는 몬스터들의 모습을 보니 추풍낙엽이 뭔지 절로 실감할 수 있었다.

'나 여기에 왜 온 거지?'

진지하게 고민하는 형준. 그는 싸움에 끼어들기를 포기했다. 두 사람처럼 싸우고 싶었지만, 그 전에 자신이 휩쓸려 죽을 판국이었다. 가만히 지켜보는 게 상책이었다.

―취이익!―

육중한 갑옷을 입은 오크 전사가 있는 힘껏 인호를 향해 도끼를 내리쳤다. 바위조차 부수는 일격이었지만 통하지 않았다. 인호가 마검을 갖다 대는 것만으로 도끼는 유리처럼 박살났고 파편은 주인을 덮쳤다.

그런데도 오크 전사는 죽지 않았다. 쓰러졌는데도, 죽음을 코앞에 뒀는데도 놈은 인호의 발목을 붙잡았다. 이를 기다렸다는 듯이 오크 두 마리와 고블린 세 마리가 달려들었다.

'미끼라니, 머리를 썼군.'

자신을 노리는 놈들 뒤로 활을 들고 있는 개체들이 보였다. 그뿐인가? 궁수들 뒤에는 화려한 장신구를 갖춘 놈들이 서 있었다. 머리 위에는 각각 고블린 주술사와 오크 주술사라 적혀 있었고.

미끼들을 처리하는 순간, 화살과 주술 공격이 자신을 덮칠 것이다. 이를 알면서도 인호는 그 자리에서 물러나지 않았다. 대신 건곤천뢰검을 펼쳤다.

건곤천뢰검(乾坤天雷劍)

제3식 난뢰쇄천(亂雷碎天)

검붉은 검과 검푸른 검이 무시무시한 속도로 허공에 수를 놓았다. 그렇게 만들어진 수는 하나의 벽이 되었다.

-캬아아악!-

-취에에엑!-

인호에게 달려들던 놈들은 물론 발목을 붙잡고 있던 오크 전사의 몸이 분쇄됐다. 당황한 궁수들이 화살을 쐈다. 그러나 소용없는 건 똑같았다. 7발의 화살들은 촉만 남긴 채 사라졌다.

화르르!

파지직!

불꽃의 화살과 번개의 창이 인호를 노렸다. 그것도 초식이 끝나는 타이밍을 맞춰서.

"고맙다."

누가 봐도 위험한 상황에서 인호는 웃었다. 그는 로드나이트의 검을 바닥에 꽂고 왼손을 내밀었다. 정확히는 왼손의 손가락에 꽂혀 있는 금마의 반지를.

위이잉.

두 개의 주술은 인력에 이끌린 것처럼 금마의 반지로 빨려 들어갔다. 이는 마력으로 전환되어 인호의 몸을 채웠다.

이를 본 주술사들은 충격이 컸는지 멍하니 입을 벌리고 있었다. 그게 놈들이 본 마지막 광경이었다. 수아가 쏜 마력탄이 놈들의 머리를 박살냈기에. 그걸로 부족했는지 그녀는 살아있는 놈들의 숨통을 차례차례 끊었다.

이제 남은 놈은 두 마리.

부대의 대장인 오크 대전사와 홉고블린 전사는 자신들이 오늘 여기서 죽는다는 사실을 깨달았다. 이를 알면서도 놈들은 인호와 수아에게 달려들었다.

쉬에엑!

거대한 글레이브를 내지르는 오크 대전사. 마력을 가득 실은 공격은 검기에 필적하는 위력을 자랑했다. 단지 그 정도로는 인호에게 소용없다는 게 놈에게 불행이었을 뿐.

검기에 휘감긴 마검의 칼날이 글레이브를 막았다. 마력과 마력의 반발은 오크 대전사의 신체 내부를 뒤집기에 부족함이 없었다. 글레이브를 쥔 팔은 진동을 일으키듯 떨렸고 균형을 잃은 몸이 비틀거렸다.

그런 놈에게 사형 선고가 내려졌다.

건곤천뢰검(乾坤天雷劍)

제1식 뇌격십자인(雷擊十字刃)

마검의 칼날 위로 떨어지는 로드나이트 검. 두 자루의 검이 만나자 커다란 폭발이 일었다. 강렬한 열기는 오크 대전사를 흔적도 남기지 않은 채 불태웠다.

–끼에에엑!–

마력탄 세례를 버티며 수아에게 달려드는 홉고블린 전사. 살점이 터지고 피가 뿜어져 나왔지만, 놈은 개의치 않았다. 오히려 이를 악물고 아밍 소드를 찔렀다. 표적은 그녀의 목이었다.

까앙!

죽음을 각오하고 내지른 회심의 일격이었다. 그런데 전혀 예상치 못한 이에게 막혔다.

–끼륵–

허탈하게 웃는 홉고블린 전사. 칼날의 끝에 있는 건 형준의 오른팔이었다. 강체로 인해 검게 물든 팔이 칼날을 막았다.

"고마워요, 형준 씨."

옅은 미소를 짓는 수아. 그녀의 여유로운 모습을 본 형준은 자신이 나서지 않아도 됐다는 걸 깨달았다.

"그럼."

마무리를 짓기 위해 수아는 방아쇠를 당겼다. 새하얀 마력탄이 홉고블린 전사의 머리를 박살냈다.

[플레이어 김인호가 던전 퀘스트 '동레미 마을을 지켜라!'를 달성합니다.]

[보상으로 희귀(Rare) 등급의 스킬을 선택할 수 있습니다. 또 플레이어 포인트 10이 주어집니다. 현재 플레이어 포인트-44]

[동레미 마을 사람들을 구하는 데 성공했습니다. 약자를 돕는 것은 영웅의 위업. 이에 따라 영웅화가 1퍼센트 진행됩니다. 현재 영웅화-33퍼센트]

"수고했어요, 오빠."

"너도 수고했어, 수아야. 그리고 형준 씨, 수아를 지켜주셔서 감사합니다."

"아, 아닙니다. 탱커가 동료를 지키는 건 당연한 일이니까요. 오히려 이것밖에 못 한 자신이 한심할 따름입니다."

"그 마음을 잊지 않고 정진하면 강해질 겁니다."

겉치레로 하는 말이 아니었다. 찰나의 순간에 정확히 팔을 갖다 댄 형준의 움직임은 칭찬받아 마땅했다. 그 정도 센스가 있다면 더 강해질 수 있을 것이다.

끼이익.

때마침 목책의 문이 열렸다. 그리고 일단의 무리가 일행에게 다가왔다.

'여자라고?'

무리를 본 인호는 의아해했다. 무리의 선두에는 여인이 서 있었다. 뒤에 건장한 체격의 남성들도 있었는데도. 중세시대에 여자가 무리를 대표하다니, 신기했다.

그렇다고 여인의 나이가 많은 것도 아니었다. 소녀라 하기에는 성숙했지만, 성인이라 보기에는 앳된 기색이 남아있었다. 여러모로 이해하기 어려운 상황이었다.

"……인형 같아."

자기도 모르게 말하는 수아. 인형이라 불리기에는 수아와 키 차이가 거의 나지 않았지만, 여인은 정말 압도적인 아름다움을 자랑했다. 형준은 아예 입까지 벌렸다.

등까지 닿은 금발은 전투로 인해 흐트러졌는데도 윤기가 흘렀다. 청록색 눈동자는 굉장히 맑고 투명했다.

허나 가장 강렬한 건 여인에게서 흘러나오는 기품이었다. 낡은 가죽 갑옷을 입고 있는 데다 땀과 피로 범벅이 됐는데도 만인을 따뜻하게 감싸는 기품이 느껴졌다.

'영웅이군.'

인호는 확신했다. 모를 수가 없었다. 여인의 기품은 무명의 강렬한 기세, 길잡이의 신비한 분위기와 비슷한 부분이 있었기 때문에.

무엇보다 여인은 자신들뿐만 아니라 인호의 뒤에 떠다니고 있는 무명을 포착했다. 이것만 봐도 그녀가 특별한 존재임을 알 수 있었다.

"이국의 사냥꾼들이 이런 궁벽한 곳까지 오실 줄은 정말 몰랐어요. 저희 마을을 구해주셔서 정말 감사합니다. 저는 조반나 다르코라고 해요. 은인들의 이름을 알 수 있을까요?"

두근.

그 이름을 듣자 인호의 심장이 요동쳤다. 분명히 처음 듣는 이름이었는데도.

인호 일행은 조반나 다르코를 따라 동레미 마을로 들어갔다. 마을 안은 끔찍했다.

"으아아악! 내 다리! 다리가!"

"아아앙! 아빠! 일어나요!"

마을 곳곳에 비명과 탄식이 울려 퍼졌다. 상처를 입은 사람은 고통으로 괴로워했고 또 어떤 이들은 소중한 사람을 잃어 구슬피 울었다.

이를 본 일행의 안색이 어두워졌다. 여기까지 오면서 숱한 죽음을 봤지만, 여전히 타인의 죽음을 지켜보는 건 어려웠다.

"……모두 마을과 사람들을 지키기 위해 최선을 다했어요. 주님께서 따뜻하게 저들을 맞이할 거예요."

"부디 그랬으면 좋겠습니다."

인호가 조반나에게 해줄 수 있는 말은 그것밖에 없었다. 그녀는 계속 마을 안으로 들어갔고 다른 집들보다 1.5배 더 큰 집이 나타났다. 촌장의 집이었는데 문 앞에 허리가 굽은 노인이 나와 있었다.

"저, 정말 감사합니다. 여러분이 아니었다면 큰일 났을 겁니다!"

노인은 양손으로 인호의 손을 붙잡더니 연거푸 고개를 숙였다. 게다가 두 눈에서는 뜨거운 물방울이 뚝뚝 흘러내렸는데 이는 실시간으로 인호의 손과 팔을 적셨다. 고마워하는 마음은 이해하지만, 솔직히 부담스러웠다.

"사냥꾼이 몬스터와 싸우는 건 당연한 일입니다. 그러니 고개를 들어주십시오."

"이 벽지까지 온 이국의 사냥꾼들은 여러분이 처음입니다. 대체 이 은혜를 어찌 갚아야 할지…….."

"거창한 보답은 바라지 않습니다. 다만 이곳에서 한동안 머무를 수 있게 해주면 감사하겠습니다."

어차피 던전 퀘스트를 공략하기 전까지는 이곳에서 계속 지내야 했다. 이왕 일이 이렇게 된 이상, 정식으로 촌장의 허락을 구하는 게 나았다.

"오, 오히려 저희가 부탁하고 싶은 일입니다. 다만 작은 마을이다 보니 빈집이 없어서…….."

"저희는 창고 같은 곳이라도 상관없습니다. 대신 저희 쪽 여성이라도 다른 집에 들여보낼 수 없겠습니까?"

"저만 챙겨줄 필요 없어요, 오빠. 어딜 가든 같이 가야죠."

바로 반대하는 수아. 단호한 눈빛을 보니 마음을 바꿀 거 같지 않았다. 그러자 일행을 지켜보고 있던 조반나가 촌장에게 말을 걸었다.

"아무리 그래도 손님을 창고에 모실 수는 없어요. 차라리 제 집이 어때요?"

"확실히 너는 혼자 사니…….. 그래도 정말 괜찮겠니?"

촌장이 걱정하는 것도 무리는 아니었다. 여자 혼자 사는 집에 낯선 남자 둘이 들어간다면 다들 그와 같은 반응을 보이리라. 그나마 수아가 있었기 때문에 반대는 하지 않았지만.

"그럼요. 이분들하고 이야기도 나누고 싶거든요."

"고맙구나. 그럼 손님들, 이 아이 집에서 지내주시겠습니까? 대신 저희가 책임지고 식사를 제공하겠습니다."

"감사합니다."

마침내 결론이 났다. 인호 일행은 촌장을 떠나 조반나의 집으로 향했다.

"아무 데나 편한 곳에 앉으시면 돼요. 저는 잠깐 담요 좀 받아올게요."

인호가 괜찮다고 말했지만 조반나는 듣지도 않고 집을 나섰다. 슬픔을 잊기 위해 움직이는 걸 모를 정도로 일행은 둔하지 않았다.

"후우. 진짜 뭐가 뭔지 모를 세상이군요. 설마 던전에 오자마자 퀘스트를 받고 싸우게 될 줄이야. 깜짝 놀랐습니다."

"앞으로도 계속 퀘스트를 받을 겁니다. 몇 개를 받을지는 모르겠지만 그걸 다 깨야 공략이 완료됩니다."

"그런 구조군요. 그건 그렇고 설마 이곳에서 다른 세계의 사람을 만날 줄은 몰랐습니다. 전혀 다른 언어를 사용하는데도 대화가 되는 것도 신기하고요."

"환경에 신경 쓰지 말고 퀘스트나 공략하라는 뜻으로 받아들이고 있습니다."

인호의 말을 들은 형준은 복잡한 표정을 지었다. 이게 좋아해야 할 일인지 싫어해야 할 일인지 알 수 없었기 때문에.

"그런데 오빠, 여기는 정말 낙성대보다 더 공략하기 어려울 거 같지 않아요?"

"어떤 몬스터가 나오느냐에 따라 달라지겠지만 그때보다는 상황이 나쁘지."

동레미 마을은 작아도 너무 작았다. 집들은 오두막보다 조금 나은 수준이었고 여관이나 식당 같은 편의 시설은 아예 없었다. 그나마 대장간이 있었지만, 농기구만 주로 만들어서 무기들은 하나같이 부실했다.

상황이 이러니 남경에서처럼 던전 공략에 필요한 아이템을 구하는 건 불가능했다. 퀘스트가 빨리 끝나면 모를까, 장기전이 되면 일행에게 큰 위협이 되리라.

"희망이 없는 건 아니야. 너도 느꼈겠지만, 그녀는 영웅이거든."

"역시 그렇죠? 길잡이분하고 무명 씨하고 비슷하다 싶었는데."

한 가지 이해할 수 없는 건 조반나가 가진 힘이었다. 이름을 기억하고 있는 걸 보아 그녀는 4성 영웅일 확률이 높았는데 정작 그녀에게서 흘러나오는 기세는 무명이나 길잡이와 비슷했다. 여러모로 이상한 점이 많았다.

"저 왔어요."

어느새 담요를 끌어안은 조반나가 집 안으로 들어왔고 인호의 상념은 깨졌다. 형준은 그녀를 돕기 위해 다급히 자리에서 일어났다.

"제가 대신 하겠습니다."

"손님들한테 일을 맡길 수는 없죠. 별로 무겁지도 않고요."

가볍게 대답한 조반나는 담요를 집 안쪽에 내렸다. 그리고 신난다는 듯이 일행에게 다가와 자리에 앉았다.

"다시 한 번 인사할게요. 저는 조반나 다르코라고 해요. 실례가 아니면 여러분의 이름을 알 수 있을까요?"

"김인호라 합니다."

"이수아에요."

"김형준이라 불러주십시오."

조반나는 가볍게 고개를 끄덕이고는 인호를 응시했다. 아니, 정확히는 그의 뒤에 있는 무명을 흥미롭게 바라보았다.

-무명이라 불러라-

"이국의 사냥꾼들은 다들 신기한 이름을 사용한다더니 사실이네요. 거기다가 이국의 영웅까지 오다니, 역시 여러분은 주님께서 말씀하신 분들이 맞네요."

"그 말은?"

조반나의 말을 듣자 인호는 의문을 느꼈다. 마치 자신들이 온다는 걸 알고 있었다는 것처럼 말하는 게 아닌가?

"주님께서 말씀해주셨어요. 저를 도와줄 사람들이 마을에 찾아올 거라고요. 정말 감사합니다, 주님."

갑자기 눈을 감고 기도를 하는 조반나. 어처구니없는 건 그녀의 몸에서 은은한 빛이 흘러나오고 있다는 점이었다. 진짜 신과 소통하고 있는 것처럼 보였다.

점점 이해하기 어려워졌다.

이곳은 던전. 과거 강감찬 장군이 말했다시피 단순한 가상의 세상이다. 거짓의 존재가 무슨 수로 자신들이 올 것을 예언한단 말인가?

"노, 농담하는 게 아닐까요?"

"맞아요. 그냥 던전의 설정 같아요."

수아의 말대로 단순한 설정이라 보는 게 합리적이었다. 그래도 마음 한구석이 찝찝한 건 왜일까? 답이 나오지 않았다. 그 말을 들은 조반나가 쓴웃음을 지으며 말했다.

"사람들은 참 이상해요. 주님을 믿는다고 하면서 정작 제가 그분의 말씀을 들었다고 하니 다들 안 믿어요."

"계시를 들었다는 겁니까?"

"계시인지는 모르겠어요. 하지만 이게 주님께서 주신 힘이랍니다."

가볍게 손을 흔드는 조반나. 그러자 익숙한 메시지가 나타났다.

과거 강감찬이 그랬듯 조반나 또한 일행에게 퀘스트를 부여했다. 그녀가 진짜 신의 계시를 받았는지는 알 수 없었다. 그렇다 해도 그녀가 이번 공략의 열쇠인 점은 분명했다.

"설명이 필요합니다."

"시간이 없으니까 간단히 말할게요."

인호가 요구하자 조반나는 고개를 끄덕였다. 그리고 현 상황에 관해 설명하기 시작했다.

조반나의 설명을 요약하면 이러했다.

인호 일행이 있는 왕국의 이름은 프랑크였다. 문제는 이 나라가 전쟁을 치르고 있다는 사실이었다.

지금으로부터 90년 전, 사악한 악의 군주가 몬스터를 일으켜 왕국의 영토를 침범했다. 때마침 왕국의 왕이 직계 후계자를 지정하지 못한 채 서거하는 바람에 혼란은 걷잡을 수 없을 정도로 커졌다.

그나마 각지의 대영주들이 군사를 일으켜 저항했고 그사이에 새로운 왕이 등극했다. 그러면서 내부의 혼란은 가라앉았지만 이미 왕국의 영토 절반 이상이 점령된 상태였다.

그 이후의 전황은 지지부진했다. 양측 모두 일진일퇴의 공방을 이어가면서 누구도 우세를 점하지 못했다. 중간에 여러 번 전쟁이 중단되는 경우가 발생했고 그렇게 90년 가까운 시간이 흘렀다.

"지금도 몬스터들은 소규모 부대를 왕국 각지에 파견하고 있어요. 조금 전에 저희 마을을 덮친 놈들도 그중 일부고요."

"이를 보다 못한 신이 성모상을 하사했고 우리가 그걸 되찾으러 가야 한다는 거군요?"

"맞아요! 저 혼자만으로는 부족해서 발만 동동 구르고 있었어요. 마을을 덮친 몬스터들도 위험하지만, 숲에는 더 무서운 놈들이 득실거리거든요."

인호와 수아는 얼굴을 찌푸렸다.

기세 자체는 3성 영웅과 비슷해도 그녀는 이미 자신만의 이름을 가진 영웅이었다. 그런 영웅이 위험하다고 판단할 정도의 몬스터라니?

'최소 6급 이상인가?'

-한, 두 마리가 아니라는 것도 문제지-

그녀의 말이 사실이라면 이번 던전은 낙성대 이상으로 험난했다.

"게다가 제가 숲에 들어가면 놈들도 마을을 더 거세게 공격해요. 도저히 들어갈 수 없었는데 때마침 여러분이 와주신 거죠. 주님께 몇 번이나 감사했는지 몰라요."

인호는 눈을 감았다. 그녀의 이야기는 이해했다. 그녀가 뭘 필요로 하는지, 자신이 뭘 해야 하는지에 대해서도 전부. 그러나 마음속에서 어떤 의문이 떠올랐다.

"하나 질문해도 되겠습니까?"

"물론이죠. 말하세요."

"혹시 잔 다르크라는 이름을 아십니까?"

스스로 생각해도 어처구니없었다.

그녀의 이름은 조반나 다르코. 다른 이름을 가지고 있을 가능성은 없었다.

그래도 묻고 싶었다.

위기에 빠진 왕국, 신의 계시를 받고 움직이는 여인 등 모든 부분에서 그녀는 한 사람을 떠올리게 했다. 구국의 성녀라 불리는 잔다르크를.

"처음 듣는 이름인데요?"

고개를 갸웃거리는 조반나를 보니 거짓말을 하는 것처럼 보이지 않았다. 아니, 그녀가 정말 신의 계시를 받았다면 거짓말을 할 수 있을 리 만무했다. 인호는 원 역사의 그녀를 바탕으로 만들어진 가공의 인물이라 판단했다.

이곳은 오페라 무대였으니까.

"제 제안을 받아주실 건가요?"

조반나의 눈동자가 파르르 떨렸다. 혹시나 거부당할 수 있다는 사실에 불안해하는 기색이 역력했다. 그만큼 위험한 곳이었으니까.

"물론입니다."

"그게 저희 일인걸요."

인호가 대답하자마자 수아가 거들었다. 조반나의 정체가 무엇이든 간에 퀘스트는 퀘스트였다. 던전을 공략하기 위해서라도 받아들여야만 했다.

"고마워요! 정말로 고마워요! 막막했는데 드디어 빛이 보이네요."

"아닙니다. 다만 저희 모두 갈 수는 없습니다. 보아하니 몬스터들이 또 쳐들어올 거 같으니."

"그럼 제가 남을게요, 오빠. 다수를 상대하는 건 제가 오빠보다 잘하니까요."

"그게 좋겠어."

몬스터의 이점인 숫자는 그녀 앞에서는 의미를 잃었다. 눈 깜짝할 사이에 수십 발의 마력탄을 퍼붓는데 수적 우위 따위야 알게 뭔가?

"그리고 형준 씨도 남는 게 좋을 거 같습니다."

"알겠습니다, 대표님."

형준은 순순히 동의했다. 타인을 지키면서 싸우기에는 여러모로 부족하다는 걸 잘 알았다.

"중요한 건 결정됐고. 다르코 씨, 언제……."

"편안하게 조반나라고 불러주세요. 다른 분들도요. 존칭을 듣는건 어색해서요."

"알겠습니다. 언제 출발하는 게 좋을까요?"

"혹시 피곤하신가요?"

"전 괜찮습니다."

영웅화가 진전되면서 육체적 피로는 완전히 사라졌다. 전투로 소모됐던 마력도 원상회복됐고. 마음만 먹으면 당장이라도 움직일 수 있었다.

"그러면 지금 출발해요! 몬스터들보다 빨리 찾아야죠! 숲에만 들어가면 성모상이 어디 있는지 알 수 있으니 위치도 문제없어요!"

오른쪽 주먹을 불끈 움켜쥐는 조반나. 그녀의 두 눈동자는 활활 타오르고 있었다.

"알겠습니다."

쇠뿔도 단김에 빼라고 하지 않던가. 이미 몬스터들이 숲속에 있는 걸 생각하면 빨리 움직이는 게 옳았다.

'여차하면 네 힘을 빌리겠다, 무명.'

―명심하지―

사태의 심각성을 알고 있는데도 여전히 무명은 여유를 잃지 않았다. 그 모습을 보니 절로 안심이 됐다.

'성모상이라……'

대체 어떤 능력을 품고 있을까?

조반나는 탐색 준비를 하겠다며 마을 안을 이리저리 뛰어다녔다. 먼저 입구로 온 인호는 차분히 마을의 모습을 둘러보았다. 남녀노소를 다 합쳐 100명이 조금 넘을 정도로 작은 마을이었다.

"그동안 버틴 것이 신기하군. 아무리 영웅이 있다 해도."

―불가능한 일을 현실로 만들었기 때문에 그녀가 영웅인 거다―

"신의 계시를 받아서 영웅이 된 게 아니고?"

―무식한 소리를 하는군. 만약 네가 신의 계시를 받으면 어떻게 할 거냐? 그대로 그 말을 따를 건가?―

"아니."

어떤 삶을 살지는 자신이 정한다. 설령 신이 실존하다 해도 그 사실은 변하지 않으리라.

　－마찬가지다. 그녀가 사람을 구하고자 하는 마음을 품어서 신이 그녀를 선택한 거다. 대단하지 않나? 아직 20년도 안 산 소녀가 사람을, 국가를 짊어지려 하다니－

"대단하지. 가까이에 있는 사람을 지키기도 버거운 판국에."

정말 조반나가 신의 계시를 받았는지는 알 수 없었다. 허나 사람들을 구하기 위해 자신을 희생해 위험을 무릅쓰는 것만으로도 그녀는 존경받을 자격이 있었다.

"많이 기다리셨죠?"

등에 봇짐을 짊어진 조반나가 다가왔다. 정작 인호의 눈길을 사로잡은 건 그녀가 아니었다. 바로 그녀가 쥐고 있는 창이었다.

"그건?"

"제가 오랫동안 사용한 창이에요. 원래는 사냥용인데 마을에 이런 것밖에 없어서요."

"신기하게 생겼군요."

창이 길이는 창날을 포함해 2m 정도 됐다. 창날의 길이만 해도 30cm를 조금 넘겼다. 생김새는 동양의 창인 '모(矛)'와 비슷했고.

다만 신기한 건 창날 밑에 박혀있는 장식이었다. 동양의 꺾창과 비슷했지만 크기는 훨씬 작았다. 공격용으로 사용할 수도 없는데 왜 달았을까?

"이건 러그(Lug)라고 해요. 멧돼지를 찔렀을 때 창이 너무 깊이 들어가지 않도록 하기 위해 붙인 거예요."

　－전투에서도 쓸 만하지. 상대가 검이나 창을 찌를 때, 저 부분을 이용하면 적절히 막아낼 수 있으니까－

"맞아요! 이걸로 적의 공격을 많이 막았거든요. 역시 잘 아시네요?"

-날붙이에 대해서 나보다 잘 아는 사람은 찾기 힘들 거다. 물론 다루는 걸 더 잘한다만-

"대단해요! 저는 사냥꾼 아저씨들이 가르쳐준 찌르기만 배운 게 전부인데."

조반나가 눈동자를 반짝거리자 무명이 거만하게 턱을 세웠다. 그녀의 열광적인 반응은 인호에게서는 전혀 찾아볼 수 없었다. 그래서 그는 더욱 가슴이 벅차오름을 느꼈다.

-여유가 생길 때마다 창술에 대해 알려주마. 문화의 차이가 있어도 기본은 비슷하겠지-

"감사합니다."

꾸벅 고개를 숙이는 조반나. 무명은 흐뭇해하며 고개를 끄덕였다. 인호의 입장에서는 어이가 없었지만 어쩌겠는가? 본인이 가르쳐주고 싶다는데.

"그럼 출발하죠."

"네! 저만 믿고 따라오세요!"

앞장서는 조반나. 숲이 위험하다는 걸 알면서도 그녀는 웃는 모습을 잃지 않았다. 마치 그녀가 바라면 뭐든 이루어질 것 같다는 기분이 들 정도였다.

'더 조심해야지.'

그래도 인호는 냉정함을 잃지 않았다. 현실이 얼마나 잔인한 곳인지 잘 알고 있었기 때문에. 차분하게 그녀의 뒤를 따를 생각이었다.

마침내 두 사람과 한 영혼은 동레미 숲으로 들어갔다.

-위험한 줄은 알았다만 이 정도일 줄은 몰랐군-

"성모상을 찾게 놔두지 않겠다는 거지. 그렇다 해도 시작부터 오우거라니……."

인호는 눈썹을 찌푸렸다. 숲속으로 100m밖에 안 들어왔는데 벌써 7급 괴수가 나타났다는 사실이 어처구니없었다.

게다가 이곳은 마을과 1km도 채 되지 않았다. 그나마 놈이 숲 밖으로 나올 기색을 보이지 않아 다행이었다. 만약 저런 놈들까지 달려들었다면 마을은 지도에서 사라졌으리라.

-숫자도 상당하다. 1리 안에 저런 놈만 10마리가 넘는군-

"이래서 숲에 들어올 수가 없었어요. 제가 들어오면 커다란 놈들도 마을에 달려들거든요. 그러면 피해도 더 커지고……."

"그래도 아예 나쁜 상황은 아닙니다. 놈들이 여기 있다는 건 아직 성모상을 못 찾았다는 걸 의미하니까요."

만약 놈들이 성모상을 파괴했다면 처음부터 퀘스트를 받지 못했을 것이다. 아무래도 이곳의 신은 예상했던 것보다 훨씬 은밀한 곳에 성모상을 숨겨둔 게 분명했다.

"그럼 시작하겠습니다."

"도와드릴까요, 인호?"

"지금은 괜찮습니다."

6급이라면 모를까, 7급은 그의 상대가 아니었다. 몸을 숙여 무게중심을 낮춘 인호는 곧장 지면을 박찼다.

-크헝?-

기척을 느낀 오우거가 고개를 돌렸지만 때는 늦었다. 순식간에 거리를 좁히는 데 성공한 인호는 마검을 지면 근처까지 떨어뜨리면서 휘둘렀다. 마치 야구의 언더핸드 투수가 투구하는 것처럼.

콰드득!

부드럽게 휘둘러진 검은 오우거의 발목을 단숨에 베었다. 사선으로 그어진 발목은 다리에서 분리됐고 녹색 피가 뿜어져 나왔다. 고통을 이기지 못한 놈은 비명을 지르려 했지만 인호는 그럴 기회를 주지 않았다.

높게 점프한 인호는 로드나이트의 검을 찔러 올렸다. 검은 오우거의 턱을 지나 뒤통수를 뚫고 나왔다. 숨통이 끊어진 놈은 뒤로 쓰러졌다.

-둘 다 피해라!-

인호가 검을 뽑으려 할 때, 무명이 외쳤다. 그 말을 듣는 순간, 인호와 조반나 모두 뒤로 물러났다.

펑!

그와 동시에 시체의 복부가 터지더니 보랏빛 연기가 흘러나왔다. 연기는 염산처럼 수풀과 나무를 녹여버리더니 빠른 속도로 일행을 덮쳤다.

"제길!"

이대로라면 당한다!

이를 깨달은 인호는 조반나의 손을 붙잡았다. 그리고는 전방으로 점멸을 펼쳤다. 공간이 일그러졌고 두 사람은 50m 앞에 있는 나무 부근에 나타났다. 다행히 바람 방향 때문에 연기는 일행에게 미치지 못했다.

"……원래 이곳의 몬스터들은 다 이렇습니까?"

"처, 처음이에요. 사흘 전에 왔을 때만 해도 이렇지 않았어요."

"아무래도 악의 군주라는 작자가 당신을 이곳에서 죽이기로 작정한 거 같습니다."

이제까지 세 자릿수 이상의 몬스터들과 싸웠지만, 독을 담은 놈은 처음이었다. 정황을 볼 때, 악의 군주든 그 부하든 휘하 몬스터들에게 수작을 부렸을 확률이 높았다.

그래서 더 궁금했다.

대체 성모상이 뭐기에 적이 이렇게 나온단 말인가?

-딴 데 신경 쓸 때가 아니다. 놈들이 오고 있다-

"철두철미한 놈이군."

승리를 거두고 안심하는 이들의 뒤통수를 후려치는 것만으로도 모자라 주변에 퍼져 있는 아군들을 불러 모으는 수를 동시에 부렸다. 누가 이 상황을 꾸몄는지는 알 수 없지만 지독한 족속이라 장담할 수 있었다.

쿵! 쿵! 쿵!

사방에서 요란한 소리가 울려 퍼졌다. 대형 괴수들의 발걸음 소리, 나무가 부러지는 소리, 바위가 깨지는 소리 등 여러 가지가 섞여 있었다.

"무명······."

-할 수 있을 거라 생각하나?-

촤아아!

갑자기 검은 안개가 숲을 뒤덮었다. 그것도 눈을 깜빡이는 것보다 더 빠른 속도로.

[봉인의 저주에 닿았습니다. 플레이어 김인호는 권능 '뽑기'를 사용할 수 없습니다.]

"뭐라고!?"

어떤 상황에서도 침착함을 유지하기 위해 노력하는 인간이 바로 인호였다. 허나 그런 그도 이번만큼은 크게 경악했다. 권능을 사용할 수 없다니, 이런 경우가 처음이라 충격은 더 컸다.

가장 이해할 수 없는 건 조금 전의 목소리였다. 위치는 물론 정체도 알 수 없는 존재가 자신에게 간섭하다니, 어떻게 되먹은 적인가?

-어디서 나타난 놈인지 모르겠다만 대업을 방해하게 내버려 두지 않겠다-

목소리가 다시 들렸지만 인호는 무시했다. 대신 금마의 반지를 사용했다.

우우웅!

검은 안개가 반지 안으로 흡수됐고 이는 마력으로 전환되어 인호의 단전을 채웠다. 마법이라 예상했고 여기까지는 맞았다. 문제는 그다음이었다.

'안 사라진다고?'

정확히 따지면 안개는 흡수됐다. 사라지자마자 다시 가득 차서 문제였지.

-마법을 흡수하는 아티팩트라니, 대단하지만 그래 봐야 여기서는 소용없다. 이 정도 규모의 광역 마법을 흡수할 수 있을 거라고 봤나?-

혹시나 하였는데 역시 그랬다.

-그리고 가짜 성녀, 여러 번 겪지 않았나? 숲에 발을 내디디면 마을이 위험해진다고-

"저는 성녀가 아니에요. 그저 주님의 말씀을 따르는 평범한 사람일 뿐. 그리고 성모상을 찾는 것은 주님께서 부여하신 제 역할이에요."

-무지렁이답게 학습 능력이 떨어지는군. 아니, 차라리 잘 됐나? 오늘 네년을 여기서 죽이면 굳이 성모상을 찾을 필요도 없으니까-

"주님의 뜻을 이루기 전까지, 저는 절대 죽지 않아요."

-그 착각을 깨주는 것도 재밌겠군. 네놈들이 발악하다 죽는 모습, 즐겁게 지켜보마-

그 말을 끝으로 목소리는 더 들리지 않았다. 하지만 두 사람의 얼굴은 여전히 굳어 있었다.

"죄송해요, 인호. 설마 저토록 강력한 존재가 있을 줄은 몰랐어요. 그런데 이상해요. 저만큼 강한 이가 오면 제가 못 느꼈을 리가 없는데……."

"이미 지나간 일을 고민해봤자 의미 없습니다. 지금은 싸워야 합니다."

일행을 향해 다가오는 몬스터는 총 11마리. 그 중 오우거가 3마리, 블러디 오우거가 2마리였고 트롤이 6마리였다.

-미안하다-

"네가 미안할 건 없다. 내가 아직 부족해서 그런 거니까."

온종일 무명을 유지할 수 있을 만큼 마력량이 많다면 미리 그를 불렀을 것이다. 허나 현실이 그렇지 못한데 누구를 탓하겠는가?

"조반나, 7등급 괴수하고 싸울 수 있습니까?"

"세 마리까지는 혼자 상대해봤어요."

"그 정도면 충분합니다. 알겠지만 저놈들을 다 상대하는 건 불가능합니다. 아니, 정확히 따지면 무의미합니다."

"진짜 적은 그 목소리의 주인이라 그런 거죠?"

"예. 쓸데없이 힘을 낭비하기보다는 성모상을 찾아야 합니다. 성모상의 위치는 느껴집니까?"

고개를 끄덕이는 조반나. 그녀는 전방 1시 방향을 가리켰다.

"우선 성모상을 찾도록 하겠습니다. 길을 열 테니 잘 따라와 주십시오."

쿠오오오!

수라멸천신공을 운용하자 영롱한 검은 빛이 피어올랐다. 온몸에 힘이 넘쳤지만 인호는 이에 만족하지 않고 흑설을 펼쳤다.

[액티브 스킬 흑설을 펼쳤습니다. 10분 동안 모든 몬스터의 신체 능력이 40% 감소합니다.]
[칭호 '결코 물러서지 않는 자'의 효과가 발동합니다. 신체 능력이 20% 상승합니다.]

싸우기를 결심하자 칭호의 효과가 더해졌다.

'묵린은 아껴야겠지.'

미지의 적은 강력했다. 그만한 적을 앞에 둔 이상, 힘을 온전히 남겨야만 했다.

"달리십시오!"

"네!"

먼저 달리는 인호. 이에 질세라 조반나 또한 달리기 시작했다. 금색의 휘광을 몸에 두른 채.

-크허어엉!-

블러디 오우거가 일행의 앞길을 가로막더니 통나무를 휘둘렀다. 통나무는 궤도에 있는 나무들을 무참히 파괴하며 일행에게 날아왔다.

콰아앙!

두 자루의 검으로 적의 공격을 맞받아친 인호. 7등급 몬스터의 괴력은 무시무시했지만, 그는 이를 버텨냈다. 엄청난 발전 속도였지만 이를 즐길 여유는 주어지지 않았다.

"하앗!"

인호가 놈의 검을 붙잡고 있는 사이, 조반나가 점프를 하며 창을 내질렀다. 미리 말은 나누지 않았는데도 그녀는 본능적으로 움직였다.

'할 수 있어!'

본래 그녀는 평범한 농촌 아이. 무술과는 연이 먼데다 심지어 남성보다 보편적으로 근력이 약한 여자였다. 하지만 그녀는 자신의 환경을 한탄하지 않고 묵묵히 창을 찔렀고 하나의 기술을 완성했다.

그리고 지금, 이곳에서 그녀의 유일한 기술이 펼쳐진다.

일점 찌르기.

온몸의 힘을 단 한 번의 찌르기에 쏟아붓는, 지극히 단순한 기술이었다. 단, 거기에 신의 힘이 더해지면 그녀의 창은 무엇보다 빨라지고 또 강해진다.

콰드득!

신성력이 깃든 섬광의 찌르기가 블러디 오우거의 목을 꿰뚫었다. 깜짝 놀란 놈이 그녀를 공격하려 했지만 소용없었다.

신성력은 그 자체로 몬스터의 천적, 상처 부위를 시작으로 신체 내부가 빠르게 파괴됐다. 흑설의 영향력으로 능력이 감소한 상황이었기 때문에 파괴 속도는 평소보다 더 빨랐다.

-크허엉!-

고통을 이기지 못한 블러디 오우거가 울부짖었다. 그리고 그게 놈이 남긴 유언이었다. 어느새 인호의 검이 놈의 목을 날려버렸기 때문에.

"이대로 쭉 가면 돼요!"

"알겠습니다!"

두 사람은 달리고 또 달렸다. 성모상을 찾기 위해.

숲의 중심.

그곳에는 바위가 놓여 있었다. 크지도, 작지도 않으며 그렇다고 특별한 구석이 있는 것도 아니었다. 가끔 새들이나 작은 동물들, 벌레들이 올라가는 그런 바위였다.

-이래서 못 찾았군-

그 바위 앞에 무언가가 나타났다.

칠흑의 망토를 두른 존재는 검은 사기를 풀풀 뿜어댔다. 또 망토 틈으로 보이는 얼굴은 사람의 것이 아니었다. 이목구비라고는 전혀 남지 않은, 단순한 해골이었다. 손바닥도 마찬가지였고.

사람들은 이 존재를 이렇게 부른다.

리치.

죽음에서 부활한 언데드 마법사.

놈은 바위를 향해 손을 내밀었다.

쾅!

그러자 새하얀 빛이 일며 그의 손이 튕겼다.

-허튼수작을 부리는구나, 신이여. 하지만 네 뜻대로 이뤄질 것이라 생각하지 마라!-

모든 것은 군주의 뜻대로.

신성한 결계를 부수기 위해 그는 주문을 외우기 시작했다.

-키이익!-

-끼이익!-

하늘에서 박쥐들이 날아들었다. 안 그래도 징그러운 놈들인데 몸의 길이만 1m에 육박하는 모습을 보니 생리적 혐오감이 절로 일었다.

하지만 인호와 조반나 모두 이를 내색하지 않았다. 그저 서로를 바라보며 눈빛만 교환할 뿐.

건곤천뢰검(乾坤天雷劍)

제3식 난뢰쇄천(亂雷碎天)

먼저 움직인 사람은 인호였다. 그는 생김새가 다른 두 자루의 검을 빠르게 휘둘렀다. 검붉은 빛과 검푸른 빛이 뒤섞이며 하나의 벽이 형성됐고 그 위에 박쥐들이 부딪쳤다.

콰드득!

박쥐들의 거대한 발톱과 날카로운 이빨은 인호가 펼친 벽에 부딪히자마자 부러졌다. 육체는 아예 갈가리 찢겨 흔적도 남기지 못했다.

-끼이익!-

간혹 벽을 피하는 놈들이 있었지만 부질없는 저항인 건 마찬가지였다. 도망치기 무섭게 조반나의 창이 쇄도했기 때문에.

"헉…헉….."

"후우…후우…."

박쥐들이 사라지자 인호와 조반나는 숨을 헐떡였다. 벌써 세 시간 동안, 싸우기만 했다. 조금도 쉬지 못한 채. 아무리 초인이라도 한계는 있었고 지금 그 상황에 봉착했다.

그렇다고 이대로 물러날 수도 없었다. 이미 숲속의 몬스터들 때문에 퇴로가 막혔기 때문에. 무엇보다 미지의 적이 성모상 수색에 나선 것을 알았기에 돌아갈 수가 없었다.

"이, 이제 정말 얼마 안 남았어요. 저쪽으로 조금만 더 가면 돼요. 그런데……."

"이미 놈이 있나 보군요."

"어둡고 음습한 기운이 느껴져요. 그놈이 성모상을 파괴하려는 것도 그렇고."

"얼른 가야겠습니다."

-꿈도 야무지군-

기분 나쁜 목소리가 울렸다. 이에 맞춰 숲을 가득 채운 검은 안개가 더욱더 짙어졌다. 인호는 검들을 움켜쥐었다.

-네놈들의 신은 확실히 대단하군. 이 정도로 단단한 신성 결계는 본 적이 없다-

갑자기 왜 칭찬을 하는 걸까?

불길한 예감이 느껴졌다.

-그래봤자 앞으로 10분 뒤면 모든 게 다 끝난다. 결계가 깨질 것이고 성모상은 파괴되리라. 그러니 네놈들은 여기까지 올 필요 없다. 그곳에서 죽어라-

우웅!

검은 안개 사이로 마력이 들끓기 시작하더니 일행의 앞에 검은 구멍이 나타났다. 그곳에서 무언가가 천천히 나오기 시작했다.

"누구 마음대로!"

적이 나올 때까지 기다리라는 법은 없었다. 인호는 전력을 다해 마검을 내리그었다.

뇌광참(雷光斬).

반월 형태의 검기가 구멍을 향해 날아갔다. 하지만 그는 바로 얼굴을 찌푸렸다. 적 주변의 안개가 빠른 속도로 뭉치더니 방패로 바뀌었기 때문에. 구멍보다 더 거대한 방패와 번개의 참격이 격돌했다.

콰아아앙!

"젠장."

나무를 뿌리째 뽑아버리는 풍압을 맞으며 인호는 욕설을 내뱉었다. 구멍은 물론 그곳에서 나오는 적은 여전히 건재했기 때문에.

처음에는 그림자처럼 흐릿한 형상이었지만 밖으로 나올수록 제대로 된 몸으로 바뀌었다. 팔, 다리, 몸통이 먼저 실체화를 이루었다. 철제 갑옷을 착용했는데 특이하게도 갑옷 전체가 시꺼멓게 물든 상태였다.

다만 가장 특이한 건 머리 부분이었다. 머리가 있어야 할 부분은 텅 비어있었다. 대신 왼쪽 팔에 헬멧을 들고 있었다. 그 안에서는 붉은 안광이 번쩍였고.

"듀라한."

6급 네임드 몬스터 '듀라한-벤델'

그게 일행을 가로막은 몬스터의 이름이었다.

-듀라한을 알고 있나? 그럼 얼마나 강한지도 알겠군. 살아있는 놈들과는 비교도 할 수 없다는 것을!-

듀라한은 트윈 헤드 오우거와 등급만 똑같을 뿐, 격은 더 우위를 점했다. 그냥 몬스터와 네임드 몬스터의 차이는 명백히 존재했다.

게다가 생명체와 좀비라는 차이도 컸고.

"조반나!"

"타핫!"

일점 찌르기.

성스러운 빛에 휘감긴 창이 일직선으로 나아갔다. 정확히 듀라한의 머리를 노리며.

'신성력은 통하겠지.'

많은 매체에서 신성력은 언데드의 천적으로 군림한다. 듀라한 또한 언데드인 만큼, 조반나의 공격에 당하면 그 자리에서 정화되리라.

그래, 공격에 당한다면 말이다.

쩌엉!

듀라한은 오른손의 대검을 세워 조반나의 찌르기를 막았다. 금색의 광휘가 흘러나왔지만, 놈의 검을 휘감고 있는 검은 안개를 막지 못했다.

-크하하하! 가짜 성녀 따위에게 당할 정도였으면 애초에 듀라한으로 만들지도 않았을 것이다! 포기하고 그만 죽어라!-

그 말을 끝으로 목소리는 사라졌다.

-크르르!-

헬멧 부분에서 사나운 울음소리가 들렸다.

"제가 빈틈을 만들 테니 기회가 날 때, 공격해주십시오."

"그렇게 할게요."

조반나는 도와주겠다고 고집을 부리지 않았다. 상대와 그녀의 격차는 확실했고 괜히 나서봤자 인호의 발목만 잡을 것이다. 방해되느니 지금은 기회를 보는 게 옳았다.

"힘내세요, 인호."

"감사합니다."

파지직.

수라멸천신공에 이어 뇌영보까지 운용했다. 번개의 기운이 신체 반응 속도를 상승시키고 육체의 근육을 강화했다.

그다음으로는 정안을 펼쳤다. 그러자 세상이 다르게 보였다. 흑백으로 바뀌었으며 만물이 천천히 움직였다.

'묵린은 아껴야겠지.'

묵린은 비장의 수. 정체를 알 수 없는 적이 남아있기 때문에 사용할 수 없었다. 그래도 이를 대체할 카드가 있으니 크게 문제 될 일은 없었다.

'잘 부탁한다, 무명.'

–나만 믿어라–

가슴을 두들기는 무명. 그의 목소리는 공방 속도보다 느렸지만 없는 것보다는 훨씬 나았다. 고개를 끄덕인 인호는 기세를 끌어올렸다.

팟!

듀라한이 돌진했다. 그것만으로도 지면에 고랑이 파였다. 더 짜증 나는 건 놈에게서 피어나오는 광기와 살의였다. 살아있는 존재에 대한 증오는 사실상 또 하나의 무기였다.

거리가 좁아지자 듀라한이 먼저 공격했다. 대검을 높게 들어 올린 놈은 인호의 정수리를 쪼갤 작정으로 내리쳤다.

–정면으로 부딪치지 마라! 신체 능력은 저놈이 우위다!–

쩌어엉!

무명의 충고에 따라 인호는 마검을 교묘히 움직여 대검을 흘렸다. 표적을 잃은 대검은 자연스럽게 허공을 갈랐다. 빈틈이 생겼지만, 그는 공격을 이어나갈 수 없었다.

"크윽!"

제대로 공격을 흘려내는 데 성공했다. 그런데도 타격이 왔다. 이를 증명하듯 마검을 쥔 오른팔이 파르르 떨렸다.

그 사이, 듀라한이 검을 크게 휘둘렀다. 오른쪽 위에서 왼쪽 아래로. 그러나 인호가 움직이는 게 더 빨랐다. 그는 뒤로 몸을 날리면서 로드나이트의 검을 휘둘렀다.

뇌광참(雷光斬).

조금 전과 달리 이번 참격은 검푸른 빛을 발했다. 그에 더해 맹렬한 회전까지 더해졌다.

-크허어엉!-

괴성을 지르는 듀라한. 대검을 휘감고 있던 검은 안개가 더욱더 짙어졌다. 그 상태에서 뇌광참을 후려치자 검기가 박살 났다.

회심의 일격이 허무하게 막혔지만 인호는 실망하지 않았다. 이게 먹힐 거라고는 조금도 생각하지 않았기 때문에. 그의 목적은 어디까지나 놈의 움직임을 봉쇄하는 것, 그다음은 자신이 정확히 공격할 수 있는 곳으로 이동하는 것이었다.

푹!

마검과 로드나이트의 검이 동시에 듀라한의 갑옷을 뚫고 몸을 파고들었다. 검 끝이 맞닿은 채로.

건곤천뢰검(乾坤天雷劍)

제4식 폭뢰번천(爆雷飜天)

검 끝에 맺힌 서로 다른 기운이 반발하며 거대한 폭발이 일었다. 갑옷의 파편은 물론 살점과 뼛조각이 사방으로 흩어졌다. 그중 일부가 인호를 덮쳤지만 검은 질풍의 보호막을 어쩌지는 못했다.

우위를 점하는 데 성공했지만 단지 그뿐이었다. 아직 이긴 게 아니었고 그는 다급히 땅바닥을 뒹굴었다. 그가 있던 곳에는 팽이처럼 쇄도한 검격이 떨어졌다.

"빌어먹을 언데드."

예상은 했다. 이 공격이 통해도 싸움이 끝나지 않을 거라는 것 정도는. 그래도 그렇지, 몸의 절반 이상이 날아갔는데도 멀쩡히 움직이는 건 어이가 없었다.

−크르르르!−

인호를 놓치지 않겠다는 듯 듀라한이 달려들었다. 자기가 전차라도 된다는 듯이.

"인호!"

조반나가 비명을 질렀다. 인호의 자세는 이미 무너졌고 듀라한의 공격을 막거나 피하는 건 불가능했다.

콰직!

대검은 인호를 베지 못했다. 눈 깜짝할 사이에 그의 몸이 사라져 뒤에 있던 나무들을 베는 데 그쳤다. 그리고 인호는 듀라한의 왼쪽에 다시 나타났다.

'템빨이라고 욕해서는 안 되겠어.'

점멸의 운동화가 그의 목숨을 살렸다. 오늘 사용할 수 있는 횟수는 전부 소진되면서 더는 운을 기대할 수 없게 됐다.

−그래도 놈의 약점은 찾지 않았나?−

"확실히."

그때, 듀라한이 인호를 공격했다. 하지만 인호는 맞부딪치지 않았다. 그저 전력을 다해 피했을 뿐.

"저놈은 분명 나보다 강하다."

그것도 거의 모든 버프를 사용한 자신보다. 정면으로 놈을 잡기 위해서는 묵린을 사용해야 하지만 아직은 아껴둬야 했다.

－하지만 싸움은 완력과 속도로 결정되는 게 아니지－

무명의 말이 옳았다. 승리하기 위해서는 상대의 움직임을 읽고, 공격의 경로를 예상하는 것이 필수다. 그리고 그보다 한발 먼저 움직이는 자만이 승리를 거둔다.

게다가 듀라한의 약점은 명백했다.

놈은 지능을 부여받지 못한, 단순한 시체였다. 그 때문에 정해진 패턴에 따라서만 움직였다.

'기계라 보는 게 맞으려나?'

의표를 찌르지 못하는 적은 두려운 상대가 아니었다. 그렇기에 놈은 일반적인 몬스터보다 뒤떨어졌고 그런 적에게 질 생각은 없었다.

"후우."

호흡을 가다듬은 인호가 듀라한을 향해 쇄도했다. 놈은 아까와 똑같은 자세로 검을 위에서 아래로 휘둘렀다. 정수리를 노리는 점도 조금 전과 전혀 다를 바 없었다.

－그렇지! 애초에 검을 맞부딪칠 필요도 없다!－

팟!

지면에 뜬 상태에서 허공을 밟는 인호. 듀라한이 올린 검보다 더 높게 올라간 그는 놈의 뒤를 점하는 데 성공했다.

듀라한도 몸을 돌려 방어하려고 했다. 그러나 인호는 이를 용납하지 않았고 두 자루의 검을 X자로 휘둘렀다.

건곤천뢰검(乾坤天雷劍)

제2식 사교낙뢰(斜交落雷)

전신을 보호하는 갑옷도, 검은 안개도 소용없었다. 듀라한의 양 어깨 뒷부분이 잘려나갔고 양팔이 바닥에 떨어졌다.

쿵!

오른손에 쥐고 있던 대검이 떨어졌다. 왼쪽 팔에 끌어안고 있던 머리 역시 같은 난관에 부닥쳤다. 그러자 처음으로 듀라한은 지금 까지의 패턴과 다른 움직임을 보였다. 본능적으로 머리를 향해 다 가간 것이다.

"조반나!"

"네!"

숨죽여 지켜보고 있던 조반나가 양손으로 움켜쥔 창을 뻗었다. 성스러운 빛이 파동의 형태를 그리며 나아갔고 듀라한의 머리를 꿰뚫었다.

-커헉!-

리치는 가슴을 움켜잡고 바닥에 주저앉았다. 리치가 되면서 그 는 감각을 잃었다. 시체를 토대로 부활한 언데드의 특성상 이는 당 연한 일이었다.

허나 이 순간, 그는 고통을 느꼈다. 육체의 고통이 아닌 영혼의 고통을.

-마, 말도 안 돼! 듀라한이 졌단 말인가!-

도저히 믿을 수 없었다. 그 듀라한이 어떤 듀라한인가? 뛰어난 기사들만 배출하는 게클랭 가문의 일원이었다.

그래서 아낌없이 마력을 주입하여 최강의 듀라한으로 만들었는데 죽다니, 믿을 수 없었다. 그것도 싸움이 시작된 지 불과 5분 만에!

-귀찮게 하는군-

이를 부득부득 갈던 리치는 바위를 내려다보았다. 바위를 중심으로 형성된 신성 결계는 여기저기 균열이 간 상태였다. 앞으로 5분만 더 어둠의 마력을 부여하면 결계는 깨진다.

놈들이 이곳에 오려면 못해도 20분이 걸릴 것이다. 듀라한은 죽었지만, 아직 숲속에는 몬스터들이 남아있으니까. 놈들이 왔을 때, 자신은 이미 이곳을 떠나고 없으리라.

냉정함을 되찾은 리치는 다시 결계를 깨려고 마력을 불어넣었다.

위이잉!

신성력과 어둠의 마력이 대립했다. 그리고 리치는 분노했다.

-저주받을 신이 감히 잘도 나를 방해하는구나! 군주에게 인정받은 이 '라인두르'를!-

갑자기 결계의 균열이 회복됐다. 완전히는 아니었지만 그를 방해하기에는 충분했다. 무슨 현상인지는 바로 깨달았다.

자신이 잠깐 무너졌을 때, 바위 밑에 있는 성모상과 조반나가 동조했다. 자연스럽게 신성력이 채워졌고 결계가 단단해졌다.

-그렇다면!-

리치, 라인두르는 검은 안개를 해제하고 마력을 몸 안으로 받아들였다. 막대한 힘이 전신을 가득 채우자 정신적 고양감이 느껴졌다.

-신이여! 그곳에서 네놈의 힘이, 피조물이 얼마나 무력한지 지켜봐라!-

여유를 되찾은 라인두르는 마력을 불어넣었다. 칠흑의 마력이 새하얀 결계를 잠식했다. 결계가 최대한 저항했지만 부질없었다.

–끝······–

서걱!

라인두르는 말을 잇지 못했다. 무언가가 그를 베었고 목이 바닥에 떨어졌다.

꾸욱.

"뭐야, 벌써 끝인가?"

라인두르의 머리를 밟은 남자, 그는 바로 무명이었다.

"허튼수작 그만 부리고 일어나라, 망령."

잘려나간 머리를 툭툭 차던 무명이 웃었다. 해골을 보자마자 깨달았다. 적이 강시처럼 죽음에서 부활한 존재라는 걸. 목이 잘린 것 정도로 죽을 리 없었다.

스르르.

머리는 물론 바닥에 쓰러진 몸이 재로 변했다. 재는 찰흙처럼 이리저리 뭉치기 시작하더니 다시 리치의 형태를 이루었다.

–조금 전의 인간이 소환하려 했던 영웅이 너였군–

잠시나마 죽음을 체감한 리치, 라인두르는 살기를 풀풀 풍기며 무명을 노려보았다.

이미 감각을 잃어서 아프지는 않았다. 그렇다고 눈앞의 사내가 두려운 것도 아니었고. 다만 이름을 되찾지 못한 영웅에게 당했다는 것이 수치스러웠고 분노가 치밀어 올랐을 뿐.

"안개를 거둔 것이 네 실수였다, 꼭두각시. 안 그랬으면 내가 나올 일도 없었을 텐데."

-꼭두각시라니! 누가 감히 나 라인두르를 조종한다는 거냐!-

적이 소환된 이유는 알았다. 하지만 상대에게 모욕을 당했다는 사실이 라인두르를 더 분노케 했다.

"흠? 내 동료에게 휘둘렸지. 다 떠나 누군가의 하수인이면서 무슨."

-네 이놈!-

"권속을 잃었으니 걸레짝이 되어갈 텐데? 그러니 검은 안개를 거둬들였고. 안 그런가?"

-죽어라!-

흠칫 몸을 떤 라인두르는 빠른 속도로 주문을 외웠다. 그가 뼈만 남은 손을 내뻗자 시뻘건 불덩어리가 무명이 있는 쪽으로 날아갔다.

콰앙!

지면이 녹아내렸고 수풀이 불타올랐다. 그러나 그곳에 무명은 없었다. 라인두르는 오른쪽으로 몸을 휙 돌렸고 그의 예상이 맞았다. 그곳에는 무명이 느긋하게 서 있었다.

"안개를 거둬 힘을 모은 다음에는 뭘 했나? 결계를 깨뜨리기 위해 계속 집중했지. 주변에 누가 다가오는지 신경조차 쓰지 않은 채. 무능함도 정도가 있다, 괴뢰."

-닥쳐!-

라인두르는 다시 불꽃을 날렸지만 이번에도 무명은 가볍게 피했다. 3성으로 승급하면서 그의 신체 능력과 마력은 대폭 강화됐다. 라인두르의 술법 따위는 눈을 감고 피할 수 있었다.

"네놈에게는 고마워하고 있다. 덕분에 현세의 공기를 맛 볼 수 있었으니까. 그러니 제안을 하마. 깔끔히 자살하도록. 그러면 편안히 소멸을 맞이할 수 있을 것이다."

쿠오오오!

힘의 일부를 개방한 무명. 강렬한 기세가 라인두르를 덮쳤지만, 그는 다른 부분에서 놀랐다. 단순히 힘의 크기만 클 뿐만 아니라, 마력 자체가 정순했다.

-어, 어떻게 아직 이름을 얻지 못한 영웅이 이만한 힘을 손에 넣을 수 있는 거냐! 대체 정체가 뭐냐!-

라인두르는 당혹감을 금치 못했다.

무명을 보자마자 알아차렸다. 상대에게 이름이 없다는 것을. 그런데 지금, 놈은 군주 휘하에 있는 강자들에 필적하는 힘을 드러내고 있는 게 아닌가?

차라리 처음부터 나왔으면 더 많은 권속을 꺼냈으면 제대로 대항할 수 있었으리라. 하지만 이제는 늦었다. 상대가 권속을 소환할 시간을 줄 가능성은 없었기 때문에.

"네놈은 내 이름을 알 자격이 없다. 사냥감이면 사냥감답게 주제를 알아라."

-사지가 끊어지고 영혼이 오염돼도 그리 지껄일 수 있는지 확인해보겠다!-

우웅.

라인두르는 공간 속에 손을 집어넣더니 붉은 보석이 박힌 나무 지팡이를 꺼내 들었다. 그는 바로 지팡이를 겨누더니 보석에 마력을 불어넣었다. 보석에 각인된 마법을 발동하기 위해.

지옥의 불꽃(Inferno).

검은색 불꽃이 무명을 덮쳤지만, 그의 움직임이 더 빨랐다. 발을 내딛는 순간, 그의 몸이 라인두르의 시야에서 사라졌다.

더 무서운 점은 어디로 이동했는지 확인할 틈도 없었다는 점이었다. 눈 깜빡이는 것보다 더 빨리 움직인 무명은 이미 라인두르의 앞에 있었다. 동시에 인호에게 받은 마검이 얼굴 부분을 향해 쇄도했다.

하지만 정작 마검은 라인두르를 베지 못했다. 그는 이미 사라지고 그 자리에 없었다.

전이(Blink).

짧은 거리를 바로 움직일 수 있는 마법이 발동됐다. 이 또한 지팡이에 내장된 마법이었다. 그래서 라인두르는 이동하는 와중에도 편안하게 주문을 외울 수 있었다.

연쇄전광(Chain Lightning).

검은 벼락이 무명을 덮쳤다. 그런데도 그는 피할 생각을 하지 않았다. 오히려 상대를 비웃었다.

건곤천뢰검(乾坤天雷劍)

제1식 뇌격십자인(雷擊十字刃)

수평으로 휘둘러지는 격을 잃은 마검. 수직으로 떨어지는 무명의 검. 두 자루의 검이 십자가 형태를 이루었고 새하얀 빛이 뿜어져 나왔다.

-뭐라고!?-

검은 번개는 새하얀 빛과 부딪치자 산산조각이 났다. 빛은 그것으로 부족했는지 라인두르에게 닥쳤다. 그는 간신히 전이를 펼쳐 공격 범위에서 벗어나는 데 성공했지만 충격은 가시지 않았다.

'아무리 영웅이라도 어떻게 내 마법을!'

"나를 앞에 두고 여유라니, 팔자 한 번 좋군."

서걱!

라인두르의 오른팔을 베어 가르는 마검. 팔과 함께 지팡이가 바닥에 떨어졌다. 무명은 재미없다는 듯 무심한 얼굴로 반대쪽 검을 휘둘렀다.

라인두르의 목이 허공으로 치솟았다. 이를 본 무명은 연거푸 두 자루의 검을 휘둘렀다. 검기에 뒤덮인 검들이 움직일 때마다 뼛조각이 사방으로 튀었다.

그것도 잠시, 흩어진 뼛조각들이 재가 되더니 원래의 몸으로 되돌아갔다. 바닥에 떨어진 지팡이를 움켜쥔 건 덤이었고.

"굼벵이도 구르는 재주는 있다더니, 딱 그 짝인가?"

또다시 작렬하는 무명의 도발. 라인두르는 속이 끓어올랐지만 성급하게 달려들지 않았다. 개인적인 감정과 별개로 자신의 앞에 있는 영웅의 강함을 인정했다.

─설마 네놈 같은 괴물이 튀어나올 줄이야, 아무래도 계획을 바꿔야겠어─

"누가 보내준다고 했나?"

무명이 마검을 겨누었다. 라인두르에게서 도망치려 하는 기색이 느껴졌기 때문에. 물론 이대로 놓칠 생각은 없었다.

─인정하지. 네놈은 나보다 강하다. 그러나 겨우 그뿐이지. 위대한 군주에 의해 불멸을 이룬 나를 하찮은 필멸자가 죽일 수 있을 거 같더냐!─

"길고 짧은 건 대봐야 아는 일이지, 망령. 죽을 때까지 베어주마."

─이래서 기사라는 놈들은……. 헉!─

자기도 모르게 기함하는 라인두르. 어느새 한 자루의 창이 그의 등과 가슴을 뚫고 튀어나왔다. 크게 경악한 그는 고개를 돌렸다. 그곳에는 조반나가 서 있었다. 양손으로 창을 움켜쥔 채.

─이 비, 비열한 놈이!─

"조금 전에도 말했을 텐데? 주변을 신경 쓰지 못한 네놈이 머저리인 거다."

무명은 얄밉게 웃었다. 분노한 라인두르는 다시 주문을 외우려 했지만 그럴 수 없었다. 창에 깃든 신성력이 그의 몸을 불태우기 시작했다.

'이대로 가면 소멸한다!'

몸을 버리고 탈출해야 했다. 문제는 지팡이였다. 이걸 만들기 위해 얼마나 심혈을 기울였던가? 영혼의 반쪽이라 해도 다름없는 무기를 두고 가야 한다는 게 마음에 걸렸다.

고민은 오래 걸리지 않았다. 무기보다 자신의 생존이 더 중요했으니까. 결단을 내린 그는 남은 힘을 방출했다.

-다음에도 이렇게 끝날 거라 생각하지 마라!-

콰아아앙!

빛에 뒤덮인 라인두르의 몸이 그대로 사라졌다. 지팡이만이 그가 조금 전까지 이곳에 있었다는 사실을 증명했다.

"죽은 건가?"

"아니. 리치는 생명의 정수를 만들어 그곳에 자신의 생명과 영혼을 보관한다. 그걸 파괴하기 전까지는 절대 안 죽고."

"다음에는 제대로 확인해봐야겠어. 진짜 계속 베여도 부활하는지."

의욕을 불태우는 무명을 보며 인호는 고개를 흔들었다. 이놈의 영웅은 정말 알다가도 모를 놈이었다.

"리치를 이기다니, 정말 대단해요!"

인호와 달리 조반나는 무명을 칭찬했다. 열광적으로 반응하는 그녀를 보며 그는 자신만만하게 웃었다.

"별로 대단한 일도 아닌데 소란피울 거 없다. 그보다 성모상을 찾아라."

말과 태도가 전혀 어울리지 않았지만 조반나는 신경 쓰지 않았다.

"네!"

씩씩하게 대답한 그녀는 바위에 다가갔다. 그러자 바위에서 빛이 흘러나오더니 반으로 쪼개졌다. 그곳에서 새하얀 조각상이 천천히 올라오더니 그녀의 앞에서 멈췄다.

'저게 성모상.'

〈성모상〉

1.종류: 조각상

2.등급: 영웅(Epic)

3.내장 스킬: 신성의 영역

4.설명: 신이 내린 기적의 조각상. 그 힘을 제대로 발휘하면 부정한 몬스터들을 단숨에 제압할 수 있다.

생김새 자체는 현대의 조각상과 큰 차이 없었다. 하지만 인호는 조각상을 보자마자 파악했다. 저 작은 조각상 안에 무시무시한 양의 신성력이 깃들어 있음을. 심지어 조반나가 보유한 것보다 더 많았다.

'영웅이라니⋯⋯.'

고유 등급 이상의 아이템을 보게 될 줄이야. 여러모로 신기한 경험이었다.

한편, 조반나는 조심스럽게 성모상을 끌어안더니 바닥에 내려

놓았다. 그다음, 무릎을 꿇고 조용히 기도를 올렸다.

[플레이어 김인호가 던전 퀘스트 '성모상을 찾아라!'를 달성했습니다.]

[보상으로 고유(Unique) 등급의 패시브 스킬을 선택할 수 있습니다. 또 플레이어 포인트 20이 주어집니다. 현재 플레이어 포인트-64]

[성녀가 사명을 이룰 수 있도록 도와줬습니다. 그로 인해 왕국인들이 구원받을 기회를 얻게 됩니다. 이는 분명히 영웅의 업적. 영웅화가 1퍼센트 진행됩니다. 현재 영웅화-34퍼센트]

'끝났군.'

인호는 자신의 앞에 떠오른 메시지를 보며 안심했다. 세 시간 동안 얼마나 많은 적과 싸웠던가? 개중에는 강적도 많이 있었기 때문에 더 피곤했다. 낙성대 전투를 겪지 못했다면 절대 이곳에서 못 살아남았으리라.

그래도 힘든 일은 다 마쳤다. 이제 즐거운 마음으로 던전을 나서는 일만 남았다. 아니, 그렇게 생각했다.

"네!?"

갑자기 소리를 지르는 조반나. 인호와 무명의 시선이 그녀를 향했다. 여전히 그녀는 눈을 뜨지 않았지만 무슨 일이 있는지 눈동자가 계속 파르르 떨렸다.

"후우."

마침내 눈을 뜬 그녀는 한숨을 크게 내쉬었다. 그러더니 인호를 바라보며 양손을 움켜쥐었다. 뭔가를 부탁하는 모양새였기 때문에 그는 당황해하며 그녀를 바라보았다.

"도와주세요, 인호."

간절하게 애원하는 조반나. 그녀를 보며 직감했다. 아직 퀘스트가 남아있다는 것을. 이를 증명하듯 메시지가 떠올랐다.

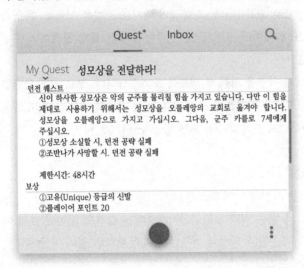

Quest*   Inbox

My Quest   **성모상을 전달하라!**

던전 퀘스트
신이 하사한 성모상은 악의 군주를 물리칠 힘을 가지고 있습니다. 다만 이 힘을 제대로 사용하기 위해서는 성모상을 오를레앙의 교회로 옮겨야 합니다. 성모상을 오를레앙으로 가지고 가십시오. 그다음, 군주 카를로 7세에게 주십시오.
①성모상 소실할 시, 던전 공략 실패
②조반나가 사망할 시, 던전 공략 실패

제한시간: 48시간

보상
①고유(Unique) 등급의 신발
②플레이어 포인트 20

"후우."

한숨이 절로 나왔다. 메시지에는 자세히 안 적혀 있지만 이게 평범한 운반이 아니라는 건 읽자마자 알았다.

"무슨 일이 있나?"

"있지. 성모상이 소실되거나 그녀가 죽을 수 있다는 거니까."

장담할 수 있었다. 자신들의 운반을 방해하기 위해 적들은 반드시 움직일 것이다.

"도, 도와주실 수 있나요?"

"알겠습니다."

흔쾌히 대답하는 인호. 어차피 어떤 퀘스트가 나오든 해야 하는 운명이었다.

"그런데 오를레앙이 어딘지 알고 계십니까?"

"마, 마을 사람들한테 물어볼게요."

차마 모르겠다고 말하지 못 하는 조반나가 안쓰러웠다. 그래서 더는 묻지 않았다.

"이번 임무도 어렵겠군."

"내 말이."

"그래도 너라면 잘 해결하겠지. 만약 길을 모르겠다 싶으면 '그녀'를 불러라."

"그게 내 마음대로 되나?"

무명의 말을 듣자마자 누구를 언급하는지 깨달았다. 그러나 그녀는 부르고 싶다고 해서 부를 수 있는 이가 아니었다. 칭호의 효과를 발동해야 할 만큼 현 상황이 위험하지도 않았고.

"그게 또 그렇게 되나? 어쨌든 오늘은 푹 쉬어라."

그 말을 끝으로 사라지는 무명.

[3성 영웅 '이름을 잃은 고려무사'의 소환이 해제됩니다.]
[이름을 잃은 고려무사가 가진 스킬 일부가 플레이어 김인호에게 전달됩니다. 패시브 스킬 중급 검술의 레벨이 1 상승합니다. 현재 중급 검술 레벨-6]
[영웅화가 1퍼센트 진행됐습니다. 영웅화가 35퍼센트에 도달함에 따라 체질 개선이 진행됩니다.]

검술에 대한 새로운 깨달음이 뇌에 각인됐고 이에 맞춰 몸의 내부가 바뀌었다. 전신에 활력이 넘쳤지만 인호는 개의치 않고 리치의 지팡이를 챙겼다.

그리고 조반나와 함께 마을로 돌아갔다.

어둠으로 뒤덮인 어느 동굴 안.

그곳 한가운데에는 지름 50cm의 검은 구체가 둥둥 떠다녔다. 한 가지 특이한 건 구체 표면에 균열이 일었다는 점이었다.

치이이익.

그런데 갑자기 구체에서 검은 연기가 흘러나왔다. 순식간에 동굴 내부를 가득 채운 연기는 이윽고 한곳에 모였다. 그렇게 뭉친 연기는 칠흑의 로브와 이와 대비되는 순백의 해골이 됐다.

−역시 타격을 입었나−

라인두르는 자신의 라이프 베슬을 보며 한숨을 쉬었다. 간신히 살아 돌아왔지만, 최강의 권속과 최고의 무기를 잃었다. 게다가 군주의 신뢰에 보답하지 못하고 임무마저 실패했다.

−미치겠군−

스스로 생각해도 한심했다. 마음 같아서는 당장 자신의 손으로 라이프 베슬을 깨고 싶었다. 그러나 그는 분노를 참았다. 적어도 자신이 얻은 정보를 군주에게 전달하고 그 뒤에 벌을 받는 게 더 의미 있었으니까.

각오를 다진 라인두르는 군주에게 말을 전하려 했다.

부르르.

−위, 위대한 군주시여!−

먼저 군주가 말을 걸자 라인두르는 무릎을 굽히고 고개를 숙였다. 영혼을 휘감는 공포 때문에 몸이 떨렸지만, 그는 애써 참았다.

　–예! 가짜 성녀 곁에 이상한 놈들이 붙어 있었습니다. 또 그중 하나는 영웅이었는데 저를 가볍게 압도하는 힘을 가지고 있습니다–

　다시 군주의 말이 이어졌다. 그러자 그는 몸을 떨었다. 이번에는 공포 때문이 아니었다. 환희가 그를 고양했다.

　–자비로운 군주시여, 감사합니다. 이번에는 반드시 임무를 완수하겠습니다!–

　군주의 말이 끝나자 라인두르는 자리에서 벌떡 일어났다. 그리고 붉은 안광을 뿜어냈다.

　–절대 오를레앙에는 가지 못할 것이다, 가짜 성녀여–

　리치는 절대 원한을 잊지 않는다. 그게 얼마나 무서운 일인지 저들은 곧 알게 되리라!

제13장 오를레앙으로

"아, 안 돼!"

숲을 벗어난 조반나의 얼굴이 일그러졌다. 동레미 마을로 가는 길 근처에는 몬스터들의 시체가 가득했기 때문에.

시체 대다수는 오크와 고블린이었지만 개중에는 오우거, 트롤 등 대형 몬스터들도 있었다. 그런 놈들이 10마리가 넘었고. 대형 몬스터 한 마리가 얼마나 강한지 잘 알고 있는 만큼, 조반나가 두려워하는 건 당연했다.

"마을은 괜찮습니다, 조반나."

감정이라고는 전혀 담겨있지 않은 목소리. 하지만 그 내용은 그녀의 흔들리는 마음을 진정시켰다.

"……자세히 설명해줄 수 있나요, 인호?"

"목책 주변을 보십시오. 시체가 하나도 없지 않습니까?"

조반나는 목책을 살폈다.

몬스터들의 피로 더러워졌지만 정작 시체는 없었다. 시체 전부 목책에서 최소 5m 이상 떨어진 곳에 쓰러져 있었다. 하나같이 머리가 없거나 몸통에 커다란 구멍이 뚫려 있었고.

"이게 어떻게 된 일이죠?"

"수아는 원거리에서 다수를 상대하는데 능합니다. 그 능력을 발휘해 제대로 마을을 지켰군요. 마을 사람들도 무사할 테니 흥분을 가라앉히십시오."

겨우 침착해진 조반나는 길게 숨을 내쉬었다. 거칠게 요동치던 심장이 진정됐고 그제야 주변이 제대로 보였다.

"고마워요, 인호. 계속 도움만 받네요."

"의뢰를 수행했을 뿐입니다. 저나 수아 모두."

"그래서 더 대단해요. 다른 사람의 일인데도 목숨을 걸고 싸우잖아요? 이국의 사냥꾼들은 다 그런 건가요?"

"비슷할 겁니다. 의뢰를 많이 해결할수록 저희 세상이 안전해지니까요."

던전을 공략해야 안전한 장소를 얻을 수 있고 나아가 투쟁의 시대를 끝낼 수 있다. 단순히 거짓된 세상이라는 이유로 타인의 고통을 외면할 수 없었다.

"인호의 나라도 상황이 안 좋은가 보네요?"

"이 왕국과 비슷합니다. 이미 몬스터 때문에 많은 사람이 죽었고 그보다 더 많은 사람이 죽음의 공포에 사로잡혀 떨고 있습니다."

"거기도 전쟁을…… 끝날 기미가 보이나요?"

"그랬으면 좋겠는데 아닙니다. 이제 시작이니까요. 그래도 전쟁을 끝내는 법을 알았고 이를 위해 다들 죽음을 무릅쓰고 의뢰를 받아들이는 겁니다."

인호의 말을 들으니 가슴이 아팠다. 왕국 밖에서도 고통받는 사람들이 있다는 사실이 안타까웠다.

허나 그녀는 그를 위로하는 대신, 침묵을 택했다. 말 몇 마디로는 아무것도 해결할 수 없다는 걸, 때로는 그게 기만이 될 수 있다는 걸 잘 알고 있었기 때문에.

"당신이 미안해할 필요 없습니다. 힘든 건 서로 마찬가지니까요."

"힘들겠지만 극복할 수 있을 거예요. 주님께서는 자신을 믿는 이들을 절대 버리지 않거든요. 제가 성모상을 얻었듯이, 여러분도 다른 걸 받을 수 있을 거라 생각해요."

"그랬으면 좋겠습니다."

설령 조반나처럼 성모상을 얻는다고 해도 투쟁의 시대가 끝날 거라 믿지 않았다. 그래도 그녀의 진심이 느껴졌기에 그는 굳이 따지지 않고 대답했다.

"그런데 인호."

"예."

"이건 뭘까요?"

"저도 잘 모르겠습니다."

조반나가 가리킨 곳에는 성인 남성 한 명이 눕고도 남을 만큼 커다란 고랑이 길게 뻗어 있었다. 전투의 흔적이라 보기에는 너무 거대했다.

'저게 뭔지 알겠나, 무명?'

-거대한 힘이 땅을 휘저은 거지. 근데 수아가 이 정도로 강했던가?-

'낙성대 이후, 많이 강해진 건 느꼈지만 이렇게 강해졌을 줄이야.'

정황을 볼 때, 수아가 만든 흔적임은 분명했다. 무슨 스킬을 사용했는지 짐작할 수 없었을 뿐.

"오빠!"

"대표님!"

대화가 끝을 맺었을 때, 수아와 형준이 다가왔다. 전투로 엉망이 된 인호와 조반나와 달리 두 사람은 멀쩡했다. 누가 보면 마을에서 편하게 쉰 사람처럼 보일 정도로.

"수고했어, 수아야. 형준 씨도 수고하셨습니다."

"하하. 전 그런 말을 들을 자격이 없습니다. 수아 씨 혼자서 몬스터들을 다 잡았거든요. 대표님이나 현주 씨도 대단하다 생각했는데 수아 씨도 엄청났습니다."

"그렇습니까?"

"그건 앞으로 영원히 못 잊을 겁니다. 유성우처럼 쏟아지는 마력탄, 목책에 접근도 하지 못한 채 쓰러지는 몬스터들. 제일 압권은 따로 있었지만요."

형준의 설명을 들은 인호는 호기심을 드러냈다. 자신이 없을 때는 수아가 어떻게 싸우는지 궁금했다. 평소의 그녀는 자신의 움직임에 맞춰 공격하는 걸 선호했으니까.

"갑자기 총신과 수아 씨가 푸른빛에 휘감기더군요. 그러더니 거대한 빛줄기가 튀어나와 전장을 집어삼켰습니다. 영화나 애니메이션에 나오는 레이저포 같다고 할까요?"

"그러고 보니 마력의 파동이었나? 새로운 스킬을 익혔다고 했지?"

"……네. 거기에 차지 어택을 더 했어요."

부끄럽다는 듯 얼굴을 붉히는 수아. 아이처럼 들떠서 자신의 자랑을 하는 형준을 보니 참 민망했다.

"그 공격 한 방에 대형 몬스터들이 다 쓸려나갔습니다. 장담컨대 그건 플레이어 최강의 일격일 겁니다."

─진짜 그럴지도 모르겠군. 위력만 따지면 네가 전력을 다한 뇌영참보다 강할 거다─

무명은 형준의 말을 허투루 듣지 않았다. 인호 또한 마찬가지였다.

'안 그래도 저 애는 마력의 축복을 받았다. 거기에 산군의 정수가 더해졌으니 빨리 강해지는 게 이상한 일은 아니지.'

현주의 성장도 경각심을 느끼게 했는데 이제 수아까지 더해졌다. 역시 안주할 여유 따위는 없었다.

"그, 그래봤자 하루에 한 번밖에 못 써요. 마력 소모가 너무 크거든요."

"그건 조심해야겠네. 네 판단에 맡기겠지만 조심해서 사용해."

"네, 오빠."

"퀘스트는 받았지? 내일 아침 오를레앙으로 출발할 거야. 형준 씨도 준비해주십시오. 그 전에 거기가 어딘지 확인할 필요가 있지만요."

수아와 형준이 의아해하며 서로를 잠시 바라보았다. 그리고 수아가 다시 인호를 보며 입을 열었다.

"퀘스트라니, 무슨 말이에요? 성모상을 찾은 걸로 끝이 아니었어요?"

"성모상을 오를레앙으로 옮기라는 퀘스트 있잖아. 정말 안 받은 거야?"

"네. 성모상 탐색이 끝이에요."

수아가 단언하자 인호는 의문을 느꼈다. 이제까지 주변 사람들과 항상 똑같은 퀘스트를 받았다. 퀘스트의 종류에 상관없이.

당장 여기 와서도 똑같은 퀘스트를 두 개나 함께 받았고. 그런데 이제 와서 자기 혼자만 새로운 퀘스트를 받다니, 이해하기 어려웠다.

─성모상을 찾은 건 너와 조반나뿐이었다. 그래서 너 혼자서만

임무를 받은 거 같다–

'그런 거 같군.'

이유가 뭐가 됐든 두 사람에게 설명해줘야 했다. 인호는 이제까지 자신이 겪은 것들과 새로 받은 퀘스트를 설명했다.

"새삼 두 분이 얼마나 대단한지 알 것 같습니다. 이렇게 어려운 퀘스트를 깨시다니."

고개를 절레절레 흔드는 형준.

지금까지 겪은 것만 해도 이미 예상을 능가할 만큼 난이도가 높았다. 그런데 이제는 리치 같은 강력한 몬스터들의 추적을 뿌리치고 알지도 못하는 도시를 가게 생겼다. 어이가 없어서 뭐라 할 말이 없었다.

"오빠 말대로 위치가 문제네요."

"일단 마을 사람들한테 물어볼 거야. 그건 내가 알아볼 테니까 일단 다들 쉬자."

어느새 붉은 하늘이 주변을 뒤덮었다. 영웅화를 통해 웬만한 피로를 해소할 수 있는 자신은 괜찮지만 다른 사람들은 모두 지쳤을 터였다. 앞으로의 여정을 위해서라도 오늘은 푹 쉬는 게 좋았다.

"식사를 준비할게요. 다들 푹 쉬세요."

"저도 도와줄게요."

"손님한테 일을 맡길 수는 없어요."

"알겠습니다."

수아가 말하자 재빨리 대답하는 형준. 그렇게 세 사람은 조반나의 집으로 들어갔다. 그들을 보며 피식 웃은 인호는 촌장의 집으로 발걸음을 옮겼다.

"네!? 아무도 모른다고요?"

"오를레앙이 어디 있는지는 아무도 모르더라. 그나마 이 마을이 로렌 지방에 속해 있고 부르고뉴 공국과 프랑크 왕국의 경계에 있다는 건 알았어."

인호의 말을 듣자 수아의 표정이 심각해졌다. 잠시 골똘히 생각하던 그녀는 그에게 질문했다.

"던전 안의 세상이 환상이라고 해서, 그 안의 지형이 바뀔 일은 없겠죠?"

"북한산도 똑같은 곳에 있었으니 이곳도 같지 않을까? 무슨 문제라도 있어?"

"이제 기억났어요. 원래 세상에서 이곳은 동레미-라 퓌셀이라 불려요. '어떤 사람'의 고향으로 유명하죠. 그 사람이 활약했던 오를레앙 시처럼. 문제는……."

"문제는?"

"몇 년 전에 들린 곳이라서 구체적으로 기억나지는 않아요. 다만 여기하고 오를레앙 시까지 300km가 넘는 건 확실해요."

다른 거리 단위를 사용하는 조반나는 수아의 말을 이해하지 못했다. 그에 반해 인호와 형준의 반응은 달랐다. 두 사람 모두 잔뜩 굳은 얼굴로 수아를 바라보았다.

"당장 퀘스트를 포기해야 합니다, 대표님."

"무슨 말입니까?"

"300km면 대략 서울에서 울산 정도까지의 거리입니다. 물론 걸어서 갈 수 있습니다. 일반 성인 남성이 한 시간에 5km를 가는데 플레이어인 저희가 못 갈 건 없으니까요."

모든 플레이어는 올림픽 금메달리스트보다 뛰어난 신체 능력을 자랑한다. 형준의 말마따나 300km를 주파하는 건 쉬운 일이었다. 단, 한 가지 전제가 붙으면 이야기가 달라진다.

"대표님께서 말한 대로라면 몬스터들은 저희를 공격할 확률이 높습니다. 자연스럽게 시간은 더 걸리겠죠. 이것만 봐도 퀘스트를 공략할 확률이 뚝 떨어지는데, 하물며 저희는 오를레앙 시가 어디 있는지도 모릅니다."

"그럼 이번 퀘스트를 포기하자는 겁니까?"

"안타깝지만 현 상황에서는 그게 최선입니다."

형준은 자신의 판단이 옳다 믿어 의심치 않았다. 인호와 수아의 실력은 다른 플레이어들과 차원을 달리하며, 그 부분은 충분히 인정할 수 있었다.

하지만 그들 또한 사람이었다. 힘들면 육체적으로, 정신적으로 지치는 사람. 단순히 걷는 것만으로도 힘든 판국에 적과 싸우면서 오를레앙에 도착할 가능성은 없었다.

'주님.'

조반나는 두 눈을 감았다. 오를레앙이라는 곳이 얼마나 먼지 모른다. 그래도 형준의 태도를 통해, 그곳을 가는 게 얼마나 어려운 일인지는 깨달았다.

단지 주님께서 말씀하셨다고 저 사람들을 사지로 끌고 가도 되는가? 왕국의 국민도 아닌데?

결론을 내릴 수 없었다. 그저 저들의 선택을 기다릴 뿐.

잠깐 침묵이 이어졌지만 오래 가지 않았다. 수아는 형준을 응시하며 그의 의견을 반박하기 시작했다.

"형준 씨. 오빠가 말하지 않았던가요? 영웅 클랜은 어떤 수를 써서든 던전을 공략한다고요."

"잘 압니다. 허나 때에 따라 물러날 줄도 알아야 합니다. 불가능한 일에 매달리는 건 자살 행위입니다."

"그럼 앞으로 위험한 일이 생길 때마다 계속 던전 공략을 포기할 건가요?"

"감정에 사로잡혀서 해결될 일이……."

"전 충분히 이성적이에요. 형준 씨, 하나 착각하고 있는데 세상에 쉬운 던전은 없어요. 어떤 곳이든 공략하기 위해서는 목숨을 걸어야 해요."

차분한 어조로 말하는 수아. 이 또한 정론이었지만 형준은 납득하지 않고 다시 따졌다.

"저도 쉬운 던전이 있다고 생각하지 않습니다. 기왕 목숨을 건다면 이런 곳이 아니라 바깥에 있는 사람들을 위해 걸고 싶을 뿐입니다."

"이 위기를 감수해야 바깥의 사람들을 구할 수 있다는 걸 왜 모르나요?"

"두 사람 다 거기까지."

이제껏 가만히 지켜보고 있던 인호가 처음으로 나섰다. 다들 고개를 끄덕이고는 그를 응시했다.

-네놈도 곤란하겠군. 둘 다 옳은 말만 하니 원-

'너라면 형준 씨의 의견을 싫어할 줄 알았는데?'

-분명 내 생각과는 다르지. 이것저것 재다가 뭘 이룰 수 있겠나? 좀 더 오래 살 뿐, 결국 도태될 거다. 그렇다 해도 저 친구는 더 많은 사람을 구하기 위해 저런 소리를 하는 거니 넘어가야지-

강감찬이 예전에 말했다시피 던전의 세계는 결국 가짜다. 더 많은 사람을 구하고 싶어 하는 형준의 입장에서는 죽을 때 죽더라도 밖에서 죽고 싶겠지.

그 점을 나무랄 생각은 없었다. 희생정신이 있기에 그런 말을 할 수 있는 거니까. 그 자체만으로 존중받아 마땅했다.

"형준 씨의 의견은 잘 들었습니다만 죄송합니다."

그걸 잘 알면서도 인호는 그의 의견을 채택하지 않았다.

"이유를 알고 싶습니다. 대표님 실력이라면 다른 던전도 충분히 공략할 수 있지 않습니까?"

"그건 누구도 장담할 수 없습니다. 낙성대나 여기나 둘 다 어려운 건 똑같으니까요. 다 떠나서 형준 씨, 공략하기 쉬운 던전이 남아있을 거라 장담할 수 있습니까?"

"그게 무슨 말씀입니까?"

"사람이라면 누구나 다 안전한 곳을 원합니다. 그래서 다들 던전을 공략하죠. 그런데도 남아있는 던전이 과연 공략하기 쉬운 곳일까요?"

형준은 입을 다물었다. 그러나 인호는 상대방의 반응을 신경 쓰지 않고 계속 말을 이어나갔다.

"저희에게 시간은 많지 않습니다. 그렇다고 기회가 많은 것도 아닙니다. 언젠가 다른 사람들이 장악한 던전을 빼앗아야 할지도 모르는 만큼, 최대한 빈 던전들을 선점할 필요가 있습니다."

"……대표님이나 수아 씨 모두 정말 강한 분입니다. 자신이 정한 바를 끝까지 밀고 나갈 수 있다니, 저는 절대 못 할 겁니다."

"그건 형준 씨 착각입니다. 저희도 항상 고민합니다. 이게 정말 올바른 길일까, 이대로 갔다가 다들 위험해지지 않을까?"

뭔가를 결정해야 할 때마다 걱정됐다. 다른 것도 아닌, 소중한 사람들의 생명이 걸려 있었으니까.

"오빠 말이 맞아요. 고민하는 건 다 똑같아요. 단지 기준을 정했을 뿐이죠. 앞으로 어떻게 움직일지에 대한 기준을요."

수아 또한 형준을 탓하지 않았다. 오히려 다 이해한다는 듯이 부드럽게 웃었다.

"그 기, 기준이 뭔지 알 수 있습니까?"

"소중한 사람을 지킬 수 있는 길을 걷자. 그게 저희가 추구하는 가치예요. 그래서 이 던전을 공략하는 거예요. 30일이라는 제한 시간을 늘릴 수 있잖아요?"

그 말을 들은 형준을 눈을 감았다. 그리고 길게 한숨을 내쉬었다. 다시 눈을 떴을 때, 그는 후련한 표정을 하고 있었다. 망설임도 더는 찾아볼 수 없었고.

"가까이에 있는 동료도 지키지 못하는 놈이 누굴 지킬 수 있겠습니까? 두 분을 따라가겠습니다."

"잘 부탁드립니다."

"그런데 오를레앙 시가 어디 있는지도 모르지 않습니까? 제한 시간도 있는 마당에 무턱대고 갈 수는 없습니다."

"방법이 아예 없는 건 아닙니다. 도박에 가깝지만요."

"오빠, 설마?"

수아가 눈을 동그랗게 뜨며 묻자 인호는 씨익 웃었다.

"그러고 보면 형준 씨에게 제 능력을 말한 적이 없군요. 보여드리겠습니다. 제 능력이 뭔지를."

[플레이어 김인호가 랜덤 뽑기를 발동했습니다.]

수백에 달하는 빛의 캡슐들이 조반나의 집을 가득 채웠다.

"뭐, 뭐야!?"

깜짝 놀란 형준이 바닥에 넘어졌다. 조반나 또한 눈을 동그랗게 뜨며 인호와 캡슐을 번갈아 봤다.

'제발 떠라. 제발 떠라.'

부디 '그녀'가 다시 나오기를!

인호는 진심으로 빌고 또 빌었다. 심지어 믿지도 않는 이곳의 신에게도.

칭호 '전화위복'의 효과가 발동됩니다.
플레이어 김인호에게 행운이 깃듭니다.

Close	View

메시지를 처음 본 순간, 인호는 쓰게 웃었다. 설마 진짜 이게 뜰 줄은 몰랐다.

-왜 똥 씹은 얼굴을 하는 거냐? 좋아할 줄 알았는데?-

'기뻐하고 있다. 마냥 좋아할 수 없어서 그렇지.'

-그게 무슨 말이냐?-

'이 칭호의 효과가 언제 발동됐는지 기억하나?'

-물론이다. 그 용이 나타났을 때가 처음이자 마지막⋯⋯. 그런 거군-

무언가를 눈치챈 무명이 눈을 빛냈다.

'그래. 칭호의 효과는 몬스터 웨이브 때만 발동됐다. 그렇다고 우리가 위기를 안 겪었나? 그건 또 아니지.'

호랑이 무리에 포위됐고 산군이라는 무시무시한 적을 만났다. 던전을 노리는 무리가 있었고 박종찬처럼 다른 사람들의 뒤통수를 때리려는 놈도 있었다.

하나같이 일행의 안전을 위협하는 사안들이었다. 그런데도 칭호는 가만히 있다가 오늘, 이 던전에서 다시 발동된 것이다. 이게 뭘 의미하는지는 간단했다.

-그때와 비슷한 위기가 닥친다는 거군. 그러면 포기할 거냐?-

'그럴 리가 있나? 그냥 마음을 다잡으려고 그런 거다.'

-그럼 됐다. 네 곁에 있는 영웅들을 믿어라. 그리고 그때처럼 너를 도와줄 그녀가 나올 것을 믿어라-

'그래야지.'

대화를 끝낸 인호는 자신을 중심으로 돌고 있는 캡슐을 응시했다. 이제껏 그랬듯이 하나가 그의 앞으로 다가와 활짝 열렸다.

번쩍!

조반나의 집을 뒤덮는 금색의 빛. 빛은 점차 구체화더니 이윽고 여인으로 바뀌었다. 등까지 닿는 연두색 장발과 호박색 눈동자가 인상적인 여인이었다.

[랜덤 뽑기 결과, 3성 영웅 '불신의 길잡이'가 소환되었습니다. 플레이어 포인트 10 소모됩니다. 현재 플레이어 포인트-54]

천천히 눈을 뜨는 길잡이. 잠시 주변을 둘러보던 그녀는 인호를 보며 환하게 웃었다.

"오랜만이라고 하기에는 좀 그렇죠, 나의 주인님?"

"사흘밖에 안 지났으니까. 그래도 다시 만나서 반갑다."

"저도 반가워요. 이렇게 빨리 절 소환할 줄은 몰랐거든요. 그 짧은 시간 안에 이렇게 강해진 것도 놀랍고."

"약속했으니까. 그리고 '눈'을 줘서 고맙다."

"제 의지로 준 것도 아닌걸요. 그래도 도움이 돼서 다행이네요."

인호에게 인사를 한 길잡이는 곧장 수아에게 다가갔다. 그리고는 그녀의 양손을 부드럽게 움켜쥐었다.

"수아도 잘 지냈나요? 주인님도 그렇지만 수아는 정말, 정말 많이 강해졌네요."

"언니하고 오빠를 지키고 싶었거든요."

"역시 수아는 멋지다니까요. 이번에도 잘 부탁해요."

그대로 뒤돌아보는 길잡이. 그녀는 당황한 얼굴로 자신을 바라보고 있는 조반나와 형준을 바라보았다.

"처음 뵙는 분들이네요. 전 불신의 길잡이, 여러분을 운명으로 이끄는 인도자입니다. 이름은 없고 그냥 길잡이라 불러주시면 돼요."

"조, 조반나 다르코라 해요."

"김형준입니다."

가볍게 고개를 끄덕인 길잡이는 조반나에게 성큼성큼 걸어갔다. 길잡이에게서 흘러나오는 묘한 박력 때문에 조반나는 자기도 모르게 움찔했다.

"당신이 '눈을 뜨지 못한 성녀'군요. 만나서 반가워요."

"네? 그게 무슨……."

"제가 말해도 아직은 이해하지 못할 거예요. 제 역할도 아니고.

하지만 이번 여정이 끝날 때가 되면 알게 되겠죠. 당신이 어떤 존재인지, 앞으로 뭘 하게 될지.”

길잡이의 목소리는 평온했다. 그러나 듣는 조반나의 반응은 그렇지 못했다. 그녀의 눈썹이 파르르 떨렸고 가슴이 울렁거렸다.

길잡이는 혼란에 빠진 조반나의 뺨을 어루만진 뒤, 다시 다른 사람들 쪽으로 고개를 돌렸다.

“오를레앙 시, 여러분의 목적지죠.”

“어, 어떻게 그걸!?”

기겁하는 김형준. 일행 중 누구도 그녀에게 어디 간다고 말하지 않았다. 그런데 알아서 목적지를 맞추다니, 귀신에게 농락당하는 기분이었다. 그런 그를 보며 길잡이는 피식 웃었다.

“말했잖아요? 운명으로 인도해준다고. 그런데 정말 괜찮겠어요? 오를레앙은 시체와 피로 뒤덮인 지옥. 게다가 어둠의 존재가 여러분을 노리고 있죠.”

“안전한 길은 없는 건가?”

“안타깝지만 이번에는 없어요. 성모상은 이 나라의 운명을 바꿀 수 있는 기적. 어디를 가든 적들이 우리를 노릴 거예요.”

“이미 결론은 내렸다. 우리들의 미래를 위해서라도 퀘스트를 달성할 거다.”

인호가 말하자 수아와 형준이 고개를 끄덕였다. 위험하지만 동시에 소중한 사람들을 지킬 수 있는 길이니까.

“여러분……”

조반나의 눈에 물방울이 맺혔다. 길잡이의 경고에도 끝까지 자신과 함께하겠다는 말을 들으니, 가슴이 먹먹해졌다.

“저희에게 주어진 시간은 대략 45시간. 하지만 오를레앙을 가는

데 이 시간을 다 쓸 수는 없죠. 국왕에게 성모상을 전달해야 하니까요."

"시간을 줄일 수 있나?"

"당연한 소리를 하네요, 주인님. 절 따라오면 30시간 안에 오를레앙에 도착할 수 있어요. 그만큼 힘들지만요. 괜찮겠어요?"

"물론. 네 말이 옳다는 걸 경험했는데 안 갈 이유가 없지."

조금도 망설이지 않는 인호. 길잡이는 그런 그를 보며 흐뭇해했다.

"다들 오늘 전투로 지쳤을 테니 잠시 쉬세요. 정리할 게 있으면 정리하고. 출발은 네 시간 뒤. 알겠죠?"

"지금 출발해야 하는 거 아닌가? 빨리 갈 수 있을 때, 가는 게 좋을 거 같은데."

"지친 상태에서 가봤자 무의미해요. 그리고 주인님도 정리할 게 있을 텐데요?"

"그건 그렇지."

당장 자신만 해도 오늘 퀘스트들을 깨면서 얻은 보상을 골라야 했다. 수아나 형준 또한 마찬가지였고.

결국 인호는 길잡이의 제안을 받아들였다. 그녀가 가세한 이상, 시간 낭비를 걱정할 필요 없었다. 잠시라도 쉬면서 최대한 컨디션을 회복하리라.

"저는 촌장님에게 허락받고 올게요. 갑자기 떠나면 많이 놀라실 거 같아서요."

"알겠습니다."

인호가 대답하자 조반나가 집을 나섰다. 그는 잠시 그녀의 뒷모

습을 지켜본 뒤, 마을의 목책 쪽으로 발걸음을 옮겼다. 길잡이가
그런 그를 뒤따랐다.

"엉망이 됐네요."

"안타깝지. 낮에만 해도 아름다운 곳이었는데."

황금빛을 뿜어내던 밭은 사라지고 없었다. 몬스터들에 의해 짓밟
혀 엉망진창이 됐다. 게다가 한쪽 구석에서는 여전히 매캐한 냄새
가 풍겼다. 몬스터들의 시체가 불태워져 생긴 냄새였다.

마음이 불편해진 인호는 보상 목록을 열었다. 그리고 안도했다.
선택지가 없었기 때문에. 그는 바로 보상을 받았다.

**[플레이어 김인호가 고유 등급의 패시브 스킬 '검술 전문가
(Lv.1)'을 습득합니다.]**

**[패시브 스킬 '중급 검술'이 '검술 전문가'와 연동됩니다. 이에 따
라 스킬 레벨이 소폭 상승합니다. 현재 중급 검술의 레벨-8]**

**[플레이어 김인호가 희귀 등급의 액티브 스킬 '궁신탄영(Lv.1)'을
습득합니다.]**

새로운 지식과 스킬이 뇌와 몸에 각인됐다. 어떻게 검을 휘두를
지, 어떤 식으로 스킬을 펼쳐야 할지 전부 알게 됐다. 벌써 여러 번
겪었지만, 적응이 안 되는 건 여전했다.

-네놈을 볼 때마다 참 어이가 없다. 누구는 뼈 빠지게 수련해서
겨우 익히는 기예를 아무렇지 않게 익히지 않나?-

"기억도 못 하면서 수련은 무슨."

-윽!-

단숨에 무명을 격파한 인호는 새로운 스킬을 살폈다.

〈검술 전문가(Sword Expert)〉

1.종류: 패시브 스킬

2.등급: 고유(Unique)

3.설명: 자신의 본래 실력보다 높은 수준의 검술을 펼칠 수 있다.
단, 이 스킬을 통해서는 검술의 극한에 도달할 수 없다.

〈궁신탄영(弓身彈影)〉

1.종류: 액티브 스킬

2.등급: 희귀(Rare)

3.설명: 활의 시위를 떠난 화살처럼 움직여 한순간에 상대와의
거리를 좁힌다.

상세사항을 읽은 인호는 만족했다. 검사인 자신에게 이보다 좋은 스킬이 있을까 싶을 정도였다.

특히 기대되는 건 궁신탄영이었다. 뇌영보와 조합하면 어떤 식으로 발현될까? 상상만 해도 가슴이 두근거렸다.

"주인님도 무인이 다 됐네요."

길잡이가 웃으며 말했다. 인호가 심란해하는 것보다는 들떠있는 모습이 보기 좋았다.

"많은 일을 겪었으니까."

"말해줄 수 있나요?"

길잡이가 부탁하자 인호는 무덤덤하게 입을 열었다. 사람을 죽인 일, 강감찬 장군을 만난 일 등, 자신이 겪은 바를 전부 알려줬다.

"각성자들의 운명은 투쟁으로 점철되어 있다. 잘 알고 있지만

그래도 슬프네요."

"소중한 사람들과 함께 살아남기 위해서니 후회는 없다. 단지 적응이 되지 않는 게 문제여서 그렇지."

몬스터든 사람이든 죽이면 죽일수록 심신이 마모되었다. 마지막에 자신이 사라지는 게 아닐까 싶어 두렵기도 했고. 손에 피를 묻히겠다는 각오와 별개로 마음이 불편한 걸 막을 수 없었다.

"그게 정상적인 반응이에요, 주인님. 생물의 죽음은 그 자체만으로 사람을 갉아먹으니까요. 명심하세요. 죽음 자체에 연연해서는 안 된다는 걸."

–그녀의 말이 옳다. 소중한 이들만을 떠올려라. 그게 네 '기준'이 아닌가? 이기적인 말일 수 있지만 생판 모르는 타인은 너에게 아무 의미 없다–

"과거로 돌아가는 거는 불가능하고 앞으로 주인님은 더 많은 고난을 겪겠죠. 그래도 기준을 잊지 않는다면, 소중한 사람들을 지키는 '영웅'이 될 거예요."

두 사람의 진심이 느껴졌다. 그래서 그런지 마음속의 응어리가 많이 사라졌다.

"손님이 왔네요."

"죄, 죄송해요. 방해됐나요?"

"전혀 아니랍니다. 허락은 맡았나요, 조반나?"

"처음에는 반대하셨는데 결국 허락해주셨어요. 이런 날이 올 줄 알았다면서요."

인호는 촌장의 심정을 이해했다. 그는 조반나의 실질적인 부모나 다름없었다. 딸이 위험한 곳에 가는데 어찌 좋아할 수 있겠는가?

허나 조반나는 누가 봐도 특별한 존재였다. 그에 걸맞은 운명을 짊어진 만큼, 이를 피하는 건 불가능했다. 그 또한 그걸 알고 납득했을 테고.

"다들 제 이야기를 들어주실 수 있나요? 계속 마음속에만 담아둔 게 있거든요. 마을 분들한테는 말 못 했는데 여러분한테는 할 수 있을 거 같아요."

"물론이죠. 가슴 속에 뭘 쌓아나 봤자 전혀 좋을 게 없답니다. 그러니 뭐든 말하세요."

"고마워요. 저는 3년 전에 처음 주님의 목소리를 들었어요. 그분은 저에게 왕국을 구하라고 하셨죠. 그 때는 무서웠어요. 겨우 13살이었거든요."

인호는 한숨을 내쉬었다.

무명에게 들어 그녀가 어리다는 것은 알고 있었다. 또 중세와 현대의 나이에 대한 관점이 다르다는 점도 잘 알았고. 그렇다 해도 16살이라는 나이는 너무 어렸다.

"원래 신이란 게 다 그래요. 자신이 직접 나서지 않고 남한테 어려운 일을 다 떠맡기죠."

"무, 무서운 의견이네요. 그래도 주님께서 저를 위해 답을 준 거라 생각해요. 어렸을 때부터 고민이 많았거든요."

사람들은 왜 이렇게 고통스러워하는 걸까? 전쟁은 대체 언제 끝나는 걸까? 어린 그녀가 보기에도 세상은 두렵고 위험한 곳이었다. 그래서 항상 왕국에 평화가 찾아오기를 기도했고.

"주님에게 대답을 들었지만, 여전히 불안했어요. 저는 어렸고 힘도 없었으니까요. 기껏해야 마을에 쳐들어오는 몬스터들을 막는 게 고작이었죠."

"그것만으로 대단한 거예요. 자부심을 가져도 좋아요."

"그렇긴 한데 저는 왕국을 구해야 할 사명이 있으니까요. 사실 포기하려고 한 적도 있었어요. 제가 떠나는 순간, 이 마을은 끝이 니까요. 그런데 때마침 여러분이 온 거죠."

해맑게 웃는 조반나. 인호 일행을 만났을 때, 그녀는 기뻤다. 드디어 사명을 이룰 수 있는 시간이 왔기 때문에.

"인호에게도, 다른 분들에게도 모두 고마워하고 있어요. 힘들겠지만 부디 조금만 더 저를 도와주세요."

"물론입니다."

인호의 대답을 들은 조반나는 자리를 떠났다. 그녀 또한 한결 후련해진 얼굴을 했다.

"의외네요, 주인님. 화를 낼 줄 알았거든요."

"나한테는 그럴 자격이 없으니까."

조반나가 심사숙고해서 내린 결정이었다. 타인이 끼어들 여지는 없었다. 다만 마음에 안 드는 건 사실이었다.

"원래 신이라는 게 다 그래요. 언제나 자기 멋대로 인간의 운명을 농락하려고 하죠."

"신을 싫어하는 건가?"

"웃기죠? 기억을 잃었는데도."

"딱히. 사람은 자기만의 생각을 가질 자유가 있지 않나?"

"이래서 주인님을 좋아할 수밖에 없다니까요."

달라붙으려 하는 길잡이. 인호는 손을 뻗어 그녀를 밀어내고는 자리에서 일어났다. 출발하기 전에 조금은 쉬고 싶었다. 그녀는 희미하게 웃으며 그의 뒤를 따라갔다.

"수아, 당신의 아공간에 식량과 식수는 충분한가요?"

"그건 걱정하지 않아도 돼요. 던전 오기 전에는 꼭 챙겨두니까요."

길잡이의 질문에 흔쾌히 대답하는 수아. 기껏 인벤토리라는 특성을 얻었는데 그걸 왜 가만히 두겠는가? 그래서 그녀의 아공간은 언제, 어느 때나 꽉 차 있었다.

"주인님, 절 오랫동안 유지해야 하는데 마력은 괜찮나요?"

"나보다는 네가 문제지. 힘을 많이 사용하면 내 마력의 양과 상관없이 소환이 해제되니까."

"그 걱정은 할 필요 없어요. 지난번처럼 규격 외의 괴물은 안 나오니까요. 마지막으로 조반나, 처음으로 고향을 떠나는 건데 두렵지 않나요?"

"주님께서 절 지켜보세요. 또 여러분이 곁에 있어요. 그거면 충분해요."

"그럼 이제 출발할게요."

일행이 동레미 마을을 나섰다. 목적지인 오를레앙을 향해서.

"플레이어의 신체 능력이 뛰어난 건 알았지만 이건 상상 이상이군요."

"괜히 플레이어를 초인이라 부르는 게 아니죠."

"권능이 전부라 생각했는데 착각이었습니다."

인호의 말에 맞장구친 형준. 그는 달리는 자신을 느끼며 진심으로 감탄했다.

그도 그럴 것이 그는 그동안 일반인들과 발을 맞춰야 했기 때문에 전력을 다해 달린 적이 없었다. 물론 몬스터들과 싸우면서 신체 능력이 높아진 건 알았다.

고작 두 시간 반 만에 110km를 주파할 수 있을 정도인지는 몰랐지만. 심지어 애꿎은 사람들이 언제 일어날지 모르는 전투에 휘말리는 걸 막기 위해 철저히 숲길로만 움직였는데도 이렇게 빨리 달릴 수 있었다.

현재 일행이 있는 곳은 메닐 상 페흐라는 이름을 가진 호수였다. 앞으로 200km 정도 더 가면 오를레앙에 도착할 수 있으리라.

"이상하네. 이게 왜 여기에 있지?"

"무슨 문제라도 있어, 수아야?"

"뭔가 이상해요, 오빠. 이 호수는 인공적으로 만들어졌거든요. 주변에 있는 강의 유량을 조절하려고요. 이 시대에 있을 리가 없는데……."

"던전이라서 그런 거 아닐까?"

던전 안의 세상은 거짓으로 이루어진 환상. 현실과 꼭 똑같다는 법은 없다.

"대표님이 말씀하신 대로 크게 신경 쓸 필요 없을 거 같습니다. 그나저나 빨리 올 수 있어서 다행입니다. 계속 이 속도로 가면 오늘 안에 도착할 수……."

"그건 아니랍니다."

갑자기 형준의 말을 끊은 길잡이. 그는 의아한 얼굴로 그녀를 바라보았다. 3시간 만에 목적지의 1/3을 왔다. 중간에 휴식을 취하더라도 목적지에 충분히 도착하고도 남지 않겠는가?

길잡이는 아무 말도 하지 않았다. 손가락으로 호수를 가리켰을 뿐.

부글부글.

조금 전까지 평온했던 호수가 매섭게 끓고 있었다. 또 누가 먹물이라도 들이부은 것처럼 검게 변하기 시작했다. 기괴하고 혐오스러운 광경이었다.

-왔군-

"왔네요."

동시에 말하는 무명과 길잡이. 인호 또한 느꼈다. 무언가가 나타나고 있음을.

우웅.

검은 기류가 뭉치기 시작하더니 이윽고 하나의 실루엣을 이루었다. 리치, 라인두르가 마침내 모습을 드러낸 것이다. 다만 본체가 직접 온 건 아니었다. 이를 증명하듯 놈은 홀로그램처럼 투명했다.

-직접 얼굴을 보는 건 처음이군, 가짜 성녀. 나는 라인두르. 위대한 군주의 종복이다-

"섭리를 거부한 자와 인사를 하고 싶지 않아요."

자신의 창을 겨누는 조반나. 그녀의 창을 중심으로 새하얀 빛이 뿜어져 나왔다.

-보채지 마라. 어차피 네년의 목숨은 내 손으로 직접 거둬갈 테니까. 그래도 덜 고통스럽게 죽을 기회를 주지-

"기회라고요?"

-성모상을 내놔라. 그럼 나 또한 약속을 지키겠다-

"살점이 다 떨어져서 그런지 정말 뻔뻔하군, 리치. 한 번 소멸당할 뻔했으면서 무슨 자신감으로 헛소리를 지껄이는 거지?"

대화를 듣다 못 한 인호가 나섰다. 그의 말은 도발이나 다름없었고 효과는 충분했다. 조반나에게 고정되었던 시뻘건 안광이 그에게 향했다.

-하찮은 필멸자가 분수를 모르는군. 어제 그놈의 조력이 없었다

면 네놈이 지금 그 자리에 서 있을 거 같으냐?-

"꽁지 빠져라 도망친 놈이 허세는. 수아야."

"네."

수아가 인벤토리 안에 손을 집어넣었다. 그리고 어제 인호에게 받은 물건을 꺼냈다. 바로 라인두르가 어제 놓고 간 지팡이였다.

그걸 본 순간, 그는 리치 특유의 냉정함을 잃을 정도로 크게 분노했다.

-네, 네놈이 감히!-

"자기 무기도 버리고 도망간 겁쟁이가 뭘 믿고 다시 나선 거지? 그 잘나신 군주에게 원군이라도 요청했나?"

-라인두르의 이름을 걸고 맹세한다! 네놈은 절대 편히 못 죽을 것이다! 영혼을 오염시키고 뼛조각까지 씹어주마!-

고래고래 소리를 지른 라인두르의 손에 지팡이가 나타났다. 놈은 그걸 붙잡고는 호수를 향해 겨누었다.

저벅저벅.

마법의 빛이 더러워진 호수를 뒤덮었다. 그러자 썩은 시체들이 차례차례 올라오더니 인호 일행에게 접근했다. 인간, 오크, 리자드맨 등 시체의 종류는 다양했다.

그뿐인가?

숫자 또한 많았다. 호수 밖으로 나온 개체만 100을 넘었고 끊임없이 늘어났다. 이를 지켜본 라인두르의 환영은 허공에 녹아들어 사라졌다.

"대, 대표님? 어차피 싸울 건데 왜 굳이 도발을……?"

"몇 가지 확인할 게 있었습니다."

대체 뭘 확인하려고 저토록 강한 도발을 한 것일까? 형준은 인호의 대답을 기다렸다.

"우선 놈은 이 근처에 없습니다. 좀비들만 부르고 사라진 게 이를 증명합니다. 또 놈 주변에는 협력자가 없었죠. 만약 있었다면 저희가 여기까지 이렇게 빨리 오지 못했을 겁니다."

그 말을 들은 형준은 황당해했다. 그 짧은 시간에 거기까지 판단을 내렸다는 게 믿어지지 않았다. 왜 백진수가 인호를 리더의 자질이 있다고 판단했는지 알 거 같았다.

"그러면 길잡이가 말한 위기도 조금은 약해지는 겁니까?"

"그건 아니에요. 아직 위기는 닥치지도 않았어요."

길잡이는 냉정하게 대답했고 형준은 시무룩했다.

"대화도 좋지만 이제 싸워야 하지 않을까요, 여러분?"

"수아의 의견에 동의해요."

수아와 조반나가 나서자 다른 이들도 고개를 끄덕였다. 어느새 떼를 지은 좀비들이 사방에서 일행과의 거리를 좁혀왔다.

스르르.

인호는 격을 잃은 마검과 로드나이트의 검을 뽑았다. 수아는 마력총을 뽑아 적들에게 겨누었고 형준도 강체를 발동해 몸을 단단하게 만들었다.

이를 지켜본 조반나 또한 창을 움켜쥐었다. 하지만 그녀는 나서지 못했다. 길잡이가 그녀의 손을 붙잡았기 때문에.

"당신은 가만히 있어요, 조반나."

"그래도……."

"모두 당신을 지키기 위해 싸우는 거예요. 그런데 만약 뭔가 잘못돼서 당신에게 무슨 일이 생기면 어떻게 되겠어요? 그러니 이곳에서 지켜보세요."

길잡이의 어조 자체는 부드러웠지만 조반나는 확실히 느꼈다. 절대 반론을 허용하지 않는 단호함을. 결국 그녀는 어쩔 수 없이 길잡이의 옆에 섰다.

파앗!

그 사이, 인호가 움직였다. 어제 익힌 궁신탄영을 발동하자 몸이 화살처럼 쏘아져 나갔다. 순식간에 거리를 좁힌 그는 앞에 있는 오크 좀비의 목을 날렸다.

그리고 유심히 몸뚱이를 살폈다. 혹시 아는가? 머리가 날아간 상태에서도 움직일지. 다행스럽게도 몸만 남은 놈은 더 이상 움직이지 않았다.

"머리를 공격하면 움직이지 않습니다. 다들 머리만 공격하세요! 수아, 너는 길잡이와 조반나를 지켜."

"네, 오빠!"

"알겠습니다, 대표님!"

수아가 방아쇠를 연거푸 당겼다. 그녀가 쏠 때마다 좀비들의 머리가 박살났다.

'나도 질 수 없어.'

이번에는 제대로 활약하겠다. 마음을 다잡은 형준은 자신에게 다가오는 고블린 좀비를 향해 주먹을 날렸다. 어제 배운 액티브 스킬 '적호권'을 펼친 채.

콰아앙!

단 일격에 좀비의 머리가 박살났다. 수아의 마력탄과 비교해도 될 정도로 강력한 일격이었다.

-다들 자기 몫은 하니 걱정하지 말고 마음껏 날뛰어라, 김인호-

'그래야지.'

인호는 대답하자마자 좀비 무리 한가운데에 뛰어든 뒤, 마검을 수평으로 휘둘렀다. 살아있는 몬스터라면 움찔할 정도로 빠르고 정확했지만, 상대는 좀비. 아무 생각 없이 다가왔다가 목이 날아갔다.

인호의 공격은 거기서 끝이 아니었다. 양손에 쥔 검이 휘둘러질 때마다 좀비들이 잘려나갔다. 목뿐만 아니라 아예 몸통이 통째로 양단되는 놈들도 있었다.

–으어어어!–

–크허어어!–

호수에서 나온 좀비들이 끝없이 달려들었지만 소용없었다. 인호가 안에서 무리를 휘젓는 동안, 바깥에서 수아와 형준이 흐트러진 적들을 공격했다. 본능밖에 안 남은 좀비들이 막아 낼 정도의 허술한 공격이 아니었다.

전투가 시작된 지 겨우 10분.

300마리가 넘는 몬스터들이 몰살당했고 일행은 다시 오를레앙으로 발걸음을 옮겼다.

알록달록한 스테인드글라스가 새겨져 있는 예배당. 그곳에 한 청년이 있었다. 그것도 압도적인 아름다움을 자랑하는 청년이었다.

반듯하게 정리된 금발, 뚜렷하게 자리 잡아 존재감을 뽐내는 이목구비, 사파이어를 연상하게 하는 벽안까지 모든 게 다 완벽했다. 신이 직접 조각했다고 해도 믿을 수 있을 정도로.

허나 지금 그 아름다운 얼굴은 잔뜩 굳어 있었다. 그 상태로 청년은 십자가 앞에 무릎을 꿇은 채 기도를 올렸다.

"사악한 악의 군주가 쳐들어온 지 벌써 90년이 지났습니다, 주님. 그동안 많은 사람이 죽었고 지금도 죽어가고 있습니다."

청년은 보이지 않는 신을 질책했다. 신자로서 취할 태도가 아님은 잘 알았다. 다만 청년은 일반적인 신자의 위치만 고수할 수 없는 입장이었다. 그렇기 때문에 자신의 태도에 전혀 죄책감을 느끼지 않았다.

"당신은 항상 자신의 어린 양들을 지키겠다고 했습니다. 그런데 이게 뭡니까? 드넓었던 왕국은 갈가리 찢어졌고 각지에 반역자와 도망자들이 넘칩니다."

여전히 아무 대답도 들리지 않았다.

그래도 상관없었다. 어차피 대답은 기대도 안 했다. 그저 가슴속에 쌓인 울화를 조금이라도 해소하고 싶을 뿐.

"저희는 당신을 1000년 동안 믿고 따랐습니다. 그런데 어째서 당신은 어린 양들에게 이토록 매몰차게 굴 수 있습니까? 정녕 이대로 왕국이 멸망하기를 바라는 겁니까?"

눈을 뜨는 청년.

그의 눈가에는 어느새 눈물이 맺혀 있었다. 아무것도 하지 못하는 자신에 대한 분노, 자신의 책임을 저버리는 신에 대한 원망 등 다양한 감정이 깃든 눈물이었다.

"고통 받는 백성들이 불쌍하다면 저희에게 힘을 주십시오. 이 위기를 극복하고 평화를 되찾을 수 있도록, 당신의 뜻이 살아있음을 모두에게 보여주기 위해서라도."

울분을 토해낸 청년은 자리에서 일어났다.

벌써 몇 년째 이런 기도를 올렸을까? 신부들이 알았다면 자신은 벌써 한참 전에 파문됐으리라.

그렇게 그가 밖으로 나가려 할 때,

번쩍!

새하얀 빛이 예배당 전체를 뒤덮었다.

"윽!"

청년은 자기도 모르게 눈을 감았다. 밝기도 밝았지만, 빛 안에서 장엄한 무언가가 느껴졌다. 그리고 무언가가 그의 귓속을 자극했다.

부르르.

그 순간, 청년은 몸을 떨었다. 환희와 전율이 몸을 휘감았다. 드디어, 드디어 자신의 고민이 해결된 것이다. 어찌 기뻐하지 않을 수 있을까?

"동쪽에 희망이 있다. 분명히 들었습니다, 주님. 그 희망을 움켜쥐고 다시 돌아오겠습니다."

당당하게 예배당을 나서는 청년. 더는 그의 얼굴에서 망설임을 찾아볼 수 없었다.

인호 일행이 오를레앙으로 출발하기 2시간 전의 일이었다.

─역시 이 정도로는 안 죽는군─

기껏 일으킨 좀비들이 다 죽었지만 라인두르는 무심했다. 처음부터 저급한 좀비들이 놈들을 막을 수 있다고 믿지 않았다. 잠깐 발목을 붙잡는 걸로 만족했다. 그 때문에 시간을 벌 수 있었으니까.

─진짜 지옥은 이제부터 시작이다, 가짜 성녀─

라인두르는 허공에 떠오른 수정을 바라보았다. 그의 얼굴만 한 크기의 수정은 불길한 빛을 내뿜고 있었다.

이것이야말로 위대한 군주가 그에게 내린 증표. 이를 통해 그는 오를레앙 일대의 몬스터들을 부릴 수 있는 권한을 손에 넣었다.

-차라리 죽고 싶다고 울부짖게 해주마-

승리를 확신하는 라인두르. 수정이 비춰주는 광경을 보면 누구나 그와 같은 반응을 보일 것이다.

오크, 고블린, 코볼트, 리자드 맨 등 종족 단위의 몬스터들이 한자리에 집결했다. 트롤, 오우거, 미노타우로스 같은 대형 몬스터들도 즐비했다. 그렇게 모인 숫자만 무려 1만. 도시 하나를 함락하고도 남을 전력이 인호 일행을 처리하기 위해 움직였다.

과잉전력이 아니다.

라인두르는 그리 생각했다.

가짜 성녀를 죽이고 성모상을 확실히 파괴할 수 있다면 뭔들 못 하겠는가? 게다가 이미 임무를 한 번 실패한 입장. 실패를 만회하기 위해서라도 뭐든 할 작정이었다.

-이거까지 사용하게 될 줄은 몰랐지만 아낄 때가 아니지-

라인두르의 시선이 동굴 구석에 우뚝 서 있는 시체를 향했다. 인호가 죽인 듀라한처럼 검은 철제 갑옷을 착용한 상태였다. 다만 한가지 차이점이 있었으니, 목이 온전히 붙었다.

-눈을 떠라, 죽음의 기사여-

우우우웅!

검붉은 기류가 시체를 뒤덮었다. 잠시 뒤, 시체가 천천히 눈을 떴다. 안구가 있어야 할 자리를 검붉은 안광이 대신했고, 창백하다 못해 새파란 피부에 붉은 문양이 떠올랐다. 마침내 죽음의 기사가 눈을 뜬 것이다.

-가라. 그리고 놈들을 갈가리 찢어 죽여라! 단, 성녀의 곁에 있

는 검을 든 남자, 그놈은 살려둬라. 사지를 끊어도 상관없으니 숨만 붙여 놓으면 된다—

고개를 끄덕인 기사.

그가 오른손을 휘두르자,

—히이잉!—

어디에서 나타났는지 희끄무레한 말이 기사의 옆에 나타났다. 기사는 말 위에 올라타더니 동굴 밖으로 사라졌다.

—모든 안배는 끝났다! 이번 싸움을 마지막으로 모든 걸 끝내리라! 하하하!—

동굴 안을 뒤덮는 광소.

라인두르는 승리를 확신했다.

메닐 상 페흐 호수를 떠난 일행은 계속 오를레앙을 향해 나아갔다. 그러나 네 시간이나 움직였는데도 80km밖에 못 갔다. 끊임없이 몰려드는 몬스터 때문에.

물론 이것만 해도 대단한 일이었다. 허나 두 시간 삼십 분 만에 동안 110km나 간 걸 생각하면 절대 많이 왔다고 할 수 없었다.

길이 험해진 것도 아니었다. 오히려 드넓은 평야가 펼쳐져서 움직이는 건 쉬웠다.

그런데도 늦어진 이유는 간단했다.

—키에엑!—

—취이익!—

—크허엉!—

평야를 가로지르며 다가오는 늑대 무리. 그 위에는 오크와 고블린, 코볼트들이 타고 있었다. 기병처럼 달려드는 몬스터들은 일제히 등에 짊어지고 있던 활을 잡았다.

쐐에에엑!

허공에 치솟다가 아래로 떨어지는 화살들. 몬스터 특유의 힘이 더해져 한 발, 한 발이 무시무시한 위력을 품고 있었다.

"소용없어요."

쿠쿠쿵!

길잡이가 지면을 밟자 그녀 앞의 땅이 갈라졌다. 거대한 넝쿨이 그곳에서 치솟아 벽이 되었다. 그 때문에 단 한 발의 화살도 일행을 위협하지 못했다.

"형준 씨!"

"알겠습니다, 대표님!"

인호와 형준이 땅을 박찼다.

산발적으로 날아오는 화살이 있었지만 인호는 검을 휘둘러 모두 떨궈버렸다. 형준은 아예 몸으로 때웠고. 마력을 실었다면 모를까, 일반적인 공격으로는 그의 강체를 깰 수 없었다.

-취이익!-

-카아악!-

코볼트, 오크를 비롯한 몬스터 기병들이 글레이브를 휘둘렀다. 인호 또한 두 자루의 검으로 수라검기를 펼쳤다. 검붉은 검기와 검푸른 검기가 불꽃처럼 일렁이며 주변의 어둠을 밝혔다.

촤악! 촤아악!

-크허어엉!-

고통에 울부짖는 늑대들. 인호는 기병들을 노리지 않았다. 늑대들의 다리만 집중적으로 베었고 균형을 잃은 놈들이 쓰러졌다. 위에 타고 있던 놈들은 서로 부딪치고 뒤엉켜 바닥에 처박혔다.

'지금이다!'

이를 기다리고 있던 형준이 몬스터 무리 사이를 파고들었다. 그리고 여전히 허우적거리는 놈들을 향해 주먹을 내질렀다.

콰직! 콰드득!

형준의 주먹은 강력했다. 한 방, 한 방이 내질러 질 때마다 몬스터들의 머리가 박살나고 가슴이 함몰됐다. 놈들이 입고 있는 갑옷도 그의 주먹 앞에서는 의미를 상실했다.

―능력과 무공의 상성이 좋군―

'누나 때문에 권법을 골랐다는데 잘 됐지.'

강체 능력과 무공의 조합은 예상 이상으로 좋았다. 이번 던전 공략을 통해 형준은 더 강해지리라.

대화를 마친 인호는 마검의 칼날을 내리쳤다. 뇌영참이 날아가며 달려드는 몬스터들을 찢어발겼다. 무기로 막으려는 놈, 갑옷을 내세운 놈까지 모두 살덩어리로 전락했다.

―키에엑!―

그때, 인호의 뒤에서 고블린이 높게 점프했다. 이를 느꼈는데도 그는 뒤돌아보지 않았다. 그럴 필요가 없었기 때문에.

타앙!

고블린의 머리가 터졌고 뒤이어 총성이 전장을 뒤흔들었다. 수아가 외부에서 엄호하고 있는 이상, 사각에서 오는 적은 위협이 될수 없었다.

이를 눈치챈 무리의 일부가 그녀에게 쇄도했다. 아니, 쇄도하려고 했다.

"소용없다니까 그러네요."

길잡이가 손짓하자 넝쿨이 춤을 추듯 다가오는 몬스터들을 후려쳤다. 마치 사람이 날벌레를 잡는 것처럼. 얻어맞은 놈들은 피를 뿜은 채 나가떨어졌고 일어나지 못했다.

-취이익!-

운 좋게 넝쿨 공격을 피해서 여인들에게 다가온 놈들이 있었다. 그래봤자 통하지 않는 건 똑같았다. 거리를 좁혀오자마자 조반나가 창을 찔러 놈들의 숨통을 끊었다. 오는 도중에 들은 무명의 조언 덕분에 그녀의 창술은 이전보다 훨씬 깔끔해졌다.

"안 싸워도 된다니까요."

"다들 이렇게 열심히 싸우잖아요? 저만 가만히 있을 수는 없어요."

"우리 성녀님은 고집도 세네요."

조반나가 미소를 짓자 길잡이는 고개를 절레절레 흔들었다.

"괜찮잖아요? 적들을 향해 달려드는 것도 아니고요."

"수아라면 제 마음을 알아줄 거라 믿었어요."

"치사해요, 수아. 저만 나쁜 사람 됐잖아요."

길잡이가 삐진 척하자 수아와 조반나의 입가에 걸린 미소가 짙어졌다. 그러나 잠시뿐이었다. 아직 싸움은 끝나지 않았다. 긴장의 끈을 푸는 건 전투 이후에 해도 충분했다.

-진짜 더럽게도 몰려드는구나. 그 망령, 너희를 잡기 위해 작정한 거 같다-

'길잡이의 말을 들었을 때, 이미 예상했다.'

-네 도발도 한몫했지. 그러게 약하게 하지 그랬나?-

'대놓고 놈을 박살낸 네가 할 말인가?'

-지가 약해서 생긴 결과다. 내 탓이 아니지-

인호의 입가에 희미한 미소가 떠올랐다. 무명이 자신의 긴장을 풀어주기 위해 일부러 저리 말하는 건 알았다. 덕분에 힘이 났고.

하지만 죽여도, 죽여도 몰려드는 몬스터들을 보니 없던 힘도 사라질 판국이었다. 숫자는 전혀 줄어들 기미를 보이지 않았다. 놈들은 전후좌우를 가리지 않고 인호에게 공격을 퍼부었다.

게다가 이놈들은 왕의 기세에도 압도되지 않았다. 심지어 죽음조차 두려워하지 않았다. 죽기 직전까지 계속 달라붙어 일행을 위협했다.

'단번에 간다.'

이대로 일일이 상대했다가는 언제 파탄이 날지 모를 일이었다. 결론을 내린 그는 마력을 끌어올렸다.

위이잉.

두 자루의 검에 맺힌 검기가 더 짙어졌다. 그리고 한 지점에서 부딪쳤다.

건곤천뢰검(乾坤天雷劍)

제1식 뇌격십자인(雷擊十字刃)

그 순간,

콰아아앙!

굉음이 일고 빛이 뿜어져 나왔다.

그것은 죽음의 빛이었다. 빛이 폭발하자 순식간에 50마리의 몬스터들이 잿더미가 되었다.

이제 남은 적은 고작 20여 마리.

"제가 마무리 짓겠습니다!"

형준의 몸이 화살처럼 쏘아졌다. 그의 주먹에 얻어맞은 오크의 고개가 크게 꺾이더니 목뼈가 부러졌다.

쓰러진 적을 무시한 그는 앞으로 나아가 코볼트의 다리를 걸어찼다. 다리뼈가 부러진 놈은 주저앉았고 안면 위에 주먹이 작렬했다.

콰드득!

등 뒤에서 고블린이 달려들어 형준의 목을 깨물었다. 그러나 깨진 것은 놈의 이빨이었다. 따끔함조차 느끼지 못한 그는 몸을 돌려 입에 주먹을 꽂았다.

'현주 씨에 비하면 별 것도 아니네.'

어제 치렀던 시험은 끔찍했다. 믿었던 강체가 주먹 한 방에 풀리는 경험은 영원히 잊지 못 할 것이다.

그 때문에 그는 전혀 겁을 먹지 않았다. 놈들이 휘두르는 무기, 이빨, 손톱 등 어떤 공격도 강체를 뚫지 못 한다는 것을 아니까.

결국 그는 수아의 엄호를 받아 몬스터들을 쓸어버리는 데 성공했다.

"헉……헉……."

"수고하셨습니다, 형준 씨."

"5분, 아니 10분 만이라도 쉬고 싶습니다. 계속 싸우기만 하지 않았습니까? 이대로 가다가는 적이 아니라 피로 때문에 죽을 겁니다, 대표님."

"알고 있습니다. 하지만 어쩌겠습니까? 적이 쉽게 해주지 않는걸."

"빌어먹을 뼈다귀."

난폭한 반응을 보이는 형준을 보며 인호는 쓰게 웃었다. 그의 심정은 이해했다. 여기까지 오면서 얼마나 많은 적을 죽였던가. 후방에 있는 조반나가 세 자릿수의 몬스터를 죽일 정도로 많이 싸웠다.

─그 망령 자식, 단순한 뼈다귀인 줄 알았는데 머리를 굴릴 줄 아

는군. 설마 차륜전을 펼칠 줄이야-

'백년 동안 죽어라 싸우기만 한 놈들이다. 전술을 모르는 게 이상할 정도지.'

라인두르는 일행에게 쉴 틈을 주지 않았다. 한 부대를 처리하면 다른 곳에서 원군이 달라붙었다. 격전을 치를 때마다 일행의 체력과 마력은 감소했다. 그나마도 길잡이의 버프가 없었다면 한참 전에 지쳐 쓰러졌겠지.

"다들 이쪽으로 모이세요!"

그때였다. 갑자기 길잡이가 소리친 것은.

흠칫!

인호는 몸을 떨었다.

무언가가 다가오고 있었다. 몬스터 따위와는 비교할 수도 없을 정도의 존재감을 가진 놈이.

-온다!-

쿠쿠쿵!

무명의 말과 동시에 천둥소리가 하늘을 뒤흔들었다. 대체 언제 먹구름이 몰려온 것일까? 조금 전까지만 해도 달이 보일 정도로 맑았는데. 구름 사이사이로 벼락이 연신 몰아쳤다.

그러나 일행의 시선을 사로잡은 건 따로 있었다.

"말이 하늘을 날다니……."

"모, 몬스터가 맞나요? 유, 유령 같은데요?"

유령처럼 허공에 떠 있는 말.

가만히 있었는데도 묵직한 존재감이 느껴졌다. 하지만 길잡이는 고개를 흔들었다. 진짜 적은 따로 있었다.

"말도 위험하지만 진짜 적은 기수예요."

길잡이의 말 대로 검은 갑옷의 기사가 말 위에 앉아있었다. 전신에서 흘러나오는 불길한 기운은 이전에 싸웠던 듀라한을 떠올리게 했다. 갑옷도 똑같은 디자인이었고.

하지만 인호는 확신할 수 있었다.

'듀라한이 아니야.'

단순히 목이 붙어 있어서가 아니었다. 놈에게서 흘러나오는 위압감은 듀라한을 압도했다. 무엇보다 두려운 건 놈의 눈이었다. 흉악한 안광 속에서는 본능 이상의 무언가가 느껴졌다.

그렇게 모두가 당황하고 있을 때, 메시지가 떠올랐다.

"데스나이트라니, 미치겠군."

"죽음에서 부활한 어둠의 종복이죠."

"거기다 5등급인가."

5등급.

강감찬 장군의 힘을 받아 힘이 강해졌던 산군과 동급이었다. 아니, 그보다 더 위험했다. 산군은 그냥 5등급이었지만 위에 있는 놈은 5등급 '보스' 몬스터였으니까.

─조심해라. 호랑이를 상대했을 때와 같은 요행을 바랄 수는 없으니─

'재소환도 못 하고. 답이 없군.'

길잡이를 소환하면서 뽑기 기회를 다 사용했다. 쿨타임이 차기 위해서는 시간이 좀 더 필요했고. 그때까지는 어떻게든 버텨야 했다.

"길잡이. 저게 네가 말한 위기였나?"

"정확히는 이 상황 자체랍니다. 쉴 틈 없이 몰려오는 적들, 그리고 저희 모두를 죽일 수 있는 최악의 괴수까지. 죄송해요, 주인님. 최대한 피하고 싶었는데 실패했네요."

"네가 미안해할 필요 없지."

하늘을 날아다니는 놈을 어찌 따돌릴 수 있을까? 여기까지 오는 동안 놈을 조우하지 않은 것만으로도 길잡이는 자신의 역할을 다했다.

"전원, 전투 준비. 목표는 데스나이트. 이전에 했듯이 네가 지시를 해라."

"최선을 다할게요, 주인님."

길잡이가 전의를 드러냈다. 그녀뿐만이 아니었다. 수아, 형준, 조반나 모두 자세를 바로잡았다. 다들 도망칠 수 없다는 걸 잘 알고 있었다.

싸워야 했다. 살아남기 위해서.

그렇게 전투가 시작되려고 할 때,

–크하하하! 여기 있었구나. 쥐새끼들!–

기분 나쁜 웃음소리가 전장을 뒤흔들었다.

그리고 데스나이트의 옆에 리치, 라인두르가 나타났다. 놈은 일행을 천천히 둘러보더니 길잡이를 응시했다.

–솔직히 놀랐다, 계집. 설마 우리의 약한 부분만 골라서 움직일 줄은 몰랐다–

"아무렴 뇌가 없는 망령보다 못해서야 되겠어요?"

–영웅이라는 놈들은 죄다 자기 주제를 모르는군. 하찮은 필멸자, 아니 그보다도 못한 놈들이라 그런 건가? 시간이 되면 돌아가야 하는 가짜들이니까. 내 말이 맞나, 소환사?–

라인두르가 인호를 내려다보았다. 물론 인호는 대답하지 않았다. 자신의 능력만 알지 세부적인 부분에 대해서는 모를 것이 분명했기 때문에.

–크크큭. 아까 전까지 입을 놀린 놈은 어디 가고 겁쟁이가 남았나?–

"저놈이 세긴 센가 보군. 자기 무기조차 두고 도망친 놈이 이렇게 빨리 기세등등해지는 걸 보면."

–강하고말고! 베르트랑 뒤 게클랭! 한때 이 왕국 최강의 기사인데 어찌 약할 수 있을까!–

"앗!"

경악한 조반나는 자기도 모르게 주춤거렸다. 자기도 모르게 넘어질 뻔했지만 다행히 수아가 부축했다.

"아시는 분인가요?"

"초, 촌장님께서 어렸을 때 이야기해주셨어요. 베르트랑 뒤 게클랭. 50년 전까지 왕국 최강의 기사라 불렸던 분이에요. 몬스터와의 싸움 도중에 전사했다고 들었는데…….”

-잘 알고 있군, 가짜 성녀. 위대한 군주께서 이 자를 부활시켰
다. 비록 생전보다 힘이 떨어졌다 해도 네놈들을 처리하는 건 쉬운
일이지-

“길고 짧은 건 대봐야 하는 거다, 해골.”

마검을 겨누는 인호.

적이 강하다는 건 인정한다. 하지만 이쪽도 호락호락 당할 정도
로 약하지 않았다. 길잡이의 도움이 있다면 할 만했다.

-운명은 이미 정해졌다. 네놈들은 여기서 죽는다!-

“피해요, 형준!”

콰아아아!

다급하게 외치는 길잡이. 하지만 형준은 움직이지 못했다. 보이
지 않는 무언가가 그의 몸을 짓눌렀기 때문에.

콰아앙!

어느새 그의 앞에 데스나이트가 모습을 드러냈다. 어떻게 움직
였는지 확인할 수 없을 정도로 빨랐다. 거기다 놈은 무기를 쥐고
있었다. 평범한 남성의 키보다 큰 랜스를.

그리고 그게 형준을 향해 날아왔다. 정확히 심장을 향해서.

‘강체!’

피할 수 없다.

이를 깨달은 형준은 강체를 발동시켰다. 다른 곳을 보호하는 걸
포기하고 오직 심장 부근만 단단하게 만들었다.

콰드득.

그러나 쇄도하는 랜스 앞에서 그의 강체는 무력했다. 방어는 순
식간에 깨졌고 랜스의 끝이 가슴을 파고들었다.

'아, 안 돼!'

죽음의 공포가 형준을 덮쳤다.

↗

죽기 직전이라서 그런 것일까?

형준은 세상이 느려진 것 같았다. 데스나이트가 내지른 랜스가 자신의 가슴을 천천히 뚫고 있는 게 보였다. 여전히 몸은 움직이지 않았다. 조금만 더 있으면 심장마저 꿰뚫리겠지.

'은영아, 진수 형. 정말 죄송합니다.'

그동안 함께한 동료들을 볼 낯이 없었다. 형준은 부디 그들만이라도 끝까지 살아남기를 기도하며 자기 죽음을 받아들였다.

그런데 랜스는 그의 가슴을 파고들지 않았다. 의아함을 느낀 형준은 데스나이트를 올려다보았다. 다른 곳을 응시하고 있는 놈의 모습이 눈에 들어왔다.

휘리릭!

땅에서 식물 줄기가 튀어나와 유령마와 데스나이트를 휘감았다. 곧이어 새파란 마력탄이 데스나이트의 얼굴을 직격했고 폭발이 났다. 검은 연기가 놈과 유령마를 뒤덮었다.

팟!

그 사이, 뇌영보를 발동한 인호가 형준에게 다가왔다. 그리고 형준의 몸을 힘껏 걷어찼다.

"윽!"

자기도 모르게 비명을 지르는 형준. 강체가 발동되지 않은 부분이라 굉장히 고통스러웠다. 그래도 그는 웃었다. 드디어 랜스에서 벗어날 수 있었으니까.

"가, 감사합니다, 대표님."

"인사는 됐습니다. 길잡이에게 가세요."

"알겠습니다."

형준은 재빨리 길잡이에게 다가갔다. 어차피 강체가 통하지 않는 이상, 그는 이 싸움에 끼어들 수 없었다. 일행에게 도움을 줄 수 없다는 사실이 안타까웠다. 허나 괜히 발목을 잡는 것보다는 나았다.

위잉.

바람이 불자 연기가 흩어졌다. 그리고 인호는 한숨을 내쉬었다. 수아의 차지어택을 맞았는데도 데스나이트는 멀쩡했다. 유령마 또한 마찬가지였고.

-크르르-

낮은 목소리로 우는 데스나이트. 단지 그뿐이었는데도 놈을 휘감고 있던 식물이 찢어졌다. 구속에서 벗어난 놈은 말의 머리를 인호 쪽으로 돌렸다.

'묵린. 흑설.'

[묵린이 발동됐습니다. 10분 동안 플레이어 김인호의 신체 능력이 50% 상승합니다.]

[흑설이 발동됐습니다. 10분 동안 6급 몬스터 유령마 및 5급 몬스터 데스나이트의 신체 능력이 40% 감소합니다.]

'정안.'

길잡이가 준 눈을 발동하자 세상이 느려졌다. 수라멸천신공은 이미 최대한으로 운용한 상태였으며 칭호 '결코 물러서지 않는 자'

의 효과가 발동되어 신체 능력이 20% 추가로 상승한 상태였다.

그래서 인호는 확신할 수 있었다.

지금의 자신은 투쟁의 시대가 시작된 이후, 가장 강하다고. 허나 그러면 뭐하나? 오연하게 자신을 내려다보는 데스나이트를 이길 수 있다는 생각이 들지 않았다.

"정면이에요, 주인님!―

데스나이트가 랜스를 내지르기 전에 외치는 길잡이. 그녀의 말이 끝나기 무섭게 랜스가 한줄기의 섬광이 되어 쇄도했다.

쩌엉!

강철과 강철이 부딪치며 생긴 소리가 전장을 뒤흔들었다. 그러나 인호에게 주변을 신경 쓸 여유는 없었다. 충돌의 여파를 이기지 못한 그는 다섯 발자국이나 뒤로 밀려났다.

'미치겠군.'

정안을 사용했는데도 놈의 공격이 보이지 않았다. 길잡이의 경고가 없었다면 자신 또한 형준처럼 당했으리라.

―두 눈으로 똑바로 놈을 응시해라. 길잡이의 말을 절대 놓치지 마라. 안 그러면 진짜 죽는다!―

"다시 정면!"

데스나이트의 손에서 랜스가 쏘아졌다. 인호는 두 자루의 검을 교차시켜 막아내는 데 성공했지만 그뿐이었다. 충격으로 그의 몸 전체가 흔들렸다.

"목!"

찰나의 순간이었다.

데스나이트의 랜스가 짓쳐 들었다. 인호는 검들을 교차시켜 상대의 공격을 처음으로 흘려냈다. 그러나 거기까지가 한계였다. 건곤천뢰검을 펼칠 여유는 고사하고 반격조차 할 수 없었다. 길잡이의 말을 듣고 움직이는 것만으로도 벅찼다.

쉬엑! 쐐애액!

연거푸 쇄도하는 랜스. 인호는 길잡이의 조언에 따라 공격을 어떻게든 막아냈다. 하지만 랜스를 받을 때마다 그의 몸은 뒤로 밀렸고 바닥에 깊은 고랑이 파였다.

"헉……헉……."

딱 10번의 공격을 막았을 뿐이었다. 그런데도 숨이 거칠어졌다. 검을 쥐고 있는 양팔은 저릿했고 몸을 지탱하는 두 다리가 흔들렸다.

불안한 건 그의 몸만이 아니었다. 검은 질풍의 보호막도 여기저기 균열이 생긴 상태였다.

-신체 능력, 마력의 양, 심지어 전투 기술마저 모두 저 괴물의 우위군. 역시 피로가……-

'의미 없지. 저쪽도 전력을 다하지 않은 건 마찬가지니까.'

유령마는 데스나이트의 움직임에 간간이 맞춰줄 뿐, 자신이 직접 행동하지는 않았다. 만약 말까지 움직였다면 10합은커녕, 5합도 막지 못했을 것이다.

-하하하! 고작 5시간 싸운 거로 그리 지치다니, 보기 안쓰럽군. 자랑하는 입이라도 놀리는 게 어떻겠나?-

라인두르가 비꼬았지만 대답할 힘도 없었다. 인호는 호흡을 고르고 다시 자세를 취했다.

산군 때와 달리, 다른 사람의 도움을 기대할 수도 없었다.

수아의 마력탄은 데스나이트에게 통하지 않는다. 그녀가 가진 최강의 스킬, 마력의 파동은 아예 사용할 수 없었다. 자칫 잘못하면 인호마저 공격할 수 있었기 때문에. 조반나와 형준은 아예 데스나이트와 맞붙을 기량이 없었고.

그저 길잡이의 말만 믿고 싸워야 했다.

"심장!"

울려 퍼지는 길잡이의 경고. 뒤이어 쏘아지는 랜스.

섬광이 된 공격은 강렬하고 또 매서웠다. 정면으로 막아내는 건 불가능했다. 인호는 전력을 다해 마검을 내질렀고 간신히 랜스를 비껴냈다. 그것만으로도 마력이 뒤흔들렸고 신체 내부가 요동쳤다.

주르륵.

입에서 피가 흘러나왔다. 하지만 인호는 신경 쓰지 않았다.

'지금!'

처음으로 데스나이트에게 빈틈이 생겼다. 창이 빗겨나가면서 가슴이 훤히 드러난 것이다. 이를 본 인호는 뇌영보를 펼쳤다. 번개의 기운이 그의 신경을 강화했다.

-가라!-

무명이 외치는 것과 동시에 인호가 땅을 박찼다. 단 한 발자국으로 데스나이트와의 거리를 좁힐 수 있었다.

허나 인호는 바로 공격하지 않았다. 대신 허공을 박차 데스나이트의 머리 위를 점했다.

건곤천뢰검(乾坤天雷劍)

제2식 사교낙뢰(斜交落雷)

X자로 교차하는 마검과 로드나이트의 검. 이에 더해 서로 다른 색깔의 수라검기가 더해져 데스나이트에게 떨어졌다.

콰아아앙!

"컥!"

외마디 비명이 인호의 입에서 튀어나왔다. 충격을 버티지 못한 그의 몸은 땅바닥을 뒹굴었다.

―미치겠군―

무명은 똑똑히 봤다. 마검과 로드나이트의 검이 휘둘러지기 직전, 데스나이트가 내지른 창이 교차하는 검을 강타했다.

그 결과, 인호는 허망하게 튕겨 나갔다. 산군과 싸웠을 때도 기술로는 진 적이 없는 걸 생각하면 놈은 진짜 괴물이었다.

―단순한 시체는 아니라는 건가?―

목 없는 괴물은 강했지만 그만큼 한계가 명확했다. 시체답게 기계적인 움직임에서 벗어나지 못했다.

그에 반해 이놈은 달랐다.

광기와 원념으로 뒤덮인 눈을 하고서 정교하게 공격을 가했다. 시체가 보일 수 있는 움직임이 아니었다. 상대는 진짜배기 무인이었다.

"크윽!"

다시 자리에서 일어나던 인호가 신음을 토했다. 어느새 5분이 지났다. 앞으로 5분이 더 지나면 묵린과 흑설이 해제된다. 그때가 되면 자신은 죽음을 면치 못하리라.

그렇게 생각했을 때,

[플레이어 김인호가 '신성한 축복'을 받았습니다. 모든 능력이 정상으로 돌아옵니다.]

[플레이어 김인호가 '무녀의 축복'을 받았습니다. 마력 회복 속도가 2배 증가합니다.]

[플레이어 김인호가 '철벽의 가호'를 받았습니다. 한 번의 공격을 무조건 막을 수 있습니다.]

새하얀 빛이 그의 몸을 휘감았다.

바닥까지 떨어졌던 체력이 회복됐다. 계속 감길 거 같던 눈이 또렷해졌고 팔다리의 떨림도 멎었다. 마력 역시 무시무시한 속도로 채워졌고.

–길잡이의 짓인가? 왜 처음부터 이 능력을 사용하지 않은 거지?–

'계속 시간을 끌라는 거겠지. 개인적인 추측이지만.'

–할 수 있겠나?–

'그게 무슨 의미가 있나? 무조건해야 하는데.'

길잡이는 정해진 운명에 따라 움직인다. 이 타이밍에 버프를 건 건 분명히 이유가 있었고 인호는 이를 눈치챘다.

그녀가 뭘 꾸미는지 모른다. 그래도 상관없었다. 자신의 역할은 눈앞의 괴물을 붙잡는 것. 그 이상도, 그 이하도 아니었다.

파지직.

다시 한 번 뇌영보를 펼친 인호가 데스나이트를 향해 달려들었다.

"후우."

길잡이는 안도의 한숨을 내쉬었다. 다행히 타이밍에 맞게 인호에게 버프를 걸어줄 수 있었다. 앞으로 조금은 더 버틸 수 있으리라.

"오, 오빠를 도와줘야 하는 거 아니에요?"

"이러다가 인호가 죽겠어요!"

창백한 안색을 한 수아와 조반나가 길잡이에게 따졌다. 버프 덕분에 인호가 안정을 되찾은 건 분명했다. 그러나 그가 이길 수 있을 거라 믿는 사람은 없었다. 다들 비관적인 판단을 내릴 정도로 데스나이트가 강했기 때문에.

그건 길잡이 또한 다를 바 없었다. 그런데도 그녀는 단호히 고개를 저었다.

"안 돼요. 여러분이 가봤자 바로 죽을 뿐이에요."

"그럼 이대로 오빠가 죽는 걸 가만히 보라는 건가요?"

"그런 말은 안 했어요, 수아. 그보다 싸울 준비를 하세요. 조반나와 형준도요. 단, 여러분은 죽음의 기사와 싸우지 않을 거예요."

"그러면요?"

조반나가 묻자 하늘을 가리키는 길잡이. 손가락 끝에는 하늘에 떠 있는 라인두르가 있었다.

"죽음의 기사가 싸울 수 있는 건 저 해골이 마력을 부여했기 때문이에요. 지금도 마력을 부여하고 있고."

"저 괴물을 잡으면 더는 데스나이트에게 마력이 전달되지 않겠네요."

"당신 말이 맞아요, 수아."

길잡이가 동의했다. 그러자 형준이 의아함을 드러냈다.

"그러면 왜 그동안 공격하지 않은 겁니까? 대표님이 싸우고 있을 때, 저희도 싸웠다면……."

"그러면 여러분 모두 죽었을 거예요. 저 해골은 6등급이니까요. 이름도 가지고 있고."

형준의 말을 끊는 길잡이. 다들 침묵을 지켰다. 아직 일행에게는 일반적인 6등급 몬스터도 상대하기 버거웠다. 하물며 보스 몬스터면 더 논할 필요도 없었다.

"시간이 없으니 간단히만 말할게요. 저 죽음의 기사는 해골의 권속이 아니에요. 놈이 말하는 군주에게 하사받은 거지. 그래서 놈도 죽음의 기사를 유지하기가 버거워요."

"그래서 저 말이 제대로 안 움직이는 거군요."

"정확해요, 수아. 당신이라면 이미 느꼈겠지만, 놈은 이미 마력을 많이 소모했어요. 본래 자신의 전투 능력을 발휘할 수 없을 정도로."

그제야 세 사람은 길잡이의 뜻을 눈치챘다. 적의 힘이 빠질 때까지 기다린 것이다.

"단, 조반나하고 형준은 수아를 지키는 데 집중해요. 놈의 마법을 막을 수 있는 사람은 수아뿐이니까요."

"이해했어요. 그런데 저희만으로 잡을 수 있을까요? 무슨 정수를 깨지 않는 이상, 계속 부활할 거라고 들었어요."

"물론 놈을 완전히 죽일 수는 없어요. 그래도 잠시 동안 전장에서 쫓아낼 수는 있죠. 그렇게 되면 마력의 공급도 끊어질 테고."

세 사람은 고개를 끄덕였다. 드디어 길잡이의 뜻을 이해했다. 이제 라인두르와 싸우는 일만 남았다.

"조반나하고 형준은 원거리를 공격할 수 없죠? 그러니 수아를 지켜주세요."

"그렇게 할게요."

"알겠습니다."

두 사람이 대답하자 길잡이는 고개를 끄덕였다. 그리고 오른손을 뻗었다.

그러자,

[플레이어 이수아가 '은신의 축복'을 받았습니다. 적의 시야에서 벗어납니다.]

[플레이어 김형준이 '무녀의 축복'을 받았습니다. 마력 회복 속도가 2배 증가합니다.]

새하얀 빛이 세 사람을 휘감았다.

모두 자신의 몸이 주변 환경에 녹아들었음을 깨닫고 당황했다. 그런 그들을 보며 길잡이는 빙긋 웃었다.

"리치를 이길 수 있는 비장의 수에요. 그럼 출발하세요."

세 사람이 행동을 개시했다. 방심하고 있는 라인두르를 사냥하기 위해서.

"미안해요, 조반나."

길잡이의 중얼거림에는 강한 죄책감이 깃들어 있었다. 그래서 그런 것일까? 그녀의 입가에 자리 잡은 미소는 사라진 지 오래였다.

"하지만 이게 운명이에요."

자신의 역할은 일행을 올바른 운명으로 인도하는 것. 어떤 상황에 부닥치든 그 의무를 이행해야 하는 입장이었다.

잔인한 일임은 알고 있다. 허나 길잡이는 애써 감정을 억누르고 몸을 돌렸다. 데스나이트를 상대로 밀리고 있는 인호를 빨리 도와야 했다.

'부디 당신에게 주어진 시련을 뛰어넘기를.'

길잡이는 마음으로나마 조반나를 응원했다.

수아가 자신의 마력총을 겨누었다. 하늘에 있는 라인두르를 차분하게 응시하면서.

다행이라면 다행이라고 할까?

라인두르는 일행을 신경 쓰지 않았다. 흥미진진한 얼굴로 인호와 데스나이트의 싸움을 지켜보고 있을 뿐.

'할 수 있어.'

상대는 방심하고 있었다. 지금이야말로 놈을 잡을 절호의 기회였다.

쿠오오오.

그녀는 마력을 일으켰다. 이는 그대로 마력총으로 향했고 새파란 빛의 입자가 총구로 모여들었다.

"위험하지 않을까요? 이러면 적이 눈치챌 텐데……."

"그건 걱정할 필요 없어요, 형준."

"무슨 말입니까?"

"수아는 마력의 흐름을 확실하게 제어하고 있어요. 저렇게 막대한 양의 마력을 운용하면서도 전혀 흘리지 않다니, 진짜 대단하네요."

조반나가 설명하는 사이, 수아는 마력의 파동을 쏘기 위한 마력을 모두 모았다. 다만 한 가지 과정이 남아 있었다.

'마력의 쇠사슬.'

촤르륵!

허공에서 푸른 쇠사슬이 형성됐다. 총 6줄기의 쇠사슬은 하늘로 치솟아 라인두르의 사지, 목, 몸통을 휘감았다.

－뭐, 뭐냐!?－

당황한 라인두르가 쇠사슬을 보며 외쳤다. 어떻게든 도망치려고 움직였지만, 구속에서 벗어날 수 없었다. 쇠사슬을 통해 수아의 마력이 놈의 몸 안으로 흘러들었고 이 때문에 놈의 마력이 흐트러졌다.

'잡았다.'

마지막 과정을 무사히 성공시켰다. 수아는 방아쇠를 당기며 자신의 마력을 방출했다.

이수아류 마력제어술

필살기 마력의 파동(Mana Pulse)

콰콰콰콰쾅!

방아쇠를 당기자 거대한 빛줄기가 하늘을 향해 날아갔다. 과거 형준이 표현했던 대로 그것은 레이저포나 다름없었다. 그만큼 빛줄기는 크고 아름다웠다.

-아, 안 돼!-

벗어날 수 없다는 걸 깨달은 라인두르가 비명을 질렀다. 어떻게든 쇠사슬에서 벗어나기 위해 발악했지만 소용없었다.

-이것들이 감히!-

공포가 뒤섞인 절규가 울려 퍼졌지만, 파동이 만든 굉음에 묻혔다. 그리고 마침내 마력의 빛줄기가 라인두르를 집어삼켰다.

"와아."

"쉽게 잡아서 다행입니다."

조반나는 감탄했고 형준은 안도했다. 동레미 마을을 지키는 과정에서 저 기술을 봤기에 승리를 자신할 수 있었다.

"하아……하아……."

마력을 남김없이 쥐어 짜낸 수아는 숨을 헐떡였다. 가진 마력을

단숨에 쓰는 바람에 몸에 힘이 하나도 남지 않았다.

그래도 그녀는 웃었다.

라인두르는 사라졌다. 물론 완전히 소멸하지는 않았다는 것도 알고 있다. 정수가 남아 있는 이상, 계속 부활할 테니까.

그래도 상관없었다. 데스나이트는 당분간 움직이지 못…….

"어, 어째서!?"

세 사람 모두 경악했다. 분명히 라인두르가 사라졌는데도 데스나이트는 멈추지 않았다. 오히려 더 맹렬하게 인호를 공격했다. 언제 당해도 이상하지 않을 만큼 그의 상황은 위태로웠다.

'잘못됐어.'

수아는 불길함을 느꼈다. 길잡이의 말이 어긋나다니, 이런 적은 처음이었다.

"다들 주변을 경계하세요!"

수아가 외치자 형준과 조반나가 사방을 살폈다. 라인두르의 모습은 안 보였다.

-재미없는 놈들이군. 끝까지 방심하지 않다니-

긴장감이 극한으로 치달았을 때, 라인두르의 목소리가 울려 퍼졌다. 사방에서 들려 왔기에 위치를 특정할 수 없었다.

-그래도 인정할 건 인정해야겠지. 네놈들의 수법을 이미 경험해서 다행이었다. 안 그러면 조금 전 공격에 당했을 테니. 역시 분신을 남긴 게 정답이었어-

목소리는 계속 들리는데 정작 라인두르는 나타날 기미조차 보이지 않았다. 조반나는 초조해짐을 느꼈다.

'뭐지?'

그런데 문득 이상한 느낌이 조반나를 자극했다. 그녀는 본능적으로 고개를 돌렸다. 수아가 있는 쪽이었다. 그리고 다급히 외쳤다.

"위험해요, 수아!"

우우웅.

검은 기류가 수아의 등 뒤에 모이더니 찰흙처럼 뭉쳐졌다. 그리고 모습을 드러내는 라인두르. 어둠의 마력이 수아의 몸을 짓눌렀다.

-너부터 죽여주지-

라인두르의 손이 수아에게 뻗어졌다. 이미 마력을 전부 소진한 상태였다. 상대의 구속을 떨쳐낼 힘도, 다가오는 공격을 피할 힘도 남아있지 않았다.

'오빠! 언니!'

그렇게 라인두르의 손이 수아의 심장에 꽂히려 할 때,

콰드득!

수아의 앞에 누군가가 섰다.

"조반나!"

"안 돼!"

형준과 수아가 비통하게 외쳤다.

조반나 다르코.

그녀가 수아의 앞을 지키고 있었다. 라인두르의 손이 그녀의 명치를 꿰뚫었고.

주르륵.

조반나의 입에서, 상처 부위에서 피가 쏟아졌다.

제14장 각성과 계약

쩌엉!

데스나이트가 내지른 랜스와 로드나이트의 검이 충돌하자 불꽃이 튀었다.

'버프가 도움이 됐군.'

놈의 공격 위력은 이전과 동등했다. 그런데도 버텼다. 길잡이가 걸어준 버프가 효과가 있다는 걸 의미했다.

−오래는 못 버틴다!−

'알고 있어.'

현재의 강함에 취해서는 안 된다. 이 힘은 시간제한이 있으니까. 자신을 강화하는 묵린, 적의 능력을 떨어뜨리는 흑설이 해제되면 다시 데스나이트에게 밀리고 마리라.

그러나 뒷일을 생각할 겨를이 없었다. 그저 온 힘을 다해 놈의 발목을 붙잡을 뿐. 그것만이 중요했다.

쉐에엑!

연거푸 쏟아지는 랜스는 매서웠다. 허나 인호는 검들로 원을 그리며 공격을 막아냈다. 물이 흐르듯 부드러운 움직임에서 빈틈을 전혀 찾아볼 수 없었다.

간혹 데스나이트에게 빈틈이 드러났지만, 그곳을 찌르지 않았다. 놈이 일부러 드러낸 것임을 조금 전의 위기를 통해 경험했기 때문에.

한 번 당했는데 또 낚이면 그건 바보였다. 인호는 그렇게 되고 싶지 않았고 그래서 철저히 막기만 했다. 자신의 신경을 적의 공격에, 자신의 검에 집중하면서.

쿠오오오!

데스나이트에게서 검은 기류가 뿜어져 나왔다. 그렇게 흘러나온 기운은 마치 날개처럼 한 쌍으로 갈라졌다. 그러자 놈의 공격이 더 빨라졌다. 버프를 있는 대로 받은 인호의 눈으로도 보이지 않았다. 소리는 아예 들리지 않았고.

그래도 막았다.

길잡이의 도움은 받지 않았다. 어차피 이 싸움은 그녀가 끼어들 영역이 아니었다. 그녀가 데스나이트의 움직임을 예측하고 경고해도 놈의 공격이 더 빨랐다.

그렇기에 길잡이로서는 싸움을 지켜보는 것 외에는 할 수 있는 게 없었다. 그런데도 그녀는 웃었다.

'깨어나고 있어.'

언제 죽을지 모른다는 위기감이 인호의 자질을 자극했다. 투왕지체, 싸움을 통해 육체의 주인을 각성시키는 체질이 제 역할을 다하는 순간이었다.

패시브 스킬 중급 검술의 레벨이 대폭 상승합니다.

현재 중급 검술의 레벨-13

패시브 스킬 검술 전문가의 레벨이 1 상승합니다.

현재 검술 전문가의 레벨-2

액티브 스킬 정안의 레벨이 1 상승합니다.

현재 정안의 레벨-3

영웅화가 1 퍼센트 향상됩니다.

현재 영웅화-36퍼센트

Close	View

메시지가 떠올랐지만 무시했다. 검을 휘두르고 또 휘둘렀다. 더 빠르게, 더 날카롭게. 검붉은 검기와 검푸른 검기가 화려하게 타오르며 칠흑으로 물든 랜스의 진격을 차단했다.

데스나이트도 호락호락하지 않았다. 놈 또한 인호의 움직임에 맞춰 속도를 높였다. 그리고 검격 사이에 랜스를 찔러 넣어 흐름을 헤집었다.

'돌겠군, 진짜.'

인호의 얼굴이 고통으로 일그러졌다. 방어에 집중하고 있는데도 죽을 맛이었다. 일격, 일격이 빠르고 무거웠다. 게다가 데스나이트에게서 흘러나오는 기세가 압력으로 변해 몸을 짓눌렀다.

그때였다.

갑자기 뒤로 물러나는 유령마. 하지만 인호는 섣불리 다가서지 않았다.

쿠쿠쿵!

데스나이트에게서 흘러나오던 기운이 전부 랜스에 모이기 시작

했다. 검은 기류가 랜스를 휘감았고 어느새 원형이 보이지 않을 정
도로 짙어졌다.

흠칫!

-조심해라!-

"조심하세요!"

영웅들이 동시에 경고했다. 그게 아니어도 알 수 있었지만.

죽는다.

그의 직감이 외쳤다.

저 공격은 막을 수 없다고, 반드시 피해야 한다고. 문제는 움직
일 수 없다는 것이었다. 몸을 짓누르고 있던 압력이 더욱 강해져
달아나는 걸 용납지 않았다.

'그렇다면.'

버프로 인해 흘러넘치는 마력을 두 자루의 검과 발에 집중했다.
그리고 검을 휘두르기 시작했다.

건곤천뢰검(乾坤天雷劍)

제3식 난뢰쇄천(亂雷碎天)

수라의 기운을 머금은 번개가 벽을 형성했다. 정면충돌할 생각
은 없었다. 그건 만용에 불과하다는 걸 잘 알았다.

최대한 흘려낸다.

그다음, 기회를 만든다.

본래라면 불가능한 일. 하지만 지금 자신에게 걸려있는 보험을
생각하면 아예 가능성이 없는 것도 아니었다.

좌아아악!

마침내 데스나이트가 랜스를 내질렀다. 허공에 검은 선이 그어
지며 바람이 갈라졌다. 심지어 랜스가 닿지 않았는데도 지면에 깊

은 고랑이 파였다.

이에 질세라 인호는 더욱 격렬하게 검을 휘둘렀다. 서로 다르게 생긴 검들이 수십, 수백에 달하는 궤적을 그렸고 벽은 단단해졌다.

잠시 뒤, 흑기사의 랜스가 벽을 강타했다.

"크으윽!"

단지 닿았을 뿐인데 내장이 진탕됐다. 튀어나온 혈관들이 터지며 피가 뿜어져 나왔다. 그런데도 인호는 끝까지 맞섰다. 쇄도하는 랜스를 위로 들어 올리기 위해.

그러나 인호의 바람과 달리 랜스는 계속 벽을 파고들었다. 어떻게든 비껴내려고 했지만, 상대의 힘을 막아낼 수 없었다.

파지직.

벽에 금이 갔고 여기저기서 검은 빛깔이 흘러들어왔다. 그뿐만이 아니었다. 이제까지 든든하게 인호의 한쪽 팔을 지켰던 로드나이트의 검에도 균열이 생겼다. 언제 깨져도 이상하지 않은 상황이었다.

-크허어엉!-

데스나이트가 처음으로 포효를 질렀다. 놈은 자신의 힘을 쏟았고 결국 벽을 깨뜨렸다. 이와 함께 로드나이트의 검도 산산조각이 났다. 장애물을 돌파한 랜스가 인호의 가슴팍을 강타했다.

쩌엉!

랜스는 분명 인호의 가슴팍에 닿았다. 허나 가슴을 꿰뚫지는 못했다. 검은 질풍의 보호막을 완전히 깨뜨렸는데도.

['철벽의 가호'가 발동했습니다. 5급 보스 몬스터 데스나이트의 공격이 무위로 돌아갑니다.]

길잡이가 걸어준 마지막 버프가 빛을 발했다. 데스나이트가 내지른 랜스가 인호 측면으로 비껴졌고 놈의 가슴이 활짝 열렸다. 유령마도 피할 수 없을 정도로 거리는 가까웠다.

'잡았다!'

모든 마력을 마검에 모으자 검붉은 검기가 짙어졌다. 이제 갈무리된 마력을 해방하는 일만 남았다. 그러면 놈에게 타격을 줄 수 있으리라.

그렇게 인호의 검이 데스나이트를 베려고 할 때,

팟!

놈이 몸을 굴렀다.

자연스럽게 데스나이트는 유령마에서 떨어졌다. 인호의 검은 데스나이트가 아니라 유령마를 베었고. 그 과정에서 인호의 틈이 드러났다. 이를 놓치지 않은 데스나이트는 달려들어 주먹을 내질렀다. 랜스를 찌르기에는 거리가 부족했기 때문에.

당황한 인호는 다급히 검을 거둬들였지만 때는 늦었다.

"컥!"

그대로 나가떨어지는 인호. 어느새 그의 몸은 피투성이가 되어 있었다.

끔찍한 일은 그것뿐만이 아니었다.

"안 돼!"

"조반나!"

누군가의 절규가 전장을 뒤흔들었다. 인호를 대신해 무명이 비명의 진원지를 바라보았다. 그리고 할 말을 잃었다.

"……."

믿을 수 없는 광경이 펼쳐졌다. 라인두르의 손이 조반나의 명치를 관통했다. 피가 분수처럼 흘러나와 땅을 붉게 적셨다.

죽음이 일행에게 다가오고 있었다.

조반나는 힘겹게 고개를 돌렸다. 경악한 수아가 눈에 들어왔다. 지친 기색이 역력했지만, 그녀는 멀쩡했다.

"다, 다행……."

흘러넘치는 피 때문에 말이 제대로 나오지 않았다. 그래도 조반나는 힘을 다해 웃었다. 후회는 없었다. 수아가 무사한 모습을 보니 그냥 기뻤다.

-어차피 죽일 생각이었지만 이건 재미없군. 네년은 좀 더 고통을 느껴야 했는데-

"이 새끼가!"

형준이 눈물을 흘리며 달려들었다. 그러자 라인두르는 조반나를 방패처럼 내밀었다. 당황할 법했지만 형준은 냉정함을 잃지 않았다. 그는 왼발을 축으로 몸을 틀어 조반나를 피한 뒤, 온 힘을 다해 주먹을 내질렀다.

-벌레 주제에 귀찮게 하지 마라!-

라인두르가 형준을 향해 지팡이를 겨누었다. 그 순간, 형준은 보이지 않는 무언가가 자신을 후려친 것을 느꼈다. 그러나 그는 신음조차 내지 않고 묵묵히 거리를 좁혔고 라인두르의 앞에 다가가는 데 성공했다.

콰앙!

강체와 무공이 더해진 주먹이 라인두르의 머리를 박살냈다. 그러자 놈의 몸이 재가 되어 사라졌고 조반나의 몸이 바닥에 쓰러졌다.

"조반나!"

남은 힘을 쥐어 짜낸 수아가 조반나에게 다가갔다.

조반나의 상태는 좋지 않았다. 피가 빠져나가 안색은 창백했고 숨소리는 미약했다. 그나마 영웅이라 아직 살아있었지 평범한 사람이었다면 한참 전에 죽었을 것이다.

단, 문제는 따로 있었다.

"이건 대체⋯⋯."

조반나의 상처 부위에는 검은 기운이 넘실거렸다. 게다가 상처를 중심으로 점점 커지고 있었고. 이를 본 수아는 조반나를 바로 업었다. 길잡이라면 이 상처를 치료해줄 수 있으리라.

그리 믿고 갈려고 했지만 수아는 얼마 못 가 멈춰서야 했다. 갑자기 검은 재가 모여 그녀의 앞길을 가로막더니 이윽고 라인두르로 바뀌었다.

-누구 마음대로 움직이는 거지, 계집?-

"비켜!"

처절하게 외친 수아가 방아쇠를 당겼고 마력탄이 날아갔다. 길잡이의 축복 덕분에 최소한의 전투는 할 수 있을 정도로 회복된 상태였다. 단지 싸울 여유가 없었을 뿐.

콰아앙!

마력탄이 허공에서 폭발했다. 라인두르가 날린 검은 불꽃에 의해서.

-포기를 모르는 계집이군. 이미 그 가짜의 몸에 어둠의 마력을 주입했다. 그년의 몸은 썩어 문드러질 것이고 영혼은 오염될 것이다!-

"닥치라 했지!"

연거푸 방아쇠를 당기는 수아. 라인두르는 가볍게 마법을 펼쳐 마력탄을 모조리 요격했다.

−재밌는 능력이군. 제대로 쓸 줄은 모르는 모양이지만−

수아를 놀리던 라인두르가 황급히 다른 곳으로 이동했다.

콰쾅!

그가 있던 자리에는 형준의 주먹이 작렬했다. 공격이 빗나갔지만, 그는 아랑곳하지 않고 라인두르를 노려보았다.

"저놈은 제가 맡겠습니다. 조반나를 데리고 가십시오."

"고마워요, 형준 씨."

수아는 조반나를 끌어안더니 길잡이가 있는 쪽으로 달렸다. 모습을 드러낸 라인두르가 검은 불꽃을 날렸지만 형준의 주먹이 이를 막아냈다.

"절대 못 간다, 해골."

−어이가 없군. 네놈 따위가 나를 막을 수 있을 거라고 생각하나?−

"알 게 뭐냐!"

6등급 보스 몬스터면 어떤가? 때려죽여야 할 적이라는 건 변함이 없었다.

거기다가 자신에게는 길잡이가 걸어준 버프가 있었다. 그에 반해 놈은 원래 지팡이가 아닌, 예비용 지팡이를 들고 있었고. 이기지는 못하더라도 수아가 길잡이에게 다가가는 시간은 벌어줄 수 있으리라.

각오를 다진 형준은 거리를 좁혔다. 그러더니 자신이 익힌 유일한 초식을 펼쳤다.

적호권(赤虎拳)

1식 붕산권(崩山拳)

마력이 형준의 오른쪽 주먹에 모였다. 그 상태에서 그는 전신의 근육을 모두 사용해 주먹을 날렸다. 강체는 발동된 지 오래였다.

콰드득!

라인두르를 보호하고 있던 보호막이 박살났다. 그것만으로 모자라 놈의 가슴에 커다란 구멍이 뚫렸다.

'아직 부족해.'

상대는 머리가 부서져도 가볍게 재생하는 괴물이었다. 그는 양손의 주먹을 퍼부었다. 소나기처럼 쏟아지는 일격, 일격이 라인두르의 몸을 파괴했다.

촤아악!

이번에도 공격은 통하지 않았다. 라인두르는 재가 되더니 원래모습으로 되돌아갔다.

—학습 능력도 없는 머저리 같으니라고. 우선 네놈부터 죽여주마—

"할 수 있으면 해봐라!"

형준이 맹렬한 기세를 드러냈다. 그 모습이 마치 성난 호랑이와 같았다.

길잡이는 굳은 얼굴로 자신에게 다가온 수아를 바라보았다. 조반나에게서 흘러나온 피 때문에 엉망진창이 된 지 오래였다. 그 사실을 모르는지 수아는 조반나를 길잡이 앞에 내려놨다.

"조반나를 살려주세요! 당신이라면 할 수 있죠?"

"미안해요, 수아."

"거, 거짓말이죠? 예전에 저희에게 걸린 디버프를 다 풀었잖아요!"

"그 방법으로는 어둠의 마력을 없앨 수 없어요. 이건 저주라 신성력밖에 통하지 않아요."

"신성력이라면……."

그 힘의 이름은 들어본 적이 있었다. 쓰러진 조반나가 사용하던 힘이지 않은가?

"조반나가 살아남으려면 스스로 어둠의 마력을 이겨내야 해요."

"가능할 리 없잖아요! 다 죽어가는 사람이 그걸 어떻게 해요!"

"저희가 도와줄 방법은 없어요."

냉정하게 말하는 길잡이를 보며 수아는 이를 갈았다. 그런데 문득, 한 가지 생각이 그녀의 뇌리를 스쳐 지나갔다. 좋지 않다는 건 알고 있었다. 동료를 의심하는 건 결코 옳은 일이 아니었으니까.

다만 묻지 않을 수도 없었다. 무시하기에는 정황이 너무 뚜렷했다.

"솔직하게 대답해요. 당신은 조반나가 이렇게 될 줄 알았죠?"

"왜 그렇게 생각하나요, 수아?"

"싸우기 전에 당신이 말했었죠. 저희가 라인두르를 이기면 데스나이트가 멈출 거라고."

"제가 본 미래는 그랬어요."

길잡이가 그렇게 말할 때, 얼굴에 미묘한 표정이 스쳐 지나갔다. 이를 놓치지 않은 수아는 크게 분노했다.

덥석.

"당신이 본 미래는 조반나가 쓰러진 이후의 미래였어요! 그녀가 이렇게 될 거라는 걸 우리에게 숨겼고! 어떻게! 어떻게 그럴 수가 있어요! 이 아이가 대체 뭘 잘못했다고!"

"그게 이 아이의 운명이에요."

"죽는 게 운명이라고요? 그걸 지금 말이라 하나요!?"

"제 말은 그게 아니에요, 수아. 이 시련이 그녀의 운명이에요. 그녀가 믿는 신이 직접 내린 시련이죠. 아무리 저라도 신이 정한 운명을 피할 수는 없어요."

어이가 없었다.

신이라는 작자가 어째서 자신의 신도에게 시련을 준단 말인가? 조반나는 누구보다 신실한 아이였다. 어린 나이에 왕국의 운명을 짊어졌으면서도 불평 한 번 하지 않을 정도로.

"당신의 마음은 저도 알아요. 신이란 불합리한 존재죠. 자기 멋대로 인간의 운명을 농단하고. 그러니 당신이 조반나를 지켜봐 줘요. 그녀가 시련을 이겨내기를 응원해줘요."

"……당신은 뭘 할 생각이죠?"

길잡이의 슬픔이 느껴졌다. 또 그녀가 신에게 분노하는 것도 알 수 있었다. 그래서 수아의 목소리는 차분함을 되찾았다.

"주인님을 구해야죠. 그게 제 역할이니까요."

그 말을 끝으로 길잡이는 땅을 밟았다.

쿠쿠쿵!

길잡이의 아래에서 거대한 넝쿨이 치솟았고 그녀의 몸은 허공에 떠올랐다. 그녀는 지상을 내려다보며 손짓하자 수십 줄기의 식물들이 데스나이트를 향해 휘둘러졌다.

꾸욱.

수아는 양손으로 조반나의 손을 붙잡았다. 그리고 진심을 담아 애원했다.

"시련 따위는 알 바 아니에요. 제발 눈을 떠요, 조반나."

왜 성인도 되지 못한 이가 이렇게 괴로운 경험을 겪어야 하는가? 괴로워하는 조반나를 도저히 볼 수 없어 그녀는 눈을 감았다.

그래서 보지 못했다.

우웅.

조반나의 몸에서 피어오른 은은한 빛을.

13살 때, 성녀들과 신에게 계시를 받았다. 내용은 간단했다. 단지 실천하는 게 쉽지 않았을 뿐.

프랑크 왕국을 구해라.

처음 듣고 나서 얼마나 당황했던가?

자신은 평범한 소녀였다. 또래의 아이들처럼 부모님을 도와 농사를 짓고 가축을 돌보았으며 집안일을 거드는 소녀.

굳이 특별한 점을 꼽으라면 종교의 교리에 관해 문답하는 것이었다. 신앙심이 깊은 부모님에게 여러 이야기를 전해 들어서 가능했다.

그러나 딱 거기까지였다.

글자를 읽을 줄 몰랐고 무술을 배운 적도 없었다. 게다가 다른 사람들을 이끌어본 적도 없었다. 신분이 높은 것도 아니었고 하물며 나이도 어렸다.

이렇듯 다른 사람들을 이끌 권위조차 없는데 어떻게 왕국을 구할 수 있을까? 아무리 생각해도 병사들이나 지휘관들이 자신에게 목숨을 맡길 거라 믿기 어려웠다.

그래서 거절했다.

전지전능한 신이지만 이번만큼은 실수라고 믿었다. 더 대단한 사람이 왕국을 구해주리라.

'나 정말 죽는구나.'

사람이 죽기 전에 자신의 과거가 떠오른다고 어른들이 말한 적이 있었다. 지금이 딱 그 상황이라고 조반나는 생각했다.

전쟁이 격화되어 옆 마을로 대피했던 일, 그 과정에서 부모님이 돌아가신 일 등 가슴 아픈 기억들이 계속 떠올랐다. 사람들을 위해 왕국을 구하겠다고 다짐하는 모습도 나타났고.

'제가 말했죠, 주님? 저 말고 다른 분을 골라야 했어요. 그러면 이런 일도 생기지 않았을 거예요.'

조반나는 인호 일행을 떠올렸다.

얼굴을 본 지 하루도 안 된 자신과 기꺼이 함께해준 사람들이다. 심지어 목숨을 걸어야 할지 모르는데도 끝까지 함께 했다. 자신들의 세상을 구하면서 동시에 이쪽 세상까지 구하려는 행동에 감동했다.

그래서 미안했다.

만일 신이 자신이 아닌 다른 사람을 선택했으면 인호 일행이 저렇게까지 되지 않았을 것이다. 또 성모상이 위협받을 상황도 오지 않았으리라.

신을 원망할 마음은 없다. 다만 자신을 선택한 것만큼은 잘못됐다고 말하고 싶었다.

─지금도 주님께서는 당신을 믿고 계신답니다─

그때였다.

어둠으로 뒤덮인 세상이 점차 밝아졌다. 그리고 조반나의 앞에 긴 갈색 머리를 가진 여성이 나타났다.

'카타리나 성녀님? 어, 어떻게 여기에?'

이곳은 조반나의 정신세계. 타인이 간섭할 수 있는 공간이 아니었다. 카타리나라 불린 여인은 빙긋 웃으며 조반나에게 다가왔다.

-질문이 이상하네요, 조반나. 당연히 주님께서 도와주셨죠. 전 당신에게 주님의 전언을 알려드리기 위해 왔고요-

'전언이요?'

-주님께서 당신에게 미안하다고 하셨어요. 시련을 겪게 해서-

'시련이라니, 무슨 말이죠? 이 상황을 주님께서 의도하셨다는 건가요?'

-당신도 알 거예요, 조반나. 모든 성인과 성녀들은 시련을 겪는다는 것을-

조반나의 눈썹이 꿈틀거렸다. 자신이 위험에 빠지는 건 받아들일 수 있었다. 허나 전혀 상관없는 사람들을 끌어들이다니, 이 부분만큼은 이해할 수 없었다.

-무슨 심정인지 이해해요. 그래도 조금만 참아주세요. 본론은 이제부터니까요. 조반나 다르코-

'네.'

-당신은 주어진 시련을 모두 통과했습니다. 주님의 뜻에 따라 이제부터 새로운 길을 걷게 될 겁니다-

'제가요?'

-마을 사람들을 지키기 위해 괴수들과 싸웠죠. 또 주님께서 내린 성유물을 찾았으며 조금 전에 다른 사람을 구하기 위해 자신의 목숨을 바쳤어요-

카타니라가 언급한 것들은 분명히 자신이 이룬 일이었다. 하지만 다른 사람에게서 그 사실을 들으니 왠지 모르게 부끄러웠다. 자신이 온전히 이룬 성과가 아니기도 했고. 조반나의 분노가 점차 누그러들었다.

'시, 시련을 통과하면 어떻게 되는 거죠?'

-그건 당신이 직접 느껴보세요-

우우우웅.

카타리나의 말이 끝나자마자 백금색의 빛이 조반나를 휘감았다. 동시에 세상도 백금색으로 물들었다.

[3성 영웅 '눈을 뜨지 못한 성녀'의 승급이 시작됩니다.]

빛이란 빛은 모두 조반나의 몸을 파고들었다. 먼저 그녀의 신체 내부가 바뀌기 시작했다. 신성력을 보다 많이 담고 운용할 수 있는 방향으로.

그 과정에서 뼈가 부러지고 근육과 신경이 비틀렸지만 조반나는 아무런 고통도 느끼지 않았다. 신성력이 그녀의 몸을 보호했기 때문에 가능했다.

그러나 진정한 변화는 따로 있었다.

과거에 봉인된 힘이 개방됐다. 어둠 속에 묻어뒀던 기억이 그녀의 뇌 안으로 들어왔다. 원래 이름, 성녀로서 익혔던 각종 기술과 지식이 빠른 속도로 뇌와 몸에 자리 잡았다.

그 결과,

[4성 영웅 '구국의 성녀'가 승급을 완료했습니다.]

과거를 되찾은 성녀가 모습을 드러냈다.

'후우.'

조반나 다르코, 이제는 잔 다르크가 된 여인이 자신의 몸을 살폈다. 키가 5cm 자랐고 다른 부분도 키에 맞춰 성장했다. 앳된 기색이 남아있던 얼굴도 성숙해졌고. 누구도 소녀라 부르지 못하리라.

—기억을 되찾은 걸 축하해요, 조반나. 아니, 이제는 잔 다르크라 불러야겠네요. 기분은 어떤가요?—

'빨리 이곳을 떠나 다른 사람들을 돕고 싶어요.'

—걱정하지 말아요. 이제 마지막 전언만 남았으니까. 당신은 한 번 더 선택하게 될 거예요. 자신의 미래에 대해서—

'미래라니, 무슨 말이죠?'

—나중에 알게 될 거예요. 무엇을 선택하든 상관없어요. 당신의 마음을 따르세요. 그게 주님의 뜻이니까요—

그 말을 끝으로 카타리나는 사라졌다. 처음부터 그 자리에 없었던 것처럼. 허나 잔은 개의치 않고 앞을 향해 손을 내밀었다.

우웅.

공간이 갈라지며 창 한 자루가 나타났다. 생김새는 조반나가 원래 사용하던 사냥용 창과 닮았다. 하지만 창 전체에 막대한 신성력이 흐르고 있었다.

창을 움켜쥔 잔 다르크. 그러자 공간이 천천히 입자가 되어 소멸하기 시작했다. 이와 더불어 원래 세상으로 가는 길이 나타났다. 그녀는 망설임 없이 그 길로 나아갔다.

'조금만 더 버텨줘요, 여러분.'

잔 다르크가 눈을 감았다. 그리고 다시 눈을 떴을 때, 깜짝 놀란 수아의 얼굴이 보였다.

"조, 조반나? 대체 무슨 일이……?"

갑자기 몸에서 빛이 흘러나와 얼마나 당황했던가. 거기다 앳된 기색이 사라지고 성인 여성으로 변했기에 놀라움은 배가됐다.

"조반나가 아니에요, 수아. 이제부터는 잔 다르크라 불러주세요."

잔은 웃으며 자리에서 일어났다. 그리고 바닥에 창을 찍었다.

쿠우우웅!

그녀의 몸을 중심으로 거대한 빛의 기둥이 형성됐다. 수아는 할 말을 잃은 채 멍하니 그 광경을 바라봤다.

"잠시 쉬고 계세요. 다 끝내고 올게요."

반드시 일행을 구하리라.

각오를 다진 잔이 몸을 날렸다.

-끈질긴 놈들-

라인두르가 인호 일행을 노려보았다. 데스나이트를 도와 저들을 죽일 작정으로 공격했다. 그런데도 모두 살아남았다. 자신이 나섰는데도 겨우 조반나 한 명밖에 못 죽였다는 사실이 불쾌했다.

"아무렴 너만 할까, 해골."

이죽거리는 인호.

말과 달리 그의 몸 상태는 최악이었다. 몸은 피투성이가 된 지 오래였고 묵린과 흑설을 비롯해 모든 버프도 사라졌다. 영웅화가 진행되면서 꽉 찼던 마력도 바닥을 드러냈고. 데스나이트는 끔찍하다 싶을 만큼 강했다.

"헉……헉……."

라인두르와 직접 싸운 형준도 상태가 안 좋았다. 몸 전체가 그을음으로 뒤덮였고 양팔은 화상으로 인한 진물로 매우 더러웠다.

두 사람 모두 살아있는 게 신기할 정도로 부상이 심각했다. 길잡이가 가세하지 않았다면 죽어도 한참 전에 죽었을 것이다.

-다 죽어가면서 그리 나불거릴 수 있다니, 경이롭군. 네 주먹 실

력이 입심과 비슷했다면 한참 전에 경지에 도달했을 거다-

"네 재생력에 비하면 아무것도 아니지. 바퀴벌레 같은 놈."

놈의 골통만 해도 벌써 10번 이상 부쉈다. 그런데도 끝까지 부활해서 형준을 몰아붙였다. 그 와중에 마법을 사용해 인호와 길잡이를 위협했고.

-일부러 도발해서 자신이 먼저 죽으려는 건가? 눈물겹군. 걱정하지 마라, 네놈은 반드시 내 손으로 갈기갈기 찢어줄 테니까-

"……못 간다고 했지."

형준이 다시 주먹을 움켜쥐었다. 안 아픈 곳이 없었지만, 그는 참았다. 라인두르 또한 언제 쓰러져도 이상하지 않았으니까.

계속된 재생으로 놈의 마력은 처음 싸웠을 때 비해 많이 떨어졌다. 그렇다고 완전히 안심할 수는 없었다. 놈이 데스나이트를 유지하는 마력을 자신에게 보내면 언제든 재생할 수 있음을 형준은 잘 알고 있었다.

-네놈은 자신에게 자부심을 가져도 좋다. 이 라인두르를 그렇게 몰아붙인 인간은 네가 처음이었으니까. 네놈이 죽으면 직접 이 몸이 부활시켜주지-

"아뇨, 해골. 당신의 시간은 이제 끝났어요."

형준이 대답하기 전에 길잡이가 대화에 끼어들었다. 라인두르는 불만에 가득 찬 얼굴로 그녀를 응시했다. 그녀가 가세하는 바람에 인호와 형준을 잡지 못했고 그 때문에 악감정이 쌓일 대로 쌓였다.

-이 상황을 두고 그런 말이 나오나, 가짜 무녀? 아니면 공포로 인해 진짜 미치기라도 했나 보군-

"자신을 해골로 만든 미친놈에 비하면 멀쩡하니 걱정할 필요 없

어요. 그건 그렇다 치고 설마 이 기운을 못 느낄 줄이야, 확실히 상
태가 좋지 않네요."

-그게 무슨……!-

쿠쿠쿠쿠쿵!

갑자기 지상에서 빛의 기둥이 형성됐다. 하늘과 이어질 정도로
큰 기둥이었다. 기둥을 중심으로 빛의 입자가 퍼져 전장을 휘감
았다.

-이, 이건 뭐냐! 어디서 이런 신성력이!?-

"당연한 걸 묻네요. 저희 중에서 신성력을 사용할 수 있는 사람
은 한 명뿐이잖아요?"

-말도 안 돼! 그년은 내가 죽였다! 어둠의 마력을 주입한 이상,
그년이 살아날 가능성은 없단 말이다!-

"아무리 부정해도 현실이 바뀌지는 않아요. 해골이라 그런지 머
리 회전이 느리네요."

-네년이 감히!-

라인두르가 길잡이를 향해 지팡이를 겨누었다. 허나 그는 자기
뜻을 이루지 못했다.

번쩍!

백금의 섬광에 의해 놈의 지팡이는 물론 팔까지 날아가 버렸다.
깜짝 놀란 라인두르는 전이를 펼쳐 데스나이트의 곁에서 멀어졌다.

그래서 자세히 볼 수 있었다. 일행을 향해 다가오고 있는 잔 다
르크의 모습을.

-가, 각성했다고?-

라인두르는 경악을 금치 못했다.

그녀를 보자마자 어떤 일을 겪었는지 깨달았다. 외양이 달라진 데

다가 힘의 크기가 이전과는 비교할 수 없을 정도로 거대했다. 말 그대로 다른 사람이 됐고 이는 각성으로밖에 설명할 방법이 없었다.

"희생은 그녀가 각성하기 위한 마지막 조건이었죠. 당신이 그걸 채워줬고요. 개인적으로 고마워하고 있어요."

-웃기지 마라! 웃기지 말란 말이다!-

라인두르는 자신의 마력을 남김없이 쥐어 짜냈다. 생명의 정수에 깃든 마력까지 전부. 성녀가 각성한 이상, 여력을 남기는 건 자살행위였다. 전력을 다해 인호 일행을 처리해야 했다.

-죽음의 기사여! 놈들을 모조리 죽여라!-

리치가 평생 모은 마력이 전부 데스나이트에게 전달됐다. 그러자 놈의 헬멧 안에서 안광이 흉흉하게 번뜩였다.

위이잉.

검은 기운이 뿜어져 나와 거대한 날개를 이루었다. 그것도 한 쌍이 아닌 두 쌍이나. 유령마는 없지만, 놈의 기세는 일행과 싸운 이래, 가장 강하다 해도 과언이 아니었다.

-생전의 힘 절반을 회복했다. 아무리 성녀라도 죽음의 기사를 막지 못할 것이다!-

다시 용기를 되찾은 라인두르가 외쳤다. 하지만 인호는 깔끔하게 무시하고 고개를 돌렸다.

"저놈의 상대는 나다, 잔 다르크."

"알고 있었나요?"

어느새 일행 곁에 다가온 잔 다르크가 웃으며 질문했다. 인호는 무심한 얼굴로 고개를 끄덕였다.

"모를 수가 없지."

조반나 다르코라는 이름, 그리고 적이 몬스터라는 것만 제외하면 그녀의 행보는 잔 다르크와 유사했다. 또 어린 나이에 성녀로 선택됐다는 사실도 잔 다르크를 떠올리게 했다. 그래서 그녀를 빨리 받아들일 수 있었다.

"솔직히 저도 이렇게 될 줄은 몰랐어요. 그런데 인호는 딱히 신경 쓰이지 않나 봐요?"

"너는 너다. 그거면 충분하지."

"저는 저다. 정말 좋은 말이네요."

빙긋 웃는 잔 다르크. 그 모습은 매우 아름다웠다. 순간적으로 이곳이 전장이라는 사실을 잊을 정도로. 허나 인호는 담담히 말했다.

"하나 질문할 게 있다."

"짧게 대답할 수 있는 거면 대답할게요."

"나는 과거 영웅의 시대라는 게임을 한 적이 있다. 그때, 내가 키웠던 7성 영웅 중 한 명이 바로 '순백의 성령' 잔 다르크였고. 분명히 이 상황과 관련이 있을 거라고 보는데 맞나?"

인호가 깨달은 두 번째 진실이었다. 정답이었는지 잔 다르크는 부드럽게 고개를 끄덕였다.

"정말 대단하네요, 인호. 벌써 거기까지 깨닫다니. 확실히 그 '게임'이라는 걸 통해서 당신과 저 사이에 인연이 생겼죠. 지름길을 선택하지 않고 노력만으로 영웅을 정점에 도달시킨 당신의 열정이 만든 인연."

"그래서 조반나 다르코라는 오페라로 온 거군."

인호는 자신이 세운 가설이 사실임을 깨달았다.

'그러면 무명의 정체는 아마……'

한 사람이 떠올랐다.

"진실은 이 정도로 충분하겠죠. 저 적은 저한테 맡기지 않을래요? 이 이상 싸우는 건 위험해요."

"그럴지도 모른다. 허나 이제 와서 다른 사람한테 맡길 수는 없지."

-그렇지! 그게 바로 무인의 자세다! 한 번 싸움을 시작한 이상, 끝을 봐야 한다!-

무명까지 가세하자 잔 다르크는 한숨을 내쉬었다.

"두 분 다 고집이 세네요."

"내 스승에게 물들어서 어쩔 수가 없다."

-내가 뭘 어쨌다고!-

무명이 버럭 소리를 질렀지만 인호는 무시했다. 잔도 결국 포기했다.

"그러면 죽음의 기사는 인호에게 맡길게요. 대신 이 힘을 받아주세요."

왼손을 내미는 잔. 백금의 빛이 피어오르더니 격을 잃은 마검을 뒤덮었다.

그 순간,

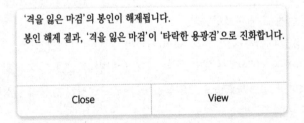

'격을 잃은 마검'의 봉인이 해제됩니다.
봉인 해제 결과, '격을 잃은 마검'이 '타락한 용광검'으로 진화합니다.

| Close | View |

메시지가 떠오르며 마검의 형태가 바뀌었다.

기본적인 형태는 여전히 환두대도였다.

다만 칼날의 길이가 1m에서 1m 20cm로 늘어났으며 칠흑의 칼날 안에 황금색 문양이 새겨졌다. 폼멜의 고리 안에는 두 마리의 용이 새겨져 있었다.

또 칼자루에는 정체를 알 수 없는 동물의 가죽이 감겨 있었다. 코등이를 비롯한 다른 부분도 검은색과 금색이 한데 어울린 장식이 각인되어 있었고.

〈타락한 용광검〉

1.종류: 환두대도

2.등급: 영웅(Epic)

3.내장 스킬: 액티브 스킬 '용의 인자'

4.설명: 고대의 영웅이 사용했던 성검으로 용의 힘이 깃들어 있다. 다만 어떤 영웅이 이 검에 너무 많은 피를 묻혀 등급이 한 단계 떨어진 상태다. 검을 원래대로 되돌리기 위해서는 플레이어 포인트 500이 필요하다.

"이건……."

정말 엄청난 무기였다.

더 놀라운 건 플레이어 포인트를 지급하지 않았는데도 봉인이 풀렸다는 점이었다. 이런 일이 가능할 줄은 꿈에도 생각지 못했다. 인호의 심정을 느낀 잔은 배시시 웃었다.

"완전히 봉인을 푼 건 아니에요. 시간이 지나면 원래대로 되돌아갈 테니. 그리고 한 자루의 검에 한 번밖에 못 사용해요."

"그것만 해도 대단하지. 정말 고맙다."

"인호가 절 도와준 거에 비하면 아무것도 아니에요. 그럼 저는 이만 빚을 갚으러 갈게요."

"놈은 내가 맡겠다."

고개를 끄덕인 뒤, 인호는 데스나이트를 바라보았다. 이제 승부에 마침표를 찍을 때가 왔다.

✦

'용의 인자.'

[플레이어 김인호가 액티브 스킬 '용의 인자'를 발동했습니다. 3분 동안 모든 능력이 1000% 상승합니다. 다만 스킬 해제 뒤, 극심한 피로가 당신을 덮칠 겁니다.]

타락한 용광검에 내장된 스킬을 발동한 인호. 그 순간, 검에서 흘러나온 검붉은 기운이 그의 몸을 감쌌다.

"크윽!"

인호의 의지와 상관없이 용의 마력이 단전 세 개를 파고들었다. 어마어마한 양의 마력이 생성되어 신체 내부를 휘돌기 시작했고 그 과정에서 몸을 빼곡하게 채운 상처가 모두 나았다.

위이이잉!

마력으로 달궈진 몸에서 뜨거운 기운이 흘러나왔다. 열기는 이윽고 대기와 섞이더니 뜨거운 바람을 만들어냈고 이에 닿은 수풀들이 모두 재가 되어 사라졌다.

'이 힘은 대체……?'

마력의 흐름을 느낀 인호는 경악했다. 묵린과 흑설을 중심으로 한 수라멸천신공, 길잡이가 준 정안이 용의 마력과 뒤섞이고 있다. 그렇게 하나가 된 힘은 인호를 한 단계 발전시켰다.

[용의 마력이 플레이어 김인호의 잠재 능력을 끌어올립니다. 영웅화가 4퍼센트 진행됩니다. 현재 영웅화-40퍼센트]

[영웅화가 40퍼센트에 도달함에 따라 건곤천뢰검을 제외한 모든 스킬의 레벨이 1 상승합니다.]

[용의 마력으로 인해 패시브 스킬 마력 친화와 신체 강화의 레벨이 대폭 상승합니다. 현재 마력 친화 레벨-15 및 *신체 강화 레벨-14*]

'이게 용의 힘.'

어이가 없었다. 단지 용의 인자를 발동했을 뿐인데 그 여파로 성장하는 게 말이 되는가? 정작 강화된 힘은 따로 있었는데 말이다. 용의 힘이 얼마나 대단한지 확실히 깨달았다.

동시에 확신을 얻게 되었다.

'이길 수 있다.'

몸 안에서 솟구치는 강렬한 힘이 있다면 데스나이트를 이길 수 있었다. 이게 일시적인 힘이라 해도 상관없었다. 이미 세상을 바라보는 시야가 달라졌고 검술에 대한 새로운 깨달음을 얻었으니까.

-운 좋은 놈. 그만한 힘을 얻으면 폭주하기 마련인데, 투왕지체 때문에 그걸 전부 다루는군-

'이런 상황을 예상하고 고른 건 아니었다만.'

무명의 말이 옳았다. 증폭된 힘은 당장이라도 자신을 집어삼킬 것 같았다. 허나 인호는 이 거대한 힘을 통제하는 데 성공했다. 투왕지체, 싸움을 위한 육체가 그의 의지를 뒷받침해줬기에 가능한 기적이었다.

-크허어엉!-

처음으로 인호에게 위협을 느낀 데스나이트가 포효를 질렀다. 그리고 두 쌍의 검은 날개를 활짝 펼친 채, 인호를 향해 돌진했다.

단지 발을 내디딘 것만으로 지면에 고랑이 파였다. 대기가 거세게 요동쳤으며 하늘의 구름이 흩어졌다. 마력을 전부 개방한 데스나이트는 온 힘을 다해 랜스를 내질렀다.

"하앗!"

용광검이 검붉을 빛을 토해내더니 빠른 속도로 휘둘러졌다. 랜스와 검이 맞부딪쳤고 충격파가 퍼져 나왔다.

인호는 밀리지 않았다. 오히려 모든 힘을 개방한 데스나이트를 밀어냈다. 엄청난 변화 때문에 자신도 놀랄 지경이었다.

-아쉽겠군. 건곤건뢰검을 펼칠 수 없게 됐으니-

'그야 그렇지.'

인호는 솔직하게 인정했다. 로드나이트의 검이 부러지는 바람에 건곤천뢰검을 펼칠 수 없게 됐다. 아쉽지 않으면 거짓말이리라.

'하지만 그게 내 약점은 아니다. 잃은 것 이상으로 많은 걸 얻었으니까.'

반복된 싸움으로 중급 검술이 한계치에 도달해 검술 전문가의 레벨을 올렸다. 일시적이라 해도 새로운 검을 손에 넣었다. 이제 와서 투정부리는 건 꼴사나웠다.

쉬이익!

물러났던 데스나이트가 일격을 내질렀다. 놈의 랜스에서 강렬한 기운이 내뿜어졌다.

허나 이번에도 인호는 용광검을 휘둘러 랜스를 비껴냈다. 연거푸 쇄도했지만 달라지는 건 없었다. 그는 자신을 노리는 공격을 철저히 튕겨내면서 상대와의 거리를 좁혔다.

상하좌우를 가리지 않고 쏟아지는 맹격. 데스나이트는 인호의 공격을 막지 않았다. 무거운 갑옷을 입고 있음에도 일일이 피했다. 놀라운 움직임이었지만 인호는 그러려니 했다.

이미 데스나이트가 괴물이라는 걸 인정했다. 이제 와서 무슨 짓을 하든 놀랄 이유가 없었다. 인호는 마력의 일부를 발에 담은 뒤, 힘껏 날렸다.

콰앙!

오른쪽 발끝이 갑옷을 부수고 데스나이트의 허리에 꽂혔다. 다리를 거둬들인 인호는 왼손으로 주먹을 움켜쥐더니 놈의 가슴팍에 꽂았다. 흉갑이 일그러졌으며 놈의 몸이 기역으로 꺾였다.

쉐에엑!

데스나이트는 랜스를 찔렀다. 자세가 무너졌는데도 랜스는 정확하게 인호의 목을 노리며 다가왔다. 허나 통하지 않았다. 그는 용광검을 힘껏 올려 랜스를 위로 맞받아쳤다.

랜스는 목표를 잃고 허공으로 떠올랐다. 이를 확인한 인호는 몸을 숙인 뒤, 오른쪽 하단에서 왼쪽 상단으로 검을 그어 올렸다. 검붉은 검기는 붉은 궤적을 남기며 날아가더니 데스나이트의 허리부터 파고들어 몸통을 갈랐다.

-크으으으!-

본래 데스나이트에게는 감각이 없었다.

그런데 이 순간, 놈은 비명과 같은 외침을 질렀다. 틈을 놓치지 않고 인호는 검을 퍼부었다. 폭풍처럼 쏟아지는 검은 갑옷을 파괴하고 몸통에 상흔을 남겼다.

재생은 이루어지지 않았다.

온갖 기운이 뒤섞여 인호의 마력은 이전과 전혀 다른 성질을 드러냈다. 이 이질적인 마력은 어둠의 마력을 통한 재생을 허용치 않았다. 오히려 신체 내부를 파고들어 안쪽에서부터 붕괴를 일으켰다.

데스나이트는 인정했다. 이대로 가면 인호에게 패배한다는 것을.

콰아앙!

검은 날개가 휘둘러지며 인호를 노렸다. 이를 미리 감지한 그는 뇌영보를 펼쳐 뒤로 물러나는 데 성공했다.

-캬아악!-

흉흉한 안광이 번뜩였다. 그 상태에서 데스나이트는 자세를 바로잡았다.

재생은 포기했다. 신체가 붕괴하는 현 상황에서 의미가 없었으니까. 놈은 남은 마력을 전부 랜스에 담았다. 자연스럽게 검은 날개가 사라졌다. 대신 랜스의 크기가 두 배 이상 커졌다.

-저게 마지막이다-

'그 정도는 나도 안다.'

우우웅.

인호 또한 마력을 전부 용광검에 담았다. 수라검기의 빛이 더 짙어지더니 아예 검은색만 남았다.

똑같이 검은 기운에 휘감긴 인호와 데스나이트는 얼핏 보면 닮아 보였다. 그러나 상대만 응시하는 상황이었기 때문에 이를 알아차리지 못했다. 서로를 꺾기 위해 남은 힘을 쥐어 짜낼 뿐.

팟!

인호는 궁신탄영의 수법으로 데스나이트에게 달려들었다. 화살처럼 날아가는 몸이 순식간에 거리를 좁혔다. 그리고 허공을 박찼다. 허나 놈은 당황하지 않았다. 허공에서 떨어지는 인호의 움직임에 맞춰 랜스를 찔렀다.

-!?-

랜스를 찌르자마자 데스나이트는 혼란에 빠졌다. 인호와 정면으로 맞부딪칠 줄 알았는데 이게 웬걸? 그는 그러지 않았다. 놀랍게도 허공을 박차더니 그대로 자신의 뒤에 내려오는 게 아닌가. 당황한 놈은 황급히 몸을 틀었지만, 상대의 움직임이 더 빨랐다.

-지금이다!-

"하아앗!"

상대의 뒤를 파고드는 데 성공한 인호는 용광검을 내리그었다. 불꽃처럼 타오르는 검기가 사선으로 떨어졌다. 오른쪽 상단에서 왼쪽 하단으로. 용광검은 목 옆쪽의 어깨에 닿더니 갑옷과 몸통을 단숨에 베어 갈랐다.

쿵.

절대 쓰러질 것 같지 않던 데스나이트가 무릎을 꿇었다. 랜스를 휘감고 있던 마력 또한 거짓말처럼 사라졌다.

인호의 승리였다.

우웅.

타락한 용광검이 검붉은 빛을 뿜어냈다. 빛이 사라지자 '격을 잃은 마검'으로 되돌아왔다.

"윽."

인호는 자신의 의사와 상관없이 한쪽 무릎을 굽혔다. 검으로 몸을 지탱하지 않았다면 바로 바닥에 쓰러졌을 것이다. 단, 시야가 흐릿해지는 것만큼은 어쩔 수 없었다. 당장이라도 쉬라고 몸이 맹렬히 외쳤다.

-피곤하게 하는 친구군-

"무, 무슨!?"

경악을 감추지 못하는 인호. 데스나이트가 말을 하는 것만으로도 놀라운데 아예 자리에서 일어나는 게 아닌가.

쿵!

데스나이트가 일어나자 철제 갑옷이 몸에서 떨어졌다. 헬멧 또한 반으로 쪼개졌다. 그리고 놈이 몸을 돌리자, 안에 있던 이가 모습을 드러냈다. 해골 대신 새하얗게 센 머리와 주름으로 뒤덮인 노인의 얼굴이 있었다.

-저주에서 해방됐다. 그래서 원래 모습을 되찾은 거지-

'그런 건가.'

무명이 설명해주자 인호는 고개를 끄덕였다. 노인의 정체는 이미 라인두르와 잔 때문에 알고 있었다.

베르트랑 뒤 게클랭.

발부터 천천히 빛의 입자가 되어 사라지고 있는데도 그 기백은 굉장했다. 데스나이트였을 때와는 비교를 거부했다. 은연중에 느껴지는 힘만 해도 4성 영웅인 강감찬이나 잔 이상이라고 할까?

괜히 왕국 최고의 기사라 불린 게 아니었다.

그때, 베르트랑이 인호의 머리에 손을 얹었다. 순수한 마력이 몸에 스며들더니 피로가 사라졌다.

"감사합니다."

-이 정도는 내가 받은 거에 비하면 별거 아니지, 치사한 친구-

치사하다니? 갑자기 이게 무슨 말인가?

다행히 베르트랑은 바로 해답을 제시했다.

-거기서 공격을 피하다니, 아무리 세상이 다르다지만 이건 너무

하지 않나? 기사도를 배운 이라면 응당 정면으로 부딪쳐야지—

멋진 기사라 생각했는데 아니었다. 상대는 삐진 노인, 그 이상도 그 이하도 아니었다.

"전 스승에게 이기면 그만이라 배웠습니다, 베르트랑 뒤 게클랭. 괜히 자신에게 족쇄를 걸 이유가 없지 않습니까?"

—내가 원래 힘을 가지고 있었으면 장담컨대, 자네는 나한테 두 들겨 맞았을 걸세—

"의미 없는 가정입니다. 당신은 저에게 졌습니다. 그 결과만 남았죠."

—후우. 죽어가는 노인네의 말에 꼬박꼬박 말대답이라니, 예의가 없군. 우리 성녀님은 자네 같은 놈이 뭐가 좋다고 힘을 줬는지 원—

한숨을 내쉰 베르트랑은 혼자 투덜거렸다. 그러나 그것도 잠시뿐이었다. 그는 다시 인호를 바라보더니 가슴에 주먹을 댔다. 그다음, 정중히 고개를 숙였다.

—정말 고맙네, 다른 세상에서 온 기사여. 덕분에 미망에서 벗어날 수 있었군. 은혜라 하기는 뭣하다만 이걸 받게—

베트르랑이 내민 것은 한 자루의 검이었다. 그것도 보통 검이 아니었다. 격을 잃은 마검과 동급이었으니까.

검의 디자인은 아름다웠다. 1m에 달하는 은빛 검신 중앙에는 검은색 문양이 새겨져 있었다. 칼자루의 중심에는 루비가 박혀 있었으며 손에 잘 맞는 가죽이 칼자루를 휘감고 있었다. 마지막으로 검은색 폼멜은 크고 아름다웠다.

〈봉인된 성검〉

1.종류: 장검(Long Sword)

2. 등급: 고유(Unique)

3. 내장 스킬: 패시브 스킬 '전투 지속.'

4. 설명: 과거에 이름을 널리 알린 기사가 사용한 검으로 절대 부러지지 않는다. 현재 봉인된 상태이며 플레이어 포인트 100을 소모하면 봉인을 풀 수 있다.

'전투 지속이라……'

몸의 상태에 상관없이 계속 전투를 할 수 있게 해주는 스킬이었다. 그동안 강적들과 싸우다 먼저 지쳐 나가떨어진 적이 얼마나 많았던가? 이제 그 상황을 피할 수 있게 됐으니 정말 좋은 능력이었다.

"받을 생각입니다만 왜 주시는지 알 수 있겠습니까?"

-나 때문에 자네 검이 부러지지 않았나? 그리고 이 검은 내 할아버지의 할아버지 이전 세대부터 내려왔다고 하더군. 이대로 사라지게 놔두느니 좋은 주인을 만나는 게 낫지-

"하나만 더 여쭤보겠습니다. 왜 이 검을 사용하지 않은 겁니까?"

유령마를 탄 상황에서 랜스를 쓰는 게 유리했다. 그러나 말에서 내려왔다면 검을 사용하는 게 더 나았다. 랜스의 무지막지한 길이는 근접전에서 불편했으니까.

-봉인되었다지만 본질은 성검일세. 저주받은 내가 어찌 이 검을 사용할 수 있겠나? 그나마 생전의 본능 때문에 계속 가지고 있었던 거지-

"그렇군요. 그럼 감사히 잘 받겠습니다."

건곤천뢰검을 펼치기 위해서라도 다른 검이 필요한 상황이었다. 그런데 알아서 좋은 검을 주다니, 거부할 마음은 추호도 없었다.

인호는 봉인된 성검을 받았다. 왼손에 쥔 검은 손에 착 감겼다.

오랫동안 사용했던 게 아닐까 싶을 정도로.

　우우웅.

　검을 건네주자 베르트랑의 소멸이 더 빨라졌다. 그는 개의치 않고 담담히 인호에게 마지막 말을 전했다.

　-앞길 창창한 젊은이에게 이런 말을 하는 게 뭣하다만, 자네의 미래는 절대 순탄하지 않을 걸세. 왕의 운명을 진 자는 언제나 그래 왔지-

　"왕이라니, 갑자기 그게 무슨 말씀입니까?"

　-아직 못 깨달았나 보군. 그래도 언젠가 받아들여야 할 날이 올 걸세. 자네는 수많은 사람의 목숨을 책임져야 하니. 정녕 모르겠으면 우리 성녀님을 지켜보게-

　"그렇게 하겠습니다."

　-마지막으로 한 마디 덧붙이자면, 부디 우리 성녀님을 잘 도와주게. 만약 털끝 하나라도 다치면 지옥에서 올라와서 괴롭혀주지-

　그 모습은 마치 손녀를 걱정하는 할아버지 같았다. 그 마음을 어찌 거부할 수 있을까?

　"명심하겠습니다."

　그제야 안심이 됐는지 베르트랑은 눈을 감았다.

　<u>스르르.</u>

자신보다 강한 적을 쓰러뜨리는 데 성공했습니다.
영웅의 위업을 달성함에 따라 영웅화가 1퍼센트 진행됩니다.
현재 영웅화-41 퍼센트

Close	View

플레이어 김인호가 히든 퀘스트 '데스나이트를 격파하라!'를 달성합니다!

히든 퀘스트를 달성함에 따라 플레이어 포인트가 20이 주어집니다.

현재 플레이어 포인트-74]

Close	View

완전히 빛이 되어 사라진 베르트랑. 기다렸다는 듯이 메시지가 떠올랐다.

산군 때처럼 플레이어 포인트 외의 보상은 없었다. 이유는 바로 깨달았다.

강감찬이 수라멸천신공을 줬던 것처럼 이번에는 베르트랑에게서 '봉인된 성검'을 받았다. 이미 보상을 얻은 만큼, 추가로 주어질 리 만무했다. 이것만으로도 충분히 만족하고 있기 때문에 상관없었지만.

-다 끝났군-

'아직 하나 남았지.'

이제 빌어먹을 해골이 죽는 걸 지켜볼 시간이었다. 잔 다르크의 성격상 그럴 일은 없겠지만 그놈만큼은 좀 비참하게 최후를 맞이하기를 기원했다.

베르트랑은 완전히 사라졌다. 일말의 미련도 남기지 않은 채.

그 광경을 지켜본 라인두르는 몸을 떨더니,

-거짓말이다! 이건 거짓말이야!-

절규했다.

위대한 군주가 직접 제작한 데스나이트였다. 왕국 최강의 기사
라 불렸던 베르트랑 뒤 게클랭을 부활시켜서. 데스나이트 특성상
아무리 생전의 힘을 전부 재현할 수 없다 해도 무시무시한 힘을 자
랑했다.

그뿐인가?

라인두르 자신의 마력을 모두 불어넣었다. 이를 통해 데스나이
트는 생전의 힘 절반을 되찾았다. 그런데 한 사람도 못 죽이고 소
멸하다니, 도저히 믿을 수 없었다.

충격이 너무 컸고 절망감이 라인두르를 사로잡았다.

"꼴사납네요, 해골."

"이게 현실이에요, 리치."

길잡이와 잔 다르크가 사이좋게 라인두르를 힐난했다. 놈은 몸
을 부들부들 떨면서, 두 여인을 노려보았다.

분노가 치밀어 올랐지만 라인두르는 끝까지 이성의 끈을 놓지
않았다. 이미 마력은 데스나이트에게 넘겼다. 심지어 생명의 정수
에 깃든 마력까지 전부. 싸워봤자 이길 확률은 없었다.

'원래 지팡이만 있었어도!'

임시 지팡이를 보며 라인두르는 이를 갈았다. 원래 지팡이에는
전이 주문이 새겨져 있었다. 그것만 있었어도 이 자리를 쉽게 벗어
날 수 있었지만, 이제는 의미 없는 가정이 됐다.

'다 끝났군.'

싸울 수 없었다.

도망칠 수도 없었다.

결론을 내린 라인두르는 운명을 받아들였다. 자신이 오늘 이 자

리에서 소멸한다는 운명. 생각이 거기까지 미치자 분노도 가라 앉았다.

-그게 현실이라면 받아들여야겠군. 인정하지, 네놈들의 승리다-

순순히 체념하는 라인두르를 보며 잔은 고운 아미를 찌푸렸다. 말과 달리 상대에게 꿍꿍이가 있음이 본능적으로 느껴졌다.

"뭘 노리고 있는 걸까요?"

"저 해골이 뭘 노리던 저희에게는 큰 위협이 아니에요. 당장 자폭할 힘도 안 남았거든요."

라인두르를 경계하는 잔과 달리 길잡이는 느긋했다. 너무 여유로워 잔이 오히려 당황했다.

-가짜 무녀, 네 말대로 나에게는 자폭할 힘도 없다. 그러나 비장의 수는 누구나 하나쯤은 가지고 있는 법이지!-

싸늘하게 선언한 라인두르가 왼손을 내밀었다. 그러자 커다란 수정구가 손바닥 위에 나타났다. 수정구에서는 칠흑빛 안개가 뭉클뭉클 흘러나오고 있었다.

-이건 위대한 군주에게 받은 징표다. 이걸 통해 난 오를레앙 주변의 몬스터들을 부릴 수 있게 됐지. 그게 모두 몇 마리인지 알고 있나, 성녀?-

잔 다르크는 곧장 창을 찔렀다. 백금의 섬광이 수정구와 라인두르의 왼팔을 날려버렸다.

-날 죽여 봐야 소용없다. 이곳에 오기 전에 몬스터들을 불렀으니까. 총 8천 마리의 몬스터가 이곳을 덮칠 것이다. 성녀라 해도 그만한 숫자의 적을 감당할 수 있을까?-

"당신!"

-너는 살아남을 수 있을지 모르지. 하지만 다른 사람들은 어떨까?

몇 분이나 버틸지 기대되는군-

쿠쿠쿠쿵!

요란한 소리가 울려 퍼졌다. 길잡이를 제외한 모든 사람의 시선이 소리의 진원지로 향했다.

몬스터로 이루어진 군대가 달려오고 있었다. 놈들이 달려들면서 일어난 흙먼지가 바람을 타고 날아왔다.

"더럽게 많군."

눈살을 찌푸리는 인호.

온갖 종족으로 이루어진 병력은 말이 8천이지 눈으로 세는 게 불가능할 정도로 많았다. 자신은 영웅화를 통해, 수아와 형준은 레벨 업을 통해 체력과 마력을 회복했지만, 저 정도 숫자와 싸워 이기는 건 불가능했다.

-크하하하! 지금 심정이 어떻지? 나를 원망하는가? 자신의 무력함을 저주하는가? 기껏 성녀가 됐지만 아무짝에도 쓸모가 없군!-

라인두르는 광소했다. 길동무를 데려갈 수 있다는 사실이 기뻤다.

그런데 그때, 길잡이가 찬물을 끼얹었다.

"거기까지 하는 게 좋을 거예요, 해골."

-상황 파악이 안 되는 건가, 가짜 무녀? 나한테 빌어도 모자란 판국인데, 왜 계속 입을 나불거리는 거지?-

"머리 회전이 느린 걸 보면 진짜 해골이란 본질은 극복할 수 없나 보군요. 하나 질문하죠. 왜 당신한테만 원군이 있다고 생각하나요?"

-그, 그게 무슨!?-

"와아아아!"

갑자기 몬스터 군단의 반대편 쪽에서 함성이 울려 퍼졌다. 당황한 라인두르는 다급히 고개를 돌렸다. 그리고 경악했다.

-마, 말도 안 돼! 와, 왕세자가 어떻게 이곳에 온단 말이냐!-

"원래 이곳 신이 친절하거든요."

라인두르를 비웃는 길잡이. 그녀 또한 함성이 울려 퍼진 곳을 응시했다.

그곳에서는 기사들이 달려오고 있었다. 하나같이 몸에 육중한 갑옷을 걸친 채. 말이라고 해서 다를 바 없었다.

그중에서 가장 눈에 띄는 이는 단연 선두에 선 기사였다. 은빛의 갑옷을 걸친 다른 기사들과 달리, 그는 화려한 금색의 갑옷을 입었으며 금색 튤립이 새겨진 붉은 깃발을 들고 있었다.

"영웅인가."

인호의 시선이 금색 갑옷의 기사에게 고정되었다. 정체는 아직 알 수 없지만, 영웅인 건 분명했다. 영웅 특유의 강렬하고 웅장한 기세가 느껴졌기 때문에. 다만 잔 다르크나 강감찬처럼 진짜 영웅이라는 느낌은 들지 않았다.

-조금 있으면 누군지 알겠지. 그나저나 기병만 온 건 아닌 거 같군-

기사들 뒤로 달려오고 있는 보병들의 모습이 보였다. 숫자는 적었다. 기껏해야 몬스터들의 절반 정도밖에 되지 않았다. 허나 성녀를 지키면 전쟁을 끝낼 수 있다는 이야기를 들어 사기만큼은 하늘을 찔렀다.

분위기가 완전히 반전되는 순간이었다.

"미리 경고했죠? 함부로 까불지 말라고."

-네, 네년이 감히!-

"이제 그만 퇴장해요, 해골."

길잡이의 말이 끝나자 잔 다르크가 나섰다. 그녀의 창에 백금의 빛이 빠른 속도로 모이기 시작했다. 이에 맞춰 바람이 요동치고 주변의 공간이 크게 떨렸다.

'위대한 군주시여! 부디 종복을 지켜주십시오!'

라인두르는 애타게 자신의 군주를 찾았다. 다행이라면 다행이라고 할까? 군주는 자신의 부하를 잊지 않았다.

우우웅.

-오오! 군주시여!-

어둠의 마력이 몸을 채우는 게 느껴졌다. 이 힘이라면 싸울 수 있다. 그리고 무사히 발을 뺄 수 있으리라.

"그건 착각이에요, 해골. 당신은 오늘 여기서 소멸해요. 그게 운명이에요."

-닥쳐라!-

지팡이를 겨누는 라인두르. 지팡이 끝에서 예의 검은 불꽃이 피어올랐다. 허나 놈은 바로 쏘지 않았다. 끊임없이 차오르는 마력을 모조리 쏟아부었다.

지옥의 불꽃(Inferno).

현재 라인두르가 구사할 수 있는 최강의 마법이 펼쳐졌다. 검은 불꽃은 마치 유성이라도 되는 것처럼 긴 꼬리를 그리며 떨어졌다.

그러나 잔 다르크는 조금도 두려워하지 않았다. 각오를 다진 얼굴로 불꽃과 라인두르를 노려볼 뿐.

"하앗!"

마침내 성녀가 창을 찔렀다. 그 순간, 해방된 빛이 파도가 되어 검은 불꽃과 라인두르를 향해 쏟아졌다.

성스러운 광휘(La lumière divine).

그것은 소녀가 생전에 익힌 기술의 완성형. 나라를 위해, 국민을 위해 항상 싸웠던 소녀의 마음가짐이 빛이 되었고 세상을 환히 밝혔다. 얼마나 많은 이들이 그 찬란함을 보며 기뻐했던가.

빛의 파도는 라인두르의 불꽃을 말 그대로 지워버렸다. 그러고도 기세는 쇠하지 않았고 끝까지 나아갔다.

-안 돼!-

그게 라인두르가 남긴 마지막 말이었다. 제대로 된 유언조차 남기지 못한 채, 리치 라인두르는 완전히 소멸했다.

-아름답군-

"왜 그녀를 보라고 했는지 알 거 같다."

무명의 말에 동의하며 인호는 빛에 휘감긴 잔 다르크를 바라보았다. 단순한 기술이 아니었다. 보는 것만으로 그녀가 어떤 마음을 품었는지, 뭘 위해 살았는지 알 수 있었다.

그렇기 때문에 그녀가 경이로웠다. 저 가냘픈 몸으로 왕국을, 사람을 위해 싸웠고 결국 염원을 달성했다. 또 비참한 최후를 맞이했는데도 이를 전혀 원망하지 않았다.

"왕의 길이라……."

-앞으로 계속 생각해야 할 거다. 네가 뭘 선택하든 왕의 운명이 널 택했다는 건 변함없으니까-

"그녀처럼 될 자신은 없지만."

감히 넘볼 수 없는 경지였다. 다만 지금처럼 현주와 수아만 지키는 것만이 능사가 아님을 조금이나마 깨달았다.

-지금은 그걸로 괜찮다-

진지한 얼굴로 말하는 무명.

인호는 고개를 끄덕였다.

전쟁에서 지휘관의 존재는 굉장히 중요하다. 우선 부대를 지휘 및 관리해야 한다. 또 임무를 완수하기 위해 부대의 역량을 모두 끌어내는 역할을 맡는다. 그렇기 때문에 지휘관을 잃은 부대는 쉽게 무너진다.

지금 상황이 딱 그랬다.

대다수의 몬스터들은 전략과 전술을 짤 줄 모른다. 놈들이 할 수 있는 건 눈앞의 인간을 사냥하고, 그들이 가진 걸 모조리 빼앗는 것뿐이었다.

이런 몬스터들을 통제하기 위해 라인두르와 같은 지휘관이 필요한데 이제 놈은 죽고 없었다. 그리고 지휘관을 잃은 군대의 운명은 비참하기 마련이었다.

"왜 기병이 최고라 불렸는지 알 것 같습니다, 대표님. 이건 뭐 싸움 자체가 성립이 안 되는군요."

"지휘관을 잃은 시점에서 싸움은 끝났죠."

인호와 형준은 느긋하게 전투를 관람했다.

그들이 전쟁에 끼어들 필요성을 못 느낄 만큼, 기사들은 강력했다. 그들은 정면충돌 작전으로 몬스터 군단을 무너뜨렸다.

곳곳에 랜스에 꿰뚫린 오크와 고블린, 코볼트들의 시체가 즐비했다. 오우거를 위시한 대형 몬스터들이 가세했지만, 전황은 여전히 기사들에게 유리했다. 다들 자신들의 무장을 꺼내 대형 몬스터들에게 달려들었다.

"자랑스러운 왕국의 영웅들이여! 적들을 단 한 마리도 남겨두지 마라! 이 싸움이 우리를 승리로 이끌 것이다!"

금색 갑옷의 기사가 깃발을 휘두르자 붉은빛이 흩뿌려졌다. 빛에 닿은 기사들과 병사들은 더욱 힘을 내서 몬스터들을 밀어붙였다.

두근두근.

빛을 보자 인호의 심장이 갑자기 요동쳤다. 이에 맞춰 그의 몸에서 강렬한 기세가 흘러나왔다.

"대표님?"

"아무것도 아닙니다."

형준이 걱정하자 인호는 바로 기세를 거둬들였다. 다만 속으로 의문을 느꼈다. 이런 적이 한 번도 없었기 때문에 더 이상했다.

"불안해할 필요 없어요. 주인님이 가진 왕의 기세가 반응한 것뿐이니까요."

"무슨 말이지?"

"저 금색 갑옷을 입은 이는 이 나라의 왕세자예요. 당연히 왕의 기세를 품고 있죠."

길잡이가 설명했지만 인호는 이해하지 못했다. 상대가 왕의 기세를 가지고 있든 말든 자신과 무슨 상관이란 말인가?

인호의 심정을 읽은 길잡이는 말을 이어나갔다.

"왕이란 홀로 군림하는 자. 같은 지역에 둘이 있으면 안 돼요. 그렇기 때문에 왕들은 서로의 존재를 강하게 의식해요. 주인님이 지금 느낀 것처럼 말이죠."

"내가 왕이라니……."

솔직히 어이가 없었다.

투왕지체를 손에 넣으면서 왕의 기세를 같이 얻은 건 사실이었다. 하지만 자신을 진짜 왕이라고 생각한 적은 없었다. 단 한 번도.

"저도 같은 생각입니다. 대표님이 대단한 분인 건 맞지만 왕은 너무 나갔습니다. 우리 시대의 누구도 인정하지 않을 겁니다."

"형준 씨의 말이 맞아요. 대한민국은 엄연히 민주주의 국가에요.

왕이라고 나서면 욕만 잔뜩 먹을 거예요."

형준과 수아가 인호를 거들었다. 다들 어처구니없다는 듯이 길잡이를 바라본 건 덤이었고.

"여러분의 생각은 중요하지 않아요. 주인님이 왕의 기세를 가지고 있는 이상, 남들과 다른 운명을 걷는 건 기정사실이니까요."

"뭐 그건 그렇다 치고, 계속 왕의 기세를 가진 놈들과 만나면 이런 식으로 반응이 일어나는 건가?"

"맞아요. 저쪽 왕세자도 지금쯤 주인님을 의식하고 있을걸요?"

"귀찮은 일이 늘었군."

성모상을 전달하고 원래 세상으로 돌아갈 생각이었다. 인호는 부디 이쪽 왕세자가 귀찮게 굴지 않기를 간절히 기도했다.

일행이 대화를 나누는 사이, 전투가 끝났다. 전장에 있던 모든 몬스터들이 싸늘한 주검이 되었다.

"부대 정렬!"

"부대 정렬!"

기사들이 외치자 전장에 흩어진 병사들이 빠르게 집결했다. 얼마 지나지 않아 기사들과 병사들이 전열을 바로잡았다. 그 앞에는 금색 갑옷의 기사가 서 있었다.

저벅저벅.

말에서 내린 금색 기사가 인호 일행을 향해 다가왔다. 그 뒤로 거구의 기사와 날렵한 기사가 따라왔지만, 일행의 눈에 들어오지 않았다. 금색 기사에게서 흘러나오는 존재감이 압도적이었기 때문에.

-확실히 왕이 될 자질은 있군-

'뭔지 알 거 같다.'

단지 다가오는 것만으로도 몸을 저릿하게 만드는 기백은 왕의 기세와 같았다. 저쪽도 자신에게서 흘러나오는 걸 느낀 게 분명했다. 은연중에 자신을 바라보고 있는 걸 보면.

마침내 일행 앞에 다가온 기사는 헬멧을 벗었다.

"아……."

"와아."

형준과 수아가 감탄했다. 인호라고 다를 바 없었다. 헬멧 안의 청년은 그만큼 아름다운 외모를 자랑했다.

태양을 연상하게 만드는 금발, 조각상처럼 자리 잡은 이목구비, 바다처럼 깊은 벽안 등등 모든 게 완벽했다. 땀으로 범벅이 됐는데도 아름다움이 전혀 퇴색되지 않았다.

"몸을 두르고 있는 휘광, 은은하게 흘러나오는 신성력을 볼 때, 그대가 성녀군요. 만나서 반갑습니다. 전 프랑스의 왕세자 샤를이라 합니다."

"처음 뵙겠습니다, 저하. 동레미 마을의 잔 다르크라 합니다."

잔 다르크는 창을 바닥에 내린 뒤, 한쪽 무릎을 굽혔다. 상대는 이 나라의 왕세자였고 그녀는 국민이었다. 정중히 예의를 갖춰야만 했다.

'정말 얼마 안 남았군.'

무릎을 굽힌 잔을 보며 인호는 퀘스트가 곧 끝날 것을 예상했다.

왕세자가 직접 온 이상, 자신들이 오를레앙까지 갈 이유는 없었다. 수천에 달하는 병사들이라면 잔과 성모상을 잘 지켜줄 테니까.

자신들의 역할은 이제 끝났다.

'퀘스트 MVP를 받아야 할 텐데.'

MVP 자체에는 관심이 없었다. 단지, 권태한 놈이 기고만장하는 꼴만 안 보고 싶을 뿐.

─이러니저러니 해도 의식하고 있었군─

'거기까지만 해라. 기분 나쁘니까.'

이건 진심이었다.

3성 영웅, 희망의 왕자.

그게 샤를의 이명이었다.

'저놈이 샤를 7세.'

─알고 있나?─

'대충. 전쟁 막바지에 왕위에 오르는 걸로 알고 있다.'

백년전쟁 막바지에 모습을 드러낸 잔 다르크는 놀라운 활약을 보여 전황을 뒤집었다. 그녀의 활약 덕분에 샤를 7세는 무사히 왕위에 올랐다.

─왕으로서는 어땠지?─

'훌륭했지. 별명 중 하나가 승리왕인가 그랬을 테니. 대신 성격이 나쁜 걸로 유명했다.'

─딱 봐도 가식적으로 생기기는 했군─

인호는 무명의 말을 부정하지 않았다. 얼핏 보면 샤를의 인상은 정중했다. 선거 기간 중의 정치인을 떠올리게 해서 그렇지.

그때였다.

"무엄하다! 그건 기사의 예! 기사로 서임 받지 못한 이가 취할 자세가 아니다!"

"평민은 평민의 예를 취하라!"

샤를의 뒤에 있던 기사들이 불쾌감을 드러냈다. 이를 듣던 수아는 어이가 없어 화를 내려 했지만, 샤를이 더 빨리 입을 열었다.

"다들 그만해라. 그녀는 주님께 인정받은 성녀, 사실상 주님의 기사라 해도 과언이 아니다. 그러니 고개를 드십시오."

잔은 자리에서 일어났다. 그러나 기사들은 가만히 있지 않았다. 두 사람은 바로 인호 일행을 노려보았다.

"네놈들은 누군데 고개를 뻣뻣하게 들고 있는 거지?"

"설령 성녀의 지인이라 해도 저하 앞에서 무례를 범하는 건 용납할 수 없다. 무릎을 꿇어라."

"저하. 이분들은 이국의 사냥꾼들입니다. 왕국의 국민이 아니니 자비를 베풀어주십시오."

잔이 간청했지만, 샤를은 고개를 저었다. 그리고 단호하게 의지를 밝혔다.

"이국의 사냥꾼이라도 예를 모르는 건 아닐 터. 저는 이 나라의 왕세자입니다."

주님의 인정을 받은 성녀는 왕세자인 그보다 권위가 높기 때문에 존중해줄 수 있다. 단, 그건 어디까지나 성녀에게 한정되지, 다른 사람에게 똑같이 적용되는 건 아니었다.

예상 이상으로 샤를이 강경한 반응을 보이자 수아와 형준이 인호의 눈치를 살폈다. 길잡이 또한 팔짱을 낀 채, 인호가 나서기를 기다렸다.

"이국의 사냥꾼들은 다른 나라의 군주에게 고개를 숙이지 않습니다. 그게 저희의 예입니다."

"하찮은 사냥꾼이 망발을 지껄이는구나. 우리나라에서 원하는 걸 얻어가면서 정작 왕국의 주인이 되실 저하에게 예의를 갖추지 않는다?"

"성녀의 지인이라 해서 네놈들이 뭐가 된 것 같으냐? 얼른 저하께 예를 갖춰라!"

계속 윽박지르는 기사들. 샤를은 두 사람을 말리지 않은 채, 인호만 바라보고 있었다.

'그렇게 된 거였군.'

-무슨 소리냐?-

'길잡이가 말했었지. 같은 왕의 기세를 가지고 있다고. 그래서 내가 무릎을 꿇기를 바라는 거다.'

-그럼 넌 어떻게 할 거지?-

'당연한 걸 묻는군.'

샤를이 왕세자든 뭐든 상관없었다. 이곳은 자신들의 세계가 아니었으니까. 하물며 거짓된 세상의 왕자 따위야 알게 뭔가?

인호는 상대에게 무릎을 꿇을 필요성을 느끼지 못했다. 앞으로도 영원히 그럴 일은 일어나지 않으리라.

"잔 다르크. 저하에게 성모상을 드리십시오."

"네? 아, 알았어요."

인호의 말에 대답한 잔은 두 손을 모으고 기도했다. 그러자 그녀의 몸에서 빛이 흘러나오더니 성모상의 모습이 드러났다.

"저희의 의뢰는 성녀를 도와 저하에게 성모상을 전해드리는 것입니다. 의뢰를 완수한 이상, 더는 이곳에 남을 이유가 없으니 돌아가겠습니다."

"네놈 따위가 감히 저하에게 통보하다니! 하찮은 야만인이 분수를 모르는구나!"

쉬에엑!

거구의 기사가 등에 짊어지고 있던 바스타드 소드를 움켜쥐었다. 허나 그는 자신의 무기를 휘두르지 못했다. 어느새 인호가 내지른 성검이 그의 목 아래에 놓여 있었기 때문에.

"하, 하찮은 야만인이!"

거구의 기사는 몸을 부들부들 떨며 인호를 노려보았다. 그러나 인호에게 달려들 생각은 하지 못했다. 당장 인호가 검을 뽑는 것도 못 봤는데 어찌 대항할 수 있겠는가.

"네놈이 지금 무슨 짓을……."

날렵한 기사가 검을 뽑으려 했지만 멈출 수밖에 없었다. 어느새 수아의 마력총이 그의 머리를 노리고 있었기 때문에.

웅성웅성.

갑작스러운 사태에 병사들과 기사들이 동요했다. 감정을 자제하지 못한 몇몇 기사들은 다급히 샤를에게 다가오려 했다.

"됐다. 호들갑 떨 필요 없다."

그때, 샤를이 입을 열었다. 달려들던 기사들은 잠시 머뭇거리다가 결국 멈춰 섰다. 호위기사 둘이 제압당했는데도 샤를은 느긋한 태도를 유지했다.

"개인의 이득을 추구하지 않으며 그렇기 때문에 누구에게도 고개를 숙이지 않는다. 오직 사람들을 지키기 위해 목숨을 담보로 싸우는 자. 처음 들었을 때는 그저 사기꾼이라 생각했습니다."

"저희를 시험했다고 말하고 싶은 겁니까?"

"단순한 확인 작업입니다. 성녀는 왕국의 운명을 짊어지고 있습니다. 그런 분에게 알지 못하는 사람이 붙어 있으면 걱정하는 게 당연한 거 아니겠습니까?"

샤를의 말솜씨는 청산유수 같았다. 하지만 그게 전부가 아님을 인호는 이미 눈치챘다. 무명도 마찬가지였고.

-영악한 새끼군. 자기 예상과 다르게 상황이 흐르자마자 태도를 바꾸다니-

'말했을 텐데? 성격은 나쁘다고. 저 작자는 자기가 왕이 되자마자 잔 다르크를 버렸다.'

-원래 전쟁에서 승리한 장수는 군주의 미움을 사기 마련이지. 왕권을 위협받을 수 있으니까-

'그런 셈이다. 괜히 토사구팽이라는 고사가 나온 게 아니지.'

원 역사에서 샤를 7세는 잔 다르크가 영국군 포로로 잡혀갔는데도 내버려 뒀다. 그녀가 마녀라는 누명을 쓰고 재판에 처했을 때도 전혀 도와주지 않았다.

가식과 위선 덩어리.

인호가 보는 샤를의 정체였다.

"저희는 통과된 겁니까?"

"물론입니다. 무례를 용서해주십시오, 이국의 사냥꾼들이여. 모두 검을 거둬라."

샤를이 명령하자 기사들이 검을 집어넣었다. 그러자 인호와 수아도 무장을 거둬들였다. 살벌한 분위기는 여전했지만.

"그게 성모상이군요, 성녀."

"네. 피와 시체로 뒤덮인 왕국을 구원하기 위해 주님께서 내린 성유물이에요."

"주님께서 말씀하셨습니다. 이걸 오를레앙의 교회에 가지고 가면 전쟁에서 승리할 수 있다고."

"말씀대로예요, 전하."

"즐거운 날이군요. 그럼 오를레앙으로 가시죠. 그대들도 함께 가는 게 어떻겠습니까? 성녀와 성모상을 지켜준 은혜, 꼭 보답하고 싶습니다."

사람 좋아 보이는 미소를 지은 샤를. 조금 전에 일어났던 일을 조금도 신경 쓰지 않는 태도였다. 그게 함께 해야 할 이유는 될 수 없었지만.

"저희는……."

괜찮다고 말하려고 했다. 허나 인호는 자기 뜻을 이루지 못했다. 그보다 잔이 더 빨리 대답했기 때문에. 그리고 그 내용은 굉장히 충격적이었다.

"저는 오를레앙으로 가지 않아요, 저하."

이 자리에 있는 모두를 놀라게 할 만한 폭탄선언이었다.

'이게 무슨…….'

언제, 어디서나 냉정함을 유지하기 위해 노력했다. 그러나 이번 만큼은 도저히 그럴 수 없었다. 그러기에는 잔이 한 말이 너무나 충격적이었으니까.

'무명, 내가 제대로 들은 게 맞나?'

-그래. 나도 그렇게 들었다. 대체 무슨 생각이지? 저 여자가 안 가면 의뢰 자체가 안 끝날 텐데-

동감이었다.

혼란에 빠진 인호는 길잡이를 응시했다. 그녀라면 분명 뭔가를 알고 있을 확률이 높았다. 하지만 그녀는 뜻 모를 미소만 지은 채, 고개를 흔들었다.

냉정함을 잃은 건 샤를도 마찬가지였다. 호위 기사가 제압됐을 때도 느긋했지만, 지금은 그의 눈썹이 파르르 떨고 있었다.

"무, 무슨 말입니까? 오를레앙에 성모상을 가져가야 한다고 하지 않았습니까, 성녀?"

"성모상은 저하께 드릴 거예요. 그걸 오를레앙의 교회에 두면 주님의 힘이 왕국 전역으로 퍼져나가요. 괴수들의 힘은 약해질 거고 그러면 왕국 군이 이길 수 있겠죠."

"……그럼 당신은 어딜 갈 생각입니까?"

"저는 이국의 사냥꾼들을 따라갈 거예요."

잔, 그리고 길잡이를 제외한 다른 사람들은 다시 한 번 놀라야 했다.

'던전 안의 존재가 밖으로 나온다고?'

이런 생각이 실례라는 건 알지만 던전 안의 인물들은 플레이어들에게 NPC나 다름없었다. 그런데 NPC가 플레이어들의 세상으로 나오겠다고 하다니, 이게 가능한 일인가?

"원래라면 불가능해요. 하지만 그걸 가능하게 할 사람이 한 명 있어요. 오직 그 사람만 할 수 있는 일이죠."

인호에게 다가온 길잡이가 나지막하게 말했다.

"너는 정말 모르는 게 없군."

"그건 아니지만, 주인님에 대해서는 최대한 많이 알려고 한답니다."

뽑기를 통해 영웅을 소환할 수 있지만, 그 자리에서 바로 도감에 저장하는 건 불가능했다. 단, 예외가 있었으니 하나는 무명처럼 수호령이 되는 것.

그리고 다른 하나는,

"자신이 소환하지 않은 영웅일 경우, 계약에 의해 도감에 저장할 수 있다. 맞죠?"

빙긋 웃으며 길잡이가 확인 사살했다.

"네 말대로 그녀와 계약을 맺을 수는 있다. 그런데 무슨 이유로 우리를 따라오려는 거지?"

"이제 알게 될 거예요."

길잡이의 말이 끝나기 무섭게,

"말도 안 됩니다!"

샤를이 외쳤다.

그의 눈동자는 분노로 이글거렸다. 절대 잔 다르크를 보내주지 않겠다는 의지가 느껴졌다.

"주님께서 저에게 말씀하셨습니다. 동쪽에서 오는 성녀를 맞이하면 왕국을 구할 수 있을 거라고. 그런데 왜 당신이 주님의 뜻을 거부하려고 합니까!?"

"주님께서 절 맞이하라고 한 건, 성모상을 위해서였어요. 성모상을 받은 이상, 저는 제 역할을 완수했죠."

"대체 왜! 왜 왕국의 성녀가 다른 곳으로 가려는 겁니까! 저 남자에게 마음이라도 주신 겁니까?"

그리 말한 샤를은 인호를 가리켰다. 지목당한 당사자 입장에서는 어이가 없었지만.

'저게 무슨 개소리를?'

자신과 잔 다르크는 위기를 함께 한 동료였지, 그 이상도 그 이하도 아니었다. 그런데 자기가 뭔데 사람 사이를 이상한 관계로 몰아붙인단 말인가?

"저하, 예의를 지켜주세요. 이제는 저까지 모욕할 셈인가요?"

"큭. 그 점은 사과하겠습니다. 그래도 이건 말씀해주십시오. 당신이 저 남자를 따라가는 이유를!"

"저들을 따라가야 더 많은 사람을 구할 수 있으니까요."

잔 다르크는 단호히 말했다.

처음 인호 일행을 만났을 때만 해도 그들이 나눈 말을 잘 이해하지 못했다. 특히 형준이 더 많은 사람을 구하기 위해 자신을 따라갈 수 없다는 말을 했을 때, 혼란은 극에 달했다.

그래도 묻지 않았다. 자신은 어디까지나 도움을 받는 입장이었기 때문에.

하지만 4성 영웅으로 각성하는 순간, 진짜 영웅이 된 순간, 그녀는 모든 걸 깨달았다. 자신의 진정한 정체와 인호 일행이 겪고 있는 상황을.

"더 많은 사람을 구하고 싶다고? 그게 전쟁이 끝날 때까지 고통받는 사람을 외면할 이유가 된다고 생각하나!?"

샤를은 예의를 차리지 않았다. 가식을 숨길 수 없을 정도로 그는 열 받은 상태였다. 그런 그를 보면서도 잔은 냉정했다. 이미 결론을 내렸기 때문에 일말의 망설임도 느끼지 않았다.

"원래라면 아니라고 대답했을 거예요. 사람의 목숨은 동등하며 가까이에 있는 이들을 외면하는 건 옳은 일이 아니니까요."

"그걸 알면서 왜!"

"저에게는 '진짜' 사람을 구할 의무가 있어요. 이것은 오롯이 제가 정한 뜻이며 주님께서도 이를 지지해주셨어요. 그러니 괜찮겠죠, 인호?"

잔은 고개를 돌려 인호를 응시했다.

그에게는 미안함을 느꼈다. 상의조차 하지 않고 멋대로 내린 결론이었으니까. 하지만 그의 세상이 투쟁의 시대에 휘말린 것을 안 이상, 뜻을 철회할 생각은 결코 없었다.

인호는 그녀의 각오를 느꼈다. 그래도 확인 차원에서 마지막으로 질문했다.

"저는 상관없습니다만, 정말 괜찮겠습니까?"

"이곳은 저에게 있어 이미 과거예요. 제가 자신을 봉인한 건 과거에 남기 위해서가 아니에요. 보다 많은 사람을 구원하는 것, 그게 제 뜻이에요."

"알겠습니다. 당신과 함께하겠습니다."

4성 영웅 '구국의 성녀'가 영웅 도감에 저장됩니다.
언제든 그녀를 소환 및 유지할 수 있습니다.
최초로 4성 영웅을 도감에 저장했습니다.
영웅화가 1퍼센트 상승합니다. 현재 영웅화-42퍼센트

뽑기의 레벨이 상승하여 4가 됐습니다.
뽑기의 쿨타임이 8시간으로 줄어듭니다.

| Close | View |

메시지가 떠올랐다.

내용은 좋았다. 8시간 동안 뽑기를 두 번 할 수 있게 됐으니까. 달리 말해 하루에 6번이나 영웅들을 소환할 수 있음을 의미했고.

그러나 중요한 건 이게 아니었다. 찬란한 백금의 빛이 피어오르더니 인호와 잔 다르크를 연결했다. 특별한 신체적 변화는 없었다. 다만 그녀가 무슨 생각을 하는지, 뭘 원하는지 알 수 있었다.

-인정해야겠군. 그녀는 진짜 성녀다-

마찬가지로 인호와 연결되어 있던 무명에게도 그녀의 뜻이 전달됐다. 그렇기에 그는 인정했다. 잔 다르크의 진의와 그녀가 얼마나 대단한지를.

그녀는 진심으로 투쟁의 시대를 끝내고 사람들을 구하고 싶어 했다. 그 고귀한 뜻을 어찌 외면할 수 있을까?

잔 다르크도 감탄한 건 똑같았다.

"소중한 사람들을 위해 싸운다. 그게 당신의 뜻이군요. 아직은 그 대상이 적지만 언젠가 많아지겠죠. 이를 위해 당신을 도와줄게요."

"그런 날이 올지는 모르겠습니다만, 그래도 잘 부탁합니다."

손을 마주 잡은 두 사람.

마침내 계약이 끝났다.

"저하, 그러면 성모상을……."

"닥쳐라, 마녀."

샤를의 목소리는 얼음장처럼 차가웠다. 그는 하늘을 향해 손을 높게 들어 올리더니, 큰소리로 외쳤다.

"전군, 공격 준비!"

"이게 무슨 짓인가요?"

"닥치라 했다, 마녀. 왕국을 버리고 정체를 알 수 없는 야만인들 에게 빠진 네가 마녀가 아니면 뭔가! 주님의 뜻을 받들어 이 자리 에서 처단하겠다!"

갑작스러운 명령에 당황하는 병사들도 있었지만 소수였다. 그 들 역시 잔 다르크의 말을 들었다. 왕국을 버리려고 하는 여인을 어찌 성인이라 부를 수 있겠는가?

사천에 달하는 병사와 오십에 달하는 기사들이 일제히 일행을 포위했다.

수아와 형준의 표정이 어두워졌다.

레벨 업을 하면서 체력과 마력은 회복됐다. 따라서 다시 싸울 수 있었다. 문제는 적들의 숫자였다.

4천 명의 병사와 50명의 기사.

적이 많아도 너무 많았다. 레벨 업을 통해 성장했다고 해도 저만한 숫자의 적과 싸워 이기는 건 불가능했다. 설령 잔 다르크가 가세한다 해도 결과는 동일하리라.

ー저런 놈이 진짜 왕이 된다고?ー

'그래서 말하지 않았나? 성격은 나쁘다고.'

ー나쁜 게 아니라 그냥 미친놈이군. 자고로 여자한테 집착하는 놈치고 제정신인 놈을 본 적이 없다ー

'동감이다.'

혼자 망상에 빠져 발악하는 샤를의 꼴을 보면 동정할 여지조차 없었다. 그러나 상대의 태도에 상관없이 이 상황이 위험한 것만큼은 명백했다.

'지금 달려들면 놈을 제압할 수 있을 거 같나?'

ー어려울 거다. 미친놈이라 해도 실력은 확실하니까ー

'그래도 해봐야겠지.'

상대는 3성 영웅. 게다가 왕의 기세까지 보유하고 있는 실력자였다. 바로 제압할 확률은 터무니없이 낮았다. 하지만 놈을 쓰러뜨려 인질로 삼으면 저 많은 병사들과 싸울 필요가 없어진다.

어렵다는 걸 알지만 꼭 해내야 했다.

인호가 샤를을 향해 달려들려고 할 때,

덥석.

길잡이가 그의 팔을 붙잡았다.

갑작스러웠지만 인호는 당황하지 않았다. 길잡이는 허튼짓을 하지 않는다. 그녀가 자신을 말렸다면 그만한 이유가 있으리라.

'굳이 싸울 필요 없어요, 주인님. 그녀가 이 상황을 해결할 거예요.'

'잔 다르크가?'

길잡이가 조용히 말하자 인호는 잔 다르크를 바라보았다. 그녀는 굳은 얼굴로 샤를을 바라보더니 한숨을 크게 쉬었다.

"거짓된 세상에 와서도 당신의 본질은 변함이 없네요, 샤를. 그 추악한 마음가짐을 언제 버릴 건가요?"

"드디어 본색을 드러내는 것이냐, 마녀! 내 직접 널 고문하여 진실을 밝혀내겠다!"

"진실이라…… 틀린 말은 아니네요."

잔은 창을 겨누었다. 단, 샤를이 아니라 하늘을 향해서.

"샤를, 당신에게 알려드릴게요. 진짜 주님의 뜻이 뭔지를!"

영광의 십자가(La croix à la gloire).

이건 싸움을 위한 기술이 아니다.

오랫동안 사람을 구하고 싶어 했던 마음, 그런 그녀의 의지에 응답해준 신의 뜻. 타인을 위해 빚어진 고귀한 마음이 이 순간, 빛이 되어 세상을 환하게 비춘다.

쿠쿠쿵!

잔의 창에서 백금색 빛줄기가 나와 하늘로 치솟았다. 그 모습은 마치 하늘과 땅을 연결하는 거대한 기둥과 같았다. 게다가 어찌나 따스한지 보는 것만으로도 마음을 편안하게 만들었다.

"성녀다! 저분은 정말 성녀야!"

"우리가 지, 진짜 성녀님에게 칼을……."

"동요하지 마라! 이건 마녀의 술수다!"

샤를이 다급히 외쳤지만 부질없었다. 병사들은 물론 휘하의 기사들까지 전부 믿을 수 없다는 듯 잔 다르크와 빛의 기둥을 바라보았다.

그러나 이는 시작에 불과했다. 잔은 더 신성력을 불어넣었다.

번쩍!

태양이 하나 더 생긴 것처럼 압도적인 광량이 하늘을 뒤덮었다. 고막을 뒤흔드는 굉음이 연신 울려 퍼졌다. 강풍이 몰아치며 구름을 날려버리고 지상에 서 있는 이들의 균형을 무너뜨렸다.

그리고 그 빛을 통해 모습을 드러내는 이들이 있었으니,

"저, 저길 봐!"

"천사다! 천사가 왔다!"

새하얀 옷을 입고 새하얀 날개를 가진 이들이 차례차례 모습을 드러냈다. 다만 그들은 지상에 내려오지 않았다. 서로 정해진 위치로 이동한 천사들. 이윽고 그들의 몸에서도 백금의 빛이 일더니, 다른 이들에게 연결됐다.

"처, 천사라니! 이건 기적이야!"

"……저분은 마녀가 아니야! 진짜 성녀님이었다고!"

어찌 안 믿을 수 있을까. 천사들과 잔이 만든 빛의 십자가를 보고 있는 이라면 모두 믿을 수밖에 없었다. 그녀가 성녀라는 사실을.

–잔 다르크는 주님께서 내린 성녀. 그분의 뜻을 감히 의심치 말라–

–어린 양들이여. 방황하지 마라. 주님께서는 언제나 그대들을 지켜보고 계신다–

–그녀야말로 그대들을 위한 주님의 마음이니, 그녀를 믿어라. 주님께서는 항상 그대들과 함께하신다–

천사들이 차례차례 입을 열었다. 저 먼 하늘에 있는데도 그들의 말은 지상에 있는 모든 사람의 귀에 선명하게 전달됐다.

털썩.

약속이라도 한 듯이 동시에 무릎을 꿇는 병사들. 다들 하나같이 기도를 올리거나 성호를 그었다. 아예 잔을 향해 고개를 연신 숙이는 이들이 속출할 정도였다.

-이런 게 가능할 줄이야-

'기적이라는 게 진짜 있었군.'

무명과 인호는 멍한 얼굴로 하늘을 올려다보았다. 여전히 십자가는 환하게 빛나고 있었으며, 천사들 또한 또렷한 존재감을 드러냈다. 신을 믿지 않는 자신들조차 압도될 수밖에 없는 광경이었다.

하물며 이곳에 있는 이들은 평생 신의 존재를 인정하고 믿어온 사람들이었다. 자신들보다 더 충격을 받았으며 받았지, 결코 덜 받을 일은 없으리라.

"주님! 용서해주십시오! 미천한 제가 감히 당신을 의심했습니다!"

"당신의 딸에게 감히 칼을 겨누었습니다. 저를 벌해주십시오!"

자신들은 잔을 위협했다. 그에 반해 천사들은 어떤가?

분노하지 않았다. 탓하지 않았다. 그저 조용히 타일렀을 뿐. 그 자비로움을 어떻게 외면할 수 있을까? 병사들 후회와 두려움으로 용서를 구했다.

기사들도 헬멧을 벗고 창칼을 버렸다. 그들 또한 인간이었다. 용서받고자 하는 마음은 병사들과 같았다.

단 한 사람만 빼고.

"천사들이여, 그녀가 성녀라면 왜 왕국을 떠나게 내버려 두는 겁니까!"

힘껏 소리 지르는 샤를.

그 또한 이 광경에 압도됐다. 그렇기 때문에 더 이해할 수 없었다. 이만한 힘을 지닌 성녀라면 왕국을 반드시 승리로 이끌 것이다. 그런데 왜 왕국을 버리고 다른 곳으로 떠나려는 그녀의 뜻을 존중하는 것인가?

-희망의 왕자여, 그대는 주님의 뜻을 부정하는가?-

"아닙니다!"

-왕국을 지키고자 하는 그대의 마음과 주님의 마음은 똑같다. 성모상을 내린 것 또한 그대들을 위함이었다. 그런데 왜 그분의 뜻을 왜곡하여 받아들이는가?-

샤를은 침묵했다.

여전히 납득할 수 없었다.

하지만 자기 뜻대로 상황을 바꿀 수 없다는 것 또한 깨달았다. 계속 반발했다가는 기사들과 병사들에게 이단으로 보일 수 있었다. 그 상황만큼은 피해야 했다.

"죄송합니다. 모두 다 제 불찰로 일어난 일이니 다른 이들은 용서해주십시오."

-처음부터 그대들을 벌할 생각은 없었으니 염려하지 마라. 다만 다시 한 번 묻겠다. 그녀를 성녀라 인정하는가?-

"예. 잔 다르크를 성녀라 인정하겠습니다. 그녀의 뜻도 받아들이겠습니다."

-좋다. 그럼 성녀여, 그에게 성모상을-

"네."

잔 다르크는 샤를에게 성모상을 내밀었다. 그는 조심스럽게 그걸 받아들였다.

그러자, 메시지가 떠올랐다.

> 플레이어 김인호가 던전 퀘스트 '성모상을 전달하라!'를
> 달성했습니다. 보상으로 고유(Unique) 등급의 신발을 선택할
> 수 있습니다. 또 플레이어 포인트 20이 주어집니다.
> 현재 플레이어 포인트-94
>
> 성녀가 사명을 이룰 수 있도록 도와줬습니다.
> 이제 왕국인들은 어둠으로부터 구원받을 겁니다.
> 이는 분명히 영웅의 업적. 영웅화가 3퍼센트 진행됩니다.
> 현재 영웅화-45퍼센트
>
> | Close | View |

길고 길었던 퀘스트가 마침내 끝났다.

메시지를 보는 일행의 얼굴에는 기쁨이 가득했다.

"드디어 끝났네요."

"대표님이나 수아 씨는 이런 걸 어떻게 깨신 겁니까?"

"저희끼리 끝낸 게 아니에요. 잔 다르크처럼 도와준 분이 계셨죠."

"전 조력자가 있어도 절대 못 깰 거 같습니다."

수아와 대화를 한 뒤, 힘이 빠진 형준은 바닥에 주저앉았다. 체력은 멀쩡했지만, 정신적 피로는 극심히 쌓인 지 오래였다. 그래도 내심 뿌듯했다.

'따라오길 잘했어.'

자신의 시야가 얼마나 좁았는지 깨달았다. 동시에 인호와 함께라면 어떤 위기도 극복할 수 있다는 확신을 얻었다.

'저분들이야 말로 진짜 영웅이야.'

유치한 생각이지만 형준은 그 뜻을 저버리고 싶지 않았다. 그만큼 인호와 수아를 보고 느낀 게 많았다. 그렇기에 그도 저렇게 되고 싶다고 다짐했다.

쿠쿠쿵!

퀘스트가 끝나자마자 땅이 크게 흔들렸다. 하늘에는 선명한 균열이 생기며 지상의 모든 것을 빨아들였다. 병사들과 기사들은 처음부터 없었던 것처럼 사라졌다.

"가, 갑자기 왜 이러는 겁니까?"

"모든 퀘스트가 끝나면 던전 내부의 세상은 사라져요. 자연, 건물, 사람 등 전부."

"그러면 왜 저 사람은 남아있는 겁니까?"

"저래 봬도 일단 영웅이니까요. 성격은 별로지만요."

수아의 말마따나 샤를의 몸도 빛이 되어 사라지고 있었다. 그 상태에서도 그는 사나운 눈으로 잔 다르크를 노려보았다.

"뭔가 바뀐 거 같지 않아요, 오빠?"

"쟤도 봉인이 풀렸나 보지."

샤를에게서 흘러나오던 기세가 바뀌었다. 지금 그는 강감찬이나 잔 다르크에서 흘러나온 영웅의 기세를 내뿜고 있었다.

이를 증명하듯 별명이 바뀌어 있었다. 3성 영웅 희망의 왕자에서 4성 영웅 '구국의 왕'으로.

그 모습을 통해 새로운 사실을 깨달았다. 3성 영웅이라도, 던전이 사라질 때는 영웅에게 걸려 있던 봉인이 깨진다는 것을. 알아봤자 딱히 의미는 없었지만.

"오늘의 일을 절대 잊지 않겠다, 성녀."

"기억을 되찾았는데도 반성하지 않는 건가요, 샤를? 당신의 잘못된 판단으로 죽은 병사들과 백성들에게 미안하지 않나요?"

"잘못된 판단? 과인이 있었기 때문에 왕국은 번영을 이어나갈 수 있었다. 더욱 큰 뜻을 이루기 위해 소수를 희생시킨다, 이는 군주로서 갖춰야 할 마음가짐이다."

"당신하고 더 할 말은 없어요. 이제 그만 돌아가세요."

"이번에는 이대로 물러나지만, 다음에도 이번처럼 끝날 것이라 기대하지 마라."

말을 마친 샤를은 마지막으로 인호를 노려보았다. 그러자 인호는 상대를 외면했다. 권태한보다 더한 작자를 만날 줄은 몰랐다.

그렇게 샤를도 무로 되돌아갔다. 이제 남은 건 천사들뿐이었다. 잔은 그들에게 예의를 갖춰 고개를 숙였다.

"정말 감사합니다."

-고마워하지 않아도 된다, 성녀여-

-그대가 가고자 하는 길은 여태까지 걸었던 길보다 더 험하다. 그런데도 그대는 기꺼이 나아갔다-

-인간을 위해. 그대의 숭고한 뜻을 알고 있는데 어찌 무시할 수 있겠나? 포기하지 말고 자기 뜻을 관철하도록 하라-

"명심할게요."

천사들이 격려하자 잔은 다부진 어조로 대답했다. 각오는 이미 다진 지 오래였다. 투쟁의 시대에 고통 받는 사람들을 반드시 구하리라.

-그대들에게도 감사의 마음을 전하고 싶다, 이계의 인간들이여-

-가혹한 투쟁을 겪고 있는 와중에도 잔을 도왔다. 그 고귀한 희생정신을 높이 산다-

-약소하지만, 이걸 받아줬으면 좋겠다-

한 천사가 손을 흔들었다. 그러자 새하얀 빛이 인호 일행을 휘감았다.

[플레이어 김인호가 '천사의 축복'을 받았습니다. 보상으로 고유(Unique) 등급의 방어구가 추가됩니다.]
[칭호 '천사의 인정을 받은 자'를 획득했습니다.]

'좋은 천사들이군.'

튜토리얼이 끝났을 때 만난 천사와 비교하는 것 자체가 저들에게 실례였다. 그만큼 칭호의 효과는 좋았다. 자신과 동등 혹은 그이하의 적들이 사용하는 저주를 완전히 방어할 수 있었으니까. 자신보다 강한 이의 저주도 약화할 수 있었고.

-이계의 인간들이여, 앞으로 더욱 험난한 미래가 기다리고 있을 것이다-

-두려울 것이다. 힘들 것이다. 하지만 그대들이 오늘 보여줬던 마음가짐을 잊지 않는다면 어떤 시련도 극복할 수 있을 것이다-

인호, 수아, 형준 모두 고개를 끄덕였다.

자신들이 지키고자 하는 소중한 사람들을 위해서라도 끝까지 살아남을 거라 다짐하지 않았던가. 천사의 말이 아니어도 그렇게 할 생각이었다.

-영웅을 부르고, 영웅의 길을 걷는 자여-

천사들의 시선이 일제히 인호를 향했다. 이를 느낀 무명이 조심스럽게 말했다.

-어째 딸을 다른 사람에게 보내는 부모 같군. 안 그런가?-

'넌 좀 닥쳐.'

무명에게 쏘아붙인 인호는 천사들을 올려다보았다. 어마어마한 격을 지닌 이들의 시선을 느끼자 그조차 몸이 떨리는 걸 피할 수 없었다.

그래도 저들을 외면하지 않았다. 부끄러운 모습을 보이고 싶지 않았기 때문에.

—왕의 운명을 걷는 자들은 평범한 이들보다 더 어려운 길을 걸었다. 그대 또한 필시 가시밭길을 걷겠지—

—탐욕에 빠지지 마라. 자신만 생각하지 마라. 진정한 왕이 되어라—

인호는 고개를 끄덕일 뿐, 대답하지 않았다. 천사들이 무슨 생각을 하는지는 알고 있지만, 관심이 없었다. 앞으로 어떤 길을 걸을지 선택하는 건 온전히 자신의 몫이었다.

'이제는······.'

원래 세상으로 돌아갈 시간이다.

번쩍!

새하얀 빛이 일행을 휘감았다.

<3권에서 계속>

부록 일러스트

- 산군

- 리치

- 데스나이트

산군

리치

데스 나이트

영웅으로 레벨업 2

초판 1쇄 발행   2019년 9월 25일

저자 달필공자
그림 Sila

크리처 그림 황주영
디자인 윤아빈
주간   홍성완
마케팅 정다움, 김서희

발행인 원종우
발행처 (주)이미지프레임

주소 (13814) 경기도 과천시 뒷골1로 6, 3층
영업부 02-3667-2653   **편집부** 02-3667-2654   **팩스** 02-3667-2655
메일 edit03@imageframe.kr   **웹** vnovel.co.kr

ISBN 9979-11-6085-956-0 4810   (세트) 979-11-6085-928-7 04810

 +049

글 : 달필공자 / 그림 : Sila
가격 : 10,000원

글 : 파르나르 / 그림 : あやみ

가격 : 10,000원

글 : 달필공자 / 그림 : Sila
가격 : 10,000원

 +046

글 : 퉁구스카 / 그림 : MARCH
가격 : 10,000원

 +047

글 : 퉁구스카 / 그림 : MARCH
가격 : 10,000원